GOLDMANN

Buch

Die verwitwete Kirsty erfährt in New York, daß ihr Sohn Garret, der in die Welt gezogen ist, vor Sansibar über Bord einer Jacht gegangen ist und nicht gerettet werden konnte. Sie ist jedoch davon überzeugt, daß er lebt, und fliegt nach Dar es Salaam.
Für die Verfolgung des Jachteigners Lascelles gewinnt Kirsty bald einige Freunde, die nicht davor zurückscheuen, ihr Leben aufs Spiel zu setzen, um den rätselhaften Todesfall aufzuklären. Lascelles ist überall als brutaler und geldgieriger Gangster und Schmuggler verschrien.
Die gefährliche Verfolgung nimmt politische Ausmaße an, als sich herausstellt, daß Lascelles Kirstys Sohn an den Diktator von Sansibar verkauft hat, der dieselbe, sehr seltene Blutgruppe wie Garret hat und laufend Bluttransfusionen benötigt. Obwohl für die dramatische Rettungsaktion sogar der CIA beratend zur Seite steht, hängt das Leben des Jungen nur noch an einem seidenen Faden.

Autor

Der Name A. J. Quinnell ist das Pseudonym eines weltbekannten amerikanischen Autors, dessen Geheimnis nicht gelüftet werden darf.

Außer dem vorliegenden Band sind von A. J. Quinnell als Goldmann-Taschenbücher erschienen:

Der falsche Mahdi. Roman (8445)
Der Söldner. Roman (8500)

In Kürze wird von A. J. Quinnell als Goldmann-Taschenbuch erscheinen:

Der Treffer. Roman (8616 – Feb. 87)

A. J. Quinnell

BLUTZOLL

ROMAN

Deutsche
Erstveröffentlichung

GOLDMANN VERLAG

Aus dem Amerikanischen übertragen
von Wilhelm Thaler
Titel der Originalausgabe: Blood Ties
Originalverlag: Hodder & Stoughton, London

Made in Germany · 11/86 · 1. Auflage

Umschlaggestaltung: Design Team, München
Umschlagfoto: Guido Pretzel, München
Satz: Fotosatz Glücker, Würzburg
Druck: Elsnerdruck, Berlin
Verlagsnummer: 8577
Lektorat: Werner Morawetz / UK
Herstellung: Sebastian Strohmaier
ISBN 3-442-08577-2

ERSTES BUCH

I

In dem Fahrstuhl stank es, oder vielmehr die Leute darin taten es, und Kirsty Haywood bedauerte wieder einmal, daß sie nicht in einem tiefer gelegenen Stockwerk arbeitete.

Der Fahrstuhl hielt immer wieder, Menschen drängten sich hinein, bis sie in eine Ecke gedrückt hinter einem glatzköpfigen Mann steckte, der einen karierten Mantel trug und an dem erloschenen Stummel einer dicken schwarzen Zigarre sog. Er wandte sich einer hakennasigen Frau neben ihm zu und knurrte: »Ich habe dem Kerl also gesagt, okay, stehlen Sie in Gottes Namen ein wenig; aber lassen Sie ein wenig übrig! Gottverdammte Buchhalter!«

Klar, dachte Kirsty. Immer den Buchhaltern die Schuld geben. Der feiste Kerl hatte wahrscheinlich selbst seine Gesellschaft und die Teilhaber seit Jahren ausgenommen.

Im Erdgeschoß gingen die Türen des Lifts auf, und die Insassen strömten hinaus. Kirsty folgte ihnen erleichtert und atmete tief aus, aber die Luft in der Eingangshalle war fast ebenso schlecht. Kirsty drängte sich zum Kiosk durch, der kraushaarige Neger reichte ihr wortlos das übliche Paket Pfefferminzbonbons und zwinkerte ihr wie gewöhnlich beinahe verschwörerisch zu. Sie erwiderte das Lächeln schwach und dachte an den ersten Tag vor zwanzig Jahren, als sein Haar weniger grau und das Zwinkern eine Spur herausfordernder gewesen war.

Draußen auf der Seventh Avenue machte ein eiskalter Wind rasch ihre Nase frei. Er vertrieb sogar die Auspuffgase des üblichen Sechs-Uhr-Staus. Sie stellte ihren Mantelkragen auf, steckte ein Pfefferminzbonbon in den Mund und lief zu den Wohnvierteln hinauf. Sie blickte geradeaus, ihre Absätze klapperten auf dem Pflaster, sie hatte die Hände tief in den Taschen ihres Mantels vergraben und schlängelte sich automatisch durch den Sog der übrigen Fußgänger.

Bei der 41. Straße blieb sie stehen und wartete darauf, daß die Ampel auf Grün umsprang. Schneeregen setzte ein, und Regenschirme wurden aufgespannt. Sie hatte ihren vergessen, nahm einen Schal aus einer Tasche und band ihn über ihr blondes Haar.

Januar in New York. Die Stadt war in den letzten zwei Wochen durch Schnee lahmgelegt gewesen. Es war wirklich schlimm gewesen, heftiger Wind und eine Kälte von 25 Grad unter Null. Die Kälte bewog sogar die Ganoven, in ihren Verstecken zu bleiben.

Wieder einmal fuhren keine Busse.

Kirsty seufzte resigniert. Wieder ein langer, mühseliger Marsch durch den Matsch nach Hause. Aus den U-Bahn-Luftschächten stieg der Dampf in geisterhaften Schwaden und wurde vom arktischen Wind fortgerissen. In der Gegend des Broadway heulte eine Sirene. Neben ihr schnauzte ein gutgekleideter Mann eine Frau an, die ihn mit ihrem Regenschirm gestoßen hatte. Sie schimpfte zurück.

Kirsty berührte das alles nicht. Sie war in der Stadt zur Welt gekommen und hier aufgewachsen. Sirenen und Übellaunigkeit, Ungeduld und Gleichgültigkeit waren für ihr Milieu kennzeichnend.

Ein grünes Licht der Ampel forderte »Gehen«, der gutgekleidete Mann drängte sich an ihr vorbei und hielt eine Aktentasche aus Schweinsleder wie einen Sturmbock neben sich. Sie ging durch die Innenstadt und wich bewußt der schäbigen 42. Straße und der Umgebung des Times Square aus. Sie erinnerte sich, wie sie als Kind von ihren Eltern ins Theater mitgenommen worden war. Es war wie im Märchenland gewesen. Glänzende schwarze Limousinen, schöne Frauen in langen, wallenden Kleidern. Aufgeregte Massen, die darauf warteten, einen kurzen Blick auf einen Star werfen zu können. Im Lauf der Jahre hatte sie die fast unmerklich vor sich gehende Veränderung beobachtet. Das Überhandnehmen von Nutten und Pushern; und Männer mit heimtückischen oder durch Rauschgift glasigen Augen; roher Sex im grellen Neonlicht, und der Abschaum der Menschheit auf der Straße.

Seit mehreren Jahren hatte sie den Weg, den sie zweimal täglich zurücklegen mußte, so festgelegt, daß sie diese Gegend mied.

Als sie in die Wohnviertel abbog, waren die Gehsteige weniger bevölkert, und ihr Tempo wurde langsamer. Sie fragte sich, warum Larry sie bei Baileys treffen wollte – für gewöhnlich trafen sie sich bei ›ihm‹ oder bei ›ihr‹. Meistens bei ihr. Er war am Telefon merkwürdig geheimnisvoll gewesen, hatte nur vorgeschlagen, vor dem Abendessen ein paar Drinks zu nehmen. Die Bar lag nur zwei Häuserblocks von ihrer Wohnung entfernt, aber sie war nie dort gewesen. Eigentlich hatte sie überhaupt nur gelegentlich eine Bar besucht.

Der Schneeregen wurde stärker, und sie lief die letzten paar Häuserblocks, blieb dann unter der gestreiften Markise stehen und keuchte infolge der ungewohnten Anstrengung. Sie nahm den Schal ab. Er hatte ihr wenig Schutz gewährt. Sie versuchte ihr Haar glattzustreichen, dann stieß sie die messingbeschlagene Tür auf. Der Raum war schwach beleuchtet, und ihre Augen brauchten einen Moment, um sich daran zu gewöhnen. Sie erblickte einen im viktorianischen Stil eingerichteten Raum. Ein burgunderroter Teppich, rote Satintapeten mit einem erhabenen, wirbelnden Muster in Schwarz. Blaue Lampenschirme mit Quasten, mahagonifarbene Tische und Stühle mit roter Samtbespannung. An der gegenüberliegenden Wand befand sich eine lange Theke, und in einer Ecke klimperte ein gelangweilter, schwarz gekleideter Rotkopf auf einem Flügel. An der Theke stand ein halbes Dutzend Männer, die sich umdrehten, um sie zu mustern. Larry befand sich nicht unter ihnen. Sie gehörten alle zu einem Typ, den sie sofort erkannte: Verkäufer und stellvertretende Geschäftsführer, jung oder in den besten Jahren, alle konservativ gekleidet und alle nervös und erwartungsvoll. Augenblicklich wurde ihr klar, daß sie sich in einer der neuen, sogenannten ›Singles‹-Bar befand. Sie sah auf die Uhr. Achtzehn Uhr dreißig. Larry kam ungewohnterweise zu spät. Sie überlegte, ob sie draußen auf ihn warten solle, aber der Schneeregen schlug noch heftiger gegen die Fensterscheiben, und in der Bar war es wenigstens warm – sogar überheizt.

Sie knöpfte ihren Mantel auf, zog ihn aus und hängte ihn an einen Ständer neben der Tür, wobei sie anerkennende Blicke von der Theke verfolgten. Sie fühlte sich ungemütlich, weil sie fröstelte und ihre Sachen feucht waren, und setzte sich an einen Tisch. Eine wasserstoffblonde Kellnerin mit aufreizendem Lächeln und prallen Brüsten schlenderte herüber und nahm ihre Bestellung, einen Whisky sour, entgegen. Kirsty war gereizt. Warum hatte Larry sie hier treffen wollen? Und warum kam er zu spät, wenn er wußte, daß es sich um ein solches Lokal handelte? Larry kam bestimmt häufig geschäftlich hierher und kannte sicherlich viele der Kerle, die hier tranken. Er wollte zweifellos damit angeben, daß er hier von einer attraktiven Frau erwartet wurde.

Es dauerte nur fünf Minuten. Nach einem geflüsterten Gespräch stieg einer der Männer von seinem Hocker und deutete auf ihr Glas. »Wie wäre es mit noch einem?«

Sie schüttelte den Kopf, er versuchte gewinnend zu lächeln.

»Sie sind allein?« fragte er.

»Ich warte auf meinen Freund.«

»Mhmm. Warum setzen Sie sich nicht zu uns, bis er kommt? Vielleicht taucht er erst spät auf.«

»Danke. Ich bleibe lieber allein.«

»Okay ... Okay.« Er drehte sich um, zuckte vielsagend mit

den Schultern und ging zu den Männern an der Theke zurück. In den nächsten Minuten begann das Lokal sich zu füllen. Das Verhältnis von Männern zu Frauen war ungefähr fünf zu eins. Kirsty beobachtete das einleitende ›Paarungsritual‹: die Blicke und die Körpersprache. Angebotene Drinks, die manchmal angenommen wurden. Sie konnte sich das Eröffnungsgeplänkel vorstellen.

»He, wo sind Sie beschäftigt, oder arbeiten Sie nur, wenn es Ihnen paßt?«

»Tatsächlich? Ich habe einen Burschen von Macys Sportswear gekannt. Einkäufer ... Ein großer Bursche ... Wie, zum Teufel, hieß er doch gleich? Ich habe Sie hier bestimmt schon mal gesehen ... Das erste Mal? Tatsächlich?«

»Ich ... ich mache in Pullis. Spitzenqualität. Keiner unter zehnneunundneunzig ...«

Kirsty warf wieder einen Blick auf die Uhr und beschloß zu gehen, doch als sie nach ihrer Handtasche griff, kam Larry herein. Nachdem er seinen Mantel aufgehängt hatte, lächelte er sie um Entschuldigung bittend an, kam zu ihr herüber und winkte beiläufig einigen Bekannten zu. Er beugte sich vor, um sie auf die Lippen zu küssen, doch sie wandte das Gesicht ab und bot ihm nur die Wange.

Die Kellnerin brachte ihm einen Martini, warf einen Blick auf Kirstys halbleeres Glas und zog eine Braue hoch. Kirsty schüttelte den Kopf.

Larry goß die Hälfte seines Drinks in einem Zug hinunter und musterte sie über den Tisch hinweg. Er war Mitte vierzig, groß, schlank, und seine Schläfen begannen grau zu werden. Er sah beinahe vornehm aus, aber seine Kleidung verriet ihn. Er trug einen dunkelgrauen Anzug, in dem neuen, von Cardin eingeführten ›Tube‹-Stil. Er hätte ihn mit den richtigen Accessoires gekleidet, aber er trug ein hellgelbes Hemd mit einer grünen Krawatte, die altmodisch gebunden war; das dazu passende gelbe Taschentuch ragte so hoch aus seiner oberen Jackett-Tasche heraus, daß es ein Verstoß gegen die Mode war.

Sein Aussehen, fand Kirsty, entsprach genau dem, was er war – ein mäßig erfolgreicher Verkäufer für eine große Textilfirma. Er würde nie ins Direktionsbüro aufrücken.

»Du bist böse auf mich. Tut mir leid, aber ich wollte eben gehen, als dieser Trottel Kaufmann in mein Büro kam und wegen zu später Lieferungen für das Frühjahrssortiment mekkerte ... als ob das mein Problem wäre.«

Sie schüttelte den Kopf. »Ich sitze nur nicht gern allein in einem Lokal wie diesem. Larry, es ist ein Laden, in dem man Bekanntschaften sucht.«

Sie bemerkte den Ärger in seinem Gesicht.

»Hör mal, Kirsty, wir schreiben 1965. Die Mädchen hier arbeiten genau wie du ... sie sind Sekretärinnen, Verkäuferinnen, Buchhalterinnen ... die Zeiten ändern sich. Sie wollen die Gleichberechtigung ... warum sollten sie nicht allein ausgehen, wenn sie es wollen ... und wenn sie einen Burschen kennenlernen, was ist dabei? Viele von ihnen sind vermutlich einsam.«

»Gut, aber ich passe hier nicht her –, und du weißt es. Laß uns gehen.«

Während sie zur Tür gingen, nahm er betont vertraulich ihren Arm.

Sie stapften schweigend über die First Avenue zu ihrer kleinen Wohnung. In der Eingangshalle schaute er zu, wie sie besorgt in ihrem Briefkasten nachsah, und erkannte an ihren Augen, daß er leer war.

»Vielleicht morgen«, meinte er leise; sie zuckte mit den Schultern und wiederholte mechanisch: »Vielleicht.«

Der Abend verlief wie immer. Seine Begeisterung für *women's lib* bezog Larry nie auf häusliche Angelegenheiten. Er verfolgte mit einem Drink in der Hand einen Boxkampf im Fernsehen, während Kirsty das geschmorte Huhn aufwärmte, das sie am Morgen gekocht hatte, und den Tisch deckte.

Während sie aßen, wandte er seine Aufmerksamkeit immer

wieder dem Fernsehen zu. Er murmelte die üblichen anerkennenden Bemerkungen über das Essen und stellte ein paar Fragen über Büroangelegenheiten. Während sie den Tisch abräumte, wußte sie, daß er zu Bett gehen würde, sobald der Boxkampf zu Ende war. Sie hoffte beinahe, daß der Kampf über die volle Distanz gehen würde. Sie zog sogar in Betracht, Larry zu bitten, seine eigene Wohnung aufzusuchen, aber er mußte am nächsten Morgen auf Verkaufsreise gehen und würde mehrere Wochen unterwegs sein. So brachte sie es nicht über sich.

Seine bevorstehende Reise weckte widersprüchliche Gefühle in ihr; einerseits freute sie sich darauf, allein zu sein, andererseits hatte sie auch wieder Angst davor, einsam zu sein.

Sie waren seit zwei Jahren beisammen. Es war eine mehr praktische als aufregende Beziehung. Kirsty war von Natur aus schüchtern, und es fiel ihr schwer, Männerbekanntschaften zu machen. Er war ein geschiedener Mann ohne Kinder, der infolge seiner häufigen Reisen wenig Ansprüche an sie stellte. Erst nach seiner Scheidung hatte er sich angewöhnt, ein- oder zweimal wöchentlich über Nacht bei ihr zu bleiben. Gelegentlich gingen sie ins Kino oder in ein Restaurant. Infolge seiner Alimentezahlungen und ihrer knappen Finanzen konnten sie sich keine Extravaganzen leisten. Einmal hatte er vage davon gesprochen, daß sie einmal gemeinsam Urlaub in Florida machen sollten. Ein andermal, noch unbestimmter, von einer Heirat. Sie nahm an, daß er auf seinen Reisen mit anderen Frauen schlief. Einmal hatte sie an einer seiner Jacken den Hauch des Parfums *Vent Vert* gerochen. Sie verwendete es nie. Sie hatte vergeblich versucht, Eifersucht zu empfinden.

Während sie die Teller abtrocknete, fragte sie sich, warum sie ihre Beziehung so weiterlaufen ließ. Sie war noch immer attraktiv und sah viel jünger aus, als sie war; sie war sich der Anziehungskraft bewußt, die sie auf Männer ausübte, hatte ihre anerkennenden Blicke gefühlt. Sie kam zu dem Schluß, daß bei Kevins Tod etwas in ihr erloschen war – und ein weiterer Teil in ihr war gestorben, als Garret verdrießlich schweigend seinen Koffer gepackt hatte. Diese beiden Männer in ihrem Leben hatten ihr so viel Liebe, so viel Bewußtheit und schließlich so viel Schmerz verursacht, daß sie sich unbewußt unfähig fühlte, es noch einmal durchzustehen – deshalb begnügte sie sich mit Larry.

Sie hörte Geschrei aus dem Wohnzimmer und dann: »Mein Gott, was für ein Kampf!«

Ein paar Minuten später kam er leise in die Küche, trat hinter sie, legte ihr die Hände auf die Schultern, drückte sie an sich und liebkoste ihr linkes Ohr. Das tat er immer. Dann umfaßte er ihre Brüste und streichelte die Brustwarzen unter dem dünnen Stoff. Auch das tat er immer.

Zwanzig Minuten später schnarchte er leise neben ihr. Sie blickte zur Decke hinauf. Auf dem Nachttisch brannte eine Lampe. Seit Kevins Tod war sie nie imstande gewesen, im Dunkeln einzuschlafen. Sie war ständig angespannt, und ihre Depressionen hatten sich verstärkt. Wie immer bemühte sie sich bewußt, beide nicht zu vergleichen, und wie immer gelang es ihr nicht. Es ging nicht darum, daß sie zu keinem Höhepunkt gelangt war. Das geschah häufiger, auch mit Kevin; aber damals war es unwesentlich gewesen. Höhepunkt oder nicht, sie war nachher immer entspannt gewesen. Kevin brachte sie im Bett zum Lachen. Es war immer ein Spiel – ein Abenteuer. Sie genoß seine Lust ebenso sehr wie er. Und wenn sie selbst einen Höhepunkt erlebt hatte, war er so überwältigend, daß die Erinnerung daran noch Tage später in ihr brannte.

Larry hingegen war im Bett todernst. Sie hatte seine Neigung, während der Umarmung zu reden und nach ihren Empfindungen zu fragen, sehr bald gebremst. Er war ein Egoist und stolz auf seine Männlichkeit und technische Raffinesse. Er wußte nicht, daß diese Eigenschaften ohne Gefühle langweilig und mechanisch blieben.

Das Vorspiel hatte wie gewöhnlich nur ein paar Minuten gedauert. Zuerst ihre Lippen. Dann ihre Brüste. Dann tastende Finger zwischen ihren Schenkeln. Ihr Körper hatte automatisch reagiert, und genau in dem Moment, in dem er fand, daß sie nun gebührend eingestimmt sei, hatte er sich auf sie gewälzt und gestöhnt. Sie hatte wie üblich empfunden und ihr Gefühl von ihrem Körper getrennt. Sie fühlte Wärme und eine unbestimmte Erregung, aber kein Einssein – kein Lustgefühl. Die zehn normalen Minuten, dann beschleunigte Larry seine Bewegungen, ergoß sich mit einem letzten selbstvergessenen Stöhnen in sie und rollte sich nach einer Pause mit dem üblichen rituellen Gemurmel von ihr. Er schlief fast augenblicklich ein.

Kirsty fand keinen Schlaf. Sie fühlte sich wie immer mißbraucht. Sie lag wach und blickte zur Decke.

»Warum?« fragte sie sich wieder, doch sie erhielt keine Antwort. In ihre Augen traten Tränen.

»Warum, Kevin? Warum mußtest du diesen Fehler machen? Warum mußtest du aufs Spiel setzen, was wir besaßen? Warum mußtest du mich verlassen?«

Sie kämpfte gegen ihre Tränen an und versuchte, Kevin aus ihren Gedanken zu verbannen. Sie suchte Trost in ihrer einzigen Zuflucht – bei Garret – ihrem Sohn, den sie mit so viel Freude, Liebe und, ja, sogar mit Spaß empfangen hatte. Das kleine Häuschen, das wärmende Holzfeuer, die herrliche Herbstwoche, die sie in Vermont verbracht hatten. Sie versuchte, sich Garret jetzt vorzustellen, in diesem Moment: sein blondes Haar, das immer etwas zu lang war. Sein ernstes, ausdrucksvolles Gesicht, in dem sie Verwundbarkeit erkannte.

Sie schloß die Augen, um die Tränen zurückzuhalten, und versuchte, ihn in ihrem Geist vom anderen Ende der Welt heraufzubeschwören.

Seit seinem letzten Brief waren sechs Wochen vergangen, und dennoch konnte sie sich an jedes Wort, jeden Punkt und jedes Komma erinnern. Sie bemühte sich, Liebe und Verständnis darin zu finden. Aber seine Worte waren unpersönlich. Eine kurze Schilderung der Ereignisse. Nur eine Mitteilung, vielleicht sogar nur eine Formalität. Nein. Die letzten Worte enthielten Hoffnung.

»Ich fahre morgen weiter. Ich werde bald wieder schreiben.«

Was hieß bald? Sechs Wochen waren nicht *bald*. Ging es ihm gut? War er überhaupt noch am Leben?

Wieder mußte sie sich mit Gewalt von ihren Gedanken ablenken. Sie dachte an den Morgen, und was er bringen würde, dann seufzte sie. Sie wußte es genau.

Sie würde aufstehen, wenn der Wecker klingelte, und einen Morgenmantel anziehen. Während Larry noch im Badezimmer war, würde sie sein Frühstück machen und dann zusehen, während sie Kaffee trank, wie er es schweigend verzehrte. Sie selbst konnte nichts essen, wenn sie gerade erst aufgestanden war.

Dann würde er ihr einen Kuß geben, sie umarmen und gehen. Das tat er immer.

Dann würde sie ins Badezimmer gehen, duschen und sich zurechtmachen. Einen kritischen Blick in den Spiegel werfen und nach Anzeichen des Alters suchen – ein Fältchen hier oder eine Falte dort. Warum? Spielte es eine Rolle, ob sie ein Kind oder eine alte Frau war? Warum mußte sie attraktiv sein? Für sich?

Dann der gewohnte lange Weg zur Seventh Avenue 498. Sie haßte es, den überfüllten Bus zu nehmen, falls er überhaupt bei diesem Wetter verkehrte. Unterwegs aß sie in einem Imbiß ein Blätterteiggebäck und trank noch einen Kaffee. Dann hinauf in ihr kleines Büro im fünfzehnten Stockwerk. Die Bücher und die Zahlenkolonnen, die Pappbecher mit Kaffee und die Pastrani auf Roggenbrot zum Lunch und wieder Kaffee und dann der Heimweg. Um allein zu sein. Ein weiterer Tag im Januar.

Sie wandte sich um, legte einen Arm über Larry und versuchte, Wärme und Trost bei ihm zu finden, doch es gelang ihr nicht. Morgen würde nur ein weiterer Tag sein.

So war es am Anfang. Der Wecker, das Frühstückmachen, Larry beim Essen zusehen, die Dusche und das Make-up. Die Wohnungstür abschließen, im Fahrstuhl hinunterfahren. Sie begegnete dem alten Hausmeister, der den Boden der Vorhalle fegte, und fragte ihn wie immer:

»Morgen, Riley. War der Briefträger schon da?«

Und dann war es anders. Er blickte auf und lächelte ihr zahnlos zu.

»Morgen, Miß Kirsty. Und er hat tatsächlich einen Brief für Sie gebracht. Er sieht nicht wie eine Rechnung aus.«

Sie schaute zu den Briefkästen an der Wand hinüber. Sehr langsam suchte sie in ihrer Handtasche nach dem Schlüssel und ging mit einem stillen Gebet hinüber. Ihre Hand zitterte, und es fiel ihr schwer, den Schlüssel ins Schloß zu stecken. Dann war der Deckel offen, der Brief lag in ihrer Hand, und sie seufzte selig, als sie die Schrift erkannte.

Der alte Hausmeister stützte sich auf seinen Besen und beobachtete sie, wie sie den Umschlag aufriß. Es war ein langer Brief, und sie hatte noch nicht die Hälfte gelesen, als ihr Tränen in die Augen traten und ihr bald über die Wangen rannen. Er lehnte den Besen an die Wand und ging unsicher auf sie zu. Sie las zu Ende. Tränenüberströmt drückte sie den Brief an sich.

»Miß Kirsty? Ist alles in Ordnung? Ist es eine schlechte Nachricht?«

Sie schüttelte den Kopf und lächelte unter Tränen.

»O nein! Er ist von Garret. Er liebt mich. Er kommt nach Hause.«

Sie legte dem gebückten alten Mann den Arm um die Schulter, sie brauchte menschlichen Kontakt; dann umarmte sie ihn schluchzend.

»Er liebt mich, Riley. Er kommt zurück. Kommt nach Hause!«

Der alte Mann war zu Tränen gerührt.

Es war einen Monat später, weder der Regen noch die Aussicht auf zwei oder drei Überstunden beeinträchtigten Kirstys gute Laune. Seit einer Woche hatte es immer wieder geregnet, aber ein New Yorker war im Februar daran gewöhnt. Sie summte eine Melodie aus *Oklahoma*, während die Finger ihrer linken Hand automatisch über die Tasten der Rechenmaschine huschten und sie mit der rechten Hand die Summen an das untere Ende der Kolonnen schrieb. Von Zeit zu Zeit hob sie den Kopf, um einen Blick auf den Kalender an der Wand links von ihr zu werfen. Er stammte von einer Luftfrachtgesellschaft, und unter dem Foto eines glänzenden Flugzeugs war die letzte Februarwoche 1965 mit einem schwarzen Kreis umrahmt. Die bereits vergangenen Tage des Monats waren bis zum 18. durchgestrichen. Während ihrer ganzen neununddreißig Jahre war noch kein Monat so langsam verstrichen. Es war nicht die Ungeduld der Langeweile, sondern die der Erwartung. Ein Kind, das seinen Geburtstag, ein Gefangener, der den Tag seiner Entlassung, ein Liebender, der die Nähe seiner Geliebten herbeisehnt. Wieder warf sie einen Blick auf den Kalender, dann rief sie sich zur Ordnung. Ein Teekessel, den man beobachtet, beginnt – so sagt man – nie zu kochen, aber ihr Geist und ihr Herz wußten es anders, wie auch ein Monat schließlich ein Ende hatte, sogar ein nasser, trister Februar.

Sie saß wie in einer Zelle mit Glaswänden und richtete den Blick auf das Hauptbüro. Der Raum war winzig, aber sie war froh, weil sie wenigstens akustisch ungestört war. Die anderen, die Verkäufer, Expedienten und Sekretärinnen hatten ihre Schreibtische in dem Raum, den der Boß, Mr. Goldman, gern als ›die Demokratie des Hauptbüros‹ bezeichnete. Er selbst verfügte natürlich über ein großes, luxuriöses Büro auf der anderen Seite des Korridors mit einem Namensschild aus Walzgold an der Tür, einem Geschenk der Luftfrachtgesellschaft, die laufend für ihn Tonnen von goldverzierten Tops aus Hongkong einflog. Goldverzierte Oberteile mit dazu passenden langen Samtröcken waren der letzte Schrei. Die Luftfrachtgesellschaften waren auf eine Goldgrube gestoßen. Eine von der US-Regierung gecharterte Flotte von Boeings nahm den großen Nachschub von Soldaten und Material nach Vietnam in Angriff. Sie flog leer zurück, bis ein paar chinesische Unternehmer in Hongkong die Möglichkeiten erkannten. Sie charterten den Heimflug für 12 000 Dollar pro Flugzeug. Infolgedessen konnte Irving Goldman in Hongkong seine Tops mit von Hand aufgesticktem Goldschmuck für vierzig Dollar das Dutzend kaufen. Er lud sie ein paar Tage später für neunzig Dollar das Dutzend inklusive Zoll in New York aus, kombinierte sie mit Röcken für acht Dollar und verkaufte sie zu Tausenden für 400 Dollar das Dutzend an die Ladenketten. Deshalb hämmerte Kirsty auf der Rechenmaschine. Als Buchhalterin für *Goldrite Fashions Inc.* machte sie die Bilanz. Vierundsechzig war ein phantastisches Jahr gewesen, und da Irving Goldman den Wankelmut der Mode gut kannte, war er darauf aus, sich zu einem Kurs von mindestens zwölf zu eins kaufen zu lassen. Nach vierzig Jahren im Geschäft war er im Begriff, ein kompromißloser Millionär zu werden; einen Managementvertrag mit der kaufenden Gesellschaft zu schließen, seine Anteile zu verkaufen, mit dem Präsidenten der neuen Gesellschaft einen Riesenkrach auszufechten, seine Eigentumswohnung auf der 54. Straße Ost zu verkaufen, seinen Cadillac vollzutanken, zu einem langen Urlaub mit Golfpartien, dem gemächlichen Erwerb von unnötigen Luxusgütern, herrlich gekühlten Martinis nach Süden aufzubrechen und voll innerer Befriedigung zu wissen, daß er in der Hetzjagd des Lebens gesiegt hatte. Das Problem war nur, daß er ein Leben lang Pillen gegen Magensäure eingenommen hatte, weil er genau wußte, daß der Run auf goldbesetzte Tops mit dazu passenden Samtröcken rascher sterben konnte als eine Rose in der Wüste. Drei Angebote, Buchprüfung vorbehalten, lagen auf seinem Schreibtisch; das vielversprechendste von einer Computer-Software Gesellschaft, die von Preisaufschlägen von zweihundert Prozent fasziniert war und nichts von dem Rückgaberecht wußte, das sich erst in der Bilanz des nächsten Jahres auswirken würde.

Also hämmerte Kirsty auf die Rechenmaschine, um die magischen Zahlen zu produzieren. Sie arbeitete seit zwanzig Jahren für *Goldrite Fashions*, anfangs mit neunzehn als Hausmodell, dann, nach ihrer Heirat mit einem diesem Beruf gegenüber mißtrauischen Ehemann, als Verkäuferin. Dann hatte Mr. Goldman erkannt, daß sie nicht über die im Verkauf erforderliche Geschicklichkeit verfügte, und sie in die Buchhaltung eingeführt. Seit dem Tod ihres Mannes hatte er ihr gegenüber eine sentimentale Onkelhaltung angenommen, der stets unterschwellig eine sexuelle Begierde anhaftete. Sie wehrte sich dagegen, indem sie sich ständig nach dem Befinden von Mrs. Goldman erkundigte, einer Dame, die wegen ihrer Eifersucht und Besitzgier berüchtigt war. Einer Dame, die ritueller- oder traditionellerweise immer die Modelle der neuen Saison anprobierte, ob sie ›paßten‹. Sie hatte gut und gern Größe 50, aber Mr. Goldman hatte – entweder aus Mitgefühl oder aus dem Bedürfnis nach einem friedlichen Leben – immer eine Serie vorliegen, die ihr paßte, aber mit Größe 40 bezeichnet war. Alle kicherten bei den Anproben, aber es war eine ausgezeichnete Methode, um eine lange Ehe weiterhin zusammenzuhalten.

Kirsty blickte von den Zahlenkolonnen auf und bemerkte Gerry Sachs, einen der Verkäufer, der auf der anderen Seite der Trennwand stand. Er drückte seine Nase an das Glas, so daß sie flach und weiß aussah. Er trat zurück, hielt einen Plastikbecher in die Höhe, wies auf die Kaffeemaschine in der Ecke und zog fragend eine Braue hoch. Sie schüttelte lächelnd den Kopf. Er zuckte bedauernd mit den Schultern und schlurfte zu seinem Schreibtisch zurück. Für gewöhnlich kam er am Nachmittag um diese Zeit mit Kaffee zu ihr herein, hockte sich jovial auf eine Kante ihres Schreibtisches und unterhielt sie eine halbe Stunde lang mit Geschichten aus seinem Liebesleben. Sie wußte, daß sie zum größten Teil erfunden waren, doch sie mochte ihn und war meistens eine geduldige Zuhörerin. Aber heute nicht. Sie hatte Irving versprochen, die Buchhaltung bis zum Monatsende fertigzustellen, doch ihr selbstgesetzter Termin war der 21. – Sie wollte die Tage der letzten Woche davon frei und unbelastet sein.

Eine Stunde lang arbeitete sie ohne Unterbrechung, doch dann ging die Tür zum Vorführraum auf, und Tracy, die Empfangsdame, betrat das Hauptbüro, gefolgt von einem älteren Polizisten. Er hielt seine Mütze in der Hand, und seine wenigen Haarsträhnen waren stahlgrau. Er trug die Uniform eines Captains, und während er Tracy zur Tür von Goldmans Büro folgte, dachte Kirsty, daß er ihr irgendwie bekannt vorkam. Sie fragte sich, was er hier tat. War der US-Zoll endlich darüber gestolpert, daß *Goldrite Fashions Inc.* die goldbesetzten Tops um ein Drittel zu billig fakturierte, dadurch die vorgeschriebenen zweiundvierzigeinhalb Prozent Zoll drastisch verringerte und im vergangenen Jahr auf Kosten von Onkel Sam zusätzlich 235 000 Dollar eingesteckt hatte? Wenn ja, würde sich Irving demnächst nicht nach Palm Beach zurückziehen können. Tracy führte den Captain in Irvings Büro, ging zum Vorführraum zurück und warf Kirsty ein ›Ich weiß nicht‹-Schulterzucken samt Blick zu. Kirsty vertiefte sich wieder in die Bücher, und es vergingen weitere fünf Minuten, dann klingelte ihr Telefon. Es war Irving, und sobald sie die Spannung in seiner normalerweise fröhlichen Stimme hörte, wußte sie, daß das Erscheinen des Polizisten Verdruß bedeutete.

Ob sie bitte gleich zu ihm ins Büro kommen könne? Sie legte den Hörer auf und wurde von Panik erfaßt. Wollte der Polizist sie verhören? Was sollte sie sagen, falls er sie nach den Rechnungen fragte? Sie wußte, daß sie keine überzeugende Lügnerin war. Warum hatte Irving das getan? Sie hatte ihn darauf aufmerksam gemacht, daß andere Importeure ähnliche Modeartikel ins Land einführten und sie zu realistischen Preisen verrechneten. Die Leute vom Zoll waren schließlich keine totalen Trottel. Dann legte sich ihre Panik. Sicherlich würde in einem solchen Fall ein Zollbeamter auftauchen, kein Polizist. Vielleicht hatte es etwas mit den zunehmenden Diebstählen in den Frachtabteilungen zu tun. Erst in der vergangenen Woche war eine Lastwagenladung von Goldrite-Tops verschwunden.

Dennoch ging sie nur langsam und aufgeregt zu Irvings Büro hinüber und vermied die neugierigen Blicke von Gerry und den anderen.

Sie klopfte und trat ein. Irving und der Captain standen vor dem Schreibtisch und sprachen leise und verschwörerisch miteinander. Als sie sich umdrehten, waren ihre Gesichter düster und verlegen. Sie blieb in der offenen Tür stehen, Irving kam auf sie zu, ergriff ihren Arm, führte sie sanft zu den Stühlen, die um einen niedrigen Tisch in der Ecke standen, und erklärte: »Das ist Captain Buckley, Kirsty. Er muß in einer persönlichen Angelegenheit mit Ihnen sprechen. Ich werde draußen warten; rufen Sie mich, wenn Sie mich brauchen.«

Verwirrt und verängstigt ließ sie sich in einen Stuhl sinken.

»Worum handelt es sich, Irving?«

»Der Captain wird es Ihnen erklären ... ich warte draußen.« Sein Unbehagen war deutlich erkennbar. Er konnte es nicht erwarten, den Raum zu verlassen, trat zurück und nickte dem Captain zu.

Der Captain legte seine Mütze auf den Tisch und setzte sich ihr gegenüber. Er hatte eine große Narbe am Kinn, die die Unterlippe entstellte und ihm auf den ersten Blick ein drohendes Aussehen verlieh. Aber seine Augen waren, obwohl sie müde wirkten, freundlich. Plötzlich fiel Kirsty ein, wo sie ihn gesehen hatte. Vor einem Monat war sie in der Nähe ihrer Wohnung Zeugin eines Raubüberfalls gewesen und in das Bezirksrevier gegangen, um den Angreifer zu beschreiben. Der Captain hatte sie befragt und sich über ihre selten anzutreffende Auffassung von Bürgerpflicht gewundert. Damals hatte er sich präzise und klar geäußert, doch jetzt fiel es ihm offenbar schwer, die richtigen Worte zu finden. Er beugte sich vor, seine Hände lagen auf dem Tisch, und sein Daumennagel trommelte an das Abzeichen auf der Mütze.

»Worum handelt es sich, Captain?«

Er richtete sich auf und holte Luft. »Ich bin persönlich gekommen. Wir haben uns vor ein paar Monaten im Revier kennengelernt.«

»Ich erinnere mich.«

»Ja – also, ich bin zuerst zu Ihrer Wohnung gegangen – dort war niemand. Wir hatten Ihre Arbeitsstelle in der Akte, also kam ich hierher ...«

Es entstand eine Pause, dann sah er ihr in die Augen. »Es tut mir wirklich leid, Mrs. Haywood, es ist eine schlechte Nachricht. Es handelt sich um Ihren Sohn ...«

»Garret? ... Der befindet sich doch auf der anderen Seite der Welt.«

Der Captain seufzte. »Ich weiß. Wir haben ein Fernschreiben vom State Department in Washington bekommen. Sie haben die Nachricht von unserer Botschaft in Dar es Salaam, Tansania, erhalten. Am 16. berichtete der Kapitän der Motorjacht *Jaloud*, daß Ihr Sohn am 10. Februar bei sehr schlechten Wetterbedingungen in ungefähr dreihundert Meilen Entfernung von der ostafrikanischen Küste über Bord gegangen ist ...«

Kirsty starrte ihn an wie ein kleines Tier, das nachts von den Scheinwerfern eines Wagens hypnotisiert wird. Sie begann langsam den Kopf zu schütteln, der Captain griff in eine Innentasche und zog ein Blatt Papier heraus, das auf beiden

Seiten einen blauen Rand hatte. Er legte es auf den Tisch und schob es vor sie hin. Sie wich zurück und murmelte: »Nein ... nein ... nein ...«

»Es tut mir wirklich sehr leid«, wiederholte der Captain. »Vielleicht wäre es besser gewesen, wenn Sie die Nachricht von jemandem erhalten hätten, der Ihnen nähersteht. Aber Mr. Goldman hat mir gesagt, daß Sie keine Verwandten in New York haben. Er hat mir von Ihrem Freund Larry erzählt, und wir haben sein Büro angerufen, aber er ist bis Freitag in Chicago ...«

Sie schien ihn nicht zu hören, starrte nur das blaugeränderte Stück Papier an, schüttelte immer noch den Kopf und wiederholte das einzige Wort: »Nein ...«

Der Captain hatte in seinem Beruf schon oft der Überbringer solcher Nachrichten sein müssen. Er erwartete, daß sie nach dem ersten Begreifen in Tränen ausbrechen würde. Er gewöhnte sich nie daran, und manchmal war es besonders schlimm. Für diese junge Frau mußte es besonders tragisch sein – früh verwitwet – und jetzt der Tod ihres einzigen achtzehnjährigen Sohnes – keine nahen Verwandten. Er wartete auf die Tränen, überlegte, ob er um den Tisch gehen und sie trösten sollte. Er versuchte Worte zu finden, die helfen und nicht banal sein würden.

Aber sie überraschte ihn. Er sah, wie sie tief Luft holte, wie ein Taucher, der an die Oberfläche kommt. Sah, wie sie die Hände zu Fäusten ballte und das zarte Kinn hart wurde, als sie die Lippen zusammenpreßte. Sie hatte eine helle blasse Haut und weit auseinanderstehende blaue Augen – die tränenlos blieben.

Unvermittelt schob sie das Stück Papier beiseite, stand auf und glättete automatisch ihren Rock. Sie ging zum Fenster, und der Captain drehte sich um, um sie zu beobachten: eine große Gestalt, die selbst noch im Kummer viel jünger aussah, als sie war. Sie blickte auf den dichten Verkehr auf der Seventh Avenue hinunter; es regnete noch immer, die Gehsteige waren sich bewegende Pilzbeete aus Regenschirmen.

»Kann ich etwas für Sie tun, Mrs. Haywood?«

Sie wandte sich um, schüttelte den Kopf, und ihr blondes Haar wogte um ihre Schultern. »Nein, Captain, es sei denn, Sie können mir sagen, daß es ein Irrtum ist oder daß er gefunden wurde.« Plötzlich wurden ihre Augen lebendig. »Sie haben gesagt am 10. ... das ist erst acht Tage her. Vielleicht wurde er gefunden... von einem anderen Schiff... vielleicht...«

Er stand auf. »Es tut mir leid, es ist nur natürlich, daß Sie das hoffen, aber es besteht wirklich keine Chance.« Er deutete auf das Stück Papier. »Unser Konsul hat den Kapitän und die anderen Besatzungsmitglieder befragt. Sie haben das Gebiet drei Tage lang bei schlechtem Wetter abgesucht. Das nächste Festland ist dreihundert Meilen entfernt. Es kreuzten keine anderen Schiffe in dem Gebiet. Es ist weit entfernt von den üblichen Schiffsrouten geschehen... leider...«

Der Hoffnungsschimmer verschwand aus ihren Augen, und sie wandte sich wieder dem Fenster zu. Wieder erwartete er Tränen, aber sie weinte nicht. Er bückte sich, griff nach seiner Mütze und fragte: »Haben Sie Freunde, bei denen Sie die Nacht verbringen können?«

»Nein, es ist gut... ich bin in Ordnung. Ich danke Ihnen.«

Er ging zur Tür, blieb dort unsicher stehen und sagte dann: »Wir wohnen in Ihrer Nähe. Meine Frau und ich. Ecke 17. und 3. Straße. Wir haben ein Gästezimmer, die Kinder sind alle erwachsen und aus dem Haus... es würde uns freuen, wenn Sie eine Weile bei uns wohnen.«

Sie drehte sich um, und als er den Schmerz in ihren Augen sah, verwünschte er sich, weil er Kinder erwähnt hatte, doch dann verzogen sich ihre Lippen zu dem Hauch eines gequälten Lächelns.

»Sie sind sehr freundlich; danke, aber es wird nicht nötig sein. Es war gut von Ihnen, persönlich zu kommen... ich bin ganz in Ordnung. Sagen Sie bitte Mr. Goldman, daß ich gern ein paar Minuten alleinbleiben möchte.«

Er war über ihre Fassung erstaunt. Es war unnatürlich – zu beherrscht. Er blickte zum Fenster und hatte plötzlich Angst.

»Sie werden doch keine Dummheit machen?«

»Dummheit?« Sie sah ihn verblüfft an, dann bemerkte sie seine Blickrichtung. »Nein, Captain. Ich bezweifle, daß ich den Mut dazu habe. Machen Sie sich keine Sorgen.«

Er nickte. »Wenn Sie etwas brauchen, rufen Sie mich im Revier an. Falls ich nicht dort bin, werden meine Kollegen mich jederzeit finden ...«

»Besten Dank.«

Er zögerte noch einen Augenblick, fühlte sich unbehaglich, überlegte, ob es ein Trost sei zu sagen, daß das Leben ja weiterging – eine attraktive Frau wie Sie und so, doch er fand, daß solche Worte dieser Frau wenig Trost bieten würden, also nickte er nur und ließ sie allein.

Nachdem er die Tür hinter sich geschlossen hatte, kehrte sie zum Tisch zurück und setzte sich. Sie konnte sich selbst nicht verstehen; das alles stieß einer dritten Person zu, nicht ihr, Kirsty Haywood. Sie sah sich im Zimmer um: Irvings überladener Schreibtisch mit dem silbergerahmten Foto von Mrs. Goldman und ihren beiden Söhnen. Die gerahmten Dokumente an der Wand, die Irvings Mitgliedschaft beim PanAm-Clipper Club, TWA-Ambassador Club bescheinigten, und die Dankbriefe von den B'nei B'rith für Schenkungen, der Demokratischen Partei und einem alten Brief von Bürgermeister La Guardia. Ein Regal mit Mustern glitzerte in der Ecke, ein Golfschläger lehnte an der Wand. Sie war geistig abwesend. Dann blickte sie auf das Blatt Papier hinunter, ergriff es und las den präzisen, offiziellen Bericht: den Namen ihres Sohnes, Garret James Haywood, vermutlich ertrunken. Angesichts der sachlichen Details war das Wort ›vermutlich‹ eine Farce. Drei Tage der Suche. Keine anderen Schiffe in der Nähe. Außerhalb der normalen Schiffsrouten; haiverseuchte

Gewässer.

Sie zwang ihr Gehirn, die Realität zu akzeptieren, besonders als sie am Ende las, daß seine persönlichen Habseligkeiten nachgesendet würden. Die Kleidung ihres Sohnes kam nach Hause. Er kam nicht.

Sie knüllte das Blatt zusammen und warf es in den Papierkorb unter dem Tisch; dann ging sie hinaus und stellte sich ihrem Chef und ihren Kollegen, die abgedroschene Beileidsphrasen murmelten. Einige von ihnen, darunter Irving, waren verlegen, weil sie fühlten, wie unzulänglich sie waren, andere, zum Beispiel Tracy, überschütteten sie mit Worten und Tränen. Sie lehnte die vielen Angebote ab, eine Zeitlang zu Hause zu bleiben, und erklärte Irving, daß sie keinen Urlaub haben wolle. Sie würde an der Bilanz weiterarbeiten – auch heute abend. Sie hatte damit etwas, worauf sie sich konzentrieren mußte.

Sie ließen sie also allein, fühlten sich unbehaglich, wunderten sich über Kirstys Kraft und waren durch ihren Mangel an Gefühl verwirrt.

Sie kehrte in ihr kleines Büro zurück und begann die Rechnungen, die Gutschriftsanzeigen, die Rücksendungsscheine und die Luftfrachtrechnungen durchzuarbeiten.

Nach einer Stunde hörte sie auf, schenkte sich eine Tasse Kaffee ein und schaute mit leerem Blick durch das Glas in der gegenüberliegenden Wand. Schließlich fiel ihr Blick auf ihre Handtasche auf dem Tisch. Sie zog sie zu sich und nahm einen Brief und eine Postkarte heraus. Der Brief trug den Poststempel Galle, Sri Lanka. Sie las in Garrets langgezogener, geneigter Handschrift die Nachricht, daß er nach Hause kam. Er hatte nicht viel Geld, hatte aber auf einer Jacht, die zu den Seychellen und dann nach Dar es Salaam in Tansania segelte, einen Platz gefunden. Es würde ungefähr einen Monat dauern. Von dort würde er versuchen, einen billigen Flug nach Hause zu bekommen. Sie sollte ihm kein Geld und auch keine Flugkarte schicken. Er kannte ihre schwierige finanzielle Lage. Jedenfalls freute er sich auf die Reise. Indien war sowohl gut als auch schlecht gewesen, Sri Lanka zumeist gut. Er würde ihr alles erzählen, wenn er nach Hause kam. Sie fehle ihm, und er liebe sie. Es gäbe viel zu erzählen. Er verstehe jetzt vieles besser.

Sie faltete die Seiten zusammen und griff nach der Postkarte. Sie trug den Poststempel Victoria, Seychellen, und war vom 4. Februar datiert. Bis jetzt eine gute Reise. Die Insel sei ein Paradies, aber sie würden in wenigen Tagen nach Dar es Salaam auslaufen, wo sie um den 20. Februar eintreffen sollten. Er habe gerade noch genug Geld für eine Flugkarte nach Hause. Er würde irgendwann in der letzten Februarwoche bei ihr sein. Er liebe sie.

Sie drehte die Postkarte um und legte sie auf den Tisch. Das Foto zeigte einen weitläufigen, verlassenen Strand. Palmen neigten sich, als wären sie durstig und griffen nach dem Meer. Die Bildunterschrift lautete: ›Anse Royal, Mahé.‹

Sie betrachtete das Bild, und endlich füllten sich ihre Augen mit Tränen. Es waren Tränen des Kummers, der Liebe und der Reue.

Kurz nach acht Uhr kam Irving ins Büro zurück. Er war am frühen Morgen mit seinem Rechtsanwalt verabredet und hatte einige Papiere vergessen. Als er die Tür öffnete, sah er zu seiner Überraschung, daß das Licht noch brannte. Dann bemerkte er Kirsty durch die Glaswand, die auf dem Tisch zusammengesunken war. Er stand in der offenen Tür zu ihrem Büro, bevor sie den Kopf hob und sich umdrehte.

Er hatte noch nie im Leben in einem menschlichen Gesicht solche Seelenqual und solchen Kummer gesehen. Ihre Wangen und das Kinn waren tränennaß. Das dezente Make-up, das sie verwendete, war verlaufen und verlieh ihr ein gespenstisches, verzerrtes Aussehen. Ihre Augen sahen ihn verwirrt an wie ein angeschossenes Tier, das stirbt und nicht versteht, warum.

Der Anblick erschreckte ihn, und er blieb einen Moment

verlegen stehen. Er erblickte nicht nur Schmerz, sondern eine verzweifelte Seele.

Vor wenigen Wochen hatte er in Bronx einen kleinen Hund überfahren. Von Panik ergriffen, war er weitergefahren, als er das hohe, schmerzgequälte Jaulen hörte. Seine Frau hatte darauf bestanden, daß er zurückfuhr.

Als er nun langsam auf Kirsty zuging, hatte er das gleiche Gefühl wie damals, als er sich dem verletzten, sterbenden Tier genähert hatte.

»Warum, Irving?« stöhnte sie. »Warum ich? Zuerst Kevin, jetzt Garret. Alles, was ich besaß. Warum ich ...?«

Irving war nur redegewandt, wenn er jemanden von etwas überzeugen wollte. Worte des Trostes fielen ihm schwer. Er legte ihr die Hände auf die Schultern.

Sie erhob sich schwankend, und plötzlich hielt er sie in seinen Armen, fühlte ihren Körper beben, während sie schluchzte.

»Alles, was ich besaß ... genommen. Fort.«

Er murmelte ihr ins Ohr. »Versuchen Sie, stark zu sein, Kirsty. Sie werden sich später besser fühlen.«

Sie schüttelte den Kopf an seiner Brust und schrie auf: »Später? Was ist später? Mir ist nichts geblieben. Nichts.«

Es machte ihn wütend, daß ihm nicht die richtigen Worte einfallen wollten, daß er nicht imstande war, sie zu trösten. Er drückte sie an sich und klopfte ihr leicht auf den Rücken, als wolle er ein Kind beruhigen. Schließlich fand er, daß Entschlossenheit die einzige Möglichkeit war.

»Kirsty, meine Liebe, es ist schrecklich, aber es ist geschehen. Sie haben so viel Unglück erlebt, zuerst Kevin, jetzt Garret. Aber wenn so etwas geschieht, muß man sich seinem Schicksal stellen. Sie sind stark – das weiß ich. Wenn Sie einen Schlag abkriegen und zu Boden gehen, müssen Sie sich selbst wieder aufraffen. An die Dinge denken, die noch wichtig sind im Leben.«

»Welche Dinge, Irving? Welche Dinge?«

Er seufzte. »Kommen Sie, Kirsty. Sie haben Freunde, einen guten Posten. Ein ganzes Leben liegt noch vor Ihnen ... Larry ...«

Sie hob den Kopf, und als er ihr in die Augen blickte, wußte er, daß weder er noch sonst jemand auf der Welt über die Worte verfügte, um diese Frau zu trösten.

»Sie müssen es versuchen, Liebste ...«

Jetzt waren ihre Augen nicht verwirrt. Es war etwas anderes. Eine Erkenntnis.

»Ich war es, Irving. Ich habe es getan. Ich habe ihn dazu gebracht, zu gehen.«

Sie trat zurück. Mit geballten Fäusten, bebendem Körper, aschfahlem Gesicht.

»Es war meine Schuld«, flüsterte sie heiser. »Ich! Ich habe meinen Sohn getötet.«

2

In Bombay, auf der anderen Seite der Erde, war es später Vormittag, und eine andere Person trauerte um einen Menschen. Auch er saß in seinem Büro, und auch er war Buchhalter. Ramesh Patel war achtundvierzig Jahre alt und einer von den zehntausend Anglo-Indern, die nach der Unabhängigkeitserklärung im Land geblieben waren. Er war insofern ungewöhnlich, als die meisten Anglo-Inder britische Väter und indische Mütter hatten. Seine Mutter war Engländerin gewesen und hatte in der klassenbewußten Atmosphäre des kolonialen Indien von seiten ihrer Landsleute wegen ihrer Liebe und Ehe mit einem indischen Geschäftsmann viele Demütigungen erlitten. Rameshs Vater war während der Unruhen gestorben, die 1947 auf die Unabhängigkeit und Teilung gefolgt waren, und sein Geschäft war zerstört worden.

Rameshs Mutter war die Rückführung nach England angeboten worden, doch sie dachte an die Jahrzehnte der Beleidigungen und hatte abgelehnt. Obwohl die Verwandten ihres Mannes nicht vermögend waren, hatten sie ihnen ein kleines Haus zur Verfügung gestellt, und Ramesh hatte durch Beziehungen der Familie einen Posten als Angestellter oder *babu* beim Zoll in Bombay gefunden. Er war schlecht bezahlt und blieb es auch, als er mit der Zeit befördert und zweiter Buchhalter wurde. Die meisten seiner Kollegen besserten ihre armseligen Gehälter mit Hilfe der allgegenwärtigen Korruption auf, aber Ramesh war von Natur aus und durch das elterliche Milieu in seiner Kindheit ein ehrlicher Mann und verschmähte das ihm häufig angebotene Bakschisch. Das rief bei seinen Kollegen Belustigung und Herablassung hervor, aber das war ihm gleichgültig. Er war in seinem Verhalten und seinen Neigungen ein einfacher Mann und hatte ein ruhiges Leben mit seiner Mutter geführt, die etwas zusätzliches Geld ins Haus brachte, indem sie halbtags englische Literatur unterrichtete. Er hatte sich einmal vor zehn Jahren in ein Mädchen aus Goa verliebt, das damals eine portugiesische Kolonie südlich von Bombay war. Sie hatten heiraten wollen, aber sie war ihren Eltern gehorsam gewesen, die, als sie von seiner finanziellen Lage erfuhren, energisch dagegen Einspruch erhoben.

Er hatte also weiter mit seiner Mutter in demselben Haus außerhalb von Muland gelebt. Seine Hauptbeschäftigung war die Lektüre von historischen Romanen und Seefahrtsgeschichten, und gelegentlich ging er mit seinem Freund Jaran Singh zum Essen, der in der Rechtsabteilung der Stadt arbeitete.

Diese geordnete Existenz fand ein jähes Ende, als seine Mutter an Krebs erkrankte. Sie litt elf Monate, bis sie starb, und als es mit ihr zu Ende ging und sie in dem lauten, überfüllten Krankenhaus lag, übermittelte ihr Körper jeden Moment ihrer Qualen seinem Gehirn, und als die Würde des Todes ihr Leben beendete, wurde sein Kummer von Erleichterung gemildert.

Später, als er ihre alten Schiffskoffer durchsuchte, fand er etwas zwischen Bündeln alter Briefe und muffiger Kleider. Ein schwerer, in zerknülltes braunes Packpapier gehüllter und mit einem Band verschnürter Gegenstand. Die Umhüllung zerfiel in seinen Händen, und er hielt eine etwa fünfunddreißig Zentimeter hohe Steinskulptur in den Händen. Eine üppige Frauenfigur mit vollen Lippen und schmalen Augen, die die Handflächen aneinanderdrückte. Er erinnerte sich undeutlich daran, daß es das letzte Geschenk von dem Vater seiner Mutter gewesen war, der als untergeordneter Beamter der Kolonialregierung im Staat Madhya Pradesh Dienst getan hatte. Er war vor ihrer Hochzeit gestorben, so daß ihm die Schande erspart geblieben war. Es war eine erotische Statuette, die beim Tod von Rameshs Vater beiseite gelegt und vergessen worden war.

Er zeigte sie seinem Freund Jaran Singh, der ihn aufgesucht hatte, um ihm sein Beileid auszudrücken. Jaran hatte geäußert, daß sie wertvoll sein könne; er hatte seinerseits einen Freund, der etwas von solchen Dingen verstand. Er hatte ihm die Statuette gezeigt und erst am Vorabend die erstaunliche Nachricht erhalten, daß es sich um eine Schlangengottheit aus Sandstein aus dem zehnten Jahrhundert handelte – Nagi – und bei vorsichtiger Schätzung 100 000 Rupien wert war.

Diese Summe entsprach für Ramesh dem Gehalt von zehn Jahren, und seine erste Gefühlsregung waren Gewissensbisse, denn mit soviel Geld hätte er das Hinscheiden seiner Mutter unendlich weniger leidvoll gestalten können.

Er erhob sich von seinem Schreibtisch und ging zum Fenster. Sein Büro befand sich im dritten Stockwerk des Zollgebäudes und bot einen Rundblick über die Regierungswerft und das Fort George, das rechts davon lag. Wie alle Regierungsabteilungen war die Zollbehörde massiv überbesetzt, und Ramesh hatte viel freie Zeit zur Verfügung. Er verbrachte viel davon an diesem Fenster, beobachtete die Schiffe, wenn sie auf dem Weg zu und von den großen Handelsdocks am Ankerplatz im Norden vorbeikamen.

Er liebte das Meer und die Schiffe, aber es war eine intellektuelle Liebe, der er nur in seiner Lektüre freien Lauf ließ. Aus der Bibliothek hatte er unzählige Bücher entliehen, für gewöhnlich alte Bände aus der Zeit vor dem Abzug der Engländer. Er war mit den großen Entdeckungsreisen vertraut, kannte die Sagas von Forrester und Conrad und noch viele andere. In seinem tiefsten Inneren, hinter seinem schüchternen Äußeren, war er ein stiller Romantiker.

Er beobachtete, wie ein schmutziger Frachtdampfer zu den Alexandra Docks hinauftuckerte. Dann warf er einen Blick auf den vor ihm liegenden Verzollungskai. Ein alter, zwölf Meter langer Motorsegler war längsseits vertäut. Er lag seit sechs Monaten dort, nachdem er beschlagnahmt worden war, als sein Besitzer, ein Mann aus Madras, beim Schmuggeln ertappt worden war. In wenigen Tagen würde er versteigert werden. Er hatte selbst das Inventar überprüft, auch wenn nur wenig vorhanden war. Die Maschine war eine Perkins, mindestens dreißig Jahre alt und altersschwach. Die Decks mußten repariert werden, und die Segel waren zerfetzt. Dennoch hatte er, als er mit seinem Notizblock hinaufgeklettert war, in seinem Herzen die Anziehungskraft der See verspürt und sich über das Gefühl leicht amüsiert. Die Jacht war wie eine alte Dame, die ins Unglück geraten ist, die abblätternde Farbe und der verblaßte Lack sahen wie zerlumpte alte Kleider aus. Er nahm an, daß das Holz ihres Rumpfs angefault war, daß ihre beiden kurzen Maste unter den Farbschichten Risse aufwiesen und daß ihre alte Maschine wie ein krankes Herz war, dessen Klappen verstopft und dessen Kammern abgenutzt sind.

Während er auf das Boot hinunterblickte, sah er plötzlich seine Mutter in den letzten Wochen ihres Lebens vor sich. Eine alte Frau, die mit einem letzten Rest an Würde gegen die schleichende Zerstörung ankämpfte. Aus der Entfernung konnte er die verblaßten Buchstaben auf dem Heck des Schiffes nicht genau ausmachen, aber er erinnerte sich daran: Der Name einer Göttin – *Manasa*.

Tausend Meilen südlich von Bombay stieß Lani Sutowo die knochige Hand von ihren jungen Brüsten, riß sich aus der gierigen Umarmung und rannte, während ihr noch das grausame Gelächter in den Ohren widerhallte, durch die Hintertür auf die staubige Straße hinaus. Sie lief an den Holzhütten mit Blechdächern vorüber, bis die Straße in einen Pfad aus zerstoßenen Korallen überging. Ihre Schritte wurden langsamer, sie atmete tief, dann drehte sie sich um und blickte zurück. Außer einer Gruppe von Kindern, die auf einer Baustelle spielten, war niemand zu sehen. Es war mitten am Nachmittag, und der Großteil der Bevölkerung von Male, der Hauptstadt der Malediven, suchte Schutz vor der Sonne. Sie ging zum Rand der Lagune; eine schlanke, einsame Gestalt in einer bauschigen schwarzen Hose und einer verblichenen weißen Bluse. Ihr schwarzes Haar hing glatt bis zur Taille hinunter. Als sie den Sandstrand am Rand der Lagune erreichte, streifte sie die Sandalen von den Füßen und ging langsam am Ufer entlang. Sie vereinigte in sich die Gesichtszüge einer Chinesin mit der goldbraunen Haut einer Bewohnerin von Sumatra, denn ihre Vorfahren waren während den großen chinesischen Wanderungen des neunzehnten Jahrhunderts aus der Provinz Kanton in China zuerst nach Singapur und dann weiter nach Medan an der Nordostküste von Sumatra gezogen. Dort hatte ihre Familie friedlich über ein Jahrhundert lang gelebt, bis zum vergangenen Jahr, als die Indonesische Kommunistische Partei, die hauptsächlich aus Chinesen bestand, versucht hatte, die Regierung Sukarno zu stürzen. Die Armee hatte den Aufstand niedergeschlagen und in den folgenden sechs Monaten ruhig zugesehen, wie die eingeborene Bevölkerung des Archipels über 200 000 Chinesen niedergemetzelt hatte. In Medan allein waren über 1500 Menschen gestorben, unter ihnen auch Lanis Eltern und die meisten ihrer Verwandten. Einem älteren Bruder war es gelungen, sie auf einer Handelsdschunke unterzubringen, die nach Colombo fuhr, und er hatte ihr gerade genug Geld für die Weiterreise zu den Malediven geben können, wo ihr ein entfernter Zweig ihrer Familie weiterhelfen würde.

Sie hatten sie auch aufgenommen und unterhalten – aber für den Preis von zwölf Stunden täglicher Arbeit im Geschäft in einem Vorort der Hauptstadt. Sie mußte sich auch die immer aufdringlicheren Aufmerksamkeiten des Ehemannes ihrer entfernten Kusine gefallen lassen, die sie aufgenommen hatte. Sie war achtzehn Jahre alt geworden, aber allein das letzte Jahr war ihr wie ein ganzes Leben erschienen.

Sie setzte sich auf eine umgestürzte Palme und blickte über die Lagune hinaus auf die offene See, die sich bis nach Sumatra erstreckte. Sie beschwor keine Gedanken an die Heimat herauf. Das war vorbei; im letzten Brief von einem Vetter in Djakarta hatte gestanden, daß es keine Spur ihrer nächsten Familienangehörigen gab.

Sie drehte sich um und blickte zu der schmutzigen Stadt hinüber, die auf der anderen Seite der Lagune lag. Dort lebten nur wenige Chinesen, nur eine Handvoll Geschäftsbesitzer und Händler, die ihren Lebensunterhalt mühsam zusammenkratzten. Sie spürte die Gleichgültigkeit und Verachtung der Einheimischen, außer wenn die Männer ihren wohlgeformten Körper lüstern betrachteten. Sie gab sich nicht der Verzweiflung hin. Sie stammte von Generationen ab, die immer ums Überleben hatten kämpfen müssen. Irgendwie würde sie diesen Ort verlassen.

Jenseits des Indischen Ozeans, im Rub Al Khali – der menschenleeren Region der saudiarabischen Wüste –, war ein Bohrteam mit einer Probebohrung beschäftigt. Die Temperatur betrug über vierzig Grad Celsius, und die acht Mann boten einen erbarmungswürdigen Anblick, als sie auf der

Arbeitsbühne schwitzend die Verbindung mit dem nächsten, zehn Meter langen Rohr herstellten. Sie trugen grell orangefarbene Helme mit Stahlkappen, schmutzige Shorts und sonst nicht viel. Ihre Bewegungen wirkten erschöpft; ein junger Riese, dessen blondes Haar unter dem Helm hervorquoll, erteilte immer wieder scharfe Befehle.

Ein Rohr wurde vom Flaschenzug in das Bohrloch gehoben. Sich schnell drehende Ketten wickelten sich um das Rohr. Die Mitnehmerstange wurde ausgekuppelt, Schlamm ergoß sich über die Arbeitsbühne; Flüche und Befehle, während die Slips angezogen wurden, dann drehte es sich, der Bohrmann pumpte Schlamm, und zweitausend Meter tiefer drehte sich die Bohrspitze nach rechts, fraß sich in einen weiteren Teil des Jurafelsens und schob sich langsam zu schwarzem Gold vor.

Das Arbeitsteam trat zurück, schleuderte Schlamm von den Stiefeln und lachte über einen derben Witz. Der blonde Riese nahm den Helm ab und wischte sich mit dem Handrükken den Schweiß von der Stirn. Er blickte auf seine Uhr und brummte befriedigt.

Hinter ihm ging in einem Schuppen eine Tür auf, und eine Stimme rief: »Cady!«

Alle drehten sich um, als der Lagerverwalter angewidert auf den Schlamm schaute, der die Arbeitsbühne bedeckte.

»Was ist das für eine Scheiße?«

Cadys freundliches Gesicht wurde hart. »Zum Teufel, wir haben soeben eine Verbindung gemacht.«

»Na und? Du hast die Arbeitsbühne sauberzuhalten, verstanden. Das solltest du wissen.«

»Ja – und ich weiß, daß ein guter Bohrmann den Bohrer wieder hinunterläßt, bevor er die Bühne abspritzt.«

Der Mann in der Tür grinste hämisch. »Du weißt überhaupt nichts – du bist noch naß hinter den Ohren. Verdammt, vor zehn Jahren hätte man Kinder wie dich nicht einmal in die Nähe eines Bohrturms gelassen.«

Er ging wieder hinein in den Schuppen und schlug die Tür zu.

Cady murmelte etwas Obszönes, und der neben ihm stehende Bohrmann grinste. »Laß dich von dem Scheißkerl nicht ärgern, Cady. Er ist nur neidisch. Er war fünfunddreißig, als er endlich Bohrmeister wurde, und hat zehn Jahre auf diesem Posten gearbeitet, bis sie ihn zum Verwalter ernannten. Außerdem mag er Kanadier nicht – er hat eine Kanadierin geheiratet!«

Cady zuckte mit den Schultern. »Wir haben diese Verbindung in nicht einmal drei Minuten hergestellt. Das nächste Mal werde ich ihm die Zähne einschlagen.«

Der Bohrmann grinste wieder. »Tu das nur.« Er deutete mit dem Daumen zu dem Bohrturm hinauf. »Und wenn ich auf dem Turm oben bin, rutsche ich die Geronimoleine hinunter und küsse dir den Hintern.«

Cady lachte und blickte dorthin, wo eine gespannte Stahltrosse von der Rückseite der Rammbretter in sichere Entfernung führte. Wenn ein Bohrloch einstürzte und ein Bohrmeister dort oben saß, war es seine einzige Rettung.

»Tu das, Cam«, sagte er. »Ich werde dann meinen Job verloren haben, also wird ein Kuß auf den Hintern besser sein als gar nichts – jetzt wollen wir die Arbeitsbühne abspritzen.«

3

Das Paket vom Außenministerium traf am Morgen ein, aber Kirsty wartete bis zum Abend, bevor sie es öffnete, dann kochte sie für sich und Larry Boeuf Stroganoff. Er hatte eine gute Flasche Wein mitgebracht, unterhielt sich während der Mahlzeit fröhlich mit ihr und versuchte, ihre Gedankenversunkenheit zu durchbrechen.

Sie hatte das Paket im Schlafzimmer geöffnet, während er

vor dem Fernseher saß. Es war ein persönlicher Moment, und er hatte unbewußt gefühlt, daß er nicht stören durfte.

Während sie die Teller aufeinanderstapelte, beglückwünschte er sie zu ihrer Kochkunst, sie lächelte und trug das Tablett in die kleine Küche.

Er zündete eine Zigarette an und ging zum Fernseher. Er wollte ihn einschalten, als sie seinen Namen rief. Er wandte sich um und sah sie mit dem Tablett in den Händen in der Küchentür stehen.

»Er ist nicht tot, Larry.«

»Was?«

»Garret – er ist nicht tot.«

Langsam trug sie das Tablett zum Tisch zurück und stellte es ab. Ihr Gesichtsausdruck war seltsam, starr.

»Er ist nicht tot, Larry – ich weiß es.«

Larry beobachtete sie besorgt und fragte leise: »Wieso weißt du es, Kirsty?«

»Ich weiß es einfach. Seit ich seine Sachen gesehen habe, fühle ich es. Aber eben jetzt – in der Küche – war ich vollkommen sicher – er lebt.«

Larry seufzte. »Komm schon, setz dich, wir wollen vernünftig darüber sprechen.«

Sie ging zu der Sitzbank, er setzte sich ihr gegenüber und bemerkte, daß wieder Leben in ihren Augen war.

»Kirsty, Liebling, sei vernünftig. Es ist nur natürlich. Du hast seine Kleidung und alles andere zurückbekommen. Die plötzliche Gedankenverbindung ... aber er ist tot.«

Sie schüttelte heftig den Kopf. »Nein, Larry. Ich weiß, daß es unlogisch ist – aber ich weiß es einfach. Ich kann es nicht erklären ... Er ist mein Sohn. Ich kann ihn spüren, in meinem Geist und in meinem Inneren. Ich weiß mit Bestimmtheit, daß er am Leben ist. Genau wie ich es wissen würde, wenn er tot wäre.«

Er zuckte mit den Schultern. »Die Beweise liegen vor dir, Kirsty. Tut mir leid, wenn es hart klingt, aber viele Mütter haben den gleichen Instinkt – bis sie den Leichnam sehen. Du wirst den Leichnam nie sehen, vielleicht wirst du also dein Leben lang mit diesem instinktiven Gefühl leben müssen. Ich bin kein Psychologe, aber ich weiß, daß es viele Frauen gibt, deren Söhne und Ehemänner in Korea vermißt werden – vermutlich tot sind. Sie glauben noch immer, daß sie irgendwo in Nordkorea oder China leben.«

»Das ist etwas anderes, Larry. Es gibt andere Dinge. Ich weiß, daß sie zufällig und instinktiv sind, aber es gibt sie.«

»Welche Dinge?«

Sie stand auf, ging ins Schlafzimmer und kam mit einem großen Briefumschlag zurück, den sie ihm reichte.

»Da drin sind sein Paß, einige Briefe, der offizielle Bericht und ein Begleitbrief vom amerikanischen Konsul. Lies den Brief.«

Er ließ den Inhalt auf den Kaffeetisch gleiten. Der Paß lag obenauf. Er nahm ihn und schlug die erste Seite auf. Auf die dem Foto eines jungen Mannes mit frischem Gesicht und blondem Haar gegenüberliegende Seite war das Wort ›Ungültig‹ gestempelt. Er klappte ihn rasch zu und griff nach dem Brief mit dem amerikanischen Adler. Er las das einzige Blatt, dann blickte er auf und sah, daß sie ihn aufmerksam beobachtete.

»Es ist ein freundlicher, mitfühlender Brief«, stellte er fest.

»Ja, aber er ist mehr. Der Konsul erwähnt, daß er wegen der Umstände den Kapitän und die übrigen Besatzungsmitglieder persönlich befragt hat. Sie haben die Aussagen bestätigt, die sie bei der tansanischen Polizei gemacht hatten. Er hat auch die Wetterbedingungen in dem Gebiet zu der Zeit nachgeprüft und bestätigt, daß sie mäßig schlecht waren ... mäßig, Larry.«

»Und?«

»Er sagt zwar nicht, daß er Verdachtsgründe gehabt haben muß – aber sonst hätte er doch nicht so gründlich nachgeforscht.«

»Das ist doch seine Aufgabe, Kirsty.«

»Nein«, widersprach sie entschieden. »Es ist Aufgabe der Polizei. Ich habe das Gefühl, daß er mißtrauisch war.«

Er spreizte verzweifelt die Hände. »Schon wieder Instinkt.«

»Zum Teufel«, brauste sie auf. »Aber er ist mein Sohn, und ich weiß genau, daß er lebt.« Plötzlich stand sie auf und schlug sich mit der Hand auf den Oberschenkel. »Das Tagebuch.«

»Welches Tagebuch?«

»Garrets Tagebuch. Er hat mir erzählt, daß er eines führte – in seinem letzten Brief aus Sri Lanka. Es befindet sich nicht unter seinen Sachen. Warum nicht? Er wird es doch nicht bei sich gehabt haben, als er über Bord fiel.« Sie begann aufgeregt auf und ab zu gehen. »Und seine Uhr – er hätte diese Uhr nie getragen – es war die seines Vaters. Er hat sie nicht einmal beim Schwimmen getragen, obwohl sie wasserdicht war. Sie fehlt auch.«

»Warte, Kirsty!« Larry hob die Hand. »Bitte, setz dich. Sag nichts, hör mir nur zu, bis ich fertig bin.«

Sie setzte sich und hörte zu, während er langsam und geduldig sprach. Vielleicht verdächtigte der Konsul den Kapitän eines Verbrechens, aber nichts konnte bewiesen werden. Die Uhr war wertvoll. Vielleicht hatte ein Besatzungsmitglied sie gestohlen, oder sie war schon in Indien abhanden gekommen. Sie klammerte sich an Strohhalme, die es nicht gab.

»Sie haben sein Geld nicht gestohlen«, widersprach sie angriffslustig. »Dem Konsul wurden vierhundert Dollar übergeben, gerade genug, um ein Flugticket nach Hause zu bezahlen.«

»Benutze deinen gesunden Menschenverstand, Kirsty. Das wäre doch allzu auffällig gewesen.«

»Und das Tagebuch? Das hatte keinen Wert.«

»Nein, aber vielleicht wollte es der Konsul nicht mitschikken. Vielleicht standen bestimmte Dinge darin. Vielleicht wollte er dir nicht noch mehr Schmerz bereiten.«

Sie sah ihn skeptisch an, griff nach dem Brief des Konsuls und zeigte auf eine Zeile.

»Danny Lascelles. Französischer und türkischer Abstammung, Kapitän der *Jaloud*. Lascelles ... was für ein Mann ist er?«

»Ach, verdammt!« Larrys Ärger schlug endlich durch. »Hör doch auf damit, Kirsty. Es war ein Unfall. Das kommt vor.«

»Es ist nicht nur das«, antwortete sie abwehrend. »Du kannst das nie verstehen ...«

Er schnaubte. »Nicht mit deiner Logik. Du wirst aber bestimmt darüber hinwegkommen.«

»Ich werde ihn anrufen.«

»Wen?«

Sie schwenkte den Brief. »Den Konsul in Dar es Salaam. Howard Godfrey.«

»Um Himmels willen, Kirsty!«

»Werde nicht wütend. Wenn er Garrets Tagebuch zurückgehalten hat, will ich es haben.«

Larrys Gesichtsausdruck wurde mürrisch, und er zuckte mit den Schultern, als wolle er die ganze Angelegenheit von sich schieben.

»Tu, was du willst. Ich habe es aufgegeben, dich zur Vernunft zu bringen.«

Er sah auf die Uhr, stand auf, schaltete den Fernseher ein und suchte so lange, bis er *I love Lucy* fand. Dann ging er in die Küche, holte sich ein Bier und machte es sich bequem.

Kirsty ging zum Telefon in der Ecke, nahm sich einen Stuhl und entdeckte rasch, wie schwierig es war, wenn man von New York aus Ostafrika anrufen wollte.

Sie hatte noch nie in Übersee angerufen. Zuerst wählte sie die Auskunft und bekam die Nummer der zuständigen Übersee-Telefonistin. Diese Dame teilte ihr mit kalter, unpersönlicher Stimme mit, daß es keine direkte Verbindung nach Tansania gebe. Sie mußte den Anruf über London leiten, und das konnte Stunden dauern. Es bestand auch ein Zeitunterschied von acht Stunden. Würde ihr Teilnehmer dann noch erreichbar sein? Kirsty erklärte ihr, daß es die amerikanische Botschaft sei, und die Stimme der Telefonistin wurde etwas weniger kühl. War es ein dringender Anruf?

Kirsty zögerte, dann sagte sie mit einem Blick auf Larry: »Es handelt sich um meinen Sohn. Er ist vermißt, und ich will mit dem Konsul sprechen.« Die Stimme am anderen Ende der Leitung war plötzlich von warmem Mitgefühl erfüllt. Sie würde versuchen, so schnell wie möglich durchzukommen. Es hing vom Sprechverkehr aus London ab. Jedenfalls würde der diensthabende Beamte, auch wenn der Konsul nach Hause gefahren war, eine Nummer haben. Sie würde sich wieder bei ihr melden, Kirsty mußte aber auf eine lange Wartezeit gefaßt sein.

Es dauerte drei Stunden. Larry war bereits nach einem flüchtigen Kuß zu Bett gegangen. Sie sah sich einen Spätfilm im Fernsehen an, dann machte sie die Küche gründlich sauber. Zweimal läutete das Telefon. Jedesmal berichtete die Telefonistin, daß sie es noch immer versuche und auf London warte. Das dritte Mal hörte Kirsty ein Summen und Knacken in der Leitung und verstümmelte Worte der englischen Telefonistin, die mit ihrer Kollegin sprach. Es klickte ein paarmal, dann meldete sich eine leise Stimme: »Botschaft der Vereinigten Staaten.« Die Stimme der Engländerin fragte nach Mr. Howard Godfrey – ein Anruf von Mrs. Haywood aus New York. Nach einer Pause von einer Minute sagte eine Stimme: »Hier spricht Konsul Howard Godfrey, kann ich Ihnen helfen?«

Er sprach mit New Yorker Akzent, und die Stimme hatte, so schwach und verzerrt sie auch war, einen freundlichen Klang. Kirsty brach in Tränen aus.

Die New Yorker Telefonistin rettete die Situation. Sie schaltete sich rasch ein und ersuchte ihre Londoner Kollegin, die Verbindung mit Mr. Godfrey aufrechtzuhalten. Dann sprach sie mit Kirsty und beruhigte sie, sie solle sich Zeit lassen.

Kirsty kämpfte um ihre Fassung. Der Telefonhörer in ihrer Hand verband sie mit dem Mann, der ihr Garrets Tod mitgeteilt hatte. Unbewußt hatte sie Angst davor, daß dieser Mann ihr unwiderruflich bestätigte, daß Garret wirklich tot war. Sie hatte sich eingeredet, daß er am Leben war, und wollte mit diesem Traum weiterleben. Langsam hob sie den Hörer ans Ohr, dann ließ sie ihn wieder sinken, atmete schwer, umklammerte ihn und begann laut zu sprechen.

Ihre Stimme drang durch die geschlossene Tür und weckte Larry im Schlafzimmer. Er setzte sich im Bett auf, gähnte, schaltete das Licht ein und verzog ärgerlich das Gesicht, als er auf die Nachttischuhr blickte.

Das Gespräch dauerte etwa fünf Minuten, und es dauerte noch weitere fünf Minuten, bis die Schlafzimmertür aufging und Kirsty hereinkam. Sie setzte sich auf das Fußende des Bettes und sah ihn an.

»Nun?« fragte Larry.

»Sie haben weder ein Tagebuch noch eine Uhr gefunden. Er hat Lascelles und seine Mannschaft befragt, weil sie in einem zweifelhaften Ruf stehen. Aber es würde unmöglich sein, ein eventuelles Verbrechen zu beweisen. Er rät nur, die Tatsache zu akzeptieren, daß Garret tot ist.«

Larry nickte sichtlich erleichtert. »Du hast also wenigstens mit ihm gesprochen. Es wird dir helfen, dich damit abzufinden.«

Ein paar Augenblicke lang schwiegen sie. Kirstys Blick war starr auf die Wand gerichtet. Ihre vollen Lippen waren zu einer dünnen Linie zusammengepreßt. Ihre Hände waren in ihrem Schoß verschränkt. Als sie wieder zu sprechen begann, klang ihre Stimme entschieden.

»Ich werde mich nicht damit abfinden. Ich weiß es, mein Sohn lebt, und ich werde ihn finden.« Sie lächelte über seinen verwunderten Gesichtsausdruck. »Ja. Larry, ich werde meinen Sohn finden. Es war meine Schuld, daß er fortging und diese Reise unternahm. Ich war eine schlechte Mutter.«

»Unsinn.«

»Doch, so ist es. Garret ist wie Kevin, ruhelos und extrovertiert. Ich habe in diesen acht Jahren versucht, ihn an mich zu fesseln, ihn mit meiner Fürsorge zu ersticken. Deshalb ist er bei der ersten sich bietenden Gelegenheit ausgebrochen. Er war für eine solche Reise nicht vorbereitet ... und das war meine Schuld. Jetzt steckt er in Schwierigkeiten ... ich werde ihn suchen.«

Larrys Gesichtsausdruck wurde mürrisch. »Wie? Woher willst du das Geld nehmen?«

»Ich werde die Wohnung verkaufen.«

Er schnaufte verächtlich. »Kirsty! Auf der Wohnung liegt eine erste und eine zweite Hypothek. Bei dem derzeitigen Wohnungsmarkt hast du Glück, wenn du ein paar tausend Dollar erhältst.«

»Dann werde ich meinen Schmuck verkaufen!«

»Mein Gott!« Larry schüttelte den Kopf. »Du bist so verdammt naiv. Was besitzt du denn schon? Eine Perlenkette – höchstens dreihundert Dollar. Einen kleinen Topas in einem Goldring, der vielleicht neun Karat hat – nicht einmal hundert. Ein paar Schmuckstücke von deiner Mutter, die nur einen sentimentalen Wert haben. Dein Mann war nicht gerade so begütert, um dir großzügige Geschenke machen zu können.«

Plötzlich richtete er sich auf. »Du wirst doch nicht etwa die Uhr verkaufen, die ich dir geschenkt habe?«

Sie schüttelte traurig den Kopf. »Nein, Larry. Ich werde deine Uhr nicht verkaufen. Ich weiß noch nicht wie, Larry, aber ich werde das Geld irgendwie auftreiben.«

Sie ließ sich nicht davon abbringen. »Ich werde meinen Fernseher verkaufen.«

»Er ist fünf Jahre alt – mindestens. Vielleicht bekommst du hundert.«

Dann betrachtete sie die beiden Ringe am Mittelfinger ihrer linken Hand. »Wenn es sein muß, werde ich meinen

Verlobungs- und den Ehering verkaufen. Kevin würde es verstehen. Es geschieht für Garret. Der Verlobungsring ist wertvoll. Er war von Kevins Mutter.«

Larry blickte auf das dünne Goldband mit den vier kleinen Diamanten und seufzte.

»Liebling, schau dir doch mal diese Haifische an, die mit Juwelen aus zweiter Hand handeln. Ich wette, du bekommst keine tausend Dollar.«

Er beugte sich vor und fuhr ernst fort: »Kirsty, ich kann dir nicht helfen. Da ich Alimente zahlen muß und meine eigene Hypothek abstottern, kann ich dir nicht helfen. Ich will ehrlich sein: Ich würde es auch nicht tun, wenn ich könnte. Es ist verrückt – du bist verrückt. Dafür würde ich mein Geld nicht rausschmeißen.«

»Ich will auch gar nicht, daß du mir hilfst, Larry.«

Jetzt sah er sie verdutzt an. »Ich verstehe dich nicht, Kirsty. Du willst alle Brücken hinter dir abbrechen. Du wirst buchstäblich mit leeren Händen zurückkommen. Keine Wohnung. Irving wird dich nicht wieder anstellen, wenn du ihn jetzt im Stich läßt. Solche Posten sind jetzt schwer zu finden. Buchhalter kriegt man zwei Stück für einen Penny. Du willst das alles nur für ein unbegründetes Gefühl aufgeben?«

»Es ist nicht nur ein Gefühl, ich weiß, daß Garret lebt.«

»Er ist tot, verdammt noch mal!« brauste Larry auf. »Damit mußt du dich abfinden!«

Sie schüttelte ruhig den Kopf. »Ein Mann hat in sein Logbuch geschrieben, daß mein Sohn gestorben ist. Das ist alles. Ich werde mit diesem Mann sprechen.«

4

»Ich habe mich entschlossen«, sagte Ramesh Patel entschieden, und sein Freund Jaran Singh brach in heiseres Gelächter aus. Sie saßen in ihrem Lieblingsrestaurant, einem kleinen, sehr bescheidenen Lokal hinter dem Cotton-Green-Bahnhof. Das Essen war preiswert und abwechslungsreich, denn die Gäste kamen aus allen Teilen Indiens. An diesem Abend aßen sie Huhn *vindaloo* mit *dal* und *chapatis*.

Jaran hielt eine Hühnerkeule in den Fingern, während sein Gelächter sich legte.

»Also gut, verspotte mich nur«, fuhr Ramesh fort, »aber du wirst staunen, wenn ich wegfahre.«

Jaran schüttelte den Kopf. »Du wirst staunen, wenn du auf Oyster Rock oder Colaba Point aufläufst. Du hast zu viele Bücher gelesen, mein Freund. Du bist ein Träumer, so wie ich. Es ist gefährlich, Träume aus dem Schlafzimmer hinauszulassen. Woher weißt du überhaupt, wie hoch der Preis sein wird?«

»Natürlich weiß ich es nicht«, antwortete Ramesh ungeduldig. »Aber der Auktionator Kapoor hat mir verraten, daß nur zwei oder drei Leute Interesse gezeigt haben, und auch nur für die Armaturen und die Maschine. Er meint, der Preis wird 30 000 Rupien nicht übersteigen.«

Jaran wischte sich die Hände an der Serviette ab. »Das wundert mich nicht. Das Boot ist älter als du – und sieht auch so aus.«

»Ja«, gab Ramesh zu. »Aber es ist intakt – es besteht aus bestem Teak- und Mahagoniholz. Ich habe es mit Murjani, dem Werftmechaniker, überprüft. Er meint, daß Rumpf und Maschine überholt werden müssen, aber er wird mir helfen. In einem Monat, glaubt er, können die Arbeiten beendet sein.«

»Aber du bist kein Seemann, Ramesh. Die Seefahrt erfordert viele Kenntnisse. Wie willst du das bewerkstelligen?«

»Ich werde es lernen. Heute morgen habe ich bei Harilela ein Buch entdeckt. Es heißt ›Das Handbuch des Bootsführers‹. Es ist zwar alt... während des Krieges von einem Amerikaner geschrieben worden. Es hat einen verschlissenen schwarzen Einband und sieht ein wenig wie eine alte Bibel aus. Darin steht alles, was ich wissen muß.«

Jaran war wider Willen von der ruhigen Entschlossenheit seines Freundes beeindruckt. Er kannte ihn seit zwanzig Jahren und schätzte seine Verläßlichkeit und Intelligenz. Jaran war ebenfalls einer jener Anglo-Inder, die Indien und seine Menschen achteten und nie von England als ihrer ›Heimat‹ sprachen, obwohl er durch seine helle Haut und seine Gesichtszüge eher wie ein Engländer aussah. Als Jaran klar wurde, daß Ramesh fest entschlossen war, wandelte sich seine Belustigung in Besorgnis. Für einen unerfahrenen, achtundvierzig Jahre alten Büromenschen war es mehr als tollkühn, mit einem alten, zwölf Meter langen Boot auch nur zehn Meilen zurückzulegen, geschweige denn eine große Entfernung, wenn er nur seine Bücher und romantischen Vorstellungen als Leitfaden besaß. Das erklärte er Ramesh eingehend und überzeugend. Ob er nicht wenigstens jemanden mitnehmen wolle?

Ramesh lächelte. »Bietest du mir an, mich zu begleiten, Jaran? Du könntest Erster Maat sein, oder wäre dir Chefmechaniker lieber?«

»Nein«, antwortete Jaran ernst. »Ein solches Abenteuer ist nichts für mich. Ich sehe das Meer am liebsten aus sicherer Entfernung, und auch dann nur, wenn es ruhig ist. Aber kannst du nicht jemand anderen finden?«

Ramesh spreizte die Hände. »Wen? Kennst du jemanden, der auch so verrückt ist? Und ich habe wenig Geld, also kann ich niemanden anheuern.«

»Und wenn dir das Geld ausgeht?«

»Ich werde arbeiten – irgend etwas. Mach dir keine Sorgen, Jaran. Es ist anderen schon gelungen. Vor neunzig Jahren hat es Joshua Slocum geschafft – und er war älter als ich.«

Jaran war unbeeindruckt. »Hatte er aber nicht große Erfahrung?«

»Stimmt«, gab Ramesh zu. »Aber wie hat er diese Erfahrung erworben? – Nicht dadurch, daß er in einem Büro gesessen hat.«

»Wohin willst du fahren?«

Ramesh beugte sich vor, seine braunen Augen funkelten. »Zuerst werde ich die Malediven ansteuern. Dann mache ich mir den Monsun zunutze und segle nach Südwesten zu den Seychellen. Dann weiter nach Afrika. Die Küste hinauf nach Ägypten und durch den Suezkanal ins Mittelmeer; und dann immer weiter!«

Jaran blickte skeptisch drein. »Und wenn du die Seychellen verfehlst? Sie sind nur Punkte im Ozean.«

Ramesh zuckte mit den Schultern und lächelte entwaffnend: »Dann segle ich genau nach Westen weiter und muß irgendwann Afrika erreichen.«

Jaran blieb ernst, und als Ramesh sein besorgtes Gesicht sah, sprach er ruhig und überzeugend weiter. Seit dem Tod seiner Mutter hatte er keine wirklichen Verpflichtungen, keine nahen Verwandten. Der Verkauf der Statuette hatte ihm zum ersten Mal in seinem Leben etwas Kapital und eine Gelegenheit beschert, einen Traum Wirklichkeit werden zu lassen. Er hatte ein unbedeutendes Leben geführt – er war ein *babu*, der anderen auf den leisesten Wink gehorchte. Nun hatte er eine Chance, sich selbst zu beweisen, daß er ein Mann war und allein mit widrigen Umständen fertigwerden konnte. Vielleicht hatte Jaran recht, und er würde nach drei Meilen am Oyster Rock zerschellen. Sei's drum. Er, Ramesh Patel, wollte mit seinem eigenen Boot zur See fahren.

Jaran klopfte ihm auf die Schulter. »Also schön. Wenn du entschlossen bist, diese Torheit in die Tat umzusetzen – wie kann ich dir helfen? Ich verstehe nichts von Schiffen.«

»Begleite mich morgen zu der Auktion. Wenn ich es ersteigere, gehen wir nachher an Bord, und ich führe dich herum.«

»Wann willst du auslaufen?«

Rameshs Augen glühten wieder auf. »Ich werde morgen kündigen. Nach der Bürozeit und an den Wochenenden werde ich an dem Boot arbeiten. Nachts werde ich studieren. Ich muß Mitte April auslaufen. In meinem Buch steht, daß es die letzte Gelegenheit ist, den Monsun auszunutzen.«

»Also gut, du Narr«, meinte Jaran und lächelte. »Ich hoffe, daß der Mann, der das Buch geschrieben hat, über den Oyster Rock Bescheid gewußt hat.«

»Achtundzwanzigtausend«, sagte Ramesh selbstsicher. Der andere Bieter wandte sich mit einem Schulterzucken ab, und als der Auktionator zum dritten Mal mit der Hand auf den Tisch schlug und »Verkauft« sagte, klopfte Jaran Ramesh auf die Schulter. »Meinen Glückwunsch, Kapitän Patel!«

Eine halbe Stunde später führte Ramesh seinen Freund stolz auf der *Manasa* herum.

Jaran war entsetzt. Er verstand nichts von Booten und konnte vielleicht die Besonderheiten der *Manasa* nicht würdigen, sah aber die abblätternde Farbe, die Stellen an Deck, wo die Planken sich gespalten und geworfen hatten, die verbogenen Stützen und durchhängenden Drähte. Er blickte an dem Großmast hinauf und entdeckte einen meterlangen Sprung.

Inzwischen plapperte Ramesh glücklich weiter von Schotten, Geitauen, Wanten und Segelleinen. Jaran zwang sich zu einem Lächeln.

»Du hast deine Bibel gelernt, Ramesh.«

»Natürlich. Komm hinunter, und ich zeige dir die Unterkunft.«

Als sie die Treppe hinuntergingen, knarrten die hölzernen Stufen unheilvoll. Unten im ›Salon‹ war der Anstrich verblaßt, und es roch muffig. Sie gingen weiter in die kleine Heckkabine mit zwei Kojen und einem Waschtisch, warfen einen Blick in den dunklen, dumpfigen Maschinenraum und in die Back mit ihren zwei Kojen und einer weiteren kleinen, engen Kabine.

»Der Kopf«, erklärte Ramesh stolz.

Jaran sah nur die Heck-Toilette mit einem langen Pumpenschwengel daneben. »Der Kopf?«

»So nennen sie es.«

Jaran lächelte. »Ein merkwürdiger Name für etwas, das in so enger Verbindung zum Hintern steht.«

Ramesh erwiderte das Lächeln, nahm ihn am Arm und führte ihn in den Salon zurück. In einer Ecke befand sich ein Gaskocher mit zwei Flammen und daneben die Tür eines Schränkchens. Ramesh öffnete die Tür, hinter der sich ein blechverkleideter Eisschrank befand. Darin standen zwei Bierflaschen.

»Ich habe Murjani ersucht, sie hereinzustellen.« Er zwinkerte Jaran zu. »Eine Art Feier.«

Er öffnete eine Lade, fand einen Flaschenöffner, nahm zwei Gläser aus einem anderen Schrank und stellte alles auf den Tisch.

Sie setzten sich einander gegenüber. Ramesh schenkte das Bier ein, und sie hoben die Gläser.

»Auf die *Manasa*«, sagte Jaran feierlich. »Und auf alle, die auf ihr segeln.«

»Die *Manasa*«, wiederholte Ramesh mit zufriedenem Lächeln.

Beide nahmen einen kräftigen Zug, dann versuchte Jaran eine halbe Stunde lang, seinen Freund zur Vernunft zu bringen. Es war hoffnungslos. Ramesh vertraute sich und seiner Neuerwerbung vollkommen.

Er versuchte seinem Freund seine Gefühle zu erklären. Was er empfunden hatte, als er erfuhr, daß er die *Manasa* vielleicht kaufen konnte und an Bord ging. Es war irgendwie anders als beim erstenmal, als er sie besichtigt hatte.

Er hatte im Salon gesessen, genau dort, wo er jetzt saß. Die *Manasa* schien zu ihm zu sprechen. Ungefähr wie eine alte Frau, die weit herumgekommen und durch die Erfahrung weise geworden war und nun einem jungen Mann zuredete, in die Welt hinauszugehen. Ihm anbietet, seine Führerin zu sein. Ramesh bemühte sich beredt, Jaran Singh die seelische Verbindung verständlich zu machen, die zwischen einem

Mann und einem Boot bestehen kann. Früher hatte er geglaubt, daß so etwas nur in Büchern vorkommt; aber er hatte es selbst empfunden. Jetzt war er Eigentümer der *Manasa*. Sie würde sein Heim und seine Freundin sein. Er wußte in seinem Inneren, daß sie ihn beschützen würde, ihn nie in Gefahr bringen würde. Als seine Freundin würde sie seine Unerfahrenheit akzeptieren. Ihn beschützen, bis er gelernt hatte. So, als würde ein Kind auf einem lammfrommen Pferd reiten lernen; das Pferd spürt jede zaghafte, nervöse Bewegung, gleicht sie aus. Es bewegt sich vorsichtig, bis das Kind Selbstvertrauen gewinnt – und läßt es dann frei reiten, so daß sein Haar im Wind weht.

Es war alles ungeheuer romantisch, und Jaran lächelte ein wenig über die heraufbeschworenen Bilder. Er beobachtete Ramesh, während er sprach, und versuchte, sich ihn als Seemann vorzustellen. Es gelang ihm nicht. Der Mann ihm gegenüber war immer ordentlich, beinahe anspruchsvoll gekleidet. Er hatte kurzes, gut geschnittenes Haar, das an den Schläfen grau wurde. Er war groß und schlank, hatte die Hände eines Beamten. Lange, glatte Finger, kurzgeschnittene Nägel.

Nur im Gesicht fand er einen Hinweis darauf, was vielleicht in ihm steckte. Die Hautfarbe war hellbraun, das Kinn kräftig und energisch. Die weit auseinanderstehenden Augen waren schmal. Unter der geraden, langen Nase ein vollippiger Mund. Es war ein sanftes Gesicht mit einem Anflug von Stärke. Eine Kraft, die nun zum Vorschein kam. Jaran hörte ihm zu, während Ramesh erklärte, wie er sich mit dem Boot verbunden fühlte, als gäbe es eine Verbindung zwischen ihnen.

Jaran sah sich um. »Das Holz ist bestimmt morsch.«

Ramesh schüttelte den Kopf.

In einem Monat würde Jaran die *Manasa* nicht wiedererkennen, und während dieser Zeit würde er, Ramesh, die Geheimnisse der Perkins P4-Maschine, der Selbststeuerungsapparatur der Turbinenschaufeln, der Sextanten und der Lager ergründen.

Jaran seufzte und trank sein Glas aus.

Cady legte einen Hebel um, der Drehtisch blieb stehen, und unheimliche Stille trat ein. Er blickte zu den Rammbrettern hinauf, dann grinste er den Bohrmeister an. »Kletter mal hinauf, Cam. Ich will ihn vor Ende der Schicht heraufholen.«

Cam ging zur Leiter, aber die Tür der Baracke ging auf, und die Stimme des Werkzeugmeisters schrie: »Cady! Was, zum Teufel, ist los?«

»Ich hole den Bohrkopf herauf – er ist sechzig Stunden gelaufen.«

Der Werkzeugmeister seufzte theatralisch. »Komm herein«, befahl er und kehrte in die Baracke zurück. Cady folgte ihm.

»Mach die Tür zu.«

Cady schloß die Tür und spürte die kalte Luft der Klimaanlage auf seinem verschwitzten, halbnackten Körper. Der Werkzeugmeister setzte sich an den mit Diagrammen bedeckten Stahlschreibtisch. Hinter ihm stand ein Regal mit geologischen Büchern.

»Wie heiße ich, Cady?«

»Ben Calder.«

»Stimmt. Was ist mein Job?«

»Du bist der Werkzeugmeister.«

»Wieder richtig. Was bin ich daher?«

»Mein Boß.«

»Glänzend! Verdammt gut.« Calder blickte höhnisch zu dem riesenhaften Kanadier auf. »Du bist so gescheit, aber du weißt trotzdem nicht, daß ich entscheide, wann der Bohrkopf heraufgeholt wird.«

»Aber, verdammt, Calder. Er ist sechzig Stunden mit einem Gewicht von siebzigtausend gelaufen. Es ist üblich, dann den Bohrkopf heraufzuholen.«

Calder seufzte. »Willst du weiter für diese Firma arbeiten, Cady?«

»Klar.«

»Dann fang nicht an, mit mir zu reden wie ein Scheißgeologe aus dem College.«

Cady holte tief Luft. »Was willst du also?«

Calder lehnte sich zurück; er war ein vierschrötiger, kahlköpfiger Mann.

»Ich will bis Ende des Monats das Speichergestein erreichen.« Er warf einen Blick auf eines der Diagramme auf seinem Tisch. »Wenn wir weiter alle sechzig Stunden den Bohrkopf auswechseln, schaffen wir es nie. Wir müssen ihn also siebzig Stunden laufen lassen. Und du mußt ihn mehr belasten.«

»Wieviel?«

Calder zuckte mit den Schultern. »Fünf ... zehntausend. Besser zehn.«

Cadys Gesicht war ausdruckslos. »Okay, es ist deine Entscheidung.« Er wandte sich ab, und Calder rief ihm noch nach: »Verdammt richtig.«

Zwei Stunden später saß Cady mit Cam, dem Bohrmeister, auf der Plattform und sah zu, wie die Arbeiter nach einer Verbindung abspritzten. Die Sonne war untergegangen, die Dunkelheit hatte wie immer plötzlich eingesetzt, aber die Anlage wurde durch Bogenlampen auf dem Bohrturm hell beleuchtet. Calder war zu seinem Wohnwagen gegangen, und auf der Metallplattform herrschte Friede, trotz des ständigen Geräuschs der Maschinen.

Cady und Cam verstanden sich. Sie lebten gemeinsam in einem Wohnwagen auf dem Bohrgelände und hatten ähnliche Ansichten. Obwohl sie harte, zähe junge Männer mit einfacher Schulbildung waren, waren sie intelligent und scharfsichtig. Im Gegensatz zu den meisten Erdölarbeitern gaben sie ihr Geld nicht für Alkohol, teure Wagen oder teure Weiber aus.

Beide verbrachten ihren Urlaub auf Zypern, wo Cam bei einer Freundin lebte und Cady ein kleines Bauernhaus in den Troodos-Bergen mietete, wo er nach der langen Zeit in der Wüste das Grün und die Kühle genoß.

Cam sparte, um ein Haus kaufen zu können und seine Freundin zu heiraten, während Cady zwei Monate Urlaub machen und nach Süden fahren wollte, um Ostafrika kennenzulernen, vielleicht den Kilimandscharo zu besteigen und ein wenig zu jagen.

Er hatte in letzter Zeit einige Bücher über Ostafrika gelesen, darunter auch Romane von Hemingway und Rourke. Er und Cam tauschten immer Bücher und ihre Meinungen darüber aus, und als sie am Rand der Plattform saßen, sprachen sie wieder einmal über die beiden Schriftsteller. Cam entschied sich für Hemingway, aber Cady zog Rourke vor.

»Es ist doch egal, wie einer ist«, meinte Cam. »Wichtig ist nur, wie er schreibt.«

Cady wollte gerade antworten, als sich das Geräusch der Motoren änderte und das Kreischen von gemartertem Stahl folgte. Er sprang auf und schrie den Maschinisten an. Wenige Sekunden später, während der Bohrkopf oberhalb des Bodens rotierte, starrte die gesamte Bedienungsmannschaft bedrückt und kopfschüttelnd auf das Bohrgestänge. Die von allen Bohrarbeitern gefürchtete Katastrophe war eingetreten. Ein Kegel am Bohrkopf war abgebrochen, und zweieinhalbtausend Meter Rohr hatten sich verbogen. Man mußte das Rohrgestänge auslösen und den Kegel herausfischen. Eine Arbeit, die Tage oder sogar Wochen dauern konnte.

Die dienstfreie Mannschaft begann sich auf der Plattform zu versammeln, und dann drängte sich Calder durch.

»Was, zum Teufel, ist passiert?«

Cady drehte sich um. »Wir haben unten einen Kegel verloren.«

Im grellen Lampenlicht wurde Calders Gesicht fahl. Cady beugte sich zu ihm und knurrte: »Ich habe dir ja gesagt, daß der Scheißbohrkopf zu viele Stunden gelaufen ist.«

Die Mannschaft beobachtete die beiden Männer voll gespannter Aufmerksamkeit. Calder faßte sich wieder, musterte den Kreis der schweigenden Männer, dann fragte er Cady: »Wieviel Gewicht hattest du darauf?«

»Achtzigtausend.«

»Achtzigtausend?« Calder sah sich erstaunt in der Runde um. »Du solltest doch mit siebzig bohren.«

»Du hast mir gesagt, ich soll mehr Gewicht auflegen.«

»Unsinn.«

Cady sah ihn verblüfft an. Calder schaute sich wieder um und fragte laut: »Hat jemand gehört, daß ich diesem Scheißkerl gesagt habe, er soll mehr Gewicht auflegen?«

»Dort drin!« krächzte Cady und zeigte auf die Baracke, »hast du mir befohlen, zehntausend draufzulegen.«

»Quatsch.«

Cady trat einen Schritt vor und fragte beinahe gleichgültig: »Du nennst mich einen Lügner?«

»Und ob!«

Cady schlug zu. Eine rechte Gerade ans Kinn. Calder riß den Kopf zurück, doch durch Cadys Schnelligkeit und ungeheure Reichweite traf seine Faust wie ein Vorschlaghammer. Die Gruppe hinter Calder teilte sich, als sein Körper nach hinten stürzte; er schlug so heftig auf die Metallplattform auf, daß sein Sturzhelm laut klirrte. Infolge des Schwungs rollte er auf die Seite und blieb regungslos vor den Füßen eines Arbeiters liegen.

Vollkommene Stille, dann hob der Arbeiter den Fuß, der in einem Schuh mit Stahlkappe steckte, wälzte Calder auf den Rücken, warf einen Blick hinunter und stellte fest:

»Hol mich der Teufel! Kalt wie Kellys Bier und ein gebrochener Kiefer!«

Alle schrien durcheinander, manche lachten – Calder war nicht beliebt. Ein paar warfen Cady anerkennende, aber mitfühlende Blicke zu. Er wandte sich grinsend Cam zu. »Ich werde den verdammten Berg wohl früher besteigen.«

Cam nickte bekümmert. »Du wirst mir fehlen, du verdammter Affe ... und ich habe beschlossen, dir nicht den Hintern zu küssen.«

5

Der Kilimandscharo ist fast 5900 Meter hoch, und Kirsty Haywood flog in über 10 000 Meter Höhe über ihn hinweg und blickte auf den höchsten Berg Afrikas hinunter. Sie hatte einen Fensterplatz in der BOAC Comet, und der Anblick des hohen Berges mit dem schneebedeckten Gipfel belebte ihre betäubten Sinne. Sie hatte New York vor beinahe vierundzwanzig Stunden mit einem Nachtflug nach London verlassen und nach zweistündiger Unterbrechung diesen Flug via Rom, Kairo und Nairobi nach Dar es Salaam bekommen.

Die ungeheure Entfernung wurde ihr erst jetzt bewußt. Sie war insgesamt achtzehn Stunden in der Luft gewesen und hatte allmählich das Gefühl, daß es schon achtzehn Tage waren. Sie hatte in keiner der angeflogenen Städte die Reise unterbrochen, sowohl aus Ungeduld als auch, um Geld zu sparen. Von New York bis London hatte sie neben einer alten englischen Dame gesessen, die ihre mit einem Piloten der US-Luftwaffe verheiratete und jetzt in Tennessee lebende Tochter besucht hatte. Der alten Dame hatte der Besuch Freude bereitet, sie hatte jedoch die Art, wie ihre Tochter und ihr Schwiegersohn ihre drei Kinder erzogen, heftig mißbilligt. Sie verbreitete sich über die Notwendigkeit von Disziplin und gesunder Ernährung, und Kirsty begriff, daß ihre Enkelkinder übergewichtig und Älteren gegenüber alles andere als respektvoll waren.

Im Flughafen Heathrow saß sie in der Transithalle und hatte Mühe, wachzubleiben. Es war am frühen Morgen, draußen schneite es, die Passagiere sahen blaß und übermüdet aus, und der Kaffee, den sie trank, schmeckte schal.

Auf dem Flug nach Rom saß sie zwischen einem Italiener und einem Araber. Der Italiener versuchte ständig seine Schulter an ihr zu reiben und ihr Knie zu streicheln.

In Rom stieg der Italiener aus, und in der Transithalle sprach sie der Araber plötzlich in einwandfreiem Englisch an und lud sie zu einem Kaffee ein. Während sie dankbar den schaumigen *cappuccino* trank, erklärte er ihr, daß er Beamter des ägyptischen Kulturministeriums war und von einer erfolglosen Mission in London zurückkehrte, wo er versucht hatte, das Britische Museum dazu zu veranlassen, wenigstens einige der unschätzbaren Gegenstände zurückzugeben, die während der britischen Herrschaft aus den Gräbern der Pharaonen entführt worden waren. Sie bestiegen wieder das Flugzeug, und er sprach während der nächsten zwei Stunden über die Geschichte und Kultur seines Landes.

Auf dem Flug von Kairo nach Süden war die Maschine halbleer gewesen, und Kirsty hatte mit Unterbrechungen vor sich hingedöst. Die kurze Zwischenlandung im Flughafen von Nairobi hatte ihr einen ersten Eindruck von Ostafrika vermittelt: der fremdartige Geruch in der reinen Luft und sogar im Flughafen der Duft nach Blumen und unverbrauchter Erde. Sie hatte das Gefühl gehabt, nicht auf einem anderen Kontinent gelandet zu sein, sondern auf einem anderen Planeten.

Kurz nach dem Start in Nairobi stellte sich endlich Vorfreude auf die bevorstehende Ankunft ein. Der Flug dauerte nur eineinhalb Stunden, und nach wenigen Minuten hatte der Kapitän verkündet, daß sie sich über Tansania befanden und daß man aus den Fenstern an der rechten Seite den Kilimandscharo sehen könne.

Während sie auf den Berg hinunterblickte, empfand sie plötzlich das starke Gefühl, daß diese Reise wohl einmal zu Ende gehen, aber daß sie nicht in ihr früheres Leben zurückkehren würde. Als sei sie beim Einsteigen in das Flugzeug in

New York von einem Leben in ein anderes getreten.

Sie hatte drei Wochen gebraucht, um ihre Angelegenheiten, auch was Larry betraf, zu regeln.

Eines Abends hatte sie, während Larry den Nachtisch verzehrte, wieder einmal erkannt, daß sie nur aus praktischen Gründen ihre Beziehung zu ihm aufrechterhielt. Sie hatte ihre Gedanken ausgesprochen, und sie waren in Streit geraten. Kirsty war weder überrascht noch enttäuscht gewesen, als er zum Abschied nicht am Flughafen erschien.

Niemand hatte sie auf den Flugplatz begleitet. Ihre wenigen Freundinnen hatten sich zurückhaltend verhalten. Irving war ausgesprochen feindselig gewesen. Eine Haltung, die sowohl durch seine praktische, allem Ungewohnten abgeneigte Denkweise und den bevorstehenden Verlust einer erfahrenen und vor allem ehrlichen Buchhalterin verursacht wurde.

Zuerst hatte er versucht, sie dazu zu bewegen, sich mit der Tatsache von Garrets Tod abzufinden. Als er dann einsah, daß seine Argumente an ihrem Schild aus unerschütterlichem Glauben, daß ihr Sohn lebe, abprallten, führte er die praktischen Probleme an. Er wiederholte alle Argumente Larrys und weigerte sich wie er, einen solchen Wahnsinn, wie er es nannte, finanziell zu unterstützen. Schließlich erinnerte er sie spöttisch daran, was sie war. Eine naive, weltfremde Frau. Sie war noch nie weiter gereist als nach Florida. Ihr Leben war von der täglichen Routine bestimmt. Sie stand am Morgen auf, ging später die wenigen Blocks zum Büro und arbeitete mit vertrauten Kollegen zusammen. Ihr Freund war vielleicht nicht der ideale Mann, aber ein braver, verläßlicher Kerl. Vielleicht würde er sie eines Tages heiraten. Abends sahen sie fern, gingen ein paarmal in der Woche in ein Restaurant zum Essen oder ins Kino oder besuchten manchmal eine Show. Sie wußte, wo sie stand und was sie war. Sie hatte keine Ahnung, was sie draußen erwartete. Irving wußte es – er war viel gereist. Draußen wimmelte es von Haien – im Wasser und außerhalb – vor allem außerhalb. Wenn sie Kirsty zu

Gesicht bekamen, würden sie sich die Lippen lecken. Eine Verrückte auf der Suche nach ihrem toten Sohn. Sie würden sie bis aufs Hemd ausplündern. Afrika! Verdammt! Dort gab es Menschen, die noch nackt herumliefen und keine Zivilisation kannten. Sie war eine alleinstehende Frau. Ob sie sich der Gefahren bewußt sei? Sie solle zu Hause bleiben, wo sie sich auskannte.

Sie ließ sich nicht abschrecken und erklärte, daß New York auf seine Art auch ein Dschungel war.

Dann hatte er mit den Schultern gezuckt und aufgegeben.

Dem folgte das traumatische Erlebnis, ihre Wohnung und die Möbel zu verkaufen, und das entwürdigende Feilschen um ihre wenigen Schmuckstücke. Nachdem sie ihre Hypotheken getilgt, ein Rückflugticket nach Dar es Salaam und einen Überseekoffer gekauft hatte, blieben ihr genau zweitausendsechshundertdrei Dollar – und fünfunddreißig Cents.

Darauf war eine hektische Woche mit Vorbereitungen gefolgt, einschließlich aller Vorbeugungsmaßnahmen und Schutzimpfungen gegen Pocken, Cholera und Gelbfieber. Sie hatte auf die Cholera-Impfung heftig reagiert und mehrere Tage leichtes Fieber, doch sie war kein einziges Mal in ihrem Entschluß wankend geworden.

Sie hatte noch zweimal mit Howard Godfrey telefoniert. Er erzählte ihr, daß die *Jaloud* nach Mombasa unterwegs sei, jedoch in zwei oder drei Wochen zurückerwartet werde, was mit ihrer Ankunft zusammenfallen würde. Er hatte versprochen, ihr jede mögliche Hilfe zu gewähren, hatte aber auch behutsam auf die Aussichtslosigkeit ihrer Mission hingewiesen. Sie hatte ihm geduldig zugehört und ihn dann gebeten, für sie ein Zimmer in einem preiswerten Hotel zu bestellen.

Die hügeligen Grasflächen waren trockenem, ockerfarbenem Gestrüpp und Buschwerk gewichen, das gelegentlich von grünen Streifen unterbrochen wurde, die den Lauf eines jahreszeitlich bedingten Flußbetts kennzeichneten. Es schien ein weites, unwegsames, menschenleeres Land zu sein; dann sah sie ein Stück braune Straße und die Sonne, die sich in einer Anhäufung von Metalldächern spiegelte.

In New York hatte sie einen Nachmittag in der Bibliothek verbracht und einen Bericht über Tansania gelesen. Sie wußte, daß es ein sehr armes Land war, das erst vor kurzem von der britischen Kolonialherrschaft in die Unabhängigkeit entlassen worden war. Vor ein paar Monaten hatte es sich mit der Insel Sansibar verbündet, nachdem dort während einer Revolution die Mehrheit der Afrikaner viele Tausende Araber getötet hatte, die den Reichtum und den Handel dieser Insel seit Jahrhunderten in Händen gehalten hatten. Sie wußte, daß der Präsident von Tansania, ein ehemaliger Schullehrer, ein progressiver Reformer war, der sich bemühte, sein rückständiges Land ins zwanzigste Jahrhundert zu führen. Inzwischen verfolgte Sansibar trotz seines nominellen Bündnisses mit dem Festland unter einem überaus revolutionären Staatsrat einen eigenen radikalen Kurs.

Ihre Lektüre in den stillen Räumen der Bibliothek und der Anblick des Landes, der sich ihr darbot, verstärkten den Kontrast zwischen dem Leben, das sie noch vor drei Wochen geführt hatte, und den unbekannten Ereignissen, die ihr bevorstanden. Dann verspürte sie einen Druck auf dem Magen, als das Flugzeug in den Landeanflug einschwenkte. Wenige Minuten später blickte sie auf grüne, bebaute Felder, Dörfer und auf das leuchtende Blau des Meeres links von ihr hinunter. Der Kapitän machte über die Bordsprechanlage auf den grünen Fleck zur Linken, Sansibar, aufmerksam, dann legte sich die Maschine schräg, und sie erblickte die Stadt mit den Flachdächern, den Wasserläufen und den Schiffen an den Docks und den Verkehr auf den Straßen.

Sie erinnerte sich an die Übersetzung des arabischen Wortes Dar es Salaam ... Hafen des Friedens.

Kirsty verließ das Zollgebäude verwirrt, zornig und in Schweiß gebadet. Sie hatte noch nie solche Hitze und Luftfeuchtigkeit und arrogant dumme Beamte erlebt. Der Einwanderungsbeamte hatte sie, obwohl sie ein Visum besaß, umständlich befragt. Wie lange sie bleiben wolle? Das wisse sie noch nicht. Warum sie hier sei? Sie war vernünftig genug, nicht die Wahrheit zu sagen. Sie sei auf Urlaub, wolle das Land sehen. Wohin sie im Land fahren würde? Die Fragen nahmen kein Ende, bis sie ihm erklärte, daß sie den amerikanischen Konsul besuchen wolle.

»Mr. Godfrey?«

»Richtig.«

Ihr Paß wurde schwungvoll abgestempelt, und sie wurde zum Zoll weitergeleitet, wo sie weitere zwanzig Minuten lang zusehen mußte, wie der Zollbeamte ihren sorgfältig gepackten Koffer durchwühlte, bei ihrer Unterwäsche verweilte und die gleichen Fragen stellte wie der Einwanderungsbeamte.

Nachdem sie wieder den Konsul erwähnt hatte, stopfte er endlich alles wieder hinein, schloß den Koffer und malte einen gelben Strich auf die Seite. Sofort stürzte ein Afrikaner vor, ergriff den Koffer und drängte sich durch die Menge zum Ausgang. Kirsty lief ihm nach und versuchte, seinen immer wieder auftauchenden schwarzen Kopf unter den anderen nicht aus den Augen zu verlieren.

Die Ankunftshalle war ein vielfarbiges Durcheinander. Jemand zupfte sie am Ärmel und rief: »Taxi, Memsahib«, ein anderer schob ihr eine Karte in die Hand und sagte: »Kibani Hotel, Memsahib – sehr sauber.«

Mit wachsender Panik schob sie sie zur Seite und suchte verzweifelt den Mann mit ihrem Koffer. Dann rief eine Stimme: »Mrs. Haywood?«

Sie drehte sich um und stand vor einer lächelnden, rundlichen Blondine.

»*Hi.* Ich bin Harriet Godfrey, Howards Frau. Machen Sie sich keine Sorgen um Ihren Koffer. Juma hat ihn.«

Sie fragte verständnislos: »Juma?«

»Natürlich, er ist unser Fahrer. Der Wagen steht draußen. Kommen Sie.«

Sie ergriff Kirsty am Arm und führte sie durch die Menge.

»Howard mußte zu einem Empfang bei der indischen Kommission, deshalb habe ich Sie abgeholt. Ich bin Ihnen dankbar, denn sonst müßte ich mir dort das langweilige Gerede anhören.« Sie traten in den Abendsonnenschein hinaus. Am Randstein stand ein schwarzer Chevrolet, und der grinsende Afrikaner, der ihren Koffer geschnappt hatte, hielt jetzt die hintere Tür auf. Harriet bat sie, einzusteigen, und Kirsty spürte augenblicklich, wie angenehm kühle Luft sie umfing.

Sie fuhren eine breite Straße entlang und überholten Dutzende von Fahrradfahrern, klapprige, mit Menschen überladene Lastwagen und gelegentlich einen Personenwagen.

»Willkommen in Afrika, meine Liebe«, meinte Harriet. »Haben sie Ihnen beim Zoll das Leben schwergemacht?«

Kirsty hatte sich etwas erholt und nickte.

»Das ist normal«, erklärte Harriet. »Sie spielen ihre Unabhängigkeit aus, aber lassen Sie sich nicht aus der Fassung bringen. Im allgemeinen sind sie ein freundliches, glückliches und hilfsbereites Volk. Sie müssen wirklich müde sein?«

»Allerdings. Und ein bißchen verwirrt. Ich habe die Staaten noch nie verlassen, es ist alles so anders.«

»Und wie!« Harriet brach in Gelächter aus und wies auf die Reihen von Hütten mit Blechdächern und die hölzernen Verkaufsstände, an denen sie vorbeikamen. »New York ist es nicht«, gab sie zu. »Aber man gewöhnt sich immer mehr daran, und es hat auch schöne Seiten. Vielleicht werden Sie sie zu sehen bekommen. Was nun Ihr Hotel betrifft...«

Harriet Godfrey war ungefähr im gleichen Alter wie Kirsty. Eine energische, fröhliche Frau, die viel lachte und das Selbstvertrauen eines Menschen ausstrahlte, der viel gereist ist, viel von der Welt gesehen hat und sich seiner Stellung in der Ordnung der Dinge sicher ist. Sie erklärte, daß es in Dar es

Salaam nur wenige empfehlenswerte Hotels gab. Ein paar teure Hotels, die auch gut waren, ein paar teure, die schlecht und mehrere preiswerte, die schlecht waren. In freundlichem Ton, der aber eine Diskussion ausschloß, schlug sie Kirsty vor, ihr Gast zu sein. Sie hätten reichlich Platz, und Kirsty würde sie keineswegs stören. Später, falls Kirsty eine Weile bleiben sollte, würde sie ihr helfen, eine eigene Wohnung zu finden.

Zuerst versuchte Kirsty zu widersprechen, doch der Anblick der fremden Umgebung und ihre körperliche und geistige Erschöpfung veranlaßten sie, dankbar einzuwilligen.

Sie blieb noch vier Stunden wach. Es geschah auf Harriets Drängen. Sie erklärte ihr, was geschah, wenn man durch mehrere Zeitzonen reiste. Die Anpassungsschwierigkeiten bei langen Flügen konnten einem Menschen tagelang zu schaffen machen. Um damit fertig zu werden, war es am besten, nach der Ankunft so lange wie möglich wachzubleiben, und dann stundenlang zu schlafen. Auf diese Weise paßte sich der Körpermechanismus rasch an.

Das Haus der Godfreys stand in einem Vorort namens Oyster Bay im Norden der Stadt; ein Gebiet, in dem früher die englischen Verwaltungsbeamten und vor ihnen die Deutschen gewohnt hatten. Das Haus war ein massiver Steinbau mit breiten Verandas rundum, der von einem Garten mit Bananenstauden, Bougainvilleas und Palmen umgeben war. Durch die Bäume erblickte man den Ozean mit einer Gruppe kleiner grüner Inseln am Horizont. Es war überraschend kühl, und Harriet erklärte, daß die Mauern eineinviertel Meter dick seien und in der Mitte einen isolierenden Zwischenraum besäßen. Als es um etwa 1910 von den Deutschen gebaut worden war, gab es noch keine Klimaanlage, und sie wußten, wie man in den Tropen bauen muß, wenn man sich wohl fühlen will. Als die Engländer im Jahre 1918 die Herrschaft übernahmen, bauten sie Häuser im englischen Stil mit dünnen

Mauern und verschmachteten schier in den nächsten fünfzig Jahren.

Nachdem Kirsty ausgepackt und eine kalte Dusche genommen hatte, setzte sie sich zu Harriet auf die Veranda, wo ein weißgekleideter Diener Martinis servierte. Kirsty trank vorsichtig und fragte:

»Wissen Sie, warum ich hier bin?«

Harriet nickte, ihr fröhliches Gesicht wurde plötzlich ernst. »Natürlich ... Howard hat es mir erzählt.«

»Glauben Sie, daß ich verrückt bin?«

»Zuerst habe ich es angenommen.«

»Und jetzt?«

Harriet stellte ihr Glas auf die Platte des Rohrtisches und drückte Kirsty die Hand. »Keineswegs. Sie sind bestimmt den verschiedensten Arten von Skepsis begegnet ... damit müssen Sie sich abfinden.«

»Aber nicht von Ihrer Seite?«

»Nein. Ich habe mit Howard darüber gesprochen ... Natürlich meint er, daß Sie einem hoffnungslosen Traum nachjagen ... aber er ist ein Mann ... was, zum Teufel, versteht er schon von Gefühlen?«

Einen Moment lang glaubte Kirsty, es handle sich um die übliche höfliche Ermutigung, doch als sie der Frau in die Augen blickte, erkannte sie Aufrichtigkeit darin.

»Sagen Sie mir bitte, warum? Warum Sie mir glauben.«

Harriet hob ihr Glas und nahm nachdenklich einen Schluck, dann ergriff sie den Krug und füllte beide Gläser wieder. Sie unterhielten sich ruhig und vertraulich; Kirsty lehnte sich zurück, und während im Hintergrund Grillen und andere Insekten summten, lauschte sie den Worten ihrer Gastgeberin und fand Trost und Kraft in ihnen.

Harriet hatte viel darüber nachgedacht, hatte sich mit Kirstys Gefühlen identifiziert. Sie sprach von der bewiesenen, erstaunlichen geistigen Beziehung zwischen eineiigen Zwillingen; wie eine Frau die Wehen einer anderen Frau sogar über tausende Meilen hinweg mitfühlen konnte; von der übermenschlichen Kraft, die eine Mutter aufbringen kann, um ein Lastauto von einem darunter liegenden Kind zu schieben; von dem wissenschaftlich bewiesenen Phänomen der außersinnlichen Wahrnehmung – die bei manchen Menschen stärker ausgeprägt ist als bei anderen. Von der angeborenen Fähigkeit mancher Mütter, eine Krankheit in ihrem Kind zu fühlen, bevor die Symptome auftreten. Sie konnte nicht sagen, ob Garret am Leben war oder ob er je gefunden würde, aber sie verstand Kirstys Überzeugung. Sie hatte selbst einen Sohn, Lester, der zwölf Jahre alt war und sich jetzt zu Besuch bei einem Freund aufhielt. Howard würde ihn auf dem Heimweg abholen. Als Harriet das erste Mal gehört hatte, daß Kirsty nicht an Garrets Tod glaubte, hatte sie versucht, sich vorzustellen, was sie in einer ähnlichen Situation tun würde. Sie hoffte nur, daß sie den Mut und die Hingabe besäße, um alles aufzugeben und nach ihrem Sohn zu suchen.

Ihre offensichtliche Bewunderung und Unterstützung gaben Kirsty ein Selbstvertrauen, das sie zum letzten Mal gefühlt hatte, als sie vor drei Wochen diesen schicksalsschweren Entschluß gefaßt hatte.

Aber es war ein Selbstvertrauen, das rasch gedämpft wurde, als Howard und Lester nach Hause kamen. Nachdem sie einander vorgestellt worden waren, gingen sie geradewegs zum Abendessen, und Howard brachte sie auf den neuesten Stand der Erkenntnisse zu diesem Fall. Er war kleiner als seine Frau, dunkel und drahtig. Er hatte eine beginnende Glatze, seine lebhaften, intelligenten Augen blickten durch dicke Brillengläser. Er sprach schnell und sachlich und teilte ihr mit, daß die *Jaloud* an diesem Morgen zu den Seychellen ausgelaufen war. Er hatte inoffiziell die Hafenbehörden dazu überreden wollen, das Schiff zurückzuhalten, unter dem Vorwand, daß mit den Dokumenten etwas nicht in Ordnung war, aber Kapitän Lascelles besaß gute Beziehungen und bestach wahrscheinlich die Hafenbeamten routinemäßig. Howard hatte im Jachtklub Erkundigungen eingezogen und erfahren, daß Lascelles hoffte, ein Team von Ornithologen zu den Vogelkolonien auf den Seychellen zu bringen. Der Job würde einen Monat dauern.

Kirsty fragte sofort, wie sie auf raschestem Weg zu den Seychellen gelangen könne, und Howard verzog das Gesicht. Er erklärte, daß kein Flughafen existiere, obwohl schon lange einer geplant war. Die einzige Verbindung war per Schiff von Mombasa in Kenia aus, mit einem indischen Schiff, *The State of Haryana*, das einmal im Monat auf der Fahrt nach Bombay auf den Seychellen anlegte. Er hatte morgens im Fahrplan nachgesehen. Es sollte in zehn Tagen auslaufen. Die Überfahrt dauerte vier Tage.

Kirsty war enttäuscht, weil sie Lascelles nicht sofort gegenübertreten konnte. Sie würde jetzt mindestens drei Wochen warten müssen. Sie zeigte ihre Enttäuschung deutlich, und Harriet tröstete sie.

»Sie wußten doch von Anfang an, daß es auf jeden Fall eine lange Suche sein würde. Verlieren Sie nicht den Mut.«

»Das tue ich nicht«, antwortete Kirsty. »Es ist nur ärgerlich, daß ich diesen Mann um wenige Stunden verfehlt habe. Ich werde das Schiff nehmen und hoffe nur, daß er noch dort ist, wenn ich ankomme.«

»Da kann ich Ihnen vielleicht helfen«, mischte sich Howard ein. »Ein Bekannter von mir hat in Sansibar bei der amerikanischen Satelliten-Leitstation gearbeitet. Nach der Revolution haben sie begonnen, eine neue Station auf den Seychellen zu errichten. Dort hält er sich jetzt auf. Ich kann mit ihm Kontakt aufnehmen, und er wird mich über die Fahrten der *Jaloud* auf dem laufenden halten, sobald sie angekommen ist. Wenn Sie Mombasa verlassen, werden Sie wenigstens wissen, daß er dort ist.«

»Die Frage ist nur«, warf Harriet ein, »wohin er voraussichtlich fahren wird, wenn er die Seychellen verläßt.«

Howard zuckte mit den Schultern und erklärte, daß Lascelles in den letzten zehn Jahren an der ostafrikanischen Küste, bei Madagaskar, Mauritius und den Seychellen, mit einem gelegentlichen Abstecher nach Indien oder Ceylon, kreuzte. Er war ein kleiner Schmuggler, vor allem von Waffen, und bekam mitunter Charterjobs, die in der Regel nicht lang dauerten, weil er meist betrunken war. Er galt aber selbst in betrunkenem Zustand als guter Seemann. Für Kirsty bestand das Problem darin, die Verbindung aufrechtzuerhalten. Wenn er auslief, während sie sich noch auf See befand, wie konnte sie ihm dann folgen? Schiffe waren in dieser Gegend sehr selten. Besaß sie genügend Geld, um ein Boot zu chartern, wenn eines verfügbar war?

Kirsty gestand ihm offen, wieviel sie besaß, und er verzog wieder das Gesicht. Zum Glück war die Überfahrt auf der *State of Haryana* preiswert, aber ihr Budget würde ihr nicht gestatten, ein Boot zu chartern, das für Hochseefahrten geeignet war.

Kirsty zuckte mit den Schultern. Sie würde dieses Problem lösen, sobald es auf sie zukam.

Dann erklärte Howard, daß er sie nicht entmutigen wolle, aber sie müsse sich der Wirklichkeit stellen. Falls Garret noch am Leben war, dann mußte er von Lascelles und seiner Besatzung entführt worden sein. Wo konnten sie ihn versteckt halten – und warum? Lascelles hatte zwölf Tage, nachdem er von den Seychellen ausgelaufen war, gemeldet, daß Garret ertrunken war. In diesen zwölf Tagen hatte er nur tausend Meilen nach Dar es Salaam zurückgelegt. Eine Strecke, die er normalerweise, je nach Wetterlage, in sechs bis zehn Tagen bewältigte. Er konnte also theoretisch bis zu tausend Meilen vom Kurs abgewichen sein. Das ergab ein riesiges Gebiet, das von Somalia im Norden bis nach Mozambique im Süden reichte und unzählige Inseln, auch Madagaskar, einschloß. Sobald sie Lascelles fand, mußte sie ihn oder seine Besatzung zum Reden bringen, auch wenn sie damit ein Verbrechen zugeben mußten. Wie würde sie das erreichen?

Wieder zuckte sie mit den Schultern. Zuerst wollte sie ihn finden.

Als Howard wieder das Wort ergreifen wollte, mischte sich Harriet ein. »Genug, Howard. Sie ist erschöpft. Laß uns morgen weiter darüber sprechen – schließlich hat sie noch zehn Tage Zeit, bis das Schiff ausläuft.«

Howard nickte. »Kirsty, ich bewundere Ihre Entschlossenheit. Aber es ist nur gut gemeint, wenn ich Ihnen sage, was ich denke. Für mich ist es ein fruchtloses Unterfangen. Ich glaube, daß Ihr Sohn nicht mehr am Leben ist. Alles – einfach alles weist darauf hin. Ich habe auch mit Lascelles gesprochen, und er ist ein harter, gemeiner Kerl. Sie müssen wissen, mit wem Sie es zu tun haben. Ich werde Ihnen, offiziell oder auf andere Weise, helfen, soweit es mir möglich ist, aber sobald Sie Dar es Salaam verlassen, um dieses Schiff zu finden, sind Sie auf sich gestellt; und glauben Sie mir, in diesem Teil der Welt gibt es jede Menge böse Menschen.«

Kirsty fielen die Augen vor Müdigkeit fast zu, doch nun öffnete sie sie weit und beugte sich vor:

»In einem Hinterhof in der Nähe meiner Wohnung lebte eine streunende Katze. Ich gab ihr gelegentlich etwas Futter. Einmal hatte sie Junge geworfen, und ein Hund ... ein großer, bösartiger Hund, hatte es auf die Jungen abgesehen. Diese Katze zerfetzte ihn beinahe mit ihren Krallen ... Ich habe keine Krallen, aber ich habe auch keine Angst vor einem Mann, der meinem Sohn etwas angetan hat.« Sie wandte sich an Harriet: »Ich kann Ihnen beiden gar nicht sagen, wie dankbar ich Ihnen dafür bin, daß Sie mich in Ihrem Haus aufgenommen haben und mich so sehr unterstützen.« Sie sah Lester über den Tisch hinweg an. Er war klein, wie sein Vater, hatte aber ein rundes Gesicht und ernste Augen. »Vielleicht bin ich verrückt, und mein Sohn ist tot, vielleicht gibt es keinen Gott, und vielleicht ist dieser Lascelles der Teufel höchstpersönlich ... aber ich werde mit ihm sprechen.«

Ihre Augen wurden schmal, aber nicht aus Müdigkeit, und

Lester lächelte. »Auf Suaheli würde man Sie ›Memsahib Kali‹ nennen«, meinte er.

Howard erklärte lachend: »Es bedeutet ›wild‹. Es ist ein Wort, mit dem man bestimmte Katzen beschreibt... zum Beispiel Leoparden. Sie gehen jetzt besser schlafen. Morgen früh buchen wir als erstes Ihre Überfahrt auf die Seychellen.«

6

Lani Sutowo stellte Dosen mit Erbsen auf ein hohes Regal, als sie das diskrete Hüsteln hörte. Sie wandte sich um und erblickte im Türrahmen einen Mann in Khakishorts, einem blauen Trikothemd und Sandalen. Er war groß, hatte kurzgeschnittenes schwarzes Haar, das an den Schläfen grau wurde. Sie ging zur Theke.

»Ja?«

Er trat vor und streckte die Hand aus.

»Ich bin Ramesh Patel aus Bombay.«

Lani war durch diese Förmlichkeit ein wenig verwirrt. Sie murmelte: »Lani Sutowo aus Sumatra.«

Sie schüttelten sich die Hände und blickten einander dann verlegen schweigend an. Er hielt ein zusammengefaltetes Stück Papier in der Hand.

»Was wünschen Sie?«

»Vorräte.« Er entfaltete lächelnd das Papier. »Sie sollen die meisten Waren auf Lager haben und zu erschwinglichen Preisen.« Er reichte ihr die Liste, sie nahm sie entgegen und las die sauber aufgeschriebenen Punkte.

»Ja, das führen wir alles. Es wird eine Weile dauern, bis ich alles zusammengestellt habe.«

»Ich habe es nicht eilig.«

Sie begann die gewünschten Fleisch- und Gemüsedosen bereitzustellen. Dabei erwähnte sie: »Ich habe Sie hier noch nie gesehen.«

»Ich bin nur auf der Durchreise.«
»Es liegt doch kein Schiff im Hafen.«
»Ich habe mein eigenes, eine Jacht.«
Sie drehte sich überrascht um. Er sah nicht so aus wie die anderen Jachtbesitzer, die gelegentlich hier ankerten.
»Wohin fahren Sie?« fragte sie und stellte weitere Konservendosen auf den Ladentisch.
»Zu den Seychellen, dann nach Ostafrika, von dort ins Mittelmeer ... und so weiter, wie der Wind weht.« Er sprach schüchtern, beinahe unsicher.
»Sie müssen eine große Jacht haben.«
»Nein, sie ist eher klein – ungefähr zwölf Meter.«
Sie wandte sich wieder den Regalen zu. »Haben Sie eine große Besatzung?«
»Nein. Ich bin allein.«
Wieder drehte sie sich überrascht um. »Nur Sie? Für diese weite Fahrt?«
Er lächelte wieder, zuckte mit den Schultern, ging zu ihr hinüber und half ihr, die Packungen mit Spaghetti von einem hohen Regal herunterzuholen.
Es dauerte eine knappe Viertelstunde, bis seine Bestellung zusammengestellt war, sie sprachen die ganze Zeit miteinander, und die Unterhaltung wurde von Minute zu Minute lockerer. Er erzählte ihr, daß es seine erste Reise war, daß er in den ersten Tagen auf hoher See sehr verzweifelt gewesen war und kehrtgemacht hätte, wenn der Wind nicht so stark geweht und ihn weitergetrieben hätte. Von den Augenblicken der Panik, als ein Fockstag gebrochen war und eine Stunde, nachdem er es repariert hatte, der Rollenreffer geklemmt hatte, während er versucht hatte, die Segel einzuholen. Er berichtete ihr von den schlaflosen Nächten, bis er gelernt hatte, wie man die automatische Steuerung richtig einsetzte, und die ständige Sorge, daß seine Navigation nicht stimmte und er auf die berüchtigten Riffe westlich der Nikobaren auflaufen könnte. Schließlich beschrieb er ihr, wie seine Span-

nung nachgelassen hatte, als das Wetter besser wurde, das Meer sich beruhigte und er vier Tage ruhiges Segelwetter hatte, und die ungeheure Erleichterung, als er das Male-Atoll sichtete und wußte, daß seine Navigation stimmte.

Auf dem Ladentisch stand mittlerweile ein großer Karton voller Vorräte. »Wann werden Sie auslaufen?« fragte sie.

»Morgen, sobald es hell wird«, antwortete er mit einem Lächeln. »Die Wettervoraussage ist gut, Windstärke zwei bis drei aus Nordosten. Außerdem ... wenn ich nicht bald auslaufe, bekomme ich vielleicht Angst.«

Sie lächelte, von seiner Ehrlichkeit beeindruckt, dann nahm sie ein Rechenbrett und rechnete flink aus, wieviel seine Bestellung ausmachte. Er bezahlte, dann schüttelten sie einander wieder die Hände, er verabschiedete sich, hob den schweren Karton auf und schwankte zur Tür.

»Viel Glück«, rief sie ihm nach, und er wandte sich um und lächelte wieder.

Nachdem sie den Laden am Abend geschlossen hatte, ging Lani zum Hafen hinunter. Dort lagen zwei Schoner an der Zollmole und hinter ihnen eine Jacht mit weißem Rumpf mit einer flachen Blende, auf die mit blauer Farbe der Name *Manasa* gemalt war. Niemand befand sich auf Deck, und sie setzte sich auf einen Poller und betrachtete das Schiff. Sie verstand wenig davon, war aber trotz ihrer Jugend praktisch veranlagt und aufmerksam. Sie erkannte unter dem neuen Anstrich und dem glänzenden Lack das alte Holz. Sie kam zu dem Schluß, daß die Jacht sehr alt war, aber sie lag ruhig im klaren Wasser wie eine aufgetakelte Matrone.

Sie hörte Schritte, drehte sich um und sah Ramesh mit zwei großen Benzinkanistern den Kai herunterkommen. Er lächelte ihr zu, sie sprang auf und half ihm, die Kanister an Deck zu hieven.

»Reservekanister mit Dieselöl«, erklärte er, während er sie an den Stützen festzurrte. »Haben Sie für heute Schluß gemacht?«

Sie nickte. »Ich wollte mir Ihr Boot ansehen. Ist es sehr alt?«

»Ja. Sogar älter als ich.« Er richtete sich auf. »Soll ich es Ihnen zeigen?«

»Ja, bitte.«

Er führte sie mit sichtlichem Besitzerstolz herum, und ihr fiel auf, wie ordentlich alles war. Alles befand sich an seinem Platz, außer einem dicken Buch mit zerschlissenem schwarzen Einband, das auf dem Tisch im Salon lag. Sie stellte Fragen, die verständiger Neugierde entsprangen. Nach dem kurzen Rundgang setzten sie sich an den Tisch im Salon, und während er zwei Bierdosen öffnete, las sie den Titel des Buches: *Das Handbuch des Bootsführers*.

»Wie lange brauchen Sie, um die Seychellen zu erreichen?« fragte sie.

Er stellte zwei Gläser mit kaltem Bier auf den Tisch und antwortete: »Wenn der Monsun anhält... etwa zwei Wochen.«

Zwanzig Tage später saß Jack Nelson um neun Uhr morgens auf der Veranda seines Bungalows, der hoch oben auf dem Mahé Peak lag, und bemerkte das weiße Segel schon den dritten Morgen. Um diese Zeit nahm er immer das Frühstück auf der Veranda ein, hörte sich immer auf seinem Grundig-Radio die Weltnachrichten der BBC an und überblickte die weite Meeresfläche mit seinem von der Marine stammenden Feldstecher. Ein paar Minuten lang musterte er das kleine weiße Segel, dann aß er das letzte Stück Toast und stand grunzend auf. Er war ein dicker Mann mit kurzem grauem Haar und Hängebacken. Er trug kein Hemd, und die schlaffen Falten um seine Taille zeigten an, daß er früher noch beleibter gewesen sein mußte. Er begab sich schwerfällig in die Diele und geriet dabei leicht ins Schwitzen, denn selbst in einer Höhe von 400 Metern regte sich nicht das leiseste Lüftchen.

Er hob den Telefonhörer ab und rief seinen Freund Dave Thomas an, den Sekretär des Seychellen-Jachtklubs.

»Hallo, du alter Schluckspecht. Wie geht es deinem Brummschädel heute morgen? ... Geschieht dir verdammt recht ... hör zu, es ist noch immer dort. Ungefähr zwei Strich weiter östlich ... ja, die Strömung wird es ein paar Meilen abgetrieben haben ... nein, nicht das geringste Lüftchen, nicht einmal hier oben. Hör zu, die *Lady Esme* hat heute den Fährdienst nach Praslin, vielleicht sollte sie einen kleinen Umweg machen und nachsehen. Die Flaute kann noch tagelang anhalten ... also erkläre es ihnen, alter Gockel, du bist der Sekretär und so weiter ... ja, sie liegt ungefähr fünfzehn Meilen weit draußen ... in Ordnung, ich sehe dich zu Mittag auf einen Drink ... *cheers.*« Er legte den Hörer auf und ging zur Küche hinüber. Auf halbem Weg durch den Raum blieb er plötzlich stehen, sein gebräuntes Gesicht verzog sich vor Schmerz. Er blieb eine ganze Weile regungslos stehen, dann entspannte er sich langsam und atmete erleichtert aus.

Um sechs Uhr abends schleppte die Regierungsbarkasse *Lady Esme* die Jacht in den Victoria Harbour. Jack Nelson und Dave Thomas kamen vom Jachtklub zum Zollkai herüber und sahen zu, wie sie vertäut wurde. Dave war klein, glatzköpfig und dick, aber durchtrainiert. Er trug einen erstaunlich langen, hochgezwirbelten Schnurrbart. Als er das geschmeidige orientalische Mädchen sah, das neben dem Mann mittleren Alters mit dem verlegenen Gesichtsausdruck an Deck stand, pfiff er durch die Zähne und raunte Jack zu: »Ich möchte wissen, wo er ein so reizendes Häschen aufgegabelt hat?«

Jack grinste. »Ein altes Boot und eine junge, weibliche Besatzung. Was könnte sich ein Jachtbesitzer noch wünschen?«

»So wie es aussieht, eine funktionierende Maschine«, antwortete Dave.

Sie erfuhren die Geschichte bald. Das Mädchen wurde in

einem Landrover weggebracht, und ein Zollbeamter ging an Bord der Jacht, um sie zu inspizieren. Inzwischen schlenderte Philip Mondon, der Hafenmeister, herüber und berichtete ihnen alles. Die Jacht war in Bombay registriert und wurde von einem pensionierten anglo-indischen *babu* um die Welt gesteuert, der so gut wie nichts über die Seefahrt wußte. Das Mädchen war auf den Malediven als blinder Passagier an Bord gekommen, das behauptete zumindest der *babu*, und sie hatte es bestätigt. Jedenfalls besaß sie keinen Paß und keine Papiere, nur eine indonesische Identitätskarte. Sie würde in Gewahrsam genommen werden, bis über ihre eventuelle Abschiebung entschieden wurde. Die Maschine des Bootes war gut vierzig Jahre alt und hatte in etwa fünfzig Meilen Entfernung vor der Küste den Geist aufgegeben. Sie waren fünf Tage lang im Meer getrieben und hatten ihr Trinkwasser bis auf eine Gallone aufgebraucht.

»So ein verdammter Narr«, knurrte Jack. »Aber was soll man auch von so jemandem erwarten? Diese Anglo-Inder sind alle keinen Schuß Pulver wert.«

»Hör doch damit auf, Jack.« Dave war verlegen, weil kein Mensch auf den Seychellen, Philip Mondon eingeschlossen, vollkommen rassenrein war. »Du bist nicht mehr in Afrika.«

»Du weißt, was ich meine«, erwiderte Jack; und zu Philip Mondon gewandt: »Du bist ganz in Ordnung, komm mit auf einen Drink in den Klub.«

Mondon schüttelte den Kopf und wehrte ab: »Ich kann leider nicht, Jack. Ich habe in einer Stunde eine Verabredung – und sie sieht besser aus als ihr beide zusammen.«

Sie machten kehrt und gingen zum Jachtklub, während er ihnen gutmütig nachsah und den Kopf schüttelte. Eine Reihe ehemaliger Regierungsbeamter hatte sich auf die Seychellen zurückgezogen, nachdem die ostafrikanischen Kolonien unabhängig geworden waren. Sie waren nicht schlechter als andere Menschen, aber sie behielten oft ihre koloniale Einstellung und ihre Vorurteile bei.

7

Die *State of Haryana* war nicht gerade beeindruckend – und nicht gerade sauber, weder innen noch außen. Sie verkehrte regelmäßig zwischen Bombay und Mombasa, machte einen Zwischenhalt auf den Seychellen und beförderte Fracht und Passagiere. Den Passagieren Erster Klasse wurde in ihren Privatkabinen ein relativer Komfort geboten, und die Bullaugen in ihren Kabinen gingen auf das Meer. Die Passagiere Zweiter Klasse schliefen in stickigen Schlafsälen, in denen bei Tag und Nacht ein übler Geruch herrschte. Die Deckpassagiere schliefen auf dem Achterdeck, auf den blanken Holzplanken, dafür aber an der frischen Luft.

Kirsty stand im Türrahmen und begutachtete mißtrauisch ihre winzige Kabine. Sie enthielt einen kleinen Tisch, einen Stuhl unter dem Bullauge, links einen Schrank und rechts zwei schmale Kojen übereinander. Auf dem Tisch krabbelte eine Küchenschabe. Sie zeigte darauf, der indische Steward stellte brummend ihren Koffer ab und zerdrückte das Insekt mit der Hand. Vor zwei Wochen noch hatte sie es angewidert, aber nach einiger Zeit in Afrika paßte man sich schnell an.

Da sie genaue Verhaltensmaßregeln erhalten hatte, gab sie ihm zehn Shilling Trinkgeld und erklärte ihm, sie würde jetzt für eine Stunde an Deck gehen, wünsche bei ihrer Rückkehr die Kabine blitzsauber vorzufinden, und während der Reise müsse sie in diesem Zustand bleiben. Er nickte grinsend, und sie ging durch den Korridor zu dem ein wenig kühleren Deck. Es war Nachmittag, und das Schiff lief mit zwei Tagen Verspätung aus, was anscheinend nicht ungewöhnlich war. Sie trat an die Reling und blickte auf die Gangway hinunter, während die letzten Passagiere an Bord gingen. Es waren zumeist ärmlich gekleidete Inder, viele von ihnen schleppten sich mit schäbigen Koffern und Bündeln ab, die in bunte Tücher gewickelt waren. Sie beobachtete das Gedränge, wie sie um gute Plätze auf dem Achterdeck stritten und schnell ihre Habseligkeiten ausbreiteten, um ihr Territorium abzustecken. Unter ihnen einige Großfamilien, von der Großmutter bis zum Säugling. Sobald sie sich niedergelassen hatten, öffneten sie ihre Körbe und begannen Eßwaren auszuteilen. Sie sahen nicht unzufrieden aus, und Kirsty wunderte sich über die Gelassenheit, mit der sie eine Reise von dreitausend Meilen unter solchen Bedingungen ertrugen. Sie richtete ihre Aufmerksamkeit wieder auf den Landungssteg. Ein großer, blonder junger Mann kam herauf, der lässig einen Reisesack aus Segeltuch auf einer Schulter balancierte. Er trug verschossene Jeans, ein T-Shirt und auf Hochglanz polierte Cowboystiefel. Kirsty hatte ihn schon vorher im Zollschuppen bemerkt, und auch er hatte ihr einen Blick zugeworfen. Er hatte hellblaue Augen, die sich scharf von seinem blonden Haar abhoben, und ein sonnengebräuntes Gesicht – das sowohl Stärke als auch Verletzlichkeit ausstrahlte.

Er erreichte das Ende der Gangway, hob den Kopf und sah ihr wieder direkt in die Augen. Nach einem Augenblick nickte er leicht und ging weiter. Sie wandte sich von der Reling ab und begann auf dem Deck umherzugehen, von dem aus man den Salon, die Kabinen und den Speisesaal erreichte. Dieses Deck war ausschließlich den Erste-Klasse-Passagieren vorbehalten. Sie kam an einem indischen Paar mittleren Alters vorüber. Er trug einen konservativen Straßenanzug, sie einen Sari, der die Taille freiließ. Dann begegnete sie einem älteren Europäer in einem Safarianzug, der ihr freundlich zunickte. Sie befand sich zum ersten Mal auf einem Schiff, und sie fieberte der Reise entgegen und hatte gleichzeitig ein wenig Angst davor. Sie fragte sich, ob sie seekrank werden und ob sie vier Tage lang eine Kost vertragen würde, die zum Frühstück, Lunch und Dinner, wie man sie aufgeklärt hatte, aus Currygerichten bestand.

Aber sie hatte während der letzten zwei Wochen eine Veränderung an sich bemerkt. Einerseits war sie noch immer unerfahren, naiv und schüchtern und griff ständig auf die gesicherte Erfahrung ihres vorherigen Lebens zurück. Andererseits hatte sie eine neue Welt beobachtet und keine Angst empfunden. Sie hatte Armut und Elend gesehen und auf die Annehmlichkeiten der Zivilisation verzichten müssen. Langsam war ihr klar geworden, daß sie trotz eines Lebens, das hauptsächlich aus Routine bestanden hatte, die Fähigkeit besaß, sich anzupassen. Diese neue Erfahrung verdankte sie Afrika. Afrika und ihren neuen Freunden, den Godfreys.

Sie hatte zehn Tage bei ihnen gewohnt, und sie hatten ihr viel Wissenswertes über Ostafrika vermittelt; beide waren voll Begeisterung und über das Land bestens informiert. Über das Wochenende waren sie auf das Land nach Mikumi gefahren, ein neues Wildreservat, hundertfünfzig Kilometer tiefer im Landesinneren. Sie hatten in Zelten geschlafen und jeden Tag mit einem Landrover große Strecken zurückgelegt. Sie hatte Löwen und Elefanten, Impalas und Hyänen aus nächster Nähe beobachtet.

In der zweiten Nacht hatte heftiger Regen eingesetzt, und Löwen waren ins Lager geschlichen, um unter den Schirmakazien Schutz zu suchen. Der englische Wildhüter hatte sie mit laut krachenden Schreckschüssen vertrieben. Am nächsten Tag blieb der Landrover im tiefen Schlamm stecken, und sie mußten acht Kilometer zum Lager zurückmarschieren, waren Büffel- und Giraffenherden und einem einzelnen Nashorn begegnet, das sie mißtrauisch beobachtete. Nur der Wildhüter trug ein Gewehr, er gestand später im Lager ein, daß er sich wegen des Nashorns große Sorgen gemacht hatte, und erklärte, daß es eines der wenigen Tiere in Afrika ist, das ohne ersichtlichen Grund angreift.

Nachts hatte Kirsty auf ihrem Feldbett aus Segeltuch gelegen und den nächtlichen Lauten Afrikas gelauscht: dem ständigen Summen und Zirpen von Insekten, den schrillen Schreien der Nachtvögel, dem gelegentlichen heiseren Brüllen eines Löwen in der Ferne und dem erschreckenden, höhnischen Gelächter der Hyänen. Sie hatte ein wenig Angst gehabt, besonders als die Löwen ins Lager eingedrungen waren, aber der Aufseher, die Godfreys und die einheimischen Träger waren nicht aus der Ruhe zu bringen gewesen, so daß ihre Furcht bald gewichen war. Am schönsten war immer der Morgen gewesen. Der heiße Kaffee im Morgengrauen, dann eine Stunde Fahrt im Landrover, während der sie es genoß, wie die Sonne die Bäume und das wellige Buschland in Licht tauchte. Und die großen Tierherden: die anmutig springenden Impalas, die gestreiften Zebras, galoppierende Giraffen mit ihren langen Hälsen, ein einzelner Kudu mit majestätischem Gehörn. Der Wildhüter war vor Aufregung ganz aus dem Häuschen geraten, denn Kudus waren so weit im Süden eine Seltenheit. Er hatte versucht, näher an ihn heranzukommen, während Howard fotografierte, aber der Kudu hatte Witterung aufgenommen und war im Busch untergetaucht.

Auch die Abendstunden waren zauberhaft. Allmählich waren New York, Larry und Irving Goldman in Kirstys Gedanken in den Hintergrund getreten. Aber Garret war immer gegenwärtig, und ihre Faszination und Neugierde wurden ständig von Ungeduld überlagert, weil sie warten mußte, bevor sie ihre Suche fortsetzen konnte.

Sie verbrachte noch vier Tage in Dar es Salaam und lernte Freunde der Godfreys kennen. Eines Abends hatte sie bei einem Empfang besonderes Glück. Sie wurde einem indischen Geschäftsmann vorgestellt, der in ganz Ostafrika Geschäftsverbindungen unterhielt. Er wollte in Kürze mit seinem Sportflugzeug nach Mombasa fliegen. Er erklärte sich gern bereit, sie mitzunehmen. Das ersparte ihr eine langweilige, umständliche Reise zurück nach Nairobi und dann die Fahrt mit der Eisenbahn zur Küste.

Sie hatte sich von den Godfreys mit Bedauern verabschiedet, alle drei am Flughafen in aufrichtiger Dankbarkeit umarmt und die Tränen mühsam unterdrückt, die sie dann doch übermannten, als die zweimotorige Cessna vom Rollfeld abhob.

Sobald sie sich gefaßt hatte, machte sie der indische Geschäftsmann auf die Sehenswürdigkeiten aufmerksam, die sie überflogen; die Inseln Sansibar und Pemba, die im blauen Meer mit ihren Sandstränden, mit Palmwedeln gedeckten Häusern und Plantagen idyllisch aussahen. Doch der Inder erzählte auch von Grausamkeiten und Tod, die noch vor wenigen Monaten dort getobt hatten, und wie die derzeitigen Herrscher noch immer die Bevölkerung unterdrückten und zwölfjährige Mädchen zur Heirat zwangen. Das war die Rache für tausend Jahre Sklaverei, eine Rache, die in den Revolutionären tierische Instinkte weckte.

Der Flug hatte eineinhalb Stunden gedauert, und zum Schluß hatte der Inder das Thema gewechselt und über die *State of Haryana* gesprochen. Er hatte schon mehrfach eine Passage auf dem Schiff gemacht, um seine Familie in Bombay zu besuchen. Sie war, erklärte er kleinlaut, kein sehr angenehmes Schiff. Das Essen war schlecht und eintönig. Er gab Kirsty ein paar nützliche Ratschläge. Sie solle einen reichlichen Vorrat an Trinkwasser in Flaschen, Kekse und Obst und ähnliches mitnehmen. Und Insektenspray sowie Toilettenpapier, weil es oft ausging oder gestohlen wurde.

Es hätte Kirsty beunruhigen müssen, doch da sie vor wenigen Nächten nur ein dünnes Stück Zeltleinwand von einem Löwen getrennt hatte, würden sie ein paar Küchenschaben auch nicht aus der Fassung bringen.

In Mombasa erfuhr sie, daß das Auslaufen des Schiffes sich verzögerte. Der Inder verschaffte ihr in einem guten Hotel in Strandnähe ein Zimmer zu einem sehr günstigen Preis. Er lud sie auch zum Abendessen ein, aber sie lehnte höflich ab. Sie hatte das Bedürfnis, eine Zeitlang allein zu sein. Sie schwamm, besichtigte die Stadt und kaufte ein, aber infolge ihrer Ungeduld verging die Zeit nur langsam, und sie war erleichtert, als der Agent sie anrief und ihr mitteilte, daß ihr Schiff um sechs Uhr abends auslaufen würde und sie jederzeit ab drei Uhr an Bord gehen könne. Kurz darauf rief Howard sie aus Dar es Salaam an. Er hatte eine Nachricht von seinem Kontaktmann auf den Seychellen erhalten. An diesem Morgen hatte die *Jaloud* noch im Hafen gelegen, und ihr Kapitän Danny Lascelles war im Jachtklub gesehen worden.

Während sie ihren Rundgang über das Deck fortsetzte, kam Kirsty zu dem Schluß, daß es auf der *State of Haryana* nicht so schlimm war, wie sie es erwartet hatte. Das Schiff war zwar alles andere als sauber, aber größer, als sie angenommen hatte. Die Decks waren weitläufig, und sie war in ihrer Kabine ungestört.

Die Schiffssirene ertönte zweimal, sie trat an die Reling und beobachtete, wie die Gangway eingezogen wurde. Sie spürte, wie das Deck unter ihren Füßen vibrierte; auch andere Passagiere standen an der Reling und winkten Freunden unten am Kai zu. Die Taue wurden eingeholt, sie drehte sich um und erblickte seewärts einen kleinen schwarzen Schlepper, an dessen Heck das Wasser schäumte.

Langsam legte die *State of Haryana* in einer Wolke von schwarzem Rauch vom Kai ab. Kirsty kehrte zum Heck zurück und betrachtete die Hafenanlagen, die mit ihren riesigen Frachtkränen wie die Gottesanbeterinnen aussahen, die sie vor kurzem in Mikumi gesehen hatte. Links segelte eine arabische Dau vorbei, durch deren großes Lateinsegel ihr Rumpf winzig wirkte. Eine Gruppe weißgekleideter Araber saß im Kreis auf dem Heck.

Als das Schiff durch die Hafeneinfahrt fuhr, spürte Kirsty, wie sich das Deck leicht hob, als es auf die erste Dünung des Indischen Ozeans traf. Sie machte kehrt und begab sich in ihre Kabine, wo sie zunächst einmal die Tabletten gegen Seekrankheit auspacken wollte.

Als sie im Korridor vor ihrer Kabinentür stand, ging die

Tür zur benachbarten Kabine auf. Der blonde Hüne trat heraus und sah sie einen Augenblick lang überrascht an. Aus der Nähe wirkte er jünger, als sie angenommen hatte. Er faßte sich und murmelte: »Guten Abend, Madam«, dann drehte er sich um und schlug die Richtung zur Bar ein. Sie bezweifelte, daß sie jemals einen männlicher wirkenden Mann gesehen hatte. Während sie die Tür hinter sich schloß, überlegte sie, daß er nicht viel älter sein konnte als ihr Sohn.

Vor dem ersten Dinner war sie sehr nervös. Der Steward führte sie förmlich zu einem Tisch, an dem schon fünf Fremde saßen. Das indische Paar mittleren Alters, das sie auf ihrem Rundgang an Deck gesehen hatte; ein anderes, jüngeres Paar, dunkelhaarig, aber Weiße. Er war klein und drahtig, sie schlank und attraktiv mit langem schwarzen Haar. Der fünfte war ein Inder, etwa vierzig, in einer weißen Uniform. Er stand auf, rückte ihren Stuhl zurecht und sagte: »Willkommen, Mrs. Haywood. Ich bin der Erste Offizier, Pandit Desai.«

Sie nahm Platz, er setzte sich neben sie und stellte die Anwesenden am Tisch der Reihe nach vor: »Mr. und Mrs. Muran, Passagiere nach Bombay, Mr. und Mrs. Savy, Passagiere zu den Seychellen.«

Die nächsten Minuten waren für sie ein wenig peinlich. Sie hatte angenommen, daß sie allein an einem Tisch sitzen würde, aber als sie sich umsah, stellte sie fest, daß die etwa sechzig Passagiere auf Tische zu vier, sechs oder acht Personen aufgeteilt waren. Zwischen ihnen saßen Offiziere in Uniform. Der große Blonde hatte auf der anderen Seite des Raumes bei dem Europäer im Safarianzug und zwei jungen Indern einen Platz gefunden. Die Passagiere bestanden hauptsächlich aus Indern, darunter sah man vereinzelt auch europäische und afrikanische Gesichter.

Langsam kam ein Gespräch in Gang. Es stellte sich heraus, daß Mr. Muran ein Buchhalter aus Nairobi war. Er und seine Frau kehrten zur Hochzeit ihres ältesten Sohnes nach Indien zurück. Sie waren höflich, aber zurückhaltend. Die Savys lebten auf den Seychellen und waren französischer Abkunft. Sie hatten in Kenia Urlaub gemacht. Sie lebten auf der Vogelinsel, die ihnen gehörte und sechzig Meilen nördlich von Mahé lag. Sie war nur etwa sechs Quadratkilometer groß, beherbergte jedoch eine große Kolonie von Seevögeln – Meerschwalben. Sie lebten allein dort, abgesehen von einem halben Dutzend Plantagenarbeitern, die Kokosnüsse für Kopra ernteten. Sie hatten jedoch vor, ein kleines Hotel für Vogelliebhaber und Hochseeangler zu eröffnen. Die Gewässer um die Insel wimmelten von Thunfischen, Wahoos, Machins, Speerfischen und vielen anderen Fischarten. Sie gefielen Kirsty. Er stellte sich als Guy und seine Frau als Marie-France vor.

Während des Essens schenkte ihr Desai seine ungeteilte Aufmerksamkeit. Er war groß und massig und trug eine engsitzende Uniform. Er fuhr sich ununterbrochen mit dem Daumennagel über den schwarzen Schnurrbart, erkundigte sich nach dem Zweck ihrer Reise, und sie antwortete nach kurzem Zögern, daß sie Urlaub mache.

Nach dem Dinner begaben sie sich in den Salon, Kirsty in Desais aufdringlicher Begleitung. In einer Ecke lud eine Bar ein, davor standen kleine Tischchen und bequeme Stühle. Die Murans hatten sich in ihre Kabine zurückgezogen. Sie hatten gerade Platz genommen, als der Engländer in dem Safarianzug mit dem großen Blonden im Schlepptau an ihren Tisch trat. Er begrüßte die Savys herzlich und meinte: »Ich freue mich. Ich wußte nicht, daß Sie an Bord sind, Guy. Darf ich Ihnen Alistair Cady vorstellen? Er ist unterwegs zu den Seychellen, um seinem Hobby Hochseefischerei zu frönen ... er ist auf einen Segelfisch scharf ... ich habe ihm erklärt, daß Sie der Mann sind, an den er sich wenden muß.«

Der Engländer hieß John Stevens, und er winkte dem Barmann, der daraufhin herüberkam – ein riesiger Inder in khakifarbenen Shorts und einem schmutzigen T-Shirt. Nachdem er ihre Bestellungen aufgenommen hatte und davonschlurfte, sagte Stevens zu Desai: »Schade, daß Sie nichts dagegen unternehmen können.«

Desai zuckte mit den Schultern und erklärte Kirsty: »Wir verpachten die Bar für jede Hin- und Rückfahrt. So ist es einfacher, denn wenn wir unser Personal einsetzen, hauen sie uns verdammt übers Ohr – außerdem sind sie die halbe Zeit sternhagelvoll.«

Sie kamen auf das Fischen zu sprechen. Stevens, ein Teepflanzer auf Mahé, war ein begeisterter Angler, äußerst fachkundig, ebenso wie Guy Savy. Aus ihrem Gespräch ging hervor, daß Cady es erst kürzlich vor der Küste von Kenia versucht hatte und geradezu süchtig danach geworden war. Man hatte ihm von dem sensationellen Fischreichtum um die Seychellen erzählt, und er hatte am nächsten Tag das Schiff genommen und war froh gewesen, daß es Verspätung hatte. Während Stevens und Guy Anglerlatein austauschten, hörte er aufmerksam zu, doch immer wieder wandten sich seine Blicke Kirsty zu. Sie fand es peinlich und mußte sich schließlich bewußt dazu zwingen, ihn nicht anzusehen. Desai, der dicht neben ihr saß, redete von Schiffen und den Problemen der Offiziere, die so lange unterwegs waren, und wie angenehm es war, nette Passagiere an Bord zu haben. Er streichelte immer wieder über ihren Arm und streifte mit seinem Bein das ihre.

Die Drinks wurden gebracht, und Guy bestellte noch eine Runde. Dann teilte ihr Desai flüsternd mit, daß er jetzt seinen Rundgang machen und kontrollieren müsse, ob alles in Ordnung sei. Er gab zu verstehen, daß der Kapitän nicht sehr fachkundig war. Ob sie später das Schiff mit ihm besichtigen wolle?

Sie lehnte ab. Sie sei müde und wolle bald zu Bett gehen. Vielleicht ein andermal.

Er ließ sich nicht abschrecken. Er würde später hier wieder vorbeikommen, um zu sehen, ob sie noch da war.

Sie warf Cady einen Blick zu und bemerkte, daß er sie

beobachtete. Als Desai gegangen war, entspannte sich die Atmosphäre. Marie-France erzählte Kirsty von den Inseln, ihrer Geschichte und der kreolischen Küche. Sie würde am Morgen mit dem Chefsteward sprechen und die Sitzordnung ändern lassen, so daß sie mit Cady und Stevens zusammensaßen, dann wolle sie versuchen, in die Kombüse vorzudringen, um den Chefkoch zu bestechen, und selbst ein paar Mahlzeiten für ihren Tisch zubereiten. Hauptsache, es gab eine Abwechslung.

Kirsty stellte lachend fest, daß sie jetzt eine Runde ausgeben sollte, nahm mit dem Barmann Blickkontakt auf und winkte ihm. Sie waren die einzigen Passagiere, die noch im Salon saßen, er warf ihr einen unfreundlichen Blick zu, aber er mixte die bestellten Getränke. Als er sie servierte, blickte Cady überrascht auf und versuchte dann, sie zu bezahlen, doch Kirsty bestand darauf, die Rechnung zu begleichen, und legte das Geld auf den Tisch.

Fünfzehn Minuten später rief Cady, der entschlossen war, seine Runde auszugeben, freundlich: »Hör mal, alter Junge, bring uns noch mal das gleiche.«

Kirsty und Marie-France wollten protestieren, aber sie verstummten, weil an der Bar etwas schepperte. Sie blickten auf und sahen, wie ein Metallgitter auf die Theke prallte. Dahinter rief der Barmann herausfordernd:

»Die Bar ist geschlossen!«

Stille, dann blickte Cady auf die Uhr. »Zum Teufel, Mann, es ist erst zehn Uhr vierzig. Die Bar soll um elf schließen.«

Der Barmann hatte die Hände flach auf die Theke gelegt. Er beugte sich vor, bis seine Nase beinahe an das Gitter stieß. Er sah Cady direkt an und erwiderte:

»Die Bar schließt, wenn ich es sage.«

Stille, dann stand Cady auf, ein sich vertiefender Schatten legte sich auf sein junges Gesicht. Er ging betont langsam zur Bar. Bei jedem Schritt dröhnten die Absätze seiner Cowboystiefel drohend auf das Deck. Er erreichte das Gitter und blickte den Barmann durchdringend an.

Cady sprach sehr ruhig, fast unbeteiligt, aber jedes Wort klang scharf in der Stille.

»Ich werde dir eine Geschichte erzählen, mein Freund. Da hatte ein alter Farmer seinem Nachbar ein Maultier für hundert Dollar verkauft. Versprach ihm, es sei ein braves altes Maultier ... überaus willig. Am nächsten Tag beschwerte sich der Farmer, daß sich das Maultier nicht von der Stelle rühre ... keinen einzigen Schritt tat. Der Farmer geht hinüber, und richtig, dort steht das Maultier wie ein Felsen. Der Farmer nimmt ein Stück Holz, zwei mal vier Zoll. Er tritt zurück und knallt es dem alten Maultier zwischen die Augen ... dann sagt er: ›Geh weiter!‹ Und das alte Maultier setzt sich sofort in Bewegung. Der Farmer dreht sich zu seinem Nachbar um und sagt: ›Ich habe dir doch gesagt, es ist ein braves altes Maultier ... tut, was immer du von ihm verlangst ... aber zuerst mußt du seine Aufmerksamkeit erregen.‹

Also, alter Junge. Wenn ich deine Aufmerksamkeit erregen muß, wird dieses Stückchen Fliegengitter dir nicht viel helfen.«

Bedrückende Stille trat ein, während der Barmixer in die zusammengekniffenen Augen des Hünen aufblickte. Er wischte langsam seine feuchten Handflächen an seinem T-Shirt ab, dann murmelte er:

»Sie wollten drei Bier, zwei Gin Tonic und einen Wermut ... Sir?«

8

Als Kirsty in ihrer Kabine war und sich auszog, fühlte sie sich glücklich und ein wenig beschwipst. Sie wußte nicht mehr, wann sie das letztemal etwas zuviel getrunken hatte. Auf die ›Wiedereröffnung‹ der Bar waren noch drei Runden gefolgt. Der Vorfall hatte die Stimmung nicht beeinträchtigt. Cady hatte die Angelegenheit als unwichtig abgetan, und der Barkeeper hatte erstaunlich schnell nachgegeben. Er hatte sogar einen Drink akzeptiert und hielt die Bar bis lange nach elf geöffnet. Kirsty hatte die Savys als angenehme Gesprächspartner empfunden. Sie waren erst seit einem Jahr verheiratet. Beide stammten aus alten französischen Kolonistenfamilien. Marie-France erzählte, daß die Engländer im neunzehnten Jahrhundert zwischen Sansibar und Arabien viele Schiffe von Sklavenhändlern aufgebracht hatten. Die Sklaven wurden auf den Seychellen freigelassen. Mischehen und Lebensgemeinschaften zwischen den ursprünglichen französischen Siedlern und den befreiten Sklaven führten zu einem Rassengemisch. Es war nicht ungewöhnlich, daß ein blonder Junge einen schwarzen Vetter hatte und nichts dabei fand. Jene Familien, die rein weiß blieben, nannte man die ›*Grands blancs*‹. Obwohl die Engländer im Jahr 1815 die Herrschaft über die Inseln übernommen hatten, waren diese zu unbedeutend, als daß sie sich näher mit ihnen befaßt hätten, also beließen sie den französischen Gouverneur für die nächsten dreißig Jahre im Amt. Sprache und Küche waren kreolisch, und der 14. Juli wurde noch immer begeisterter gefeiert als der Geburtstag der Königin.

Stevens verhielt sich anfangs ein wenig zurückhaltend, doch auch er ging mit der Zeit etwas aus sich heraus. Er besaß eine große Teeplantage hoch oben in den Bergen von Mahé. Er forderte Kirsty auf, ihn zu besuchen und über ein Wochenende zu bleiben, wenn sie Lust habe, wobei er zwinkernd hinzufügte, daß seine Frau anwesend sein würde. Später fragte er Cady, wie es möglich sei, daß ein so junger Mann so lange Ferien machen könne. Ob er aus einer reichen Familie stamme? Cady schüttelte den Kopf und erklärte lächelnd, daß er auf den Ölfeldern gearbeitet, monatelang gespart und dann seinen Job verloren habe.

»Wie?« fragte Stevens.

Cady schien leicht verlegen, als er antwortete: »Ich habe meinem Boß erklärt, daß er ein Lügner ist.«

Cady hatte sich kaum mit Kirsty unterhalten. Er wirkte ihr gegenüber ein wenig gehemmt.

Sie streifte ihr Nachthemd über und warf einen Blick aus dem Bullauge. Sie konnte den Widerschein der Schiffslichter im Wasser und die vom Bug ausgehenden Wellen sehen. Die See war ruhig, und abgesehen vom Stampfen der Schiffsmaschine und dem Rauschen des Wassers war es auf dem Schiff sehr still. Sie schenkte sich ein Glas Wasser aus der Flasche ein und trank langsam. Kevin hatte immer behauptet, daß ein Liter Wasser vor dem Schlafengehen einen schlimmen Katzenjammer verhindern konnte. Sie fand Gefallen an der Seereise. Die kleine Kabine war gemütlich und jetzt auch sauber. Der Steward hatte das untere Bett zurechtgemacht, und das Laken war ordentlich aufgeschlagen.

Sie trank das Glas aus und wollte sich hinlegen, als sie ein leises Klopfen an der Tür vernahm. Verblüfft ging sie zur Tür und öffnete sie einen Spaltbreit. Desai stand im Korridor und lächelte gewinnend.

»Ich habe gesehen, daß bei Ihnen noch Licht brennt. Wollen Sie vielleicht jetzt mit mir einen Rundgang durch das Schiff machen?«

»Jetzt? Es ist schon fast Mitternacht.«

»Ja, es ist sehr ruhig, die beste Zeit dafür.«

Sie schüttelte energisch den Kopf. »Nein, danke. Ich bin sehr müde. Vielleicht ein andermal.«

Er legte die Hand lässig auf die Türklinke. »Ist Ihre Kabine in Ordnung? Manchmal machen diese faulen Stewards nicht richtig sauber ... ich werde mal nachsehen.«

Sie trat einen Schritt zurück. »Sie ist sehr ordentlich, machen Sie sich keine Sorgen.«

Jetzt stand er im Türrahmen.

»Ich mag Sie sehr, Mrs. Haywood. Sie heißen doch Kirsty, nicht wahr? Darf ich Sie Kirsty nennen?«

»Natürlich ... aber ich möchte jetzt zu Bett gehen.«

Er lächelte breit. Unter seinem schwarzen Schnurrbart glänzten blendendweiße Zähne.

»Gewiß ... gewiß. Aber wir haben nicht viel Zeit. Nur drei Nächte. Ich weiß, Sie mögen mich, das merke ich gleich.«

Er stand jetzt in der Kabine und drückte die Tür mit dem Absatz zu. Seine Hände griffen nach hinten und sperrten zu. Ihr Herz begann rascher zu schlagen.

»Hören Sie, Mr. Desai, Sie machen sich falsche Hoffnungen. Ich habe nicht die Absicht, mit Ihnen zu schlafen.«

Sein Lächeln wurde zu einem begehrlichen Grinsen, und er packte ihren Arm, als sie in eine Ecke zurückwich. »Und ob Sie das wollen. Ich kenne euch Amerikanerinnen. Vor zwei Monaten war eine auf der Fahrt nach Bombay an Bord. Drei Nächte lang hat sie ›nein, nein, nein‹ gesagt, und dann die nächsten zwei Wochen ›Ja, ja, ja‹ ... aber wir haben nicht soviel Zeit.«

Sie konnte nicht glauben, daß es geschah. Sie war zum ersten Mal seit Jahren entspannt gewesen und hatte gelacht, und nun schien sich alles innerhalb von Sekunden in einen Alptraum zu verwandeln. Sie blickte in das grinsende Gesicht Desais, sah die Schweißperlen auf seiner Stirn und die sinnliche Begierde in seinen Augen. Von Panik erfaßt, schlug sie ihm ins Gesicht, doch er fing ihr Handgelenk mühelos ab, zog sie an sich und lachte.

»Aber klar, wehren Sie sich nur, Lady. Das gefällt mir. Das heizt mich erst richtig an. Du wirst schon wollen.«

Sie stieß ihr Knie nach oben, aber er schob einen Oberschenkel vor, und sie prallte ab. Mit wachsender Verzweiflung wurde ihr klar, daß er ungeheuer stark und schnell war. Er wirbelte sie herum, umspannte ihre Handgelenke mit einer Hand und riß mit der anderen ihr Nachthemd auf. Seine Hand faßte ihre rechte Brust und drückte schmerzhaft. Kirsty holte Luft, um zu schreien, doch seine Hand gab ihre Brust frei und preßte sich auf ihren Mund. Sie versuchte zu beißen, aber er zog sie mit einer blitzschnellen Bewegung weg und schlug sie ins Gesicht. Halb betäubt spürte sie, wie sie hochgehoben und auf das Bett geworfen wurde. Sie fühlte den Luftzug an ihren Beinen, als er ihr Nachthemd hochzog, fühlte seine Hand, die sich zwischen ihre Schenkel schob, und die grob tastenden Finger. Sein Gewicht warf sich auf sie, seine Bartstoppeln kratzten an ihrer Wange, seine Zunge leckte über ihren Mund. Sie wand sich, wehrte sich, stöhnte vor Entsetzen, spürte einen Finger, der in sie eindrang. Mit der anderen Hand mißhandelte er wieder ihre Brüste. Es war der Schmerz, der endlich die Nebel des Entsetzens zerriß. Er war zu stark. Sie mußte ihren Verstand benutzen. Sie wandte den Kopf und flüsterte:

»Warten Sie. Bitte, warten Sie. Tun Sie mir nicht weh. Was immer Sie wollen. Bitte, Mr. Desai. Es ist in Ordnung. Aber machen wir es langsam. Sie sind so schwer.«

Er kicherte, nahm sein Gewicht von ihr, blickte triumphierend auf ihr Gesicht hinunter, dann auf ihre vollen Brüste, die von seinen gierigen Fingern gerötet waren. Sie erzwang ein Lächeln und zeigte mit der Hand auf ihr zerrissenes Nachthemd.

»Lassen Sie mich das ausziehen.«

Er keuchte grinsend und zog sich zurück. Sie schwang die Füße auf den Boden, holte tief Luft und schätzte die Entfernung zur Kabinenwand ab. Dann griff sie nach dem Saum des Nachthemds, zwang sich noch immer zu einem Lächeln, warf sich nach vorn, trommelte mit den Fäusten gegen die Wand und schrie durchdringend um Hilfe. Eine Sekunde später schmetterte ihr Desai den Handrücken auf den Mund, so daß sie in die Ecke der Kabine wirbelte.

Sie verlor sekundenlang die Besinnung, und als sie zu sich kam, hörte sie Cadys Stimme, die ihren Namen rief, während er an der Tür rüttelte. Sie schlug die Augen auf und hörte ein

Splittern. Die Tür flog auf, Cady, der nur eine Art Tuch um die Taille trug, stürzte herein, seine leuchtend blauen Augen überblickten den Schauplatz und blitzten vor Wut. Sie kroch unter das Bett und hörte Desais von panischem Entsetzen erfüllte Stimme:

»Sie hat mich herausgefordert ...«

»Scheiße!«

Dann ein dumpfer Schlag, als würde Holz auf Holz treffen.

Desai versuchte sich zu wehren, setzte zu einem Schwinger an, aber Cady duckte darunter durch, setzte nach, während seine Fäuste zuschlugen und er vor Zorn und Anstrengung keuchte.

Desai sank auf die Knie und versuchte, Cadys Beine zu fassen, doch Cady packte seine Haare, zog ihn in die Höhe und stieß ihm das Knie ins Gesicht.

Dann drängten sich Besatzungsmitglieder in die Kabine und trennten die beiden, der Kapitän traf ein, knöpfte sein Hemd zu und wollte wissen, was hier los war.

Es dauerte eine halbe Stunde, bis sich der Aufruhr legte. Desai wurde in seine Kabine getragen, der Kapitän hörte sich mitfühlend Kirstys Schilderung an und seufzte dann.

Der Vorfall sei äußerst bedauerlich. Es habe schon früher Beschwerden gegeben. Leider sei Desais Vater ein hochgestellter Beamter in der Indischen Dampfschiffahrtsgesellschaft. Doch diesmal wollte der Kapitän unerbittlich sein. Desai wurde bis Bombay in seiner Kabine unter Arrest gestellt, und der Kapitän wollte Bericht erstatten. Er wollte auch Kirstys Aussage zu Protokoll nehmen, riet ihr aber davon ab, gerichtliche Schritte zu unternehmen. Solche Vorfälle waren auf See ziemlich kompliziert, besonders wenn Aussage gegen Aussage stand. Wenigstens war sie vor dem Äußersten bewahrt geblieben. Kirsty war einverstanden, und nach wiederholtem Ausdruck seines Bedauerns entfernte sich der Kapitän und ließ sie mit Cady allein. Sie saß am Tisch, und er stand an der Tür und beobachtete sie besorgt. Sie blickte auf den Tisch und zeichnete mit dem Finger ein Muster darauf.

»Es ist wie eine Ironie des Schicksals. Ich habe mein ganzes Leben in New York verbracht und wurde nie überfallen. Ich muß zehntausend Meilen reisen, damit es passiert.« Sie blickte auf und lächelte schwach.

»Solche Schweinehunde gibt es überall«, meinte er.

Sie nickte zerstreut. »Schlafen Sie immer in dem Aufzug?«

Er schaute auf seinen bunten Sarong hinunter. »Ja, ich habe einmal ein Jahr lang in Indonesien nach Erdöl gebohrt. Dort schlafen alle in so etwas ... es ist bequem ... ich habe mich daran gewöhnt. Ich sollte jetzt aber gehen ... und Sie sollten versuchen zu schlafen.«

Sie nickte. »Wie ist es eigentlich ... in Indonesien?«

Er begann, ihr von dem fruchtbaren Archipel, von seinen Wäldern, alten Tempeln und Völkern zu erzählen, aber er merkte, daß sie nicht wirklich zuhörte, und ihm wurde klar, daß sie das Gespräch nur deshalb begonnen hatte, weil sie nicht allein sein wollte. Unvermittelt sagte er: »Kirsty, so ein Erlebnis würde jeder Frau schwer zu schaffen machen.« Er deutete auf das zweite Bett. »Wollen Sie, daß ich heute nacht hierbleibe? Sie können sich darauf verlassen, daß ich Sie nicht belästigen werde.«

Ihr Gesicht hellte sich dankbar auf. »Das weiß ich. Macht es Ihnen nichts aus? Es ist vielleicht albern, aber ...«

»Klar. Kein Problem. Während Sie das Bett aufschlagen, hole ich mir ein Hemd und eine Hose für morgen früh.«

»Ist alles in Ordnung, Cady? Diese Betten sind offensichtlich für kleinere Leute gedacht«, meinte Kirsty nach einer Weile.

»Aber ja. Ich bin daran gewöhnt.«

»Ist Alistair nicht ein schottischer Name?«

»Klar. Viele Leute aus Nova Scotia haben schottisches Blut in den Adern ... aber ich hasse den Namen. Nennen Sie mich einfach Cady. Das tun alle.«

»Wie groß sind Sie eigentlich?«

»Einsdreiundneunzig.«

»Mit oder ohne Stiefel?«

Er lachte. »Ohne. Ich weiß, es ist verrückt, aber so ziemlich alle Erdölarbeiter tragen sie. Und ziehen sich an wie Cowboys und reden genauso wie sie ... sogar die Canucks, die Frankokanadier. Weil die meisten Burschen Texaner sind oder sich dafür ausgeben. Es ist wie eine geschlossene Bruderschaft, man paßt sich gewissermaßen an.«

»Gefällt Ihnen dieses Leben? Werden Sie in Ihren Job zurückkehren?«

»Und ob. Die Bezahlung ist gut, und man hat viel Freizeit.«

Er gähnte, und sie knipste ihre Lampe aus.

»Gute Nacht, Cady.«

»Gute Nacht, Kirsty.«

Die Kabine lag im Halbdunkel. In dem durch das Bullauge eindringenden Licht konnte sie undeutlich die Konturen ausmachen. Es war eine angenehme Dunkelheit.

Sie drehte sich auf die Seite und kuschelte sich zusammen, bereit einzuschlafen, aber zehn Minuten später war sie noch immer hellwach. Der im Bett über ihr liegende junge Mann war ihr ein Rätsel. Sie drehte sich auf den Rücken, sie spürte, daß auch er wach war und rief leise:

»Cady?«

»Ja?«

»Haben Sie eigentlich Verwandte?«

»Nur eine verheiratete Schwester in Nova Scotia ... meine Mutter ist gestorben, als ich noch ein Kind war ... und mein Vater kam bei einem Autounfall ums Leben ... vor ungefähr acht Jahren.«

»Kein festes Mädchen?«

Es entstand eine Pause, dann: »Nein. Hat es nie gegeben ... Jedenfalls nicht richtig.«

Sie wunderte sich. »Ein gutaussehender junger Mann wie Sie ...«

Es blieb lange still, und sie fragte sich, ob sie etwas Falsches gesagt hatte. Dann begann er zu sprechen. Vielleicht war es die intime Dunkelheit, die es ihm möglich machte, ohne dabei ihr Gesicht zu sehen. Vielleicht, weil sie um einiges älter war als er – und eine Frau. Vielleicht, weil es genau der richtige Augenblick war. Die Worte strömten ihm von den Lippen, ruhig, gleichmäßig, mit einem Anflug von Bitterkeit.

»Natürlich ... ein gutaussehender Kerl wie ich. Wissen Sie, was geschieht? Fast jede Frau mustert mich wie einen Hengst ... ›Cady, der Hengst‹. Ich kann Ihnen sagen, daß es einem Mann schwer zu schaffen macht. Ein Kerl wie ich zieht für gewöhnlich Frauen an, die nur auf ein Abenteuer aus sind. Man erwartet von uns Leistung ... erwartet sie, verdammt noch mal! Und weil man einsdreiundneunzig, blauäugig, blond und noch dazu kräftig ist, sollte man mehr Leistung erbringen als ein um fünfzehn Zentimeter kleinerer Kerl mit braunen Augen und farblosen Haaren. Wenn nicht, ist man eine verdammt große Enttäuschung. Kirsty, ein Bursche wie ich wird jedesmal, wenn er eine Frau ansieht, abgeschätzt. Das gleiche könnte man auf eine Frau anwenden ... aber wären Sie lieber häßlich? Nein. Für eine Frau ist es aber etwas anderes. Sie kann sich hinlegen und es geschehen lassen, und wenn es nicht klappt, kann sie es vortäuschen, und dann ist der Mann befriedigt. Aber ein potentieller Hengst – der kann nichts vortäuschen. Er muß eine Leistung erbringen, und wenn er es nicht schafft, kommen die Fragen: ›Was ist denn los, Liebling? Zuviel getrunken? Bist du müde, Liebling? Findest du mich vielleicht nicht anziehend?‹ Die entsprechenden Filme und Bücher machen alles noch schlimmer. Der Held ist immer groß und sieht gut aus. Verdammt, Alan Ladd ist nur einsfünfzig groß, und sie stellen seine Partnerinnen immer in ein Loch, damit er sie küssen kann. Ich habe nie ein Buch gelesen, in dem der romantische Liebhaber klein und glatzköpfig war oder gar ein wenig vorgeneigt ging ... es ist also nur natürlich: Die Frauen erwarten von Burschen, die so aussehen wie ich, daß sie superpotente Liebhaber sind ...«

»Und das sind Sie nicht?«

»Verdammt, nein ... ich weiß nicht, was für ein Liebhaber ich bin. Vielleicht ein lausiger. Ich bin verdammt sicher nicht das, was die meisten erwarten.«

»Sie sind doch nicht impotent?«

Er lachte bitter. »Gelegentlich schon. Wenn ich die Erwartung in den Augen einer Frau sehe ... wenn es offensichtlich ist ... wenn sie einen anschaut wie ein Appetithäppchen ... klar, dann reicht es bei mir nicht einmal zu einer Erektion! Die Kerle, mit denen ich arbeite, verbringen einen oder zwei Monate in der Wüste, ohne eine Frau zu sehen. Verbringen neunzig Prozent ihrer Zeit nur damit, von Frauen zu reden. Wenn sie dann einmal in die Stadt kommen und es loswerden wollen, stellen sie fest, daß sie ihn nicht mal hochbringen ... Tut mir leid, wenn ich mich unfein ausdrücke.«

»Schon gut. So habe ich das noch nie gesehen. Sprechen Sie miteinander darüber?«

»Fast nie. Nur mit wirklich guten Freunden. Deshalb sieht man oft junge Ölarbeiter mit älteren Frauen. Sie haben mehr Verständnis.«

»Ach so.«

»Hören Sie mal ... ich habe nicht gemeint ... wissen Sie.«

Sein Kopf tauchte über dem Bettrand auf.

»Nein, Cady, ich verstehe. Ich bin nur überrascht. Es entspricht nicht meiner Vorstellung, weiter nichts.«

Der Kopf verschwand. Er wiederholte bitter: »Genau. Nicht der Vorstellung. Hören Sie, ich war einmal mit ein paar Freunden im Urlaub auf Zypern. Wir hockten in einem Nachtklub in Limassol. Es war drei Uhr morgens, und wir mußten zurück nach Platres in die Berge fahren. Ungefähr dreißig Kilometer, und unser Wagen war kaputt. Wissen Sie, was die Jungs machten?«

»Was?«

»Sie haben mich versteigert, während ich auf der Toilette war. Die Jungs gingen herum und erzählten den jungen Touristinnen, daß diejenige, die uns nach Platres brachte, mit mir schlafen dürfte. Einige waren sofort dazu bereit. Diese Schweinekerle wählten die mit dem größten Wagen ... es war ein Ford Cortina ... blau.« Er hörte, daß sie versuchte, ihr Lachen zu verbeißen. »Verdammt noch mal, Kirsty, mir haben sie keinen Ton davon gesagt, bis wir oben waren, sie aus dem Wagen stieg und sich die Lippen leckte.«

»Und was geschah dann?«

»Ich erklärte ihr, es käme nicht in Frage ... sie wurde richtig wütend ... nannte mich einen Betrüger und einen Schwulen ... ich mußte ihr fünf Pfund für das verdammte Benzin bezahlen!«

Sie konnte das Lachen nicht unterdrücken, er stimmte ein und murmelte:

»Diese Hurensöhne haben mich für eine Heimfahrt versteigert ... jedenfalls reicht das jetzt über meine Person. Wenn ich weiterrede, glaube ich noch, daß ich so einen gottverdammten Psychoanalytiker brauche.«

Das Bett knarrte, als sie sich umdrehte und das Kissen aufschüttelte.

Wieder vergingen zehn Minuten. Das Schiff schlingerte leicht, und diese Bewegung und das Geräusch der am Rumpf entlangplätschernden Wellen hätten sie eigentlich einschläfern müssen. Aber sie war hellwach. Sie kam zu dem Schluß, daß Cady eine komplizierte Persönlichkeit war, und nahm an, daß der frühe Tod seiner Mutter dazu beigetragen haben mochte. Genauso wie Kevins Tod Garret getroffen hatte.

»Kirsty. Sind Sie wach?«

»Mhmm.«

»Wie steht es mit Ihnen? Sind Sie verheiratet?«

»Ich war es. Vor zehn Jahren stürzte mein Mann in den Bergen ab.«

»In den Bergen?«

»Ja. Es war sein Hobby ... Felsklettern. Immer allein. Er war ein guter Kletterer, doch eines Tages muß er einen Fehler gemacht haben und ist sechshundert Meter abgestürzt.«

»O Gott! Haben Sie Kinder?«

»Einen Sohn ... Garret.«

»Wo ist er? Daheim in New York?«

Sie antwortete nicht, sondern überlegte, ob sie es ihm erzählen sollte. In letzter Zeit fiel es ihr schwer, darüber zu sprechen.

»Ist etwas nicht in Ordnung, Kirsty?«

Sie entschloß sich, darüber zu sprechen.

»Ich befinde mich nicht auf einer Urlaubsreise, Cady. Ich bin auf der Suche nach meinem Sohn. Angeblich ist er tot, aber ich glaube es nicht.«

Zuerst erzählte sie ihm von Captain Buckleys Besuch und allem, was darauf gefolgt war. Dann ging sie zurück zu der Zeit nach Kevins Tod. Er hatte ihr insgesamt nur 15 000 Dollar hinterlassen. Die Hälfte fiel an Kirsty und die andere Hälfte an Garret, sobald er achtzehn Jahre alt war. Ihre Hälfte hatte als Grundstock für die Wohnung gedient. Garrets Hälfte hatte sie in Anlagen investiert.

An dieser Stelle hatte Cady das Licht eingeschaltet, war aus dem oberen Bett geklettert, hatte sich auf den Stuhl gesetzt und seine langen Beine auf ihr Bett gestützt. Er schenkte ihr ein Glas Wasser ein, dann sich selbst und beobachtete sie aufmerksam, während sie fortfuhr.

Sie erzählte ihm von Garret. Er war ein schwieriges Kind gewesen, auch schon zu Kevins Lebzeiten, aber nach seinem Tod wurde es noch schlimmer. Er verehrte seinen Vater und hatte sein Wesen geerbt. Garret hatte eine leidenschaftliche Neigung zur Unabhängigkeit entwickelt und widersetzte sich jeglicher Autorität. Es gab noch ein anderes Problem. Er hatte eine äußerst seltene Blutgruppe. Man hatte errechnet, daß nur ein Mensch unter einer Million sie besaß. Das war der Grund dafür, daß sie ihn um so mehr beschützt und behütet hatte. Wenn er schwer verletzt wurde und eine Bluttransfusion brauchte, konnte er in Lebensgefahr geraten. Er mußte ständig eine Messingscheibe um den Hals tragen, auf der seine Blutgruppe angegeben war.

Wenn sie jetzt zurückdachte, wurde ihr bewußt, daß sie übertrieben fürsorglich und ihm dadurch lästig gewesen war, aber er war alles, was sie besaß, und sie liebte ihn abgöttisch. Als er heranwuchs, wurde auch sein Widerstand größer. Sie verbot ihm, verletzungsanfällige Sportarten wie Fußball oder Basketball zu betreiben. Sie ließ ihn aus Angst vor einem möglichen Unfall nicht an einem Sommerlager teilnehmen. Wenn er nur ein paar Minuten später von der Schule nach Hause kam, geriet sie in Panik. Kurz, sie erstickte ihn mit ihrer Fürsorge, wie ihr später zu ihrer Bestürzung klar wurde, und er hatte entsprechend darauf reagiert. Als er in die Pubertät kam und auch später hatten sie schreckliche Auseinandersetzungen. Er begann ihr zu drohen, daß er, sobald er achtzehn war und sein Erbe erhielt, von daheim weggehen – und nie mehr zurückkommen würde.

Bei der Erinnerung daran verzerrte sich ihr Gesicht, und sie brach ihren Bericht, der wie eine Beichte klang, ab. Nach einigen Minuten fragte Cady sanft:

»Was ist dann geschehen?«

»Natürlich habe ich ihn nicht ernst genommen. Welche Mutter würde das schon tun? Das sagen alle Kinder.« Sie atmete schwer, hustete, und plötzlich brach sie in Tränen aus. Cady verhielt sich ruhig. Er hatte das Gefühl, als Beichtvater bei einer seelischen Selbstabrechnung zu fungieren. Nach einer Weile hob sie den Kopf und fuhr sich mit einer Hand über die Augen.

»Das war mein Fehler, Cady. Er war fast achtzehn, und ich behandelte ihn noch immer wie ein Kind.« Ihre Stimme wurde lauter. »Er war aber kein Kind mehr! Er war ein junger Mann und dachte und fühlte als solcher. Gott, wenn ich jetzt daran denke! Was er durchgemacht hat. Er hat seinen Vater verloren, als er wirklich noch ein Kind war. Er mußte damit fertigwerden, eine medizinische Seltenheit zu sein ... und er stellte sich dieser Tatsache wie ein Mann. Wie es auch sein Vater getan hätte. Und er hatte eine Mutter, die ihn wie einen kranken Jüngling bevormundete!«

Sie ließ den Kopf wieder auf die Knie sinken. Nach einer langen Zeit der Stille ergriff Cady wieder das Wort. »Sie haben also das ›Verbrechen‹ begangen, Kirsty, ihn zu sehr zu lieben. Dafür dürfen Sie sich nicht bestrafen. Sie müssen eines verstehen ... Liebe läßt sich nicht bemessen. Schon gar nicht die Liebe einer Mutter. Besonders nach dem Unglück mit Ihrem Mann. Sie haben nur das getan, was Sie für richtig hielten.«

Sie seufzte. »Und damit habe ich ihn fortgetrieben.«

»Was ist also wirklich geschehen?«

Sie hob wieder den Kopf; in ihren Augen standen keine Tränen mehr, aber sie waren in der Erinnerung wie verschleiert. »Wir hatten einen Monat vor seinem Geburtstag noch eine letzte, furchtbare Auseinandersetzung. Ich weiß nicht mehr, aus welchem Anlaß. Danach verließ er sein Zimmer kaum mehr. Er hörte Schallplatten – meist die Hits der Beatles ... Gott, wie ich die Beatles haßte!« Sie lächelte bei dem Gedanken daran, dann wurde ihr Gesicht wieder ernst.

»Am Morgen seines achtzehnten Geburtstages begann er seinen Koffer zu packen ... ich wollte es einfach nicht glauben. Ich stand im Türrahmen und sah ihm zu. Fragte ihn, was er da mache. Wohin er denn gehen wolle. Er sprach nicht mit mir ... sah mich nicht einmal an. Ich war eine Fremde ... Nein, nicht einmal das. Ich war ein Mensch, den er haßte. Vielleicht wie ein Gefangener einen Wärter haßt.«

»Sie konnten ihn nicht zurückhalten?«

Es gab nichts, was sie hätte tun können. Das Geld stand ihm rechtmäßig zu und war mit Zinsen auf über 10 000 Dollar angewachsen. Er wollte nach Indien fahren. Er wollte die Wahrheit suchen.

Er ging fort, sie blieb in Tränen aufgelöst zurück, und ihr Schuldgefühl wucherte in ihr wie ein Krebsgeschwür. Vier Monate lang hörte sie nichts von ihm, und dann traf ein Brief mit dem Poststempel Delhi ein. Er war kurz, aber nicht unfreundlich. Es gehe ihm gut, und sie solle sich keine Sorgen machen.

Sie machte sich aber Sorgen, bis sechs Wochen später der nächste Brief aus Haiderabad eintraf. Er war ein wenig ausführlicher. Ein weiterer Monat verstrich bis zum nächsten Brief aus Bangalore. Auf einer Landkarte verfolgte sie seine Reise nach Süden durch den indischen Subkontinent. Sie konnte ihm nicht antworten. Er gab niemals eine Adresse an. Schließlich war der Brief aus Sri Lanka eingetroffen. Der lange Brief, in dem er ihr mitteilte, daß er nach Hause kommen wolle, daß er sie jetzt besser verstehe. Vor allem, daß er sie liebe.

Sie hatte wieder zu weinen begonnen, sie schluchzte leise, aber ihre Stimme blieb klar.

Impulsiv setzte sich Cady neben sie und ergriff ihre Hand. Sie lehnte sich mit der Schulter an ihn. Ihre Stimme sank fast zu einem Flüstern ab.

»Cady, haben Sie jemals besondere Augenblicke erlebt? Augenblicke voll solcher Freude, in denen man das Gefühl hat, daß alles neu beginnt? Als würde die Sonne nach einer Million Jahren zum ersten Mal wieder aufgehen?«

Er drückte ihre Hand, sah zu, wie Tränen in ihre Augen traten und über ihre Wangen rannen.

»Ich hatte dieses Gefühl dreimal, Cady. Das erstemal, als ich heiratete. Ich war noch Jungfrau. Lachen Sie nicht ... ich war sehr altmodisch. Ich betete Kevin an, aber ich hatte schreckliche Angst. Meine Mutter war schon gestorben, und meinem Vater war es zu peinlich, mich aufzuklären. Das wenige, was ich gehört hatte, klang wirklich abstoßend. Das Petting, das ich als Teenager manchmal betrieben hatte, war widerlich gewesen. Ich hatte vermutlich nur mitgemacht, um mich den anderen anzupassen. Ich hatte schreckliche Angst. Wir fuhren für die Flitterwochen in ein kleines Hotel in den Bergen. Wissen Sie, was ich getan habe, Cady, als ich meine Jungfernschaft verlor?«

Neugierig blickte er in ihre feuchten Augen. »Was?«

»Lachen! Ich lachte. Kevin begriff und verstand mich. Es dauerte Stunden. Er löschte alle widerlichen Vorstellungen, die ich je gehabt hatte, und es war wunderschön. Der zweite Augenblick war, als Garret zur Welt kam. Kevin war bei mir. Damals war das für einen Mann noch nicht üblich. Der Arzt war entsetzt, aber Kevin bestand darauf ... drohte, das Krankenhaus kurz und klein zu schlagen. Die Geburt war schwierig ... Garret war ein großes Kind.«

Sie blickte auf Cadys Hand hinunter, die die ihre umschloß.

»Es dauerte zehn Stunden, und Kevin hielt die ganze Zeit meine Hand. Er legte mir Garret in die Arme.« Ihre flüsternde Stimme brach bei der Erinnerung. Sie hielt Cadys Hand fester. »Und der dritte Augenblick – als ich Garrets Brief aus Ceylon erhielt. Ich hatte den Tiefpunkt erreicht, Cady. Mein ganzes Leben war eine Lüge. Gefangen in Langeweile. Mit diesem Brief begann die Welt wieder neu. Alle Schuldgefühle waren wie weggeblasen. Mein Sohn liebte mich. Kam nach Hause. In den folgenden Tagen trug ich den Brief stets bei mir. Ich las ihn abends, bevor ich einschlief, und morgens, wenn ich aufwachte.«

Nun umklammerte sie seine Hand, überraschte ihn durch ihre Kraft.

»Ich war frei, Cady, befreit von meinen Schuldgefühlen. Das war der herrlichste Augenblick in meinem Leben.«

Und dann tauchte Captain Buckley auf, und die Schuld belastete sie wieder. Es war ihre Schuld, sie hatte ihren Sohn in den Tod getrieben.

Ihre Worte wurden jetzt von Schluchzen unterbrochen. Cady rührte sich nicht, sein Blick blieb auf ihrem Gesicht haften, als sie von der plötzlichen, unumstößlichen Überzeugung sprach, daß Garret lebe und daß nur eines wichtig war, daß sie ihn fand.

Sie hatte Cady alles offenbart, und als sie geendet hatte, stand er auf und blickte aus dem Bullauge in den heraufdämmernden Morgen.

Sie betrachtete sein Gesicht: die beim Nachdenken halbgeschlossenen, grüblerischen Augen, das lange, in der Mitte gescheitelte Haar, das ihm fast bis auf die Schultern fiel. Er wandte sich um und lächelte ihr zu.

»Gehen wir an Deck, und bewundern wir den Sonnenaufgang.«

»Sie glauben nicht, daß ich verrückt bin?«

»Ich glaube, daß das, was Sie vorhaben, das verdammt Wunderbarste ist, was ich je gehört habe. Von nun an bin ich Ihr Mitarbeiter. Wenn Sie diesen Schweinehund Lascelles zur Rede stellen, werde ich Ihnen zur Seite stehen.«

»Was wird dann aus den fliegenden Fischen?«

Er lächelte. »Verzeihen Sie mir, Kirsty, aber die verdammten Segelfische können mich . . .«

9

»Aber Mr. Patel, Sie sind für sie nicht verantwortlich«, belehrte ihn der Rechtsanwalt.

Ramesh zuckte mit den Schultern. »Ich fühle mich aber verantwortlich.«

»Warum? Sie gibt doch zu, daß sie ein blinder Passagier ist.«

Ramesh seufzte. Es war schwer zu erklären. Nicht, daß das Mädchen schutzbedürftig gewesen wäre. Sie war in mancher Hinsicht zäher als er. Was ihn verwirrte, war ihre fatalistische Hinnahme des Schicksals, das ihr bestimmt war. Obwohl sie ein blinder Passagier war, hatte sie sich in gewissem Sinn seinem Schutz anvertraut.

Er erinnerte sich seiner Überraschung, als er am zweiten

Tag, nachdem er die Malediven verlassen hatte und vor einem gleichmäßig mit Stärke drei wehenden Wind lief, den Kettenkasten geöffnet hatte, um einen leeren Benzinkanister zu verstauen. So klein sie war, füllte sie dennoch den Raum aus, in dem sie unbequem auf der zusammengerollten Ankerkette kauerte, und ihre schwarzen Mandelaugen blickten mit einer Mischung von Trotz und Besorgnis zu ihm auf.

Später trank sie im Salon ein kühles Bier und erklärte ihm, zwischen zwei Löffeln Stew, sehr einfach, was sie getan hatte. Sie hatte seit Monaten auf eine Gelegenheit gewartet, die Malediven zu verlassen. Sie erzählte ihm von ihrem Leben dort, von den immer zudringlicher werdenden Belästigungen von seiten des Ehemannes ihrer Kusine, den mangelnden Zukunftsaussichten, den schicksalergebenen Menschen. Sie war zu dem Schluß gelangt, daß Ramesh ein freundlicher Mann war und sie nicht mißhandeln würde. Er hatte eine weite Reise vor sich, und vielleicht würde sie irgendwo auf seiner Route einen Ort finden, an dem sie leben und etwas erreichen konnte. Sie hatte ein wenig Geld erspart – nicht viel, aber sie konnte ihr Essen bezahlen. Sie würde auch für ihn kochen, seine Kleidung waschen und das Boot sauberhalten. Er konnte sie ein wenig unterrichten, und dann konnte sie ihn bei der Wache ablösen.

Es klang vernünftig, aber diese Aussicht ängstigte ihn zutiefst. Er war von Natur aus schüchtern und hatte nie die Verantwortung für einen anderen Menschen übernehmen müssen. Jetzt stand ihm unvermeidlich bevor, in nächster Nähe mit einem sehr schönen Mädchen zu leben. Noch dazu war er für ihr Leben verantwortlich.

Er setzte ihr das auseinander. Es war ein Unterschied, ob man den Elementen tollkühn trotzte und dabei nur sein eigenes Leben aufs Spiel setzte, oder ob ein fremdes Menschenleben gefährdet wurde.

Sie hatte seine Bedenken beiseite gefegt. Sie kannte die Gefahren. Damals, in ihrem Laden, hatte er ausführlich über seine Unerfahrenheit gesprochen. Was das übrige betraf, müsse er sich keine Sorgen machen.

Sie hatte ihn mit der Äußerung schockiert, daß sie zwar noch Jungfrau sei, aber die Möglichkeit in Betracht gezogen hatte, daß er vielleicht mit ihr schlafen wolle. Dann sollte es so sein. Er rette sie, wenn auch unfreiwillig, vor einem Leben, das sie hasse; und wenn er darauf bestehe, würde sie sich ihm in allem fügen. Sie vertraue ihm – er sei ein freundlicher Mann.

Er war verblüfft und äußerst verlegen gewesen und hatte ihr entschieden versichert, daß sie nichts dergleichen befürchten müsse. Es war völlig undenkbar. Ihre Ehre würde nie auch nur im geringsten angetastet werden.

In diesem Moment hatte er den Eindruck gehabt, daß ihre Augen verschmitzt blinzelten. Vielleicht wußte sie genau, daß dieser Mann außerstande war, bei einer Frau unerwünschte Annäherungsversuche zu wagen.

Er hatte erwogen, zu den Malediven zurückzusegeln, aber sie hatten bereits knapp vierhundert Meilen zurückgelegt, und da der Monsun ihnen dann genau entgegenwehen würde, wäre es eine lange, schwierige Reise geworden. Er bezweifelte auch, daß er dazu fähig war, das Mädchen in ein Leben zurückzuschicken, das sie haßte.

Es war also eine vollendete Tatsache. Ramesh begriff, wie groß ihr Mut und ihre Entschlossenheit sein mußten. Es war die Hölle, ohne Licht in dem kleinen Loch eingeschlossen zu sein, während das Schiff stampfte und schlingerte. Später hatte sie seine schmutzigen Sachen gewaschen, und dann, während er am Steuer saß, säuberte sie das Boot von oben bis unten.

Innerhalb von zwei Tagen hatte sich ihr Tagesablauf eingespielt. Er lehrte sie, den Kompaß abzulesen und den Kurs beizubehalten, und sie übernahm bis Mitternacht Wache, während er schlief, und dann wieder bei Tagesanbruch. Sie kochte alle Mahlzeiten, wirkte wahre Wunder mit spärlichen, alltäglichen Zutaten, und hielt das Boot makellos sauber, während er die Verantwortung für den Kurs übernahm. Sie war zurückhaltend und spürte es, wenn er keine Lust zum Reden hatte. Ramesh genoß den Frieden und die Einsamkeit des Meeres und hatte doch Gesellschaft und Unterhaltung, wenn ihm danach zumute war.

Während der nächsten zehn Tage segelten sie gleichmäßig nach Südwesten dahin und sahen nur fliegende Fische und Delphine. Sie kamen einander näher, und er spürte, daß die Bindung zwischen ihnen enger wurde, fühlte die wachsende Achtung und Zuneigung, die sie für ihn empfand. Die Art, wie sie zusah, wenn er morgens und mittags den Sonnenstand prüfte und ihre Position auf der Karte errechnete. Solche Fähigkeiten beeindruckten sie tief, denn sie wußte nicht, daß das durch solche Positionsbestimmungen gebildete Dreieck gelegentlich ein Gebiet von mehreren hundert Quadratmeilen umfaßte oder daß Ramesh, wenn der Himmel länger als einen oder zwei Tage lang bewölkt war, sich auf das gegißte Besteck durch die alte Logleine, die hinter dem Heck herumwirbelte, verlassen mußte. Sie bemerkte seine Aufregung, als sie eines Morgens verschwunden war. Danach las Ramesh lange in seiner zerschlissenen ›Bibel‹ und bat sie dann um Hilfe. Sie warf im rechten Winkel zum Bug Pappendeckelstücke ins Wasser. Er stand mit einer Stoppuhr am Heck und berechnete, wie lange sie brauchten, um das Ende des Bootes zu erreichen.

Diese Prozedur wurde mehrmals am Tag wiederholt, dann bedeckte Ramesh ein Blatt Papier mit Berechnungen und hielt die Geschwindigkeit des Bootes im Logbuch fest.

Lani war ungeheuer beeindruckt, wußte aber nicht, daß Ramesh jeden Morgen betete, der Himmel möge klar bleiben, bis sie den Gipfel der Insel Mahé erblickten.

Als Ramesh Lanis wachsende Zuneigung bemerkte, versuchte er ernsthaft, in sich väterliche Gefühle zu erwecken. Es gelang ihm bis zu einem gewissen Maß, aber gelegentlich mußte er sich rügen. Weil der Wind vom Heck her wehte, wurde es unter Deck unerträglich heiß, und Lani kam oft nur mit Slip und einem Büstenhalter bekleidet herauf, drehte die Seewasserpumpe auf und sprühte sich auf dem Vorderdeck ab.

Ramesh starrte am Steuer stehend pflichtschuldig auf das Meer hinaus, doch seine Augen entwickelten ein Eigenleben und wandten sich immer wieder der schlanken Gestalt zu, die sich unter dem Wasserstrahl drehte und wand. Anschließend setzte sie sich zu ihm ins Cockpit und plauderte ein paar Minuten. Er fand, daß kein Künstler ein so vollkommenes Bild hätte malen können. Auf ihrer braunen Haut schimmerten Wassertropfen, die langen Strähnen ihrer nassen Haare fielen bis auf die nackten Schultern herab; das feingeschnittene Gesicht über dem anmutig geschwungenen Hals, die kleinen, makellos geformten Brüste mit den aufgerichteten, dunklen Warzen, die durch den nassen Büstenhalter durchschienen. Rameshs Herz begann dann schneller zu schlagen, und er mußte sich gewaltsam ablenken.

Es gab Abende, an denen der Wind sanft, aber stetig wehte und sie nach dem Essen auf dem Achterdeck saßen, während die automatische Steuerung *Manasa* mühelos auf Kurs hielt.

Keiner von beiden fühlte sich verpflichtet, Konversation zu machen. Das lange Schweigen war niemals bedrückend.

Doch manchmal unterhielten sie sich. Ramesh erinnerte sich an einen solchen Abend. Die *Manasa* segelte mit kaum zwei Knoten. Wenn es nicht unbedingt notwendig war, unterließ Ramesh es, die Maschine anzulassen.

Es war dunkel, der Mond war von Wolken verhangen.

»Waren Sie jemals verheiratet, Ramesh?« fragte sie unvermittelt, nachdem sie sich zu ihm gesetzt hatte.

»Nein.«

Ein paar Minuten verstrichen.

»Jemals verliebt?«

»Einmal ... vor etwa zehn Jahren.«

Sie saß nur zwei Meter von ihm entfernt, doch er konnte

nur den Umriß ihres Gesichtes erkennen – keine Einzelheiten. Er wartete auf die nächste Frage, aber sie stellte sie nicht.

Dann begann er selbst davon zu sprechen. Wie stark es ihn beeinflußte, daß sich seine Lebensanschauung plötzlich verändert, seinem Leben Sinn und Zweck verliehen hatte. In seine Seele, die vorher immer düster gewesen war, war ein Licht gedrungen. Er erzählte, wie er aufgeregt Pläne geschmiedet hatte, während vorher nur Routine des Alltags sein Leben beherrscht hatte. Dann von dem betäubenden Schlag, als sie ihm, unter dem Druck ihrer Eltern, erklärt hatte, daß es für sie keine gemeinsame Zukunft gäbe.

»Dann hat sie Sie aber nicht geliebt«, hatte Lani bemerkt. »Hätte sie Sie wirklich geliebt, so hätte nichts sie zurückhalten können.«

Nach kurzem Überlegen gestand Ramesh diese Möglichkeit ein, wies aber darauf hin, daß die gesellschaftlichen Zwänge in Indien, besonders für Frauen, sehr streng waren.

»Ich weiß«, antwortete Lani bitter. »Bei mir war es ebenso.«

Sie erzählte ihm von ihrem Leben in Sumatra. Sie stammte aus einer Familie von vermögenden Kaufleuten, und sie hatte frühzeitig eine gute Erziehung erhalten. Als sie aber begann, selbständig zu denken und ihre neuen Kenntnisse zu nutzen, waren die Schranken niedergegangen. Die Chinesen in Indonesien und in den meisten anderen Ländern Südasiens behielten ihre Bräuche und Sitten mit äußerster Strenge bei. Viele von ihnen nahmen unter dem Druck der Regierung indonesische Namen an und paßten sich äußerlich an. Aber sie blieben in ihrer Denkweise, in ihren Vorlieben und in ihren Vorurteilen dennoch Chinesen. Sie hatte in der Schule einen indonesischen Jungen kennengelernt, der ihr gefiel. Eines Tages hatte ihr ältester Bruder die beiden zusammen gesehen, als sie auf der Straße an einem Stand Kaffee tranken.

Ihr Vater hatte sie daraufhin geschlagen. Es war nicht der Schmerz, der in ihr fortlebte, sondern der Zorn in seinen

Augen. Der Gedanke, daß Lani Schande über ihn gebracht hatte, indem sie mit einem Angehörigen einer niedrigeren Kaste verkehrt hatte.

Sogleich hatte Ramesh eine geistige Verwandtschaft gefühlt. Er schilderte ihr seine frühe Kindheit, die vielen Demütigungen, weil er weder Engländer noch Inder war. Beide Rassen sahen auf ihn herunter. Auf geistigem Gebiet war es so, als lebte man auf einer Hängebrücke über einem Sturzbach. Von beiden Ufern regnete es Feindseligkeit, Spott und Verachtung. Es war ein Leben wie im Niemandsland.

Deshalb hatte er sich in sich selbst zurückgezogen, versuchte sich darüber klarzuwerden, wer er war. Er hatte sich eine eigene Meinung über Gut und Böse gebildet, was für ihn wichtig war – und was nicht. Er beurteilte die Menschen nur nach ihrer Einstellung ihm gegenüber. Das brachte ihm nur wenig Freunde.

»Sie waren also einsam?« fragte sie in der Dunkelheit.

»In mancher Hinsicht nicht. Ich fand in den Büchern Gefährten. In anderer Beziehung ja. Ich hatte nur wenige Freunde ... eigentlich waren es nur zwei. Meine Mutter und noch jemand. Es gab nicht viel Anlaß zum Lachen. Das Leben bestand aus Arbeit – und, nun ja ... jeden Tag das gleiche Leben – nur die Bücher führten mich zu weiten Horizonten.«

Er erzählte ihr von der Statuette, und daß sie ihn in die Lage versetzt hatte, die *Manasa* zu kaufen.

»Wie haben Sie sich dazu entschlossen – und warum?«

Ohne zu zögern antwortete er: »Das ›Wie‹ war überaus leicht. Außer mir wollte niemand die alte *Manasa* haben. Sie hat mir irgendwie zugewinkt. Beim ›Warum‹ bin ich nicht so sicher. Ich wollte wohl der Einsamkeit entfliehen.«

»Aber Sie sind doch allein ausgelaufen.«

»Ja. Aber ich bin der Einsamkeit der Routine entkommen ... dem Messen der Zeit nach Minuten ... der Einsamkeit eines Esels, der seine Runden um einen Brunnen zieht.«

»Und was suchen Sie?«

Er hatte leise gelacht. »Ich suche Menschen. Menschen, die mich unvoreingenommen sehen.«

Sie hatte darüber nachgedacht. »Es ist merkwürdig, Ramesh. In mancher Hinsicht sind wir gleich, und in anderer verschieden. Sie wollen sich so zeigen, wie Sie sind – und nicht, wie man Sie einem Vorurteil zufolge sieht. Deshalb fahren Sie in die weite Welt hinaus, damit die Leute in Sie hineinsehen. Mich hingegen kümmert es nicht, was sie sehen. Ich will nur um mich schauen.«

Er erkannte die Wahrheit in ihren Worten. Er segelte hinaus, um sich und der Welt etwas zu beweisen, was immer es war. Sie entstammte Generationen voll eingeimpften Rassenstolzes – der ihr selbst gleichgültig war. Sie wollte nichts beweisen, wollte kein neues Leben entdecken, sondern endlich ihr erstes beginnen.

Das Gespräch hatte ihn angeregt, und er bewunderte die Intelligenz des Mädchens. Er hatte noch nie mit jemandem in dieser Weise gesprochen.

Ihr erging es ebenso, und im Schutze der Dunkelheit war ihnen eine gegenseitige Zuneigung bewußt geworden.

Doch dann setzte die Maschine der Idylle ein Ende. Ungefähr zweihundert Meilen vor Mahé schlief der Monsun allmählich ein, bis die Segel nur noch schlaff flatterten. Es war nicht wichtig. Zusammen mit Lani holte er die Segel ein, zurrte sie fest und setzte die Perkins in Gang. Den Rest des Tages und den Großteil der Nacht tuckerte die *Manasa* gleichmäßig mit fünf Knoten dahin. Gegen vier Uhr morgens wurde Lani, die in der Back schlief, durch ein klapperndes Geräusch, dem ein lauter Knall folgte, geweckt. Sie schlüpfte in ihre Shorts und ging durch den Salon in den Maschinenraum. Ramesh war schon dort und betrachtete besorgt die stillstehende, rauchende Maschine.

Er konnte vor Morgengrauen wenig unternehmen, und dann stocherte und hantierte er ratlos eine halbe Stunde lang an der Maschine herum, während Lani das Frühstück zubereitete.

Sie aßen auf Deck unter einer Plane, die er auf dem Baum befestigt hatte, und er erklärte ihr, daß er nicht die geringste Eignung zum Ingenieur besäße. In Bombay hatte ihm Murjani, der Mechaniker, die Anfangsgründe beigebracht, und er war nur zu sehr einfachen Reparaturen und routinemäßiger Wartung fähig. Er hatte keine Ahnung, was mit der Perkins geschehen war, und die Frage, was kaputtgegangen war, überstieg seine Fähigkeiten.

Er war verzagt, aber Lani sprach ihm Mut zu. Sie waren nur vierzig oder fünfzig Meilen von Mahé entfernt. Der Wind würde bald wieder aufkommen, und dann würden sie in einem Tag dort sein. Inzwischen hißten sie erwartungsvoll die Segel, die schlaff herabhingen.

Aber der Wind verweigerte seine Hilfe, und sie trieben fünf Tage lang mit der Strömung. Am zweiten Tag konnten sie gerade den Berggipfel von Mahé am Horizont ausmachen, und dann kam die wirkliche Enttäuschung, weil sie ihm nie näherkamen.

Für Ramesh war es eine Zeit wachsender Besorgnis. Das Hauptproblem war das Trinkwasser. Er hatte die Malediven mit genügend Wasser für seine Bedürfnisse verlassen, aber durch seinen unerwarteten Passagier war der Vorrat gefährlich zusammengeschmolzen. Lani war unbekümmert, ihr Vertrauen zu Ramesh war unerschütterlich, obwohl es ihm peinlich war, daß er nicht wußte, was mit der Perkins nicht in Ordnung war, ganz zu schweigen davon, wie er sie reparieren sollte. Sie fischte viel und hatte Erfolg, denn das Wasser war relativ seicht. Sie fing die unterschiedlichsten Fische, während Ramesh an der Maschine herumhantierte und infolge seiner Ahnungslosigkeit immer mehr das Gefühl hatte, ein Versager zu sein.

Am fünften Tag war er wirklich verzweifelt. Er stellte fest, daß sie nach Osten abtrieben. Wenn das anhielt, würden sie die Inseln nie erreichen, und dann lagen tausend Meilen offenes Meer bis Afrika vor ihnen.

Er verfluchte seine Dummheit, weil er keinen Kurzwellensender gekauft hatte. Weil er versucht hatte, an allem zu sparen, hatte er sein Leben und – was noch schlimmer war – das von Lani aufs Spiel gesetzt.

An diesem letzten Tag erwies sich Lanis Wert für Ramesh. Sie glaubte zuversichtlich daran, daß bald Wind aufkommen und sie sicher nach Mahé treiben würde. Sie kochte ihm eine köstliche Mahlzeit, besserte seine Hemden aus und plauderte darüber, was sie nach dem Anlegen alles unternehmen würden. Angesichts eines solchen Optimismus besserte sich auch seine Laune. Die Flaute konnte nicht mehr lange anhalten, sagte er sich, und wenn der Wasservorrat zu Ende ging, konnten sie aus den reichlich vorhandenen Fischen Flüssigkeit herauspressen.

Er hatte sich soeben mit einer Angelschnur in der Hand neben Lani gestellt, als sie das Boot erblickten, das auf sie zusteuerte.

Es war schwierig, dem Rechtsanwalt Rajaratnam alles zu erklären, obwohl er Inder war, dessen Familie seit über einem Jahrhundert auf den Seychellen lebte. In der Zeit, die er mit Lani verbracht hatte, war eine Beziehung entstanden, die ihn verwirrte, aber zugleich beglückte. Die Vorstellung, daß sie in einer Gefängniszelle eingesperrt war, schmerzte ihn.

»Was wird mit ihr geschehen?«

Rajaratnam zuckte mit den Schultern, er war ein kleiner, korrekter Mann.

»Es ist ein bißchen kompliziert. Normalerweise wird ein blinder Passagier dorthin zurückgeschickt, wo er hergekommen ist. Man wird ihr nicht gestatten, hierzubleiben und sich niederzulassen. Jeder Siedler muß ein angemessenes Einkommen nachweisen ... und das kann sie nicht. Außerdem besitzt sie keinen Paß. Diese Entscheidung muß der Gouverneur treffen, und er befindet sich bis nächste Woche auf den Amirantes ...«

»Inzwischen muß sie im Gefängnis bleiben?«

Der Anwalt verzog das Gesicht. »So ist eben das Verfahren, aber ich werde versuchen, etwas für sie zu tun ... vielleicht wird man sie freilassen, wenn Sie für sie bürgen, aber Sie müßten eine Kaution hinterlegen.«

»Wieviel?«

»Das weiß ich nicht. Der Betrag könnte bis zu 10 000 hiesiger Rupien ausmachen. Besitzen Sie soviel?«

Ramesh rechnete im Kopf nach, dann nickte er.

»Aber wie steht es mit Ihrem Honorar?«

Der Anwalt winkte ab. »Machen Sie sich deswegen keine Sorgen. Zuerst versuchen wir, daß sie Ihrer Obhut übergeben wird, dann werden wir weitersehen.«

»Danke.« Ramesh wollte aufstehen, als ihm noch etwas einfiel. »Übrigens, könnten Sie mir einen Mechaniker empfehlen? Meine Maschine ...«

Rajaratnam schob die Lippen vor und murmelte vor sich hin.

»Das ist allerdings ein Problem. Es gibt hier nur einen. Charlie Marzzochi. Er ist Italiener und tüchtig, aber er arbeitet zur Zeit auf Mauritius und wird noch wochenlang wegbleiben. Der Regierungsmechaniker sitzt im Gefängnis ... vier Monate, weil er Dieselöl gestohlen hat ... sonst kenne ich niemanden. Es ist ein kleiner Ort. Ist es ernst?«

Ramesh nickte. »Ich glaube schon. Ich verstehe nur sehr wenig ...«

Der Anwalt musterte ihn kurz, und Ramesh hatte das Gefühl, daß er absolut gegen *babus* mittleren Alters war, die die sieben Weltmeere befuhren. Doch das erwies sich sofort als falsch. Rajaratnam lächelte plötzlich und sagte:

»Sie sind total verrückt ... aber was für ein Abenteuer! Wenn ich nicht eine Frau, eine Schwiegermutter, acht Kinder und Gott weiß wie viele andere Menschen hätte, die auf mich angewiesen sind, täte ich das gleiche, und alles andere könnte zum Teufel gehen.« Er lehnte sich zurück und blickte zu dem langsam rotierenden Ventilator an der Decke hinauf. Dann sagte er in nüchternem Ton, als plädiere er vor Gericht: »Zuerst müssen Sie diagnostizieren lassen, wie krank Ihre Maschine ist. Wie alt ist sie?«

»Ungefähr vierzig Jahre.«

Der Anwalt zuckte zusammen. »Ersatzteile sind hier bei uns ein großes Problem. Sogar für moderne Maschinen. Jedenfalls müssen Sie zuerst herausfinden, was kaputt ist. Ich schlage vor, Sie sprechen mit Jack Nelson. Er ist Engländer. Ein pensionierter Kolonialbeamter aus Tansania, der sich hier niedergelassen hat. Während des Krieges war er Mechaniker bei der Navy.«

»Das ist gut«, atmete Ramesh erleichtert auf, doch der Anwalt hob die Hand.

»Es gibt dabei zwei Probleme. Erstens das, was er sagt ... und er redet viel, wenn er Gelegenheit dazu bekommt. Wenn man ihm zuhört, glaubt man, er hätte die gesamte britische Flotte eigenhändig unter Dampf gehalten. Nach dem Krieg hat er in Ostafrika Straßen gebaut, und ich bezweifle, daß er in den letzten Jahren eine Schiffsmaschine auch nur von weitem gesehen hat. Ich habe den Eindruck, daß er mehr redet als tut.«

Rameshs Gesicht verfinsterte sich, und Rajaratnam tröstete ihn: »Vielleicht ist er trotzdem imstande, den Fehler herauszufinden. Sie werden ihn aber zuerst überreden müssen, und das könnte schwierig sein!«

»Warum? Ich werde ihn natürlich bezahlen ... falls er keine übertriebenen Forderungen stellt.«

Der Anwalt lächelte. »Nein, darin liegt das Problem nicht, Jack Nelson hat etwas von einem Fanatiker an sich. Wie viele dieser alten Kolonisten und auch manche, die noch jetzt hier in der Regierung arbeiten. Ich komme mit ihm ganz gut zurecht – ich habe den Papierkrieg geführt, als er seinen

Bungalow gekauft hat. Aber merkwürdigerweise wird er, da Sie Anglo-Inder sind, auf Sie noch mehr hinuntersehen als auf mich.«

Ramesh lächelte grimmig. »Ich bin dieser Haltung schon öfter begegnet. Vielleicht meinen sie, wir gefährden ihre Rassenreinheit.«

Rajaratnam zuckte mit den Schultern und blickte auf die Uhr. »Ich schlage vor, daß Sie jetzt zum Jachtklub hinuntergehen, Mr. Patel, wo Nelson um diese Zeit an der Bar zu finden ist. Versuchen Sie, sich mit ihm ein wenig anzufreunden. Vielleicht mit der Doppelstrategie von Bier und Schmeichelei. Er ist für beides empfänglich. Inzwischen werde ich sehen, wie ich Miß Sutowo helfen kann. Machen Sie sich ihretwegen keine Sorgen. Unser Gefängnis ist verhältnismäßig gemütlich und locker. Ich werde dafür sorgen, daß Sie sie morgen vormittag besuchen können.«

Ramesh dankte ihm und wandte sich zum Gehen. An der Tür rief ihn die Stimme des Anwalts zurück.

»Wenn Sie sich mit Nelson anfreunden, könnten Sie Miß Sutowos Problem zur Sprache bringen. Er kann ihr vielleicht helfen.«

»Wie?«

Rajaratnam breitete die Arme aus.

»Die berühmten britischen Old-Boy-Beziehungen. Black, unser Polizeichef, ist ebenfalls ein ehemaliger Kolonialbeamter aus Ostafrika – und Nelsons Freund.«

»Ich verstehe.« Ramesh sah nachdenklich drein. »Es könnte eine Menge Bier kosten.«

Der Anwalt lächelte. »Teures Bier. Nelson trinkt nur Importbier von Heineken.«

Von einer Holzbank im Gefängnishof aus sah Lani zu, wie die Sonne aufging. Es war zu heiß, um in der Zelle zu schlafen, dic nur ein kleines Fenster besaß. Sie hatte zu ihrer Überraschung festgestellt, daß sie nachts nicht eingesperrt wurde, und die Wärterin hatte lächelnd erklärt, daß sie, auch wenn sie fliehen sollte, nicht weit kommen würde.

Sie war der einzige Häftling in der Frauenabteilung und hatte den Hof für sich.

Das Gefängnis lag auf einem Hügelkamm mit Blick auf Victoria, die Hauptstadt, den Hafen und auf die dahinterliegenden kleinen Inseln, die das Hafenbecken einrahmten. Im zunehmenden Licht konnte sie gerade den weißen Rumpf der *Manasa* ausmachen, die an der Mole des Jachtklubs vertäut war, und zum ersten Mal verspürte sie heftiges Selbstmitleid. Ihr war klargeworden, daß die Tage mit Ramesh auf der Jacht die glücklichsten waren, die sie je erlebt hatte. Allmählich begriff sie auch, daß ihre Aussichten schlecht waren. Die Engländer waren streng und hielten sich immer an die Vorschriften. Die Wärterin hatte ihr erzählt, daß in diesem Jahr schon mehrere Leute abgeschoben worden waren – für gewöhnlich vagabundierende Abenteurer, die sich nicht selbst erhalten konnten und von der Mildtätigkeit der Einwohner gelebt hatten. Am Abend zuvor hatte Ramesh ihr gesagt, daß er einen Rechtsanwalt aufsuchen und versuchen würde, sie am Vormittag zu besuchen. Sie fragte sich, ob er schon wach war. Sie nahm an, daß er bei dieser Hitze an Deck schlafen würde. Sie schaute angestrengt zur Jacht hinunter, aber auf diese Entfernung konnte sie nichts Genaues erkennen.

In der nächsten halben Stunde dachte sie über ihre Zukunft nach. Würde man sie zurückschicken? Würde es Ramesh gelingen, seine Maschine reparieren zu lassen und seine Reise fortzusetzen. Würde man sie mit ihm abreisen lassen? Würde er sie noch mitnehmen wollen?

Ihre Gedanken wurden unterbrochen, weil eine Tür ging, und die dicke, dunkelhäutige Wärterin kam lächelnd mit einem Tablett auf sie zu.

»Frühstück, junge Dame«, verkündete sie mit dem lustigen Akzent der Einheimischen. »Haben Sie gut geschlafen?«

Sie stellte das Tablett neben Lani auf die Bank, ließ sich

daneben hinsinken und fächelte sich mit der Hand Luft zu.

»Der Tag hat kaum begonnen, und es ist so heiß, daß man Eier ohne Herd braten kann.«

Lani blickte auf das Tablett. Es gab zwei Spiegeleier und ein wenig Speck, eine dicke Scheibe Brot mit Jam und einen Blechbecher voll Tee mit Milch.

Während sie mit erstaunlichem Appetit aß, erzählte die Wärterin fröhlich von ihrer Familie, ihren Freunden und einer Party in Anse la Mouche am Strand, bei der sie am vorhergehenden Abend gewesen war.

Als sie schließlich mit dem leeren Tablett davonwatschelte, wurde Lani wieder traurig. Die Menschen hier waren so natürlich ausgeglichen und entspannt, so verschieden von denen in der Gegend, aus der sie gekommen war und zu denen sie vielleicht zurückgeschickt wurde.

Sie war schon in tiefe Mutlosigkeit versunken, als die Hoffnung wieder aufkeimte, da Ramesh eingelassen wurde. Beim Anblick seines niedergeschlagenen Gesichtes vergaß sie ihre eigenen Sorgen.

Sie sprang auf, lief zu ihm und umarmte ihn herzlich. Die Wärterin strahlte sie an, ging hinaus und schloß die Tür hinter sich.

Lani ergriff seine Hand und führte ihn zu der Bank. Während sie sich setzten, fragte sie: »Bringen Sie schlechte Neuigkeiten, Ramesh?« Sie ließ seine Hand nicht los.

Er zuckte mit den Schultern. »Was Sie betrifft, Lani, gibt es noch keine Neuigkeiten. Nur der Gouverneur kann darüber entscheiden, und der ist für einige Tage verreist. Inzwischen habe ich einen Anwalt bestellt ... einen sehr netten Gentleman namens Rajaratnam. Er ist ein Inder, dessen Familie seit Generationen hier lebt. Er ist nicht sehr optimistisch, wird aber sein Bestes tun ... und mir wurde gesagt, daß er sehr tüchtig ist ...«

Sie meinte zutiefst besorgt: »Er muß teuer sein.«

»Vielleicht, aber das glaube ich nicht.«

»Und das Boot? Steht es um die Maschine sehr arg?«

Er platzte verzweifelt heraus: »Ich weiß nicht! Verdammt, ich weiß es nicht. Entschuldigen Sie!«

Sie war von seinem Ausbruch überrascht. Sie hatte ihn nie aufgeregt erlebt.

»Können Sie es nicht herausfinden, Ramesh? Es muß hier doch einen Mechaniker geben.«

»Mechaniker!« knurrte er. »Es gibt einen auf Mauritius. Einen weiteren hier im Gefängnis. Und einen dritten, der behauptet, daß er davon etwas versteht, und den ich in die heißeste Hölle wünsche, in der er vermutlich auch landen wird. Entschuldigen Sie!«

»Was ist geschehen?«

Er wandte sich ihr zu, holte tief Luft und gestand ihr alles.

Als er am vorhergehenden Abend in den Jachtklub gekommen war, saß Jack Nelson mit Dave Thomas und zwei anderen Engländern an der Bar. Sie bildeten eine geschlossene Gruppe und nahmen nach einem Blick auf ihn ihr Gespräch wieder auf.

Ramesh, der von Natur aus schüchtern war, wollte sich ihnen nicht aufdrängen. Er ging ans andere Ende der Theke, bestellte ein Bier und ging mit dem Glas zu einem Tisch in der Ecke. Er nippte daran, bis die beiden anderen Engländer sich fröhlich verabschiedeten. Dann ging er wieder zur Bar, stellte sich in Thomas' und Nelsons Nähe, bestellte ein weiteres Bier und sagte nach einem Seitenblick auf die beiden zum Barmann: »Vielleicht möchten die Herren auch einen Drink?«

Thomas schüttelte gutmütig den Kopf. »Ich nicht, danke. Mein *bundu* kocht bereits Abendessen, und ich muß jetzt gehen.« Er zeigte mit dem Daumen auf Nelson. »Aber Jack wird sich gern einen genehmigen. Er hat noch nie im Leben nein gesagt.« Er trank aus, sagte zu Nelson: »Gute Nacht, alter Knabe, bis morgen«, und ging zur Tür.

Ramesh setzte sich schüchtern auf den freigewordenen Stuhl. Der Barkeeper stellte eine frostbeschlagene grüne Flasche Bier neben Nelsons volles Glas.

»Gestatten Sie, daß ich mich vorstelle. Ich bin Ramesh Patel aus Bombay.«

Nelson nickte kurz. »Jack Nelson.« Er streckte nicht die Hand zur Begrüßung entgegen.

»Soviel ich gehört habe, waren Sie in der Navy«, begann Ramesh.

Nelson wirkte verärgert. »Wer hat Ihnen das erzählt?«

»Mr. Rajaratnam. Ich war heute bei ihm.«

Nelsons Gesicht hellte sich auf. »Ah, der alte Raja. Feiner Kerl. Ja, ich war in der Navy, während des ganzen Krieges ... und noch ein paar Jahre danach ... Das waren noch Zeiten ...«

Er nahm einen langen Zug aus seinem Glas, dann füllte er es wieder, schob sich auf seinem Hocker bequem zurecht und begann in Erinnerungen zu schwelgen.

Während der nächsten Stunde bemühte sich Ramesh, interessiert dreinzuschauen. Er hörte sich Nelsons Heldentaten im Maschinenraum aller Schiffsgattungen von Schlachtschiffen bis zu U-Booten an. Dann und wann murmelte er: »Du meine Güte!« und »Erstaunlich!« Endlich, nach sechs Flaschen Bier und einer Geschichte, in der Nelson angeblich achtundvierzig Stunden lang auf dem Bauch gelegen und Öl auf die beschädigten Wellenlager eines nach Malta fahrenden Zerstörers getropft hatte, sagte Ramesh: »Mr. Nelson, Sie müssen ein sehr guter Mechaniker sein.«

Nelson zuckte übertrieben bescheiden mit den Schultern, und seine Hängebacken wabbelten, als er lächelte. »Wir haben nicht so viele Orden bekommen wie die Deckoffiziere, aber wir haben diese verdammten Kähne in Gang gehalten. Wir haben unsere Arbeit getan.«

»Tatsächlich«, murmelte Ramesh ehrfürchtig. »Ich frage mich, ob Sie sich vielleicht einmal meine Maschine ansehen könnten?«

Nelsons Lächeln schwand. »Ihre Maschine?«

»Ja. Es ist eine Perkins P4, und sie ist kaputt.«

»Das weiß ich. Hören Sie, haben Sie mir deshalb all diese Biere spendiert?«

»O nein. Ihre Erlebnisse haben mich wirklich sehr interessiert.«

Ramesh vermochte sich nur schlecht zu verstellen, und Nelson wurde zornig.

»Ihr verdammten Kerle«, explodierte er, »ihr glaubt, ihr müßt jemandem nur ein paar Flaschen Bier zahlen, und dann tut er alles für euch.«

»Nein, nein«, beteuerte Ramesh hastig. »Ich werde Ihnen Ihre Arbeitszeit natürlich bezahlen.«

»Mich bezahlen!« brüllte Nelson, stand auf und näherte sein rotes, verschwitztes Gesicht Ramesh. »Mich bezahlen! Sie glauben, ich arbeite für Kerle wie Sie? Heiliger Bimbam, wenn es nach mir ginge, würde ein Typ wie Sie in diesen Klub nicht einmal hereingelassen werden!«

»Wirklich?« fragte Ramesh, der langsam in Wut geriet. »Aber meine Drinks nehmen Sie an ... was werden Sie denn Ihrem Freund morgen erzählen? Daß Sie kostenlose Drinks von einem Inder angenommen haben?« Auch er stand auf, und sie starrten einander an. Dann warf Nelson dem Barkeeper einen Blick zu und sagte:

»Jimmy, gib diesem Schwein sein Geld zurück. Setz die Biere auf meine Rechnung.« Ramesh fuhr er an: »Ich gebe Ihnen einen guten Rat. In den nächsten Tagen ist ein indisches Schiff fällig, das nach Bombay unterwegs ist. Gehen Sie an Bord, und fahren Sie nach Hause. Verdammt noch mal! Sie sind kein Seemann und werden nie einer sein. Ich habe von Ihnen gehört! Sie sind nur ein Scheiß-*babu*. Fahren Sie zurück, und arbeiten Sie als Schreiberling!«

»Und Sie sind kein Mechaniker«, erwiderte Ramesh. »Sie können nur große Sprüche klopfen, Sie Angeber! Sitzen, trinken und reden, und sonst gar nichts.« Er wunderte sich über seinen Zorn, der durch Sorge und Enttäuschung neue

Nahrung erhielt. »Sie sind ein Rassist«, fuhr er fort. »Ihr regiert die Welt nicht mehr mit euren Tropenhelmen und albernen, ausgebeulten Shorts, mit euren Dienern und todschicken, rassisch reinen Klubs. Eure Zeit ist vorüber, Nelson. Ihr Typ stirbt aus – und zwar gerade rechtzeitig. Ihr werdet in Kürze eine ausgestorbene Gattung sein, und darauf freue ich mich!«

Er drehte sich um, ging steif zu der offenen Tür und ließ den sprachlosen Nelson, der buchstäblich vor Entrüstung zitterte, an der Theke zurück.

»Sie sehen also, Lani, ich weiß noch immer nicht, was mit der Maschine nicht stimmt... ja nicht einmal, ob man sie reparieren kann.«

Lani nickte traurig, doch dann drückte sie seine Hand und lächelte ermutigend. »Machen Sie sich nicht draus, Ramesh. Etwas wird sich ergeben... Warten Sie! Was ist mit dem indischen Schiff, das kommen soll? Sie könnten den Mechaniker ersuchen, sich die Maschine anzusehen.«

Er nickte. »Ich habe auch schon daran gedacht und werde es natürlich tun. Aber das Schiff bleibt nur ein paar Stunden, bevor es weiterfährt.«

Lani überlegte und fragte dann ruhig: »Haben Sie daran gedacht, mit ihm nach Bombay zurückzufahren?«

Ramesh seufzte. »Natürlich habe ich an diese Möglichkeit gedacht... aber es wäre das Ende meines Traumes und auch... was würde dann aus Ihnen?«

Sie drückte wieder seine Hand. »Ramesh, ich habe mich Ihnen aufgedrängt, ohne Ihnen eine Wahl zu lassen. Sie sind nicht für mich verantwortlich. Sie müssen entscheiden, was Sie tun wollen, ohne an mich zu denken.«

Er lächelte sie an. »Das ist nicht möglich, Lani.« Er sah auf seine Uhr. »Der Anwalt wird schon in seinem Büro sein. Er ist ein vernünftiger Mann. Ich werde ihn wegen der *Manasa*, Ihretwegen und auch meinetwegen um Rat fragen. Ich komme heute abend wieder zu Ihnen.«

Sie standen auf, sie umarmte ihn und küßte ihn auf die Wange. »Verlieren Sie ja nicht den Mut, Ramesh«, munterte sie ihn auf. »Vergessen Sie dumme Menschen wie Nelson. Es wird sich sicher eine Möglichkeit finden.«

Seine Besprechung mit Rajaratnam deprimierte ihn noch mehr. Der Anwalt konnte ihm nur vorschlagen, er solle einen gewissen Jean Lamont bitten, seine Maschine zu begutachten. Er war Gehilfe in der Werkstätte des abwesenden Charlie Marzzochi, aber es hieß, daß er eher zum Fußbodenkehrer als zum Mechaniker taugte.

Auch wegen Lani war er pessimistisch. Er kam am Nachmittag mit dem Polizeichef zusammen, aber da er den Mann kannte, bezweifelte er, daß er eine Entscheidung treffen würde, bevor der Gouverneur zurückkam. Inzwischen würde Lani wahrscheinlich im Gefängnis bleiben müssen.

Was Ramesh selbst betraf, war der Anwalt mitfühlend, aber logisch. Wenn es ihm nicht gelang, die Maschine von einem Fachmann begutachten zu lassen, und er es sich nicht leisten konnte, eine neue Maschine einzubauen, waren seine Aussichten eher gering, und er solle ernsthaft in Betracht ziehen, mit der *State of Haryana* nach Bombay zurückzukehren. Aber es war nicht nötig, daß er sofort eine Entscheidung traf. Das Schiff war erst in einigen Tagen fällig, und inzwischen konnte sich vielleicht etwas ergeben.

Sich etwas ergeben! dachte Ramesh bitter, während er die Straße zum Jachtklub hinunterging. Bei seinem Pech würde das einzige, was sich ergeben würde, eine Typhuserkrankung sein.

Er erreichte das Klubhaus, und als er Nelsons weißen Ford Escort davor erblickte, ging er mißgelaunt um das Gebäude herum und dann zum Anlegeplatz. Als er aufblickte, erstarrte er zu einer Säule. Neben der *Manasa* saß Jack Nelson auf einem schäbigen grünen Werkzeugkasten. Einen Augenblick wollte Ramesh seinen Augen nicht trauen, dann rief Nelson: »Kommen Sie endlich her. Ich warte seit einer halben Stunde.«

Ramesh ging langsam weiter, und als der Engländer aufstand, stotterte er: »Aber ... ich verstehe nicht.«

Nelson sah beinahe schüchtern drein. »Nachdem ich gestern abend nach Hause kam, habe ich noch ein paar Gläser getrunken und darüber nachgedacht ... natürlich war ich wütend und habe einiges gesagt – aber Sie sind mir nichts schuldig geblieben, nicht wahr? Aber dann fand ich, daß nichts dagegen einzuwenden ist, wenn Sie mich bitten, mir Ihre Maschine anzusehen. Marzzochi ist auswärts, Dauvell, dieser Schuft, sitzt im Knast, und da gibt es ja niemand anderen ...«

Ramesh fiel vor Erleichterung ein Stein vom Herzen. »Das ist freundlich«, murmelte er, »sehr freundlich von Ihnen ...«

Nelson war sichtlich verlegen. »Schon gut ... ich bin in letzter Zeit ein bißchen reizbar gewesen ... seit meine Frau gestorben ist ... also vergessen wir alles, und schauen wir uns die verdammte Maschine an.«

Ramesh half ihm, die Werkzeugkisten an Deck zu heben, und Nelson sagte: »Hören Sie, machen Sie sich keine zu großen Hoffnungen. Ich weiß, ich rede manchmal ein wenig Unsinn, aber ich war ein verdammt guter Mechaniker. Und die Betonung liegt auf dem ›War‹. Während der letzten fünfzehn Jahre habe ich Straßen gebaut und eine Schiffsmaschine nicht einmal von weitem gesehen. Sie sagen, es ist eine Perkins P4?«

Ramesh nickte.

»Das ist gut, denn diesen Typ kenne ich. Sie sind kurz vor dem Krieg auf den Markt gekommen. Wie alt ist sie?«

Ramesh meinte schüchtern: »Sie muß ein frühes Modell sein.«

Nelson verzog das Gesicht. »Jedenfalls haben sie damals

gute Maschinen gebaut – sehen wir sie uns an.«

Sie schleppten den Werkzeugkasten über den Niedergang in den Salon hinunter. Nelson sah sich um und stellte widerwillig anerkennend fest: »Sie halten Ihr Schiff aber in Schuß.«

»Danke. Zum Maschinenraum geht es hier durch.«

Er ging in den Durchgang voraus, dann drückte er sich an die Wand und ließ Nelson durch die niedrige Tür eintreten.

Nelson warf einen Blick auf die Maschine, nickte leicht und forderte Ramesh auf: »Schildern Sie mir genau, was geschehen ist.«

»Es war während der Hundswache«, antwortete Ramesh. »Ich war an Deck, habe aber gedöst. Plötzlich hörte ich ein rasselndes Geräusch. Als ich nach dem Gashebel griff, gab es einen lauten Knall, und die Maschine blieb stehen.«

Nelson nagte an seiner Oberlippe. »Hmmmm ... klingt nicht gut. Und sie ließ sich nicht mehr drehen?«

»Nein. Sie dreht sich nur um ein paar Grad. Was kann es sein?«

Nelson zuckte mit den Schultern. »Alles mögliche. Zuerst werde ich das Schwinghebelgehäuse abnehmen und einen Blick hineinwerfen.«

Er schwitzte schon in dem beengten Raum, und während er sein Hemd aufknöpfte, sagte er: »Hören Sie, es wird eine Weile dauern, und weil sie so alt ist, werde ich vielleicht etwas Kühlung brauchen. Ziehen Sie doch bitte den Werkzeugkasten hierher, gehen Sie dann hinauf in den Klub und bitten Sie Jimmy, er soll schon mal einige Bierflaschen in einen Eiskübel stellen.«

Er gab Ramesh sein Hemd und sagte mit dem Anflug eines Lächelns: »Sagen Sie ihm, er soll es auf meine Rechnung setzen.« Bevor Ramesh widersprechen konnte, wandte er sich ab und beugte sich brummend über die Maschine.

Während Ramesh die Mole entlangging, wurde er von Gewissensbissen gequält, denn als Nelson das Hemd ausgezogen und sich über die Maschine gebeugt hatte, hatte Ramesh dicht über dem Bund seiner Hose auf der rechten Seite einen etwa fünfzehn Zentimeter breiten Plastikstreifen bemerkt. Ramesh hatte ihn sofort erkannt. Es war der Oberteil eines Kolostomiebeutels, und das bedeutete, daß Nelson an Darmkrebs operiert worden war. Rameshs Mutter hatte die gleiche Operation wenige Monate vor ihrem Tod durchgemacht. Das war der Grund für Nelsons Gewichtsverlust und seine ungesunde Hautfarbe. Das Bewußtsein, daß er sterben würde, war bestimmt auch für seine Reizbarkeit verantwortlich.

Ramesh bedauerte zutiefst, daß er nicht etliche der Worte zurücknehmen konnte, die er am vergangenen Abend gesagt hatte.

10

»Wollen Sie die schlechten oder die schrecklichen oder die katastrophalen Neuigkeiten zuerst hören?«

Jack Nelson schaute Ramesh seltsam an, trank einen Schluck aus der letzten Bierflasche und schwitzte infolge der Anstrengungen.

Sie saßen auf Liegestühlen unter einem Sonnensegel auf dem Achterdeck. Es war Mittag, die Sonne hatte den Höchststand erreicht und brannte erbarmungslos vom Himmel.

»Ist es so schlimm?« Ramesh war auf das Schlimmste gefaßt.

Nelson nickte, sein Gesicht war infolge der Hitze ziegelrot. »Ich werde es für Laien verständlich ausdrücken. Ich habe also das Schwinghebelgehäuse abgenommen und festgestellt, daß die Schwinghebelwelle verlagert und verbogen ist. Die Ventile hängen. Ich wußte also, daß es sich um ein schwieriges Einstellungsproblem handelt. Ich habe die vordere Riemenscheibe, die Drosselklappe und den Deckel der Ventilsteuerung entfernt – alles war verrostet und festgefressen und verdammt schwierig –, und dann entdeckte ich, daß die Steuerkette gerissen war und einige der Kettenradzähne die Kurbelwelle zerschlagen hatten. Ihre Maschine ist schwer krank und braucht eine größere Operation – durch einen Spezialisten für geriatrische Operationen.«

Ramesh fragte betrübt: »Kann sie überhaupt repariert werden?«

Nelson trank wieder einen Schluck Bier, holte tief Luft und nickte. »Alles kann repariert werden, vorausgesetzt man hat Zeit, Ersatzteile, Werkzeug und die nötige Fachkenntnis. Aber es ist eine schmutzige, schwierige, heiße und undankbare Arbeit. Ich habe ein paar Ersatzteile in Ihrer Ramschkiste gefunden. Einige alte Ventile, die man mit etwas Glück nachschleifen könnte, und eine Zylinderkopfdichtung. Das größte Problem stellt die Steuerkette dar. Wenn Sie an Land eine auftreiben können, ist erst der Anfang gemacht. Das Kettenzahnrad muß neu geschweißt, und die beschädigten Zähne müssen neu gefeilt und dann schalengehärtet werden. Die Schwinghebelwelle müßte sorgfältig zusammen mit einem Schwinghebel ausgerichtet werden. Wenn Sie den Zylinderkopf abnehmen, werden Sie bestimmt beschädigte Ventile und wahrscheinlich die Kolbenringe finden. Das Kettenzahnrad und die Kette müssen ersetzt werden, nachdem die Ventile und die Kraftstofförderpumpe eingestellt wurden. Man müßte eine Korkdichtung anfertigen und dann die Stirnplatte wieder einpassen. Dann die Riemenscheibe und so weiter.«

Ramesh versuchte vergeblich, das alles zu erfassen. Er schüttelte verwirrt den Kopf, doch Nelson sprach ohne Rücksicht weiter.

»Danach den Zylinderkopf und die Ventilsteuerung wieder einbauen, die Zündung neu einstellen und die Einspritzdüsen, die Zuleitung, die Auspuffanlage und die zusätzlichen Leitungen ersetzen – praktisch ein kompletter Umbau.«

Er legte eine Pause ein, um Luft zu holen, schluckte noch ein Bier und betrachtete Rameshs verdutztes Gesicht.

»Okay«, sagte er. »Es ist Fachchinesisch. In die Sprache

eines Laien übersetzt: Ein erstklassiger Mechaniker mit der richtigen Werkstätte und allen Ersatzteilen könnte die Reparatur in zehn Tagen hinkriegen. Der einzige, den ich kenne, ist Charlie Marzzochi. Er ist jung, und ihm fehlt die richtige Ausbildung, aber er hat Gefühl für Maschinen, und er ist im Besitz einer Werkstätte. Das Hauptproblem besteht darin, einen Ersatz für die Steuerkette aufzutreiben. Außerdem ist er nicht hier und kann noch wochenlang ausbleiben ... wie lange können Sie warten?«

Ramesh spreizte die Hände. »Ich muß mich an keinen Fahrplan halten. Aber das alles klingt sehr teuer.«

Nelson schüttelte den Kopf. »Nicht so schlimm. Für zehn Tage Arbeit würde Marzzochi etwa zwei- bis dreitausend Rupien verlangen ... wenn er eine Steuerkette finden kann und ...« Plötzlich verstummte Nelson, runzelte die Stirn und konzentrierte sich. »Warten Sie eine Minute – ja. Er hat mir im vergangenen Jahr seine Werkstätte gezeigt ... verdammt gut eingerichtet ... er hat ein paar alte Maschinen zum Ausschlachten. Dort war auch eine P4 – nur ein Skelett, aber die Kette war noch dran.«

Nelson beugte sich vor und hielt die jetzt leere Bierflasche fest in der rechten Faust. Er dachte mehrere Minuten lang mit zusammengepreßten Lippen nach, dann blickte er langsam zu Ramesh auf. Auf seinem schwitzenden, schlaffen Gesicht breitete sich ein Lächeln aus, das die Stimmung aufhellte.

Ramesh erwiderte versuchsweise das Lächeln, irgendwie sprang Nelsons seltsam leuchtende Stimmung auf ihn über.

»Ich!« sagte Nelson großartig. »Vergessen Sie Marzzochi – ich werde es machen!«

Stille trat ein, während die beiden Männer einander anblickten, Nelson noch immer mit einem schiefen Grinsen.

Dann fragte Ramesh schüchtern: »Ist es möglich?«

Nelson sank in seinen Stuhl zurück und stellte die Flasche vorsichtig auf das Deck. »Ja«, entschied er. »Ich werde Charlies Werkstätte benützen – er wird nichts dagegenhaben –, ich werde den verdammten Schrotthaufen reparieren!«

Seine Stimmung war fast euphorisch, und Ramesh ahnte den Grund. In den letzten drei Stunden hatte Nelson seine Jugend noch einmal erlebt, alte Kenntnisse und den alten herrlichen Tatendrang wiedergefunden. Es war die geheime Herausforderung des geborenen Mechanikers – einen alten, ausgeleierten Kasten von einer Maschine auseinanderzunehmen und wieder funktionsfähig zu machen. Sich selbst zu beweisen, daß die Fähigkeit dazu noch vorhanden war, obwohl sie so lange geruht hatte.

Ramesh freute sich trotz seiner Besorgnis über Nelsons Begeisterung und war mit seiner untergeordneten Rolle merkwürdig zufrieden.

Nelson konzentrierte sich wieder und sprach mit sich: »Ein paar Tage zum Zerlegen und Entfernen des Zylinderkopfes und des anderen verkorksten Zeugs ... dann in die Werkstätte. Ich fange nach dem Essen an.« Er stand auf und begann über das Deck hin und her zu gehen – drei Schritte in jeder Richtung –, und Ramesh ersetzte im Geist die schlaffe, dickliche Gestalt durch einen jungen, lebenssprühenden und erfindungsreichen Mann, der achtundvierzig Stunden auf dem Bauch lag und Öl auf das Wellenlager eines Zerstörers träufelte. Er sagte lächelnd:

»Mr. Nelson, Sie haben sich ergeben!«

»Was meinen Sie?«

»Es spielt keine Rolle – es tut mir so leid wegen gestern abend, Ihre Shorts sind überhaupt nicht albern, sondern nur ein wenig ausgebeult.«

Nelson grinste. »Akzeptiert. Übrigens, ich heiße Jack.« Er hörte auf, hin und her zu gehen, und streckte die Hand aus. »Wir wollen von vorn beginnen.«

Ramesh stand auf und schüttelte feierlich die angebotene Hand. »Und ich heiße Ramesh.«

Kurzes, verlegenes Schweigen folgte, das immer dann eintritt, wenn zwei im Grunde schüchterne und gegensätzliche Männer einen Freundschaftsbund eingehen. Ramesh brach die Stille mit den Worten: »Wie wäre es mit einem Lunch?«

»Gute Idee. Übrigens, wie steht es mit der jungen Dame, Ihrem blinden Passagier?«

Rameshs Laune fiel wieder auf den Nullpunkt. »Das ist noch ein Problem«, gestand er. »Sie halten sie im Gefängnis fest, bis der Gouverneur zurückkommt. Heute nachmittag wird Mr. Rajaratnam den Polizeichef treffen und versuchen, ihre Freilassung zu erreichen – er ist nicht sehr optimistisch.«

»Und wenn er sie freibekommt?«

Ramesh zuckte mit den Schultern. »Wenn Sie meine Maschine reparieren, werde ich sie mitnehmen; sie hat kein Zuhause und, nun ja, wir verstehen uns.«

Nelson knöpfte sein Hemd zu. Er blickte mit verschmitztem Grinsen auf, als er jedoch Rameshs Gesicht sah, verging ihm das Grinsen. »Sie verstehen sich in welcher Hinsicht?« fragte er ernst.

»Oh, nichts dergleichen.« Ramesh war wieder verlegen. »Sie ist gewissermaßen noch ein Kind. Ich mache mir ihretwegen Sorgen.«

Nachdenklich knöpfte Nelson das Hemd weiter zu, dann meinte er: »Bob Black ist ein braver Kerl, aber unentschlossen. Er hat immer einen Stoß gebraucht. Er nimmt den Lunch im Seychell Club in Victoria. Fahren wir dorthin und versetzen wir ihm den Stups, den er braucht.«

Sie wandten sich um, als sie einen Motor hörten, und beobachteten, wie ein Motorsegler mit schwarzem Rumpf, zwei Masten und bündigem Deck an der kleinen Insel bei der Einfahrt zum Jachthafen vorbei hereinkam. Auf dem Achterdeck stand eine Gruppe von drei Männern und hinter dem Steuerrad ein mächtiger Mann mit kurzem schwarzen Bart und schwarzen verfilzten Haaren auf den Armen und der nackten Brust.

»Jaloud«, murmelte Nelson grimmig und deutete mit dem

Kopf auf den Rudergänger. »Danny Lascelles. Um den machen Sie am besten einen großen Bogen, Ramesh. Er ist ein ganz gemeiner Schuft ... kommen Sie, gehen wir.«

Sie verließen die *Manasa* und gingen die Mole hinunter. Der große, braune Anglo-Inder und der schlaffe, rothaarige Engländer. Sie schritten geradezu beschwingt.

II

Das Klatschen von Fleisch, das auf Fleisch schlägt, war das widerlichste Geräusch, das Kirsty je gehört hatte. Es war Cady, der geschlagen wurde, und während das Klatschen entsetzlich rhythmisch weiterging, war sie betäubt und gelähmt. Als Cady schließlich auf den Schotter des Parkplatzes aufschlug und sich wie ein Fötus zusammenkrümmte, und Lascelles begann, ihm gemeine Fußtritte zu versetzen, schrie Kirsty auf und stürzte vor. Der Portugiese packte sie von hinten, umschloß ihre Arme, hob sie vom Boden hoch und hielt sie fest, während sie schrie und sich wehrte. Die anderen standen in einer Gruppe beisammen und sahen zu, wie Lascelles versuchte, an Cadys schützenden Armen vorbei sein Gesicht zu treffen. Für Kirsty war es eine Ewigkeit im Hades, bis er endlich mit seinem Stiefel Cady in die Nieren trat und sich abwandte; seine Augen glänzten vor sadistischem Vergnügen, Speichel tropfte ihm aus den Mundwinkeln in seinen Bart. Keuchend knurrte er: »Das wird für den frechen kleinen Schweinehund eine Lehre sein.« Er grinste den Portugiesen an. »Laß sie los, Carlo.«

Sobald Kirstys Füße den Boden berührten und sie von den umklammernden Armen befreit war, lief sie schluchzend zu Cadys regungsloser Gestalt und kniete neben ihr nieder. Cady lag noch immer zusammengekrümmt und hielt die Arme schützend vor das Gesicht. Während sie seinen Namen flüsterte und vorsichtig versuchte, seine Arme auseinanderzuhalten, fiel ein Gegenstand neben ihr auf den Kies. Es war

Garrets goldene Uhr. Sie blickte auf und sah Lascelles' grinsendes Gesicht.

»Da haben Sie das verdammte Ding«, spottete er, dann deutete er auf Cady. »Wenn er aufwacht, richten Sie dem früher so hübschen Burschen aus, daß er in seiner Liga bleiben soll.«

Er wandte sich ab, und der Portugiese und die anderen folgten ihm in die Bar zurück.

Drei Stunden später saß Kirsty allein an einem Tisch auf der Terrasse des Northolme-Hotels. Unterhalb von ihr lag eine kleine Bucht, vor deren Sandstrand sich ein allein stehender Felsen erhob, auf dem unglaublicherweise eine einsame Kokospalme wuchs; die untergehende Sonne tauchte die Szenerie in rote Glut und schuf einen idyllischen Hintergrund, der in krassem Gegensatz zu der zutiefst unglücklichen Frau stand.

Sobald es Kirsty gelungen war, Cadys Arme auseinanderzuziehen, und sie sein blutiges, übel zugerichtetes Gesicht gesehen hatte, mußte sie würgen und hatte sich beinahe erbrochen, war aber dann rasch aufgesprungen und zur Straße hinuntergelaufen. Einer der offenen, bunt bemalten Lastwagen, die die Einwohner der Seychellen als Busse verwendeten, kam den Hügel herunter. Er war vollbesetzt mit heimkehrenden Plantagenarbeitern. Sie lief auf die Straßenmitte, winkte wild, und der Lastwagen blieb mit quietschenden Bremsen stehen. Minuten später hoben hilfreiche Hände Cady hinten in den Wagen und legten seinen Kopf in Kirstys Schoß, dann holperte der Wagen die ausgefahrene Straße hinunter zu dem glücklicherweise nahe gelegenen Krankenhaus.

Cady war bei Bewußtsein gewesen und hatte gestöhnt, wenn sie durch Schlaglöcher fuhren. Zuerst hatte Kirsty befürchtet, daß er sterben würde, sie hatte noch nie ein so zerschundenes Gesicht gesehen. Die Lippen waren geschwollen, die Nase war eingeschlagen und schief, aus einem halben Dutzend kleiner Wunden quoll Blut. Er sah aus, als wäre er in einen Hochleistungsventilator mit geschliffenen Flügeln geraten. Ihr fielen die schweren Goldringe an Lascelles' Fingern ein, und in ihre Besorgnis mischte sich Haß. Ein Auge war schon geschlossen, doch das andere war offen und blickte zu ihr auf. Sie beugte den Kopf.

»Mach dir keine Sorgen, Cady«, flüsterte sie ihm ins Ohr. »In ein paar Minuten sind wir im Krankenhaus.«

Er nickte schwach, sie sah, daß er die Lippen bewegte, und nahm an, daß er versuchte zu sprechen, doch dann sah sie in dem Rot etwas Weißes blitzen, als seine Zunge den abgebrochenen Splitter eines Zahnes herausschob. Sie nahm ihn vorsichtig von seiner Unterlippe, und da sie nicht wußte, was sie damit anfangen sollte, behielt sie ihn in der Hand.

Im Krankenhaus hatten sie eine Bahre geholt und ihn direkt in die Unfallambulanz gebracht. Eine Krankenschwester begann ihm das Blut vom Gesicht zu wischen, und dann erschien ein irischer Arzt namens O'Reilly. Kirsty roch Whisky in seinem Atem, aber sonst sah er recht tüchtig aus. Nach einer kurzen Untersuchung bat er Kirsty, draußen zu warten. Sie setzte sich auf einen Stuhl im Korridor, und eine Schwester brachte ihr eine Tasse Tee und erwähnte stolz, daß er mit echter Kuhmilch gemischt war. Anscheinend eine Seltenheit auf der Insel.

Nach einer halben Stunde kam O'Reilly heraus und trocknete sich die Hände an einem Handtuch ab. Ein Blick auf Kirstys besorgtes Gesicht, und er lächelte. »Machen Sie sich nur keine Sorgen – er wird wieder wie neu.« Er setzte sich neben sie, ließ das blutbefleckte Handtuch auf seine Knie fallen, zog ein Päckchen Zigaretten heraus und bot ihr eine an. Sie schüttelte leicht ungeduldig den Kopf. Er zündete die Zigarette an, sog den Rauch tief ein und stieß ihn dann langsam aus.

»Danny Lascelles«, meinte er. »Wenn ich eine Privatpraxis hätte, könnte ich den Burschen verpflichten, und er würde mir so viele Kunden schicken, daß ich herrlich und in Freuden leben könnte.«

»Wie schlimm ist es?« fragte Kirsty besorgt.

»Nicht so schlimm, wie es aussieht«, antwortete O'Reilly. »Klar, die Nase ist gebrochen. Ich habe den Verdacht, daß ein Backenknochen gebrochen und vielleicht ein paar Rippen angeknackst sind, aber das weiß ich erst, wenn der Röntgenologe kommt und Aufnahmen macht. Er wird nicht nur äußere, sondern auch innere Quetschungen erlitten haben und den Zahnarzt Morey ein paar Stunden beschäftigen. Alles in allem eine Tracht Prügel erster Güte, Marke Lascelles. Er hat vor ein paar Monaten einen britischen Matrosen von einem Handelsschiff auf die gleiche Weise zugerichtet. Auch im Trianon. Eine Meinungsverschiedenheit bei einer Pokerpartie.«

Die Besorgnis verschwand allmählich aus ihrem Gesicht. »Aber er wird doch in Ordnung kommen?«

O'Reilly nickte. »Endgültig kann ich es allerdings erst sagen, wenn ich die Röntgenbilder gesehen habe, aber zum Glück ist er jung, kräftig und in sehr gutem körperlichen Zustand. Ich werde einige Schnitte in seinem Gesicht nähen müssen, und er wird die Narben behalten. Wegen der Nase werde ich mein Bestes tun.« Er zog gedankenvoll an seiner Zigarette. »Hat er vorher gut ausgesehen? Es ist im Augenblick schwer festzustellen.«

»Ja, sehr.« Kirsty mußte trotz ihres Kummers lächeln. »Aber ich glaube nicht, daß ein paar Narben und eine gebrochene Nase ihn sehr stören werden.«

O'Reilly hatte sie verdutzt angesehen und wollte gerade etwas sagen, als ein dunkelhäutiger junger Mann im Eilschritt den Korridor herunterkam.

»Leclerc, der Röntgenologe«, erklärte O'Reilly, stand auf, stellte sie vor und meinte dann: »Wir werden die Röntgenaufnahmen in einer halben Stunde haben. Danach können Sie ihn besuchen. Ich werde ihn zur Sicherheit zwei oder drei Tage zur Beobachtung hierbehalten. Sie besuchen ihn am besten am Vormittag nach elf Uhr.« Er lächelte. »Ich werde den Zahnarzt ersuchen, früh zu kommen, damit sein Mund etwas besser funktioniert.«

Als die Sonne hinter dem Horizont versank, machte das zehn Meilen vor der Küste liegende Silhouette Island seinem Namen alle Ehre: Es sah aus wie ein schwarzer Berg mit dem roten Himmel als Vorhang im Hintergrund. Kirsty überdachte ihre Lage.

Bis die *State of Haryana* bei den Seychellen angelegt hatte, hatte sich ihre Freundschaft mit Cady vertieft. Er zog sie körperlich an, sie sah ihn jedoch andererseits nie in romantischem Licht. Die Freundschaft war platonisch und würde es immer bleiben. Sie hatte es sich eingeredet und hoffte, daß seine Gefühle und Erwartungen die gleichen waren.

Der Rest der Reise war mehr als angenehm verlaufen. Sie bildeten mit den Savys und Stevens' eine lockere Gruppe, die Gespräche und die Gesellschaft waren interessant und gelöst.

Das Schiff hatte an der Reede Anker geworfen, und eine Barkasse hatte sie zu dem langgestreckten Pier gebracht, wo sie den Zoll passierten. Unterwegs hatte Cady den Rudergänger beiläufig gefragt, ob die Jacht *Jaloud* im Hafen liege. Er hatte genickt und auf die schwarzen Zwillingsmasten gezeigt, die über den Wellenbrecher des Jachtklubs hinausragten. Sie verabschiedeten sich von den Savys und versprachen, es so einzurichten, daß sie der Vogelinsel einen Besuch abstatten konnten. Stevens rief im Northolme-Hotel an, um sie anzumelden, fuhr sie, trotz ihrer Proteste, auf der gewundenen Küstenstraße dorthin und stellte sie der Besitzerin vor, einer verwitweten Mrs. White, die das Haus mit der Hilfe ihrer zwölfjährigen Tochter und einer Handvoll einheimischer Dienstboten führte. Er hatte sie unwiderruflich zum Dinner eingeladen, sobald er mit seiner Frau den Zeitpunkt festgelegt hatte.

Das Hotel war ein altes, umgebautes Plantagenhaus mit

einem großen Garten voller Blumen, mit knarrenden Holzfußböden, alten Möbeln und einem Panoramablick auf den Ozean. Es war entzückend, und Mrs. White, eine große, kräftige Frau, empfing sie herzlich. Aber Kirsty nahm das alles kaum auf, denn sie fieberte ungeduldig dem Gespräch mit Lascelles entgegen. Sie bat Mrs. White, telefonisch ein Taxi zu bestellen, und packte rasch ihren Koffer aus.

Unterwegs zum Jachtklub hatten Cady und sie gedankenverloren geschwiegen. Der Taxifahrer war gesprächig, hatte auf allerlei Interessantes hingewiesen, jedoch bald erkannt, in welcher Stimmung sie sich befanden, und war gleichfalls in Schweigen verfallen.

Bis auf einen schläfrigen Barkeeper war der Jachtklub leer. Es war mitten am Nachmittag, wenn die meisten Leute Siesta hielten. Sie traten auf den Balkon hinaus und betrachteten einige Minuten lang die Jacht mit dem schwarzen Rumpf. Das Deck war sauber und leer. Kirsty versuchte, sich Garret auf dem Schiff vorzustellen. Versuchte, sich die stürmische Nacht vor so vielen Wochen auszumalen. Wie ihr Sohn auf Deck arbeitete, den Halt verlor und über Bord ging. Sie bemerkte die hohen Stützen rund um das Deck und die beiden dazwischen gespannten Drähte. Es war eine große Jacht mit bündigem Deck, deren Außensteuerung sich hinter dem niedrigen Deckshaus befand.

Während sie sich noch fragte, ob Lascelles unter Deck war, drehte sich Cady um und fragte den Barkeeper:

»Ist Lascelles an Bord der *Jaloud*?«

Der Barkeeper schreckte auf und schüttelte den Kopf. »Es ist Freitag. Da spielen sie oben im Trianon Poker.«

»Wo ist das?«

Der Barkeeper wies mit dem Daumen über seine Schulter. »Oben auf dem Hügel an der Straße nach Beau Vallon. Es ist eine Bar mit einem spitzen grünen Dach.«

Sie nahmen ein Taxi und bezahlten es auf dem Parkplatz, denn der Weg den Hügel hinunter nach Victoria war kurz.

Die Bar war schmutzig und düster, und während Kirstys Augen sich an die Dunkelheit gewöhnten, fühlte sie sich plötzlich enttäuscht. Bis auf ein Mulattenmädchen, das in einem schmuddeligen Fetzen an der Bar saß, und einem alten Mann dahinter, der Gläser polierte, war das Lokal leer.

Hinter ihr fragte Cady: »Lascelles?«

Das Mädchen zeigte auf die gegenüberliegende Ecke. Sie war leer, doch dann bemerkte Kirsty den braunen Türknopf und die schwachen Umrisse einer Tür, die wie die Wände grün gestrichen war. Entschlossen und mit Cady als Rückendeckung ging sie hinüber, öffnete sie und stand vor einer Holztreppe.

Oben befand sich wieder eine Tür, hinter der sie Stimmengemurmel hörte.

Cady fragte leise: »Soll ich vorgehen?«

Sie schüttelte entschieden den Kopf und stieg die Treppe hinauf. Oben blieb sie stehen, holte tief Luft, öffnete die Tür und trat ein.

Es war eine große, fensterlose Dachstube. Die Beleuchtung bestand aus einer einzigen Birne ohne Schirm über den fünf Männern, die an einem Holztisch saßen. Der Tisch war mit Flaschen, Gläsern, überquellenden Aschenbechern und Geldstößen bedeckt. Im Raum stank es nach Bier, Schweiß und Geldgier. Der größte Geldstoß befand sich vor dem Mann ihr gegenüber. Seine Gestalt erinnerte an eine große Pappschachtel. Sein Gesicht sah aus, als befände er sich ständig am Rand eines Wutanfalls. Seine schmalen Augen standen weit auseinander, und sein Bart verlieh ihm ein dominierendes, aggressives Aussehen. Seine rechte Hand lag auf einem Paket Spielkarten. An den Fingern trug er schwere Goldringe, und ein weiterer steckte an seiner linken Hand, die ein Glas Whisky hielt. An diesem Handgelenk glitzerte eine goldene Uhr, und Kirsty wußte, daß sie endlich Danny Lascelles gegenüberstand.

Alle Männer blickten sie und den blonden Hünen hinter

ihr an. Der Mann rechts von Lascelles, der fast ebenso groß und noch dunkelhäutiger war, grinste und fragte mit einem schweren Akzent: »Hallo, Süße – willst du mitspielen?«

Kirsty beachtete ihn nicht. Ihr Blick war auf Lascelles' Gesicht gerichtet. Er sah sie erwartungsvoll an, oder schien er sie zu erkennen?

»Sie sind Danny Lascelles«, stellte sie fest.

»Stimmt, Lady. Und?«

»Ich bin Kirsty Haywood.«

Er nickte mit gespieltem Ernst, ein schiefes Lächeln auf den dünnen Lippen. Er hob sein Glas und prostete ihr zu. Kirsty beugte sich ein wenig vor. »Garret Haywoods Mutter.«

Einen Augenblick begriff Lascelles nicht, dann funkte es bei ihm, und das Lächeln verschwand. Langsam ließ er das Glas sinken. Stille trat ein. »Aah, der Junge, der ertrunken ist ...«

»Nein, Lascelles. Er ist nicht ertrunken. Garret lebt.«

Sie beobachtete aufmerksam seine Augen, und in einem kurzen Augenblick sah sie unterschwellig das, wofür sie alles aufgegeben hatte und tausende von Meilen gereist war. Weder Schock noch Überraschung, sondern unverkennbar tierische Panik.

Lascelles war ein Pokerspieler, und seine Augen waren jetzt ausdruckslos, doch Kirsty war von Gewißheit und Erleichterung erfüllt. Sie hatte es gesehen.

»Er lebt?« murmelte er und sah den Mann neben sich an, der seinerseits Kirsty mit merkwürdigem Ausdruck beobachtete.

»Was meinen Sie damit, er lebt?« fragte Lascelles. »Wie könnte ... wo steckt er?«

Kirsty zeigte mit dem Finger auf ihn. Ihre Stimme wurde eine Spur lauter. »Sie wissen, wo er ist. Sie werden es mir sagen.«

Lascelles lehnte sich zurück, der Stuhl knarrte unter seinem Gewicht. Er blickte nachdenklich drein.

»Wieso wissen Sie das?« fragte er. »Wieso wissen Sie, daß er lebt?«

»Ich weiß es einfach.«

»Wieso?« Er fragte es aggressiv, und als sie nicht antwortete, nickte er gleichsam bestätigend und sah wieder den Mann neben sich an. »Intuition«, stellte er fest, »oder Mutterinstinkt. Ist nicht ungewöhnlich. Tut mir leid, Mrs. Haywood, aber Ihr Sohn ist tot.« Er zeigte nach rechts. »Carlo war bei mir. Es war ein heftiger Sturm. Einer dieser verdammten Unfälle, die nicht passieren sollten, aber doch vorkommen. Wir haben ihn drei Tage lang gesucht. Stimmt's, Carlo?«

Der Portugiese nickte ernst. »Klar. Verdammt starker Sturm. Tut mir leid, Lady, er war ein braver Junge. So etwas passiert eben.«

Beide Männer nickten einmütig. Lascelles hatte das Gesicht verzogen und heuchelte Trauer.

Wieder zeigte Kirsty mit dem Finger, diesmal auf Lascelles' linkes Handgelenk. »Woher haben Sie diese Uhr?«

Langsam richtete Lascelles seinen Blick auf die Uhr. Dann auf das Päckchen Karten vor sich. Er tippte mit seinem nikotinfleckigen Finger darauf.

»Poker. Ich habe sie beim Pokern gewonnen.«

»Es ist Garrets Uhr«, stieß Kirsty hervor.

Er nickte. »Stimmt. Ich habe sie beim Poker gewonnen.«

Kirsty schüttelte energisch den Kopf. »Er hätte nie darum gepokert. Es war die Uhr seines Vaters. Er hielt sie in Ehren wie sonst nichts.«

Lascelles zuckte mit den Schultern. »Er hat bei einem Spiel schwere Verluste einstecken müssen und hat Schulden gemacht. Ein Mann muß seine Pokerschulden bezahlen.«

»Sie sind ein Lügner!«

Lascelles' Miene veränderte sich im Nu. Er stieß das bärtige Kinn vor, der Mund verzog sich wütend. »Danken Sie Gott, daß Sie eine Frau sind«, knurrte er. »Wenn ein Mann so etwas sagt, schlage ich ihm den Schädel ein!«

Jetzt mischte sich Cady ein. Er trat neben Kirsty und sagte gedehnt: »Lascelles, ich nenne Sie einen Lügner. Und falls Sie es nicht bemerkt haben sollten, ich bin keine Frau.«

Plötzlich war Kirsty nebensächlich und wurde völlig übergangen. Sie erinnerte sich später, daß die einleitenden Stadien fast einem Ritual glichen. Eine Art Stammes-Kriegstanz. Die Blicke, Bewegungen und Worte folgten einem vorgeschriebenen Muster. Cady sah die vier anderen Männer an und fragte lässig: »Sind die dabei oder nicht?«

Lascelles antwortete verächtlich: »Sie sind nicht dabei – niemand kämpft für mich – oder muß es tun.«

Die Gruppe marschierte durch die Bar und ins Sonnenlicht hinaus, während Kirsty vor Angst verging. Auf dem Parkplatz ergriff sie Cadys Handgelenk und bat flehentlich: »Vergessen Sie es, Cady. Gehen wir.«

Er schob sie mit starrem Gesicht zur Seite. Er ging merkwürdig steifbeinig, Lascelles ebenso.

Sie blieben in der Mitte des Parkplatzes stehen, und die anderen bildeten einen Kreis um sie. Carlo stand in Kirstys Nähe, seine Augen blitzten lebhaft.

Sie standen zwei Meter voneinander entfernt. Auf Lascelles' Lippen lag ein leichtes Lächeln. Er blinzelte Cady zu. »Sollen wir die Hemden ausziehen?«

»Klar.«

Während Cady hinunterblickte und begann, sein Hemd aufzuknöpfen, nahm Lascelles einen seiner Ringe ab. Er rief: »Hallo, Carlo, halte sie für mich«, und bewegte sich unauffällig vorwärts.

Cady blickte jäh auf, aber zu spät. Lascelles' rechte Faust mit den Ringen an den Fingern schlug bereits einen Haken an sein Kinn.

Dieser Schlag entschied den Kampf. Cadys Augen wurden glasig. Er versuchte zu klammern, aber Lascelles schmetterte ihm eine Linke und eine Rechte in den Bauch, die ihm die Luft nahmen; dann suchte er sich, wieder leicht lächelnd, die

Stellen aus, traf Cadys Gesicht und Körper wie einen Sandsack, bis er umfiel wie ein Baum und er auf ihn eintreten konnte.

12

»Ich bin mit der Reparatur des Kettenrades fertig«, meldete Nelson befriedigt, nahm einen tiefen Schluck Bier und stellte den Krug wieder auf den Tisch. Ramesh und Lani murmelten anerkennend. Sie saßen ebenfalls in der Terrassenbar des Northolme-Hotels, aber von Kirsty aus gesehen am anderen Ende. Ein halbes Dutzend weiterer Gäste, durchwegs Einheimische, tranken an der Theke.

»Die Arbeit muß sehr schwer sein«, bewunderte Lani Nelson und lächelte ihn an. Er war bereits von ihr bezaubert. Er gehörte zu den Männern, die in Gegenwart der Schönheit aufblühen, seine normalerweise gleichgültige Haltung verwandelte sich dann in Gutmütigkeit und Witz. Er nickte ernst.

»So ist es, Kleine. Ungefähr so, als würde man eine alte, gebrechliche Lady in ein Wunderwerk wie Sie verwandeln.«

Lani lachte. »Gut. Also wenn ich alt und gebrechlich bin, werde ich wieder zu Ihnen kommen.«

Einen Augenblick lang umwölkte sich Nelsons Gesicht, doch dann kam wieder die Sonne hervor. »Tun Sie das, Kleine. Ich werde dann Ihr Kettenrad auswechseln und Ihre Ventile neu einstellen.«

»Wenn ich Ihnen doch helfen könnte«, warf Ramesh ein. »Ich fühle mich so hilflos, wenn ich zuschauen muß.«

»Machen Sie sich nur keine Gedanken«, beruhigte Nelson ihn. »Manche Leute sind eben geborene Mechaniker, andere nicht. In der Marine wären Sie wahrscheinlich Deckoffizier gewesen. Jedenfalls lernen Sie wenigstens, wie das Ding funktioniert.«

»Das stimmt.« Ramesh nickte begeistert. »Ich habe so viel gelernt... was für mich wie Schwarze Magie aussah, wird eine echte Wissenschaft.«

Nelson winkte dem Mann an der Bar um Nachschub und lehnte sich bequem zurück. Er fühlte sich offensichtlich wohl. Mitunter warf er der Frau, die allein am anderen Ende der Terrasse saß, einen Blick zu.

»Noch ungefähr eine Woche«, sagte er, »und wir werden auf den Knopf drücken und sehen, ob sie anspringt. Danach werde ich Ihre Benzinpumpe auseinandernehmen und überprüfen... und die Seewasser-Toilette und die ganze übrige Mechanik. Dann können Sie auslaufen.«

Ramesh murmelte Dankesworte, als eine große Frau ein Glas vor den leeren Stuhl stellte und sich setzte.

»Hallo Jack«, grüßte sie. »Ich setze mich für zehn Minuten zu Ihnen, während Fiona ihre Fische füttert, und dann verschwinde ich wieder in die Küche.«

Nelson stellte sie als Joan White, die Besitzerin, vor, gab eine Kurzfassung ihrer Odyssee und fragte dann: »Was gibt es Neues, Joan? Wie geht das Geschäft?«

Sie zuckte mit den Schultern. »Flau wie gewöhnlich um diese Jahreszeit. Ich habe nur zwei Gäste von der *Haryana*, und einer von ihnen liegt im Krankenhaus.«

»Was ist ihm zugestoßen?«

»Gott weiß es. Eine Frau und ein jüngerer Mann. Sie haben ausgepackt, ein Taxi nach Victoria genommen und sind offenbar in diese Bude, das Trianon, geraten. Lascelles war dort und hat den Mann zusammengeschlagen.«

Nelson fluchte leise. »Dieser Lascelles. Seine Selbstbeherrschung ist kürzer als ein abgebissener Fingernagel.« Er wies mit dem Kinn hinüber. »Ist das die Frau?«

Joan nickte. »Sie ist Amerikanerin. Er ist Kanadier. Ein gutaussehender Hüne von einem Mann. Sie scheinen einander auf dem Schiff kennengelernt zu haben.«

Ramesh und Lani drehten sich zu ihr um.

»Sie sieht äußerst deprimiert aus«, meinte Ramesh.

»Sie ist es auch«, stimmte Joan zu. »Ich weiß nicht, ob sie ein Paar sind, sie haben getrennte Zimmer genommen. Jack, würdest du sie auffordern, sich beim Dinner an euren Tisch zu setzen?« Sie zwinkerte ihm zu. »Mit deinem berühmten Charme wirst du sie vielleicht ein wenig aufheitern.«

Nelson schien das zu bezweifeln, doch Lani rief: »O ja! Tun Sie es doch, Jack ... Sie werden sie zum Lachen bringen.«

In diesem Augenblick ging ein dralles Mädchen mit einem Teller vorbei.

»Kommt mit«, forderte Jack die anderen auf und erhob sich. »Das ist ein allabendliches Ritual, das ihr euch nicht entgehen lassen solltet.«

Sie gingen zusammen mit den Gästen von der Theke zum Rand der Terrasse. Die kleine Bucht lag etwa zehn Meter unter ihnen. Eine unter Wasser im Felsen eingebaute Lichtquelle war eingeschaltet worden, Wasser und Sandboden waren hell beleuchtet. Etliche leuchtend bunte Fische schwammen erwartungsvoll umher, einige waren nur ein paar Zentimeter lang, andere mehr als einen halben Meter. Das dralle Mädchen erschien am Strand. Es war barfuß und trug einen roten Sarong, den sie an den Hüften hochgesteckt hatte. Es watete bis über die Knie ins Wasser, dann nahm es etwas von dem Teller und hielt es unter Wasser. Sofort kam einer der größten Fische heran und nahm das Futter zart aus ihren Fingern. Lani lachte entzückt und klatschte. Das Mädchen fütterte die Fische zehn Minuten lang und sorgte dafür, daß jeder ein Häppchen bekam, wobei sie sogar einige der größeren verscheuchte, um den kleinen auch eine Chance zu geben.

Nelson stand neben der Amerikanerin und hörte sie rufen: »Sie sind so zahm!«

Er wandte sich um. »Joan verbietet hier unten das Fischen.« Er zeigte auf das Mädchen. »Fiona, ihre Tochter, füttert sie, seit sie ein kleines Kind war. Manche kommen und manche gehen, aber sie gibt allen Namen. Wenn Sie schwimmen, knabbern sie manchmal an Ihrer Haut, vermutlich wegen des Salzes.«

Sie war von dem Schauspiel bezaubert und hatte sogar ihren Kummer vergessen. Als das Mädchen kehrtmachte und ans Ufer watete, sprach Jack sie an.

»Es tut mir leid, daß Ihrem Freund etwas zugestoßen ist. Ist er schwer verletzt?«

Sofort wurde ihr Gesicht ernst. »Ziemlich schwer, aber der Arzt sagt, er wird wieder in Ordnung kommen.«

»Welcher Arzt?«

»Dr. O'Reilly.«

»Der ist gut«, versuchte Nelson ihr Mut zu machen. »Trinkt ein bißchen, aber wer tut das nicht?« Er überlegte. »Hören Sie, wenn Sie allein sind, warum kommen Sie dann beim Dinner nicht an unseren Tisch? Meine Freunde sind ein interessantes Paar ... sie können Sie ein wenig ablenken.«

Jack Nelson sah weder gut aus noch war er sehr charmant, aber er besaß eine gewisse freimütige Aufrichtigkeit. Die Frau zögerte, doch dann nickte sie.

»Danke.«

»Gut. Ich heiße Jack Nelson.«

»Kirsty Haywood.«

Fünf Minuten später saßen sie alle auf der Dinnerterrasse. Da Jack das Gefühl hatte, daß sie den Vorfall vom Nachmittag vergessen wollte, brachte er das Gespräch auf die Reise von Ramesh und Lani. Kirsty hörte höflich zu, doch sie war offensichtlich nicht bei der Sache. Ramesh war das vollkommen klar. Er saß ihr gegenüber und studierte verstohlen ihr Gesicht. Sie hob den Blick, begegnete dem seinen, und er schaute sofort verlegen zur Seite. Doch ein paar Minuten später betrachtete er sie wieder, obwohl er nicht begriff, was ihn dazu zwang. Er wußte, daß sie ihn anzog, nur wurde es ihm zuerst nicht klar. Sie sprach nicht, woher kam also das Interesse? Dann plötzlich wußte er es und wurde verlegen.

Es war körperlich. Die Frau erregte ihn – körperlich! Er war verwirrt. Er liebte Schönheit, gewiß, aber auf beherrschte, esoterische Weise. Die Frau brachte seine Sinne in Aufruhr. Warum? Wie? War es nur ihr Äußeres? Er musterte ihr Gesicht. Volle Lippen. Hohe Backenknochen. Sanft geschwungenes Kinn. Schön, ja, aber es mußte mehr dahinterstecken. Lani war auf andere Art schön. Vielleicht konventioneller schön. Es mußte noch etwas geben. Er sah sie an und dachte so angestrengt nach, daß er erst nach einiger Zeit bemerkte, daß auch sie ihn ansah. Er hüstelte und wandte verwirrt den Kopf ab. Aber jetzt wußte er, was es war. Er hatte in ihren Augen etwas wahrgenommen, als hätte er sie nackt gesehen. Diese Frau hatte ihn körperlich erregt, nicht durch ihr Gesicht oder ihren Körper, sondern durch etwas in ihrem Geist. War das überhaupt möglich? Konnte eine Frau einen Mann nur durch ihren Geist anziehen und erregen? Er war fasziniert, beunruhigt und ein wenig verlegen.

Die Mahlzeit bestand aus einem Büffet verschiedenster heimischer Fische, die auf kreolische Art zubereitet waren, und während sie alle aßen und Jack den Mittelpunkt bildete, war die Atmosphäre angenehm entspannt.

Nachher, als ihm der Stoff ausgegangen war, wurde das Schweigen bedrückend und Kirstys Gesicht noch melancholischer. Ramesh und Lani versuchten ihn zu ersetzen, aber ohne viel Erfolg. Schließlich lenkte Ramesh in seiner Verzweiflung das Gespräch auf Jacks Zeit in der Navy, und eine Zeitlang erzählte er, geschickt unterstützt von Lani, Anekdoten aus seiner Dienstzeit bei der Marine während des Krieges.

Nach mehreren Episoden fragte Lani schelmisch: »Haben Sie eigentlich jemals etwas falsch gemacht, Jack? ... Wenigstens einen Fehler begangen?«

Sie neigte lächelnd den Kopf zur Seite.

Jack betrachtete ihr hübsches, ovales Gesicht einen Augenblick lang, dann nickte er, und sein Gesicht wurde ernst. Er erzählte ihnen die Geschichte. Es war das erste Mal, daß er sie erzählte, und er verstand nicht, was ihn gerade jetzt dazu veranlaßte. Vielleicht war es die Melancholie der Frau, die neben ihm saß, oder die Erkenntnis, daß sein Leben bald zu Ende gehen würde, oder seine wiedergefundene Fähigkeit, sich von einem anderen Gesichtspunkt aus zu sehen.

Es betraf die Zeit kurz nach Kriegsbeginn, als er auf einem Minensuchboot Dienst getan hatte. Ihr Stützpunkt war Scapa Flow in Schottland gewesen. Nach einer besonders gründlichen Sauftour an Land hatte Jack mehrere Stunden lang an den Schiffsmaschinen gearbeitet. Er hatte einen Katzenjammer und rasende Kopfschmerzen und verrichtete seine Arbeit schlampig. In der Nacht wurde das Schiff plötzlich bei Windstärke sieben hinausgeschickt. Es sollte ein Gebiet vor der Ostküste der Orkneys absuchen. Es war eine scheußliche, gefährliche Arbeit dicht an der dem Wind abgekehrten Seite der Küste, und kurz vor Sonnenaufgang hatte die nachlässige Arbeit am Vortag Folgen gezeigt. Er hatte die Ölfilter nicht ordentlich festgezogen, und eine Maschine nach der anderen fraß sich fest.

Sie wurden unterhalb der Klippen von Stronsay an Land getrieben, und vier Mann der Besatzung ertranken. Es war ein sehr alter Minensucher, dessen Maschinentyp wegen seiner Unzuverlässigkeit berüchtigt war, und niemand machte Jack einen Vorwurf, doch er wußte genau, daß er daran schuld war.

Die anderen hörten mitfühlend zu, als er ihnen erzählte, daß er von diesem Tag an keine Mühe gescheut hatte, um sicherzugehen, daß niemand mehr infolge seiner Arbeit sterben würde.

»So gesehen«, stellte Ramesh fest, »hat der Vorfall wahrscheinlich vielen Männern das Leben gerettet, denn Sie haben härter gearbeitet als je zuvor.«

»Möglich«, räumte Jack ein, »aber es ist über zwanzig Jahre her, und es quält mich immer noch. Verfolgt mich.«

Kirsty hatte auf das Tischtuch hinuntergestarrt, doch bei

diesen Worten hob sie den Blick, sah ihn an und erwachte zum Leben.

»Verfolgt Sie.« Es war eine Feststellung, keine Frage. Sie trommelte mit den Fingern der rechten Hand auf den Tisch. »Das werde ich tun«, sagte sie, als spräche sie mit sich selbst. »Ich werde ihn verfolgen. Verfolgen, bis ich die Wahrheit herausgefunden habe.«

Sie sah den erstaunten Blick in den Augen der anderen und lächelte entschlossen.

»Es tut mir leid. Ich muß mich entschuldigen. Ich habe mich kaum am Gespräch beteiligt, und Sie waren alle nett zu mir. Tatsache ist, daß ich mich mit einem Problem herumschlage. Ich schulde Ihnen eine Erklärung.«

Sie schaute Nelson an, dann Lani und schließlich Ramesh. Sie sah ihm lange in die Augen, und obwohl sie Nelson ansah, als sie endlich sprach, hatte Ramesh das Gefühl, daß sie sich nur an ihn wandte.

»Auch ich muß eine Geschichte erzählen. Eigentlich hüte ich mich davor, sie zu erzählen, aber heute abend werde ich es tun. Bestellen wir vorher noch einen Kaffee.«

Nachdem sie mit Kaffee und Likör versorgt waren, erzählte sie ihnen kurz und knapp, warum sie sich auf den Seychellen befand.

Der einzige, der ihren Monolog zweimal unterbrach, war Nelson. Das erste Mal, als sie erwähnte, daß Lascelles Garret angeblich drei Tage lang gesucht hatte. Nelson schnaubte: »Dieser boshafte Schweinehund würde nicht einmal seinen eigenen Sohn drei Tage gesucht haben.«

Das zweite Mal, als sie beschrieb, wie Lascelles ihr Garrets Uhr zurückgegeben hatte. Nelson schüttelte den Kopf, daß seine Hängebacken wackelten. »Er würde nichts zurückgeben, was er beim Pokern gewonnen hat.«

Sie hatte ihre Geschichte unsentimental, aber überzeugend erzählt, bis sie zu dem Zusammenstoß im Trianon kam. Ihre Zuhörer lauschten gebannt, als sie den Augenblick beschrieb, in dem Panik in Lascelles' Augen aufblitzte und sie ohne jeden Zweifel wußte, daß sie recht hatte und daß Garret am Leben war. Dann erzählte sie mit zitternder Stimme, wie schrecklich Cady zusammengeschlagen worden war.

Die Bar war leer, als sie geendet hatte. Bevor sich die anderen dazu äußern konnten, kam Joan White zu ihnen und legte einen Schlüssel auf den Tisch. Sie erklärte Kirsty lächelnd: »Es ist hier so Brauch. Der letzte Hotelgast in der Bar bedient alle, die noch anwesend sind, spült die Gläser und sperrt zu. Jack wird Ihnen zeigen, wo Sie alles finden. Wir frühstücken in der Küche. Kommen Sie einfach, wenn Sie soweit sind.«

Mit einem freundlichen »Gute Nacht« verabschiedete sie sich und war kaum außer Hörweite, als Lani mit vor Erregung leuchtenden Augen fragte: »Und was meinen Sie damit, Sie werden ›ihn verfolgen‹?«

Kirsty spreizte die Hände. »Genau das. Ich werde ihm folgen, wohin er auch immer geht. Wenn er sich umdreht, werde ich dastehen.« Leidenschaftlich fügte sie hinzu: »Ich werde ihn verfolgen, bis er zusammenbricht und ich die Wahrheit erfahre.«

Diese Erklärung wurde mit Schweigen aufgenommen, dann meinte Nelson beinahe kleinlaut: »Das wird schwierig sein. Er läuft morgen früh mit einigen Ornithologen an Bord aus. Sie haben ihn gechartert, damit er sie zur Vogelinsel, zu den Amirantes und den Aldabra-Inseln bringt. Bis Aldabra sind es über 700 Meilen. Danach setzt er sie in Mombasa ab. Es wird etliche Monate dauern, bis sie hinkommen.«

»Das spielt keine Rolle«, erklärte Kirsty ohne zu zögern. »Ich werde eine Möglichkeit finden. Gibt es Boote, die man chartern kann? Viel Geld habe ich allerdings nicht.«

Nelson sah sie unschlüssig an. »Es gibt ein großes Chris Craft in Praslin, das einem Italiener gehört, aber er vermietet es um ungefähr hundert Dollar pro Tag zum Fischen.«

Sie schüttelte den Kopf.

»Dann bleiben nur die zwischen den Inseln verkehrenden Handelsschiffe. Sie gehören Einheimischen, aber auch die werden einen ganz schönen Preis verlangen. Wir können uns morgen früh erkundigen. Davon abgesehen, gibt es nur kleine Fischerboote und ein paar alte Kabinenkreuzer, aber die sind für eine solche Reise nicht geeignet.«

Ramesh hatte das Gefühl, ein Hellseher zu sein. Er betrachtete Kirstys Gesicht und wußte, was in ihrem Kopf vorging. Er verstand nicht, wie es funktionierte, aber er wußte es. Ihr Gesichtsausdruck änderte sich nicht, aber er kannte die Gedanken, die ihr durch den Kopf gingen.

»Ist das das Ende der Reise? Was kann ich tun, wenn ich hier sitzen bleibe? Lascelles wird auslaufen und sein Geheimnis mitnehmen. Cady liegt im Krankenhaus, und ich bin allein. Ich sehe keine Möglichkeit mehr. Was wird jetzt aus Garret?«

Er spürte ihre Seelenangst und empfand ihre Enttäuschung nach. Sein Herz hämmerte, als er sich vorbeugte. »Wie Sie wissen, besitze ich ein Boot, Mrs. Haywood. Ich würde diese Inseln gern besuchen und dann meine Reise nach Mombasa fortsetzen.« Er wandte sich an Lani. »Was meinen Sie, Lani?«

Sie nickte begeistert. Nelson und Kirsty fielen aus allen Wolken.

»Aber warum, Mr. Patel?« fragte Kirsty. »Ich habe Sie eben erst kennengelernt.«

»Das spielt keine Rolle«, wehrte Ramesh ab. Er zeigte auf Nelson. »Ich habe Jack nur einmal gesehen, und dennoch hat er mir geholfen – sogar, nachdem ich ihn beschimpft habe.« Er dachte einen Moment nach, dann fuhr er fort: »Vielleicht gehört es zu meinem Leben, das sich vollkommen geändert hat. Ich meine, der verrückte Einfall eines Mannes wie ich, der alles aufgibt und eine Reise um die Welt unternimmt. Es bedeutet natürlich, daß man etwas sucht ... ein Abenteuer ... Menschen. Vielleicht ist es eine Art Bestimmung, Mrs. Haywood, daß wir einander begegnet sind. Genau wie Lani als blinder Passagier auf die *Manasa* kam.«

»Ich weiß nicht, was ich sagen soll«, murmelte Kirsty und wandte den Kopf ab, als ihre Augen sich mit Tränen füllten. Lani beugte sich vor und legte ihre Hand auf die Kirstys. Nelson hustete und reichte ihr ein sorgfältig zusammengefaltetes weißes Taschentuch.

»Das wird vielleicht eine Besatzung«, murmelte er. »Ein Anglo-Inder, eine Chinesin aus Sumatra und eine Amerikanerin – alle mit so viel Erfahrung in der christlichen Seefahrt wie ein tibetanischer Mönch ... was ist mit dem Kanadier?«

Kirsty trocknete sich die Augen. »Ich weiß es nicht. Ich sehe ihn morgen früh. Vielleicht wird er nach diesen Vorfällen zu seiner Arbeit zurückkehren.«

»Ich will Sie nicht abschrecken«, wandte sich Nelson an Ramesh, »aber Sie müssen wissen, daß es gefährlich ist. Lascelles ist ein bösartiger Kerl – und sein Helfer Carlo steht ihm nicht nach. Angeblich hat sich ihm Carlo vor ein paar Jahren in Ost-Timor angeschlossen. Sie haben sich dort geprügelt, und der Kampf ging unentschieden aus – anscheinend das einzige Mal, daß Lascelles bei einer Schlägerei nicht gesiegt hat – daraufhin hat er ihn prompt angeheuert, und sie sind seither beisammengeblieben; ein Paar richtige Schweinehunde.«

Ramesh zuckte mit den Schultern. »Ich bezweifle, daß er gewalttätig wird, wenn Leute anwesend sind. Sie sagen, er hat Ornithologen an Bord ...«

»Was sind Ornithologen?« fragte Lani.

»Leute, die Vögel studieren«, antwortete Nelson. »Auf diesen Inseln leben sehr seltene Arten. Jedenfalls bewundere ich Sie, Ramesh, aber halten Sie die Augen offen. Auf den äußeren Inseln gilt kein Gesetz.« Er sah auf die Uhr. »Nehmen wir noch einen letzten Drink zur Feier des Tages, und gehen wir dann nach Hause, sonst sitzen wir noch zum Frühstück hier!«

Kirsty konnte keinen Schlaf finden. Sie lag im Bett und lauschte, wie die Wellen den schmalen Strand unter ihrem Fenster hinaufliefen. Sie war geistig erschöpft, ihr Geist ein Mahlstrom von Eindrücken. Cady, der zusammengeschlagen im Krankenhaus lag. Lascelles, der sie triumphierend verspottete. Nelson mit seinen endlosen Geschichten, und dann die letzte, bei der sein fettes, schlaffes Gesicht durch das Geständnis Würde ausstrahlte, und sie erkannte, wie sie Lascelles behandeln mußte. Dann die niederschmetternde Erkenntnis, daß sie nicht über die Mittel verfügte, um ihren Plan durchzuführen. Und schließlich Ramesh. Sie hatte bemerkt, daß seine sanften braunen Augen sie beobachteten. Während des Dinners war er befangen gewesen, sein Blick unstet umhergeschweift. Er hatte kaum gesprochen. Was für ein Mensch war er? Ein Anglo-Inder, der mit einem schönen, jungen asiatischen Mädchen einem Traum nachjagte. Waren sie ein Liebespaar? Sie glaubte es nicht. Warum das Angebot, ihr sein Boot für die Verfolgung von Lascelles zur Verfügung zu stellen? Was war an ihm, das sie an Kevin erinnerte? Sie waren zwei entgegengesetzte Welten. Dieser Mann besaß nichts von Kevins Kraft und Persönlichkeit. Sie verfiel schließlich in Halbschlaf. War es ein Traum, oder war sie wach, als ihr klar wurde, daß dieser Mann, wie Kevin, in ihr lesen konnte?

Auch Ramesh glitt in seiner Koje an Bord der *Manasa* in den Schlaf. Warum hatte er es getan? Während der Rückfahrt nach Victoria hatte Nelson ihm keine Illusionen über die Gefährlichkeit von Lascelles gelassen. Er hatte nicht versucht, ihn davon abzubringen, sich aber moralisch verpflichtet gefühlt, ihn nicht im dunklen tappen zu lassen.

Seltsamerweise machte sich Ramesh keinerlei Sorgen wegen Lascelles. Er machte sich seiner selbst wegen Sorgen. In seinem Alter sollte er sich nicht deshalb verpflichten, weil eine Frau ihn anblickte. Er sollte sich nicht einbilden, daß er ihre Gedanken lesen konnte. Er sollte seinen Verstand nicht ausschalten, weil er glaubte, daß sie ihn anzog. Er hatte beim Dinner zwei Glas Wein getrunken. Vielleicht war das daran schuld. Vielleicht war er betrunken gewesen. Er klopfte sein Kissen auf, legte den Kopf darauf und schlief ein, entspannt und im Bewußtsein, daß er nicht betrunken gewesen war.

13

Kirsty hörte seine Stimme schon auf dreißig Meter Entfernung. »Kein verdammter besoffener Ire wird mir vorschreiben, was ich zu tun habe.«

Als sie die Tür erreichte, antwortete O'Reilly gerade: »Gehen Sie ins Bett zurück, Sie ausgewachsener Affe!«

Hastig öffnete sie die Tür. Sie standen neben dem Bett und starrten einander an. Zumindest O'Reilly starrte. Cadys Augen konnte man kaum sehen, weil sie zwischen Falten von schwarz werdendem Fleisch verschwanden. Sein ganzes Gesicht war ein Flickwerk aus dunklen Blutergüssen und weißem Pflaster, und sein Mund war verzerrt und geschwollen. Er trug nur ausgebleichte Jeans, und bis auf einen dicken Verband um die Rippen war der Rest seines Oberkörpers gleichfalls mit blauen Flecken übersät.

Sie drehten sich beide um, und O'Reilly sagte: »Vielleicht können Sie ihm Vernunft beibringen.« Er warf Cady einen letzten verächtlichen Blick zu, ging an Kirsty vorüber zur Tür hinaus und schlug sie hinter sich zu.

»Cady, was ist los?«

»Ich verschwinde von hier – ich hasse Krankenhäuser!« Er drehte sich um, ging zu einem Stuhl und griff nach seinem Hemd. »Ich bin in Ordnung. Dieser Doc hat keine Ahnung von Tuten und Blasen.« Seine Stimme klang wegen seines zerschlagenen Mundes undeutlich.

»Haben Sie schon in den Spiegel geschaut?«

Er versuchte zu lächeln, doch er brachte nur eine Grimasse

zustande. »Und ob. Kein schöner Anblick. Ich habe überall Schmerzen, aber wenn ich im Bett liege, wird es nicht besser. Am besten ist, ich bleibe in Bewegung. In ein paar Tagen werde ich mir diesen Lascelles vorknöpfen, und dann werden wir sehen, wie es ihm in der zweiten Runde gehen wird!«

Sie seufzte. »O Gott, Cady. Sie haben eben die schlimmste Tracht Prügel bezogen, die ein Mann je bekommen hat, und Sie suchen die nächste. Bitte setzen Sie sich. Wir müssen miteinander sprechen.«

Er schüttelte den Kopf und zeigte auf das Bett. »Nein, Kirsty, Sie setzen sich. Es gibt ein paar Dinge, die Sie begreifen müssen.«

Er zog mühsam sein Hemd über, sie zuckte mit den Schultern und setzte sich auf das Bett. Er blieb mit gespreizten Beinen stehen, studierte ihr Gesicht einen Moment lang und sagte dann:

»Lassen Sie mich sprechen. Unterbrechen Sie mich nicht, bevor ich fertig bin. Ich habe schon ein paarmal schlimmere Prügel bezogen. Einmal als Achtzehnjähriger in Toronto. Ich bin ein paar Jungs von einer Motorradgang frech gekommen. Sie haben mich für einen Monat ins Krankenhaus gebracht. Ein andermal habe ich vor ein paar Jahren bei einer Bohrung gearbeitet, und der Koch war ein Schotte, doppelt so alt und halb so groß wie ich. Er war ein verdammt schlechter Koch, und einmal habe ich ihm gedroht, daß ich ihm sein ungenießbares Stew in den Rachen stopfen würde. Dann hat sich herausgestellt, daß er ein ehemaliger Profiboxer und vorher Ausbilder für unbewaffneten Kampf bei den Royal Marines gewesen war.« Er machte eine Pause und schüttelte schmerzlich den Kopf, als er daran dachte. »Wieder ein Krankenhausaufenthalt, unter anderem mit einem gebrochenen Arm. Aber diesmal war ich schlau. Als ich zur Bohrung zurückkam, bezahlte ich ihm in den nächsten drei Monaten die Hälfte meines Lohns, und er unterrichtete mich täglich mehrere Stunden lang in allen Techniken, die er beherrschte. Verdammt noch mal, ich aß sein miserables Essen und lächelte freundlich dazu. Seither hatte ich nie mehr Schwierigkeiten bei einem Kampf. Das Problem besteht darin, daß er mich ein wenig überheblich gemacht hat, und dafür habe ich gestern bezahlt.« Er holte tief Luft. »Verstehen Sie, Kirsty, Lascelles ist nur ein Raufbold – natürlich ist er kräftig und stark –, aber ich habe einen Fehler gemacht, ich habe ihn im falschen Moment einen Sekundenbruchteil lang aus den Augen gelassen. Der erste Schlag hat mich betäubt, mich verdammt hilflos gemacht. Ich konnte mich nur noch decken und einstecken. Glauben Sie mir, das wird mir nie wieder passieren.«

Kirsty glaubte ihm. Trotz des entsetzlichen Zustands, in dem sich sein Gesicht befand, strahlte er Stärke und Selbstvertrauen aus.

»In ein paar Tagen«, versprach er, »werden wir herausfinden, wie hart Lascelles wirklich ist.«

Sie schüttelte den Kopf. »Er ist heute morgen zur Vogelinsel ausgelaufen. Setzen Sie sich, Cady, und ich werde Sie mit dem letzten Stand der Dinge vertraut machen.«

Er setzte sich, und sie berichtete ihm, was alles geschehen war, seit sie in Lascelles' Augen den Ausdruck gesehen hatte, der ihr bestätigt hatte, daß Garret am Leben war. Cady hatte ihn auch wahrgenommen, und es tat ihr gut, daß er ihre Ansicht teilte. Sie erzählte ihm von Nelson, Ramesh und Lani und ihrem Plan, Lascelles buchstäblich zu verfolgen, bis sie die Wahrheit herausbekam. Sie schüttelte den Kopf, als er ihr vorschlug, es bei der ersten Gelegenheit aus ihm herauszuprügeln. Das war aussichtslos. Lascelles würde sich nicht selbst beschuldigen, weil er eine Tracht Prügel erhielt. Irgendwie wußte sie, daß der Mann, wenn sie ihm immer auf den Fersen blieb, schließlich kapitulieren würde. Es war keine Frage der Logik. Ihr ganzes Unternehmen war unlogisch. Es war eine reine Gefühlssache. Dann erzählte sie ihm, daß es zwei Monate oder mehr dauern konnte, bis sie nach Mombasa kamen. Vielleicht sollte er ein wenig fischen und mit der *State of*

Haryana bei ihrer nächsten Fahrt in drei Wochen weiterreisen.

Darauf stand Cady auf, ging zum Bett, setzte sich neben sie und ergriff ihre Hand.

»Ausgeschlossen, Kirsty – jedenfalls wenn Sie mich wollen. Ich habe noch ungefähr fünftausend Dollar übrig und habe es nicht eilig, wieder zu arbeiten.« Er drückte ihr die Hand. »Ich werde zur Stelle sein, wenn Lascelles aggressiv wird.«

Stille trat ein, dann sagte sie: »Cady, etwas bereitet mir Sorgen, und ich muß sehr offen mit Ihnen sprechen.« Sie blickte ihn an, und ihr Gesicht war sehr ernst. »Ich erlaube nicht, daß Sie mitkommen, wenn nicht eines klargestellt ist. Sonst werde ich immer ein schlechtes Gefühl haben.«

»Was ist es?«

Sie überlegte, weil sie wußte, daß sie ihre Worte sorgfältig wählen mußte.

»Wir sind Freunde. Gute Freunde. Ich bewundere Sie mehr, als ich Ihnen sagen kann, und ich bin dankbar für alles, was Sie für mich getan und versucht haben ... aber, Cady, Sie müssen jetzt zur Kenntnis nehmen, daß wir nie ein Liebespaar sein werden ...«

»Ach verdammt, Kirsty!«

»Nein ... lassen Sie mich ausreden. Es muß gesagt werden. Ich will nicht, daß Sie Zeit und Geld vergeuden und mit mir kommen, weil Sie glauben, daß sich aus unserer Beziehung mehr als Freundschaft und Zuneigung entwickeln kann. Ich habe nur ein Ziel – Garret zu finden. Sonst ist für mich nichts wichtig. Ich besitze derzeit nicht die Fähigkeit, jemanden zu lieben; vielleicht werde ich sie nie wieder erlangen.«

Noch während sie sprach, meldete sich der Zweifel in ihr. Sie erinnerte sich an ihre Gedanken vom vergangenen Abend, kurz vor dem Einschlafen.

Cady nickte, und seine verschwollenen Augen verengten sich nachdenklich. Er ergriff ihre Hände.

»Okay, Lady. Jetzt hören Sie mir zu. Und dann wollen wir nie mehr darüber reden. Was Sie gesagt haben, ist wahr. Ich bin froh, daß Sie es angesprochen haben. Aber machen Sie sich eines klar – ich komme nicht mit, um Sie ins Bett zu bekommen. Okay? Ich weiß, daß ich damals am Abend auf dem Schiff behauptet habe, daß mich im allgemeinen Frauen anziehen, die älter sind als ich, und es besteht kein Zweifel daran, daß Sie schön sind.« Er drückte heftig ihre Hände. »Aber ich möchte lieber, daß Sie mir eine gute Freundin sind, so daß es keine Komplikationen, keine Probleme gibt. Ich war noch nie mit einer Frau befreundet, und es gefällt mir. Jede sexuelle Beziehung würde es verderben. Das weiß ich genauso wie Sie. Ich komme mit, um einem Freund zu helfen, sonst nichts. In Ordnung?«

Sie erkannte die Aufrichtigkeit in seinen Augen, war ungeheuer erleichtert und antwortete lächelnd: »Ja. Aber tun Sie mir zuliebe etwas. Bleiben Sie noch einen Tag länger hier ... bitte.«

Er schüttelte den Kopf. »Nicht notwendig. Ich weiß, daß ich okay bin. Heute werde ich mich oben im Hotel ausruhen und ein wenig schwimmen. Morgen werde ich diesem Nelson bei der Instandsetzung der Maschine helfen.«

Am nächsten Morgen feilte Nelson an den beschädigten Zähnen des Kettenrades, als ein Schatten auf die Werkbank fiel. Er blickte zu der Gestalt auf, die die Türöffnung füllte, und meinte grinsend: »Verraten Sie es mir nicht – Sie sind Cady.«

»Stimmt.« Cady kam zu ihm, und sie schüttelten einander die Hände.

Nelson scherzte: »Wenn Sie so durch Victoria gehen, werden Sie jedes Kind erschrecken, das Sie nur von weitem sieht.«

Cady zuckte mit den Schultern. »Und alle Frauen.« Er blickte auf die Teile auf der Werkbank und griff nach der Steuerkette.

»Du meine Güte! Die sieht ja älter aus als ich!«

»Ist sie wahrscheinlich auch«, feixte Jack. »Verstehen Sie etwas von Maschinen?«

»Ein bißchen. Ich habe mein ganzes Leben mit Maschinen zu tun gehabt.« Er untersuchte das Kettenrad im Schraubstock. »Das ist gute Arbeit, Jack. Wobei kann ich Ihnen helfen?«

Nelson zog sein Taschentuch heraus und wischte sich das Gesicht ab, dann nahm er eine Zigarette aus einem Päckchen auf der Werkbank und bot Cady eine an, der den Kopf schüttelte. Nelson zündete seine an, inhalierte tief und blies dann den Rauch über die Bank.

»Während ich diese Zähne wieder instand setze, könnten Sie die Schwinghebelwelle und einen Schwinghebel ausrichten, sie dann reinigen und ein paar Ventile nachschleifen.«

»Wird gemacht.« Cady schaute sich in der gut ausgestatteten Werkstätte um. Es gab weiter unten eine zweite Werkbank mit einem Schraubstock. Er ging zu einer Wand, an der ordentlich sortiertes Werkzeug hing, und wählte einige Stücke aus. Er legte sie auf die Bank und zog sein Hemd aus. Nelson zuckte zusammen, als er die blauroten Quetschungen und den straffen Verband sah. Er fragte:

»Können Sie überhaupt arbeiten?«

»Fangen Sie ja nicht damit an«, antwortete Cady kurz angebunden. »Ich habe mir schon genügend Unsinn von Kirsty und Mrs. White anhören müssen. Ich bin kein Invalide!«

»Okay, okay.« Nelson begann wieder zu feilen, aber während der nächsten Minuten blickte er wiederholt zu der anderen Werkbank hinüber, stellte befriedigt fest, daß Cady genau wußte, was er machte, und konzentrierte sich auf seine eigene Arbeit.

In den nächsten zwei Stunden sprachen sie kaum ein Wort, beide waren in ihre Arbeit vertieft. Schließlich warf Jack einen Blick auf seine Uhr, legte die Feile beiseite und ging zu Cadys Werkbank hinüber. Er nahm ein nachgeschliffenes Ventil in die Hand, brummte anerkennend und schlug vor: »Nehmen wir vor dem Lunch einen Drink.«

Sie sollten zusammen mit den anderen an Bord der *Manasa* lunchen, und während sie zum Jachtklub hinübergingen, beschrieb Jack, was an der Maschine noch zu tun war, dann sagte er: »Ich allein hätte sieben oder acht Tage gebraucht, aber mit Ihrer Hilfe werden wir es in der halben Zeit schaffen oder noch schneller – zweifellos brennt Kirsty darauf, Lascelles' Verfolgung aufzunehmen.«

»Sie kann es kaum erwarten«, stimmte Cady zu, »aber Gott weiß, wie er darauf reagieren wird, daß man ihn beschattet. Vielleicht wird er auspacken, aber ich zweifle sehr daran.« Er seufzte. »Leider fällt mir keine bessere Möglichkeit ein. Kirsty hat recht: Mit Gewalt wird man die Wahrheit nie aus ihm herausbekommen.«

Jack sah ihn von der Seite an. »Glauben Sie wirklich, daß der Junge lebt?«

»Ja«, antwortete Cady ohne Zögern. »Ich habe im Trianon ebenfalls den Ausdruck in Lascelles' Augen gesehen – aber es steckt mehr dahinter. Ich habe daran geglaubt, seit mir Kirsty auf dem Schiff die Geschichte erzählt hat. Ich weiß nicht, warum. Vermutlich wirkt ihre tiefe Überzeugung ansteckend.«

»Sie ist eine bemerkenswerte Frau«, sagte Jack anerkennend, und Cady lächelte zustimmend.

»Ja, sie ist eine verdammte Lady.«

Sie fanden Kirsty und Ramesh im Jachtklub, wo sie sich mit einem Rotkopf Mitte der Dreißig unterhielten.

Cady hatte Ramesh noch nicht kennengelernt, Kirsty stellte sie einander vor und machte den anderen Mann als Bruce Mc Donald bekannt.

Nachdem Jack eine Runde Drinks bestellt hatte, fragte er: »Wo ist Lani?«

»Sie bereitet das Essen zu«, antwortete Kirsty, »und es wird ein Genuß werden. Sie hat einen kleinen Laden gefunden, der einer chinesischen Familie gehört, und sie hatten alle Gewürze vorrätig, die sie braucht. Sie ist auf den Fischmarkt gegangen, hat dann mich und Ramesh vom Boot geschickt und uns erklärt, daß wir erst um ein Uhr wiederkommen sollen.«

Jack war sichtlich beeindruckt. »Sie ist ein braves Mädchen.« Er leckte sich buchstäblich die Lippen. »Ich habe seit Jahren kein echt chinesisches Essen mehr bekommen.« Er wandte sich dem rothaarigen Mann zu. »Wie geht es mit dem Boot voran, Bruce?«

»Langsam, aber sicher, Jack – noch ein paar Monate.«

Jack nahm einen Zug von seinem Bier und meinte ernst: »Lassen Sie sie nicht aus den Augen, Junge.«

Den anderen erklärte er: »Bruce baut sich in La Digue ein Boot – das ist die kleine Insel bei Praslin. Er baut es bereits zum dritten Mal, weil die beiden ersten Male ein Schweinehund das Boot in Brand gesteckt hat, bevor es fertig war.«

»Warum?« fragte Cady.

McDonald zuckte mit den Schultern. »Wer weiß. Vermutlich hat jemand etwas gegen mich, aber ich kann mir nicht denken, aus welchem Grund.« Er sah deswegen nicht sonderlich verärgert aus.

»Wollen Sie mit uns zu Mittag essen?« fragte Ramesh. »Es reicht bestimmt für uns alle.«

McDonald lehnte mit sichtlichem Bedauern ab. Er war nur herübergekommen, um sich einige Kupferbolzen zu besorgen, und mußte in ein paar Minuten wieder auf die *Lady Esme* zurück.

Als er gegangen war, äußerte Kirsty ihre Verwunderung. »Was für ein tragischer Vorfall – und welche Hartnäckigkeit. Aber auf einer so kleinen Insel muß doch jemand wissen, wer es getan hat?«

Jack antwortete: »Kirsty, auf La Digue wohnen an die tausend Menschen – und jeder einzelne weiß, wer es getan hat. Genau wie wir alle auf Mahé und den anderen Inseln es wissen.«

»Wer?«

Jack erzählte die Geschichte.

Bruce McDonald war vor ein paar Jahren als Besatzungsmitglied einer großen französischen Jacht zwischen den Inseln gekreuzt. Er hatte sich in die Inseln, besonders in La Digue, die vollkommen unberührt war und auf der es nicht einmal eine Pension gab, verliebt. Einige Monate später war ein reicher Verwandter von ihm gestorben und hatte ihm ein beträchtliches Vermögen hinterlassen. Er kehrte sofort auf die Seychellen zurück und verkündete, daß er von nun an auf La Digue leben und sich einen Fünfzehn-Meter-Schoner auf die traditionelle Art bauen würde – indem er einheimisches Takamaka-, Kasuarina- und Filaoholz verwenden wolle.

Die anderen hörten interessiert zu, als Nelson erzählte, wie McDonald nach La Digue gegangen war, für ein paar Rupien jährlich ein Stück Land am Strand gepachtet, sich ein paar Meter vom Wasser einen kleinen Bungalow mit Strohdach gebaut und daneben auf hohen Pfosten ein Strohdach aufgestellt hatte, das als Bootsschuppen diente. Dann hatte er persönlich mit der Hilfe eines alten Mannes, der in seinen siebzig Lebensjahren mehr als ein Dutzend Schoner gebaut hatte, Bäume ausgewählt. Unter der Anleitung des alten Mannes hatte er sich an die Arbeit gemacht und von Hand die Bretter auf die traditionelle Weise gesägt. Er hatte sich ausgerechnet, daß er etwa zwei Jahre brauchen würde, und verfiel rasch in einen gleichbleibenden Tagesablauf; er stand bei Morgengrauen auf und arbeitete drei Stunden, bis es zu heiß wurde, dann ging er schwimmen, fischte, und nach dem Essen hielt er seine Siesta. Dann schwamm er wieder und arbeitete weitere drei Stunden.

Er lebte sich auf der Insel ein und wurde sehr beliebt. Er war der einzige Fremde, und als die Inselbewohner seinen Eifer und seine Zielstrebigkeit bemerkten, gewannen sie ihn sehr lieb und fühlten sich merkwürdigerweise als seine Beschützer. An den Abenden trank er mit den Männern in der kleinen Bar der Gemischtwarenhandlung; zuerst für gewöhnlich Whisky, später, als er sich daran gewöhnt hatte, den einheimischen *›calou‹*, einen aus gegorenem Palmensaft hergestellten Grog, der heimtückisch süß schmeckte und einen Mann umwarf wie ein Tritt von einem Maultier.

Die Frauen kochten für ihn, und die Kinder sahen ihm bei der Arbeit zu, hörten sich seine Geschichten über ferne Länder an und machten fröhlich Besorgungen für ihn.

An den Samstagabenden wurde in einem offenen Koprascheppen getanzt. Es war das genaue Gegenteil von Kultiviertheit: Lehmboden, ein Grammophon zum Aufziehen und eine Planke über zwei Fässern als Bar. Aber es waren Abende voller Spaß und Gelächter. Sie lehrten ihn die *sega* – den wiegenden, verführerischen Tanz, der typisch für die französischen Inseln des Indischen Ozeans ist. Bei diesen Tänzen entdeckte McDonald, daß das, was man ihm oft erzählt hatte, stimmte. Die Bewohner der Seychellen praktizieren die freie Liebe. Obwohl alle Katholiken sind, sind über fünfzig Prozent der Kinder unehelich. Nach dem alten Code Napoléon, den die Engländer von den Franzosen übernahmen, genießt ein uneheliches Kind – wenn es von dem Vater anerkannt wird – die gleichen Rechte und Privilegien wie ein ehelich geborenes Kind. Jack erklärte, daß die Inselbewohner in dieser Hinsicht äußerst freizügig dachten. Wenn ein junges, unverheiratetes Mädchen ein Kind bekam, wurde es für gewöhnlich von seiner Großmutter mütterlicherseits liebevoll betreut, ohne daß ihm ein Makel anhaftete.

So schien McDonald, daß er im Paradies lebte. Verpflegung, Unterkunft und Getränke kosteten ihn fast nichts, und bei den Tänzen am Samstagabend warf ihm beinahe immer eine einheimische Schöne einen vielverheißenden Blick zu, während sie die *sega* tanzten, und später zogen sie sich in einen einsamen Winkel des Strandes zurück und liebten sich, bevor sie zurückkehrten, um weiterzutanzen und *calou* zu trinken. Natürlich wußte jeder, wo sie gewesen waren, doch das störte niemanden.

Er führte ein paradiesisches Leben, verschönt durch die Tatsache, daß er durch den Bau des Bootes ein Ziel gefunden hatte. Er fand, daß er ein Mann war, der endlich ein Ziel brauchte.

Die zwei Jahre vergingen schnell, das Boot nahm Gestalt an, und der Augenblick rückte heran, an dem er die Maschine einbauen und es in dem kristallklaren Wasser der La Passe-Bucht vom Stapel lassen konnte. Die Inselbewohner begannen Vorbereitungen für ein großes Fest zu treffen. Es würde ›Millionär‹salat aus dem Herz einer eigens gefällten Kokospalme geben, gebratenes Spanferkel und einen ganz besonderen Genuß – eine *caille* –, ein Gericht aus einer riesigen Schildkröte mit Reis und Gemüsen, die stundenlang in der Schale brodelten. Reichliche Vorräte an *calou* wurden im vorhinein angelegt.

Und dann kam die Tragödie. Nach dem üblichen Samstagabend mit Trinken, Tanzen und Liebe war McDonald kurz vor Morgengrauen ins Dorf gerannt gekommen und hatte die Inselbewohner mit dem Ruf ›Feuer‹ geweckt.

Sein Bungalow und der Bootsschuppen waren dreihundert Meter entfernt, und bis die Einwohner mit Wassereimern eine Kette zum Meer organisiert hatten, war es zu spät. Das Boot brannte vom Bug bis zum Heck, und als das Feuer endlich gelöscht war, war nur noch das geschwärzte Skelett der Spanten übrig.

Die Inselbewohner waren ebenso verzweifelt wie McDonald. Zuerst nahm jeder an, daß es ein unglücklicher Zufall gewesen war, doch dann untersuchte der alte Bootsbauer die Überreste und erklärte, daß das Feuer gelegt worden war. Der Brand war an mindestens drei verschiedenen Stellen zugleich ausgebrochen, und aufgrund der Geschwindigkeit, mit der sich das Feuer ausgebreitet hatte, und dem Zustand des verkohlten Holzes mußte Benzin oder ein anderer Brennstoff verwendet worden sein.

Die Polizei untersuchte die Sache, hatte aber kein Glück.

Sie gelangte zu dem Schluß, daß das Feuer vielleicht von einem der jungen Männer gelegt worden war, der auf McDonalds Erfolg bei den einheimischen Mädchen eifersüchtig war. Die Einwohner bezweifelten das.

Jedenfalls verkündete McDonald nach einer Woche der Trauer, daß er wieder von vorn beginnen würde; er hielt Wort und setzte zwei weitere Jahre lang, barfuß und nur mit einem Sarong begleitet, sein idyllisches Leben fort.

Diesmal wollten die Einwohner nichts riskieren. Als das Boot sich der Vollendung näherte, stellten sie, ohne es McDonald zu sagen, einen Dienstplan für die jungen Männer auf, die Nachtwache halten sollten. Wieder bereitete sich das Dorf auf das Fest für den Stapellauf vor, und wieder brannte das Boot aus. Doch diesmal hatte man McDonald beobachtet, der betrunken und mit Tränen in den Augen das Boot von einem Ende zum anderen mit Benzin begoß und mit einem Streichholz anzündete.

»Er wollte nicht wegfahren!« rief Cady aus und schüttelte verwundert den Kopf.

»Ganz recht«, antwortete Jack. »Sobald das Boot fertig und zum Auslaufen bereit war, hatte er das Gefühl, wegfahren zu müssen – dafür hatte er es ja gebaut.«

»Aber was geschah dann?« fragte Ramesh. »Haben sie es ihm entgegengehalten?«

Jack schüttelte den Kopf. »O nein. Sie haben die Scharade mitgespielt. Sie haben ihn getröstet und bewundert, als er beschloß, es zum dritten Mal zu bauen ... Schließlich lieben sie ihn und verstehen ihn.«

»Das ist eine rührende Geschichte«, meinte Kirsty nachdenklich. »Es ist zwar eine Verschwendung und so ... aber ich finde es erstaunlich. Glauben Sie, daß er weiter Boote bauen und sie immer wieder verbrennen wird?«

Jack zuckte die Schultern. »Warum nicht? Er hat Geld genug, um zu leben – und das Holz zu kaufen. Er wird vermutlich schließlich eines dieser Mädchen heiraten, sich endgültig niederlassen und eine richtige Familie gründen – er hat schon die Vaterschaft für zwei Söhne anerkannt.« Er blickte auf seine Uhr. »Kommt, gehen wir essen!«

14

Der Schwimmer tauchte unter, und Cady ruckte rasch an. Die Rute bog sich, und er begann die Leine einzuholen, während er in das kristallklare Wasser schaute. Regenbogenfarben blitzten auf, während der Fisch noch mehrere Faden tief im Wasser war, und er brummte zufrieden. Es war wieder ein Papageienfisch, und Joan White hatte ihm gesagt, daß sie vor allem Papageienfische haben wollte. Sie hatte ihm vor einer Stunde die Angelrute geliehen, ihm aufgetragen, zu den etwa achthundert Meter vom Hotel entfernten Felsen zu gehen und für die Hotelgäste – es waren acht – das Dinner zu fangen. Sie hatte ihm streng mit dem Finger vor der Nase herumgefuchtelt und ihn daran erinnert, daß er innerhalb einer Entfernung von dreihundert Metern vom Hotel nicht fischen dürfe.

Er holte die Leine bis zur Markierung ein, dann langte er hinunter und nahm das Netz mit dem langen Griff, das neben ihm lag. Eine Minute später zappelte der Fisch in dem Weidenkorb neben drei weiteren Papageienfischen und zwei Rotbarschen. Cady schätzte, daß sich etwa zehn Kilogramm Fisch in dem Korb befanden, und das war mehr als genug.

Er legte die Rute weg, stand aber noch nicht auf. Es war eine sehr ruhige Stelle, tief unterhalb der Küstenstraße und weit genug von ihr entfernt, um vor dem Lärm eines gelegentlichen Personenwagens oder Lasters geschützt zu sein. In der Ferne konnte er gerade noch die niedrigen Hügel von Praslin und La Digue ausmachen, die etwa dreißig Kilometer entfernt waren. Er dachte an die Geschichte von Bruce McDonald, den er gut verstehen konnte; dann grübelte er weiter vor sich hin und stellte bedauernd fest, daß er sich selbst nicht verstehen konnte. Ältere Frauen hatten ihn immer angezogen. Er hielt körperliche Schönheit bei einer Frau nicht für unbedingt notwendig. Sie verstärkte natürlich die Anziehung, aber eine Frau hatte Cady nie durch ihre Schönheit angezogen. Kirsty verfügte zweifellos über genügend Schönheit, um aufzufallen, aber Cady ließ es nicht als Hauptgrund dafür gelten, daß sie einander in den letzten Tagen immer nähergekommen waren. Ohne darüber nachzudenken, hatte er angenommen, daß sie im Lauf der Zeit ein Liebespaar werden würden. Er hielt es für die natürliche, beinahe logische Weiterentwicklung ihrer Beziehung. Aber ihr Gespräch im Krankenhaus hatte das in Frage gestellt, und er war merkwürdig erleichtert. Jetzt war sie seine Freundin. Keine künftige Geliebte. Nur eine sehr gute Freundin.

Zur Zeit wunderte er sich über sich selbst. An diesem Tag hatte er zum ersten Mal eine nur durch Schönheit ausgelöste körperliche Anziehung erlebt. Es war geschehen, als er an Bord der *Manasa* gegangen war. Lani war mit einem Tablett durch den Niedergang heraufgekommen, und als sie sich umdrehte und ihn anblickte, war er buchstäblich mit einem Fuß auf dem Deck und dem anderen auf der Mole erstarrt. Kirsty, Ramesh und Jack hatten sich schon an Bord befunden und seine Reaktion nicht bemerkt. Er hatte sich schnell gefaßt und versucht, sein Gefühl zu analysieren. Er hatte in Indonesien gearbeitet, war nach Hongkong, Bangkok und Singapur gereist und hatte viele sehr schöne orientalische Mädchen gesehen, aber nie so reagiert.

Ihre Reaktion auf ihn war genau das Gegenteil gewesen. Sie war beim Anblick seines zerschlagenen Gesichtes sichtlich zurückgeschreckt, hatte sich dann gefaßt und das Tablett auf den Tisch gestellt.

Der Lunch war überzeugend gewesen. Ein halbes Dutzend verschiedene Gerichte, Fische, Gemüse, Huhn und Reis, alle köstlich gewürzt. Sie aßen mit Messern und Gabeln. Lani erklärte, daß der Laden zwar Eßstäbchen führe, doch sie hielt es für dumm, sie zu verwenden, wenn man von normalem Geschirr aß. Cady fragte, ob es in dem Laden auch chinesisches Geschirr gab. Sie nickte, sagte aber, es sei teuer.

Sofort hatte sich Cady an Ramesh gewandt und erklärt: »Ich werde eine Garnitur als Geschenk für das Schiff kaufen. Eine solche Mahlzeit verdient es.«

Ramesh blickte auf seinen zerkratzten Plastikteller hinunter. »Danke, Cady. Ich nehme es gern an.«

»Noch etwas«, stellte Cady entschieden klar. »Kirsty hat mir gesagt, daß Sie uns kostenlos mitnehmen. Damals wußte sie nicht sicher, ob ich mitkomme. Ich kann mir keine hohen Charterpreise leisten, aber ich kann etwas bezahlen, und das werde ich ganz bestimmt tun!«

Ramesh lächelte und schüttelte den Kopf. »Es ist wirklich nicht notwendig. Wir wollten ohnehin in diese Richtung fahren, und ich bin sehr froh, Sie an Bord zu haben, wo Sie mir bei der Maschine helfen können. Er ist doch ein Mechaniker, Jack?«

»Und ob«, lobte Jack mit vollem Mund, er aß gerade Huhn mit Zitronen.

»Macht nichts«, erklärte Cady. »Wenn Sie keine Bezahlung nehmen, dann werde ich den Proviant für das Boot beisteuern, die Tanks mit Treibstoff auffüllen lassen und alle anderen Ausgaben unterwegs bestreiten.«

»Ich übernehme die halben Kosten«, warf Kirsty ein. Doch Cady schüttelte den Kopf.

»Kommt nicht in Frage. Sie behalten Ihr Geld; ich weiß, daß wir eine wichtige Aufgabe erledigen, aber für mich ist es ein Urlaub. Ich liebe Boote, das Meer und das Fischen.« Er zeigte auf den reichlich gedeckten Tisch. »Und die hervorragendste Küche, die ich je kennengelernt habe ... Ausgeschlossen. Man müßte ein Vermögen für einen solchen Urlaub bezahlen – ich werde also zumindest die Kosten bestreiten.«

Er hatte Ramesh scherzhaft scharf angeblickt, und Ramesh

hatte Nelson angeschaut, der zustimmte. »Es ist nur fair, Ramesh. Die Kosten werden sich ohnehin in Grenzen halten. Wenn der Monsun ständig weht, werden Sie die Maschine nicht viel brauchen.«

»In Ordnung«, hatte sich Ramesh gefügt. »Ich danke Ihnen, Cady.«

Dann fiel ihm noch etwas ein. »Warum kommen Sie und Kirsty nicht gleich an Bord? Sie sparen Geld und können sich an das Boot gewöhnen. Außerdem liegt es in der Nähe der Werkstatt.«

Sie hatten über den Vorschlag gesprochen und beschlossen, noch eine Nacht im Northolme zu bleiben. Joan White war freundlich zu ihnen gewesen, und sie wollten sie nicht verärgern. Jack versicherte ihnen, daß es ihr nichts ausmachen würde, doch sie beschlossen, noch eine Nacht zu bleiben.

Nach dem Lunch waren Kirsty, Ramesh und Lani mit dem Wagen auf Besichtigungstour gefahren, während Cady und Jack wieder in die Werkstatt marschierten. Als Jack ihn ins Hotel zurückgebracht hatte, war Kirsty noch nicht zurückgekommen, also hatte ihn Joan White zum Fischen geschickt.

Jetzt nahm er die Angelrute, das Fangnetz und den Korb und kletterte die Felsen zur Straße hinauf. Ein Lastwagen fuhr vorbei, und die Passagiere winkten ihm fröhlich zu.

Im Hotel traf er Joan in der Küche an, wo sie ein Magazin las. Er stellte den Korb vor sie hin, und sie blickte anerkennend hinein.

»Gute Arbeit, Cady. Fiona ist mit Kirsty in der Bar. Gehen Sie hin, und richten Sie ihr aus, sie soll Ihnen einen großen Drink auf Kosten des Hauses geben.«

An Bord der *Manasa* saß Ramesh am Heck, nippte an einem Bier und sah dem Sonnenuntergang zu, was schon zu einem abendlichen Ritual geworden war. Nelson hatte ihm erzählt, daß bei sehr seltenen Gelegenheiten, wenn die atmosphärischen Bedingungen ideal waren, einen Augenblick lang ein grünes, leuchtendes Band quer über den Himmel verlief, während die Sonne unter dem Horizont verschwand. Die Inselbewohner hielten es für ein glücksbringendes Vorzeichen, um einen besonderen Wunsch zu äußern. Er hatte jeden Abend darauf gewartet. Obwohl die Sonne beim Untergehen das übliche spektakuläre Schauspiel bot, hatte er diesmal kein Glück mit dem grünen Band.

Er hörte, wie Lani unten in der Kombüse das Dinner zubereitete, und staunte über sein Glück. Er dachte auch wieder darüber nach, warum er Kirsty angeboten hatte, sie bei ihrer Suche zu unterstützen. Schließlich hatte er in den Tagen vor dem Ausfall der Maschine mit Lani die vollkommene Existenz gefunden. Nun würden sie zu viert auf dem Boot sein, und selbst wenn sich alle großartig vertrugen, würde es nicht mehr das gleiche sein. Warum hatte er es getan? Er war zwar von Natur aus ritterlich, und ihre Geschichte hatte ihn gerührt, aber er wußte, daß da mehr im Spiel war. Er wußte, daß Kirsty Haywood eine merkwürdige Wirkung auf ihn ausübte, und hatte Angst, ihr auf den Grund zu gehen. Sie war attraktiv und intelligent und noch einiges mehr. In der ersten Nacht, während sie ihre Geschichte erzählt hatte, hatte er ihr Gesicht mit den feinen Linien studiert, die in einem gewissen Gegensatz zu ihrer Stärke und Entschlossenheit standen. Ihr Akzent gefiel ihm, so fremdartig er für seine Ohren auch klang. Die Art, wie sie beim Sprechen mit ihren Händen ausdrucksvolle Gesten vollführte. Das immer bereite, feine Lächeln, wenn etwas sie amüsierte.

Trotz einer gewissen Besorgnis freute er sich auf die bevorstehende Reise.

15

»Starten Sie!«

»Nein!« schrie Ramesh den Niedergang hinunter. »Kommen Sie herauf und tun Sie es.«

Jacks gedämpfte Stimme kam wieder aus dem Maschinenraum. »Stellen Sie sich nicht so verdammt närrisch an – starten Sie sie!«

»Auf keinen Fall! Das ist Ihre Sache.« Ramesh blickte Kirsty und Lani an, die neben ihm standen, und beide nickten lächelnd. Ein paar Augenblicke später kam Jack, ohne Hemd, schwitzend und keuchend den Niedergang herauf. Während der letzten vier Stunden hatten Cady und er fast ohne Unterbrechung die Maschine zusammengebaut. Sie hatten sich ein Ladegerät ausgeliehen und die Batterie aufgeladen. Die Maschine war startbereit, und nun war der große Augenblick gekommen.

Ramesh war sehr besorgt. Nicht seinetwegen, obgleich er betete, daß die Maschine anspringen würde, sondern wegen Jack. Cady hatte ihm gesagt, daß alles Menschenmögliche getan worden war, daß aber die Maschinen ›richtige Biester mit unglaublichen Eigenheiten sein konnten – vor allem sehr alte Maschinen‹. Ramesh wollte, daß es Jacks Augenblick der Erfüllung und des Triumphes werden sollte, und er wollte das Ding durch seinen Willen dazu zwingen, zu funktionieren. Jack sah die drei schniefend an. Er wirkte geschäftig und von seinem Erfolg überzeugt, aber alle spürten die unterdrückte Anspannung.

Er wischte sich das Gesicht mit einem Taschentuch ab und trat hinter das Rad. Er legte den Daumen auf den Knopf und rief hinunter: »Fertig?«

»Ja.« Cadys Stimme hallte herauf, und Nelson drückte auf den Knopf.

Ramesh hielt den Atem an, als er hörte, wie der Anlasser

die Maschine drei-, vier-, fünfmal durchdrehte.

Nelson knurrte, nahm den Daumen vom Knopf und schob den Choke um eine Raste weiter; dann drückte er wieder mit dem Daumen auf den Knopf.

Abermals drehte der Starter die Maschine ein halbes Dutzend Male, und Ramesh empfand bereits verzweifelte Angst, als sie bei der siebenten Umdrehung hustete: einmal, zweimal, und dann aufheulend zum Leben erwachte.

Unter Beifallgeschrei schob der von einem Ohr zum anderen grinsende Nelson den Choke zurück und lauschte verzückt, während das Maschinengeräusch einen gleichmäßigen Rhythmus annahm.

Sie hörten Cadys Kriegsgeschrei von unten, dann rief er: »Glatt wie ein rosiger Babypopo!«

Ramesh schlug im Überschwang Jack mit der Hand auf den nassen Rücken, und dann umarmten und küßten ihn Lani und Kirsty. Sein Gesicht sah in seiner Bescheidenheit fast komisch aus. Er begann immer wieder zu grinsen und zwang jedesmal seine Lippen in die Normallage zurück.

Aus dem Auspuff qualmte dunkelblauer Rauch, und Jack bemerkte Rameshs besorgten Blick.

»Machen Sie sich keine Sorgen«, grinste er. »Sie putzt sich nur die Nase. Das wird bald vorbei sein.«

Ramesh sagte sehr ernst: »Jack, ich finde keine Worte, um Ihnen zu danken. Ich kann mir nicht vorstellen, was ich jetzt tun würde, wenn Sie mir nicht geholfen hätten.«

Jack winkte lässig mit der Hand ab und sah ihn glücklich, aber verlegen an. »Vergessen Sie es, Ramesh – mir hat es Spaß gemacht. Außerdem hat Cady einen großen Teil der Arbeit verrichtet – mehr als die Hälfte.«

»Scheiße«, widersprach Cady fröhlich, der eben den Niedergang heraufkam. Sein Gesicht und der nackte Oberkörper waren noch immer mit jetzt langsam ins Gelbe spielenden Flecken geziert. »Ich habe nur die Arbeitskraft beigesteuert.« Dann wandte er sich an Ramesh. »Ich bin ein ganz guter

Mechaniker, aber ich hätte nicht einmal versucht, diese Aufgabe zu bewältigen. Ich habe weder die dazu erforderliche Erfahrung noch die Kenntnisse. Jack ist der beste Mechaniker, für den ich je gearbeitet habe.«

Jack versuchte wieder beschämt auszusehen, doch dann bemerkte er etwas. »Hallo, was ist denn das?«

Alle drehten sich um und sahen Dave Thomas, der mit einem zusammengerollten Gegenstand unter dem Arm die Mole entlang kam. Hinter ihm trabte Jimmy, der Barkeeper, mit einem Tablett mit Gläsern und einem Eisbeutel.

»Champagner«, verkündete Ramesh. »Ich habe Dave gebeten, ihn herauszuschicken, sobald er hört, daß die Maschine läuft.«

Sie stiegen an Bord, und während eingeschenkt wurde, reichte Dave Ramesh die dicke Papierrolle.

»Admiralitätskarten«, verkündete er, »für alle Inseln. Wahrscheinlich haben Sie sie ohnehin, aber diese hier wurden von den ortsansässigen Seglern mit Anmerkungen versehen, die auf den Karten nicht eingezeichnete Korallenriffe angeben und so weiter. Sie können sie mir mit der Post zurückschikken, wenn Sie Ostafrika erreicht haben.«

Ramesh wollte sich bedanken, doch Dave winkte abwehrend.

Die Gläser wurden verteilt, und alle blickten erwartungsvoll auf Ramesh.

»Auf Jack und eine hervorragende Mechanikerleistung«, prostete er.

Alle tranken, außer Jack. Er wartete, dann hob er sein Glas: »Auf die *Manasa* und«, mit einem Blick auf Kirsty, »auf eine erfolgreiche Reise.«

Sie wiederholten seine Worte und tranken, dann fragte Dave Ramesh: »Wann wollen Sie auslaufen?«

Ramesh zuckte mit den Schultern. »Wenn alles in Ordnung geht, werden wir morgen bei Sonnenaufgang in See stechen. Wenn der Wind anhält, sollten wir die Vogelinsel vor Sonnenuntergang erreichen.« Er sah Jack fragend an.

»Selbstverständlich. Cady und ich werden heute nachmittag alle sonstigen mechanischen Teile überprüfen. Natürlich könnte die *Jaloud* inzwischen zu den Amirantes weitergefahren sein ...« Er überlegte einen Augenblick. »Aber Sie müssen trotzdem zuerst die Vogelinsel anlaufen. Die Ornithologen haben keinen fixen Zeit- oder Fahrplan. Sie fahren bestimmt nach Poivre und dann zu den Aldabras, aber sie könnten auch einen Umweg machen. Guy Savy wird ihren nächsten Bestimmungshafen nach der Vogelinsel kennen.«

»Er hat uns aufgefordert, ihn zu besuchen«, erinnerte sich Kirsty. »Wir haben uns auf dem Schiff mit ihm angefreundet.«

»Dann steht es fest.« Ramesh leerte sein Glas. »Und heute abend sind Sie alle meine Gäste im Northolme. Können Sie kommen, Dave?«

»Und ob«, feixte Dave. »Samstagabend – Joan wird den Plattenspieler einschalten, und wir werden das Tanzbein schwingen.« Er zwinkerte Lani zu. »Können Sie Twist tanzen, junge Dame?«

Sie sah ihn verblüfft an, und Cady tröstete sie: »Keine Bange – ich werde es Ihnen schon beibringen.« Er warf Jack einen Blick zu. »Ich lose mit Ihnen darum, wer die Pumpe überprüft und wer die Toilette kontrolliert.«

Jack grinste. »Nichts zu machen, Sie kümmern sich um beide, während ich den Steuermechanismus und die Leitungen checke.«

Cady verzog das Gesicht. »Ich hatte so ein Gefühl, daß es darauf hinauslaufen würde.«

DRITTES BUCH

16

Es sah aus wie ein riesiger Bienenschwarm, der über dem grünen Streifen am Horizont kreiste.

»Sind es wirklich Vögel?« fragte Kirsty beeindruckt.

»Müssen es wohl sein«, antwortete Cady. »Guy erwähnte, daß von Mai bis Ende September nahezu zwei Millionen vorhanden sind.«

Sie standen auf dem Vorderdeck der *Manasa*, die in einer breiten Durchfahrt leicht krängte.

»Aber die Insel ist doch so klein«, wunderte sich Kirsty. »Sie müssen sie ja völlig bedecken.«

»Nein. Anscheinend nisten sie nur auf einer Fläche von ein paar Morgen im Ostteil der Insel. Jedes Paar beansprucht nur ein winziges Stück Land als Territorium.«

Kirsty schüttelte den Kopf. »Aber Cady, die ganze Insel sieht nicht größer aus als ein paar Morgen.«

Er lächelte. »Wir sind noch etwa zehn Meilen von ihr entfernt, Kirsty – und sie ist sehr flach. In ein paar Stunden werden wir dort sein.« Sie machten kehrt und gingen zu der Kommandobrücke zurück. Ramesh stand am Ruder und sah nicht viel besser aus als beim Aufwachen.

Cady grinste ihn an. »Sie leiden noch immer?«

Er nickte düster. »Ich werde nie, nie wieder trinken, niemals!«

»Kommen Sie schon, Ramesh«, sagte Kirsty. »Es war eine schöne Feier, und Sie waren nicht wirklich betrunken. Nur vergnügt.«

Er lächelte gequält. »Heute morgen war ich ganz und gar nicht vergnügt, das können Sie mir glauben.«

»Warum gehen Sie nicht hinunter und ruhen sich aus?« fragte Cady. »Ich übernehme das Ruder und rufe Sie, wenn wir nur noch ein paar Meilen entfernt sind.«

Ramesh sah ihn unsicher an. »Aber Sie haben schon mehr als Ihren Anteil getan.«

»Es macht mir Spaß«, stellte Cady fest. »Es ist lange her, seit ich auf einer Jacht war.«

Ramesh übergab ihm dankbar das Ruder und ging unter Deck. Kirsty setzte sich auf einen Liegestuhl, nahm ein Sonnenbad und überließ Cady seinen Gedanken.

Es war wirklich eine schöne Party gewesen. Rajaratnam und Stevens waren mit ihren Frauen gekommen. Zu Wochenbeginn hatte Stevens die vier auf seiner Teeplantage zum Dinner eingeladen, und es war ein angenehmer Abend gewesen.

Sobald sie alle im Northolme eingetroffen waren, ernannten Nelson und Dave Thomas sich selbst für den Abend zu Barmixern und machten sich mit viel Schwung an die Arbeit.

Joan White hatte ein Currygericht vorbereitet, und während es kochte, setzte sie sich zu den anderen auf die Terrasse. Als Fiona hinunterging, um die Fische zu füttern, forderte sie Lani auf, sie zu begleiten. Lani hatte ein paar einheimische, handbemalte Sarongs gekauft und trug einen davon. Er war weiß und rot gemustert, und wenn sie ihn über ihren Brüsten verknotete und lose hängen ließ, zeichnete er die Formen ihres schlanken Körpers nach.

Am Strand zogen beide die Sarongs hoch und wateten ins Wasser. Lani war aufgeregt und ausgelassen. Als sie das erste Stück Futter ins Wasser hielt und ein großer Barsch darauf zuschwamm, kreischte sie auf, sprang lachend zurück und bespritzte Fiona und sich mit Wasser.

Cady war sicher, daß er nie ein Mädchen gesehen hatte, das so lebendig und unbefangen schön war.

Unten in seiner Koje erinnerte sich Ramesh ebenfalls an die Party. Er hatte noch drei Aspirin genommen, und seine Kopfschmerzen klangen langsam ab. Auch er beschwor Lanis Bild herauf, wie sie im Wasser geplanscht hatte, aber im Gegensatz zu Cady machte es ihm deutlich, wie jung sie eigentlich war; kaum älter als ein Kind.

Ihm wurde klar, daß seine Gefühle für sie in den letzten Tagen dieser Erkenntnis Rechnung getragen hatten und nun unwiderruflich väterlich geworden waren. Seine brennende Sorge, als sie eingesperrt gewesen war, entsprach der Sorge eines Vaters um sein Kind.

Während der Party war Ramesh plötzlich eingefallen, daß es die einzige Party war, an der er in seinem Leben teilgenommen hatte. Er sah die Leute rings um ihn und empfand tiefe, aufwallende Zuneigung. Vor zwei Monaten war Jaran Singh sein einziger Freund gewesen. Jetzt war er von Freunden umgeben – von der verschiedensten Art. Er hatte über die seltsamen Winkelzüge des Schicksals nachgedacht, die für all das verantwortlich waren, als Jack mit einem großen beschlagenen Glas zu ihm herübergekommen war.

»Kommen Sie, alter Knabe. Genug von diesem Bier, versuchen Sie das da.«

»Was ist das?«

Jack blinzelte. »Singapur Gin Sling.«

»Ist es nicht sehr stark?«

»Nicht so arg – aber das Richtige für eine Party.«

Ramesh nippte vorsichtig daran, und der erfrischende, bittersüße Geschmack sagte ihm sofort zu.

Es war eine heiße Nacht, er trank ihn ziemlich schnell, und dann noch einen. Später errechnete er, daß er vor dem Dinner vier getrunken hatte, aber schließlich trank ja jeder rascher als sonst.

Nach dem Dinner, bei dem mehrere Flaschen trockener Weißwein geköpft worden waren, begaben sich alle wieder auf die Terrasse, und Joan legte Schallplatten auf. Etwa zwanzig Einheimische waren in der Bar eingetroffen, anscheinend Samstagabend-Stammgäste. Tische wurden weggetragen, um Platz zum Tanzen zu schaffen, und bald bot die Terrasse ein buntes Bild aus Farben und Bewegung.

Ramesh hatte sich in eine Ecke zurückgezogen und war entschlossen, nur Zuschauer zu bleiben. Er hatte noch nie im Leben getanzt und war viel zu schüchtern, um jetzt damit zu beginnen. Dave stand gerade hinter der Theke und weigerte sich, Ramesh ein Bier einzuschenken.

»Bleiben Sie lieber beim Gin«, riet er ihm und zwirbelte eine Ende seines Schnurrbarts, »mit ein wenig Tonic und viel Eis.«

Ramesh war gern damit einverstanden. Er fühlte sich angenehm entspannt und sah Cady zu, der Lani den Twist beibrachte.

»Stellen Sie sich vor, Sie trocknen Ihren Rücken mit einem Handtuch ab«, sagte er; sie befolgte die Anweisung und hatte sofort die schwingende, wiegende Bewegung heraus; sie lachte zu dem Hünen hinauf, der sich vor ihr wendete und drehte.

Später, als langsame Musik gespielt wurde, führte Jack Kirsty auf die Tanzfläche, und Ramesh wunderte sich, daß sich der Mann trotz seiner Körperfülle federleicht bewegte. Er machte darüber eine Bemerkung zu Dave, der grinste. »Viele dicke Männer sind gute Tänzer. Warten Sie nur, bis Sie mich sehen!«

Kirsty trug ein dunkelblaues Kleid mit einem viereckigen Ausschnitt, das in der Taille eng anlag und sich leicht bis zu den Knien bauschte. Nach etlichen Tagen in der Sonne war sie dunkelbraun gebrannt, während ihr schweres Haar, das beim Tanzen auf ihren Schultern wogte, noch blonder geworden war.

Ramesh trank noch ein paar Gläser Gin mit Tonic und trommelte den Rhythmus der Musik auf die Theke, als sie sich zu ihm durchkämpfte.

»Kommen Sie, Ramesh, Sie sind der einzige, der noch nicht getanzt hat.«

»O nein, Kirsty«, wehrte er erschrocken ab, »ich tanze nicht. Ich tanze niemals.«

Er drückte sich an die Wand, aber Kirsty ergriff seine Hand und führte ihn trotz aller Proteste auf die Tanzfläche.

»Ich kenne die Schritte doch gar nicht«, protestierte er wirklich entsetzt.

»Machen Sie sich keine Sorgen«, lachte sie. »Bewegen Sie die Füße nur im Takt der Musik – folgen Sie mir.«

Sie legte ihm die Hand auf die Schulter und schmiegte sich an ihn. Versuchsweise legte er ihr den Arm um die Taille und spürte, wie er sich ihren Bewegungen und der Musik anpaßte.

Es war, als habe ihn ein Magier plötzlich verzaubert. Seine Schüchternheit und Befangenheit waren wie fortgeblasen, er spürte den Rhythmus der Musik vom Scheitel bis zu den Zehen und die Zartheit der Frau an seinem Körper und den Schwung ihrer Taille unter seiner Handfläche.

Ungläubig murmelte er: »Ich tanze ... ich tanze wirklich.«

Kirsty lachte entzückt. »Sie sind sehr gut, Ramesh – ein Naturtalent.«

In der nächsten Stunde tanzten sie dreimal miteinander, dazwischen saßen sie zusammen an der Theke, er erzählte ihr von Indien, und sie berichtete von ihrem Leben in New York. Er war noch nie so gesprächig gewesen: Er redete und trank und lachte, als habe er sie sein Leben lang gekannt.

Einmal sagte sie: »Ramesh, Sie haben sich sehr schnell verändert.«

Er antwortete: »Das hätte jeder getan, der dreißig Jahre in einem Büro gearbeitet hat, eines Tages auf ein Boot gesprungen ist und mit ihm ins Blaue gesegelt ist.«

Sie lächelte. »Ich weiß genau, was Sie meinen.«

Gegen Mitternacht führten die Einheimischen die *sega* vor und brachten dann die anderen dazu, sich ihnen anzuschließen.

Während Ramesh Kirsty in dem hüftenschwingenden, offenen Tanz umkreiste, empfand er plötzlich die von ihr ausgehende Erotik. Er sah ihr Gesicht mit dem leichten Lächeln und die verschleierten Augen, die seinen Blick erwiderten, und eine Welle der Wärme durchdrang seinen Körper, als tauche er plötzlich in ein heißes Bad.

Dieses Gefühl und die ungewohnten Drinks hatten ihn verwirrt, und als alle zur Theke zurückgingen, schlenderte er die Terrasse hinunter in den lichten Schatten einiger Kasuarinabäume. Er fühlte sich ein wenig benommen, und in seinem Kopf herrschte ein Gewirr von Eindrücken und Gefühlen. Er sah darin eine Folge der Drinks. Er war einfach nicht daran gewöhnt.

Nach wenigen Minuten wurde sein Kopf wieder klar, und er wandte sich um, um zurückzugehen, als er wenige Meter entfernt die Gestalt von Jack Nelson bemerkte. Er stand im Profil zu ihm, und infolge der Lichtquelle hinter ihm sah Ramesh, daß sein Gesicht schmerzverzerrt war. Nelson griff in seine Hemdtasche und steckte dann etwas in den Mund. Ramesh ging rasch auf ihn zu und fragte:

»Jack, ist Ihnen nicht gut?«

»Ach ... Ramesh ... Doch.« Er machte eine Pause und zwang sich mühsam zu einem Lächeln. »Nur eine leichte Magenverstimmung ... zu viel Curry.«

Rameshs Euphorie schlug in Traurigkeit um. Er fragte sich, ob er etwas Tröstliches sagen, Mitgefühl oder Verständnis äußern solle, aber Jacks Gesicht hatte sich wieder aufgehellt, und er atmete gleichmäßig. Er schlug Ramesh auf die Schulter.

»Verdammt feine Party, alter Junge. Zu schön, um früh aufzuhören, aber Sie sollten Ihre Besatzung besser in etwa einer Stunde an Bord nehmen. Die Fahrt zur Vogelinsel dauert einen vollen Tag, und Sie wollen sich doch diesem Korallenriff nicht in der Dunkelheit nähern.« Er ergriff Ramesh am Arm, führte ihn zur Theke zurück, und ein paar Minuten später hatte Ramesh seine gute Laune wiedergewonnen.

Am Morgen war seine Laune allerdings alles andere als gut. Er war mit dem ersten Katzenjammer seines Lebens aufgewacht und hatte in seiner Ahnungslosigkeit geglaubt, er würde sterben. Daß Cady auf dem gegenüberliegenden Bett saß und wie ein Affe grinste, hatte sein Befinden nicht gerade gebessert, doch er hatte ihm einen nützlichen Rat gegeben, und nachdem Ramesh seinen Kopf zehn Minuten lang unter die Dusche an Deck gehalten, drei Aspirin geschluckt hatte und es ihm gelungen war, einen Becher Tee und eine Schnitte Brot bei sich zu behalten, fühlte er sich etwas besser. Er hatte den Vorschlag, ihre Abreise um einen Tag zu verschieben, vom Tisch gefegt und begonnen, das Boot startklar zu machen.

Es war ein trauriger Abschied gewesen, vor allem für Ramesh. Alle waren gekommen, um sich zu verabschieden. Die Rajaratnams, die Stevens, Joan und Fiona, Dave und Jack und schließlich ein verschlafener Polizist, der sich vergewissern wollte, daß Lani tatsächlich mit der *Manasa* abreiste. Er nahm dankbar eine Tasse Tee an, setzte sich auf die Mole und starrte trübe aufs Meer hinaus.

Dave hatte drei Kartons mit frischem Gemüse und anderen Vorräten sowie Post und Zeitungen mitgebracht, die sie den Savys bringen sollten. Für die *Manasa* hatte er zwei riesige Schweinefleischpasteten gebracht, die er selbst gebacken hatte und die überall auf den Inseln heiß begehrt waren.

Joan White hatte frisches selbstgebackenes Brot und eine Flasche Gordon's Gin gebracht, die sie Ramesh mit spitzbübischem Grinsen überreichte.

Die Stevens hatten mehrere Kilogramm Tee von ihrer Ernte beigesteuert und Rajaratnam einen Korb mit Obst aus seinem Garten.

Ramesh richtete einige Worte des Dankes auf Urdu an ihn und seine Frau. Es war ihm nicht gelungen, ihn dazu zu bringen, auch nur eine einzige Rupie für seine Rechtsberatung anzunehmen.

Jack Nelson hatte kein Geschenk, aber er hatte seinen Werkzeugkasten an Bord zurückgelassen, und als Cady ihn auf die Mole heben wollte, rief er: »Lassen Sie ihn dort, Cady. Es ist mein Geschenk für das Boot.«

Ramesh hatte protestiert. Er wußte, daß Nelson den Werkzeugkasten seit vielen Jahren in Besitz hatte und daß er für einen Mechaniker einen sehr persönlichen Besitz darstellte.

Aber Nelson war hart geblieben. Er wollte, daß Ramesh das Werkzeug behielt.

Ramesh war auf die Mole geklettert, hatte Nelsons Arm ergriffen und war mit ihm ein paar Schritte außer Hörweite gegangen.

Ramesh kämpfte um die richtigen Worte: »Jack, ich habe hier gute Freunde gefunden. Leute, bei denen ich früher nicht im Traum daran gedacht hätte, mich mit ihnen anzufreunden. Alle haben mir bei meinem verrückten Abenteuer geholfen, aber Sie nehmen in meinem Leben einen besonderen Platz ein. Es tut mir nur leid, daß Sie nicht mit uns kommen können.«

Nelson hatte gelächelt. »Glauben Sie mir, Ramesh, es tut mir auch leid. Aber es ist nicht möglich. Ich werde bald nach England fahren und wahrscheinlich nicht mehr zurückkommen.«

»Ich weiß«, gestand Ramesh. »Am ersten Tag auf der *Manasa* habe ich den Rand des Kolostomiebeutels gesehen. Ich hätte mir am liebsten die Zunge abgebissen. Meine Mutter hatte das gleiche. Ihre Unpäßlichkeit gestern nacht war keine leichte Magenverstimmung, sondern es waren sehr arge Schmerzen.«

Sie blickten einander lange in die Augen, dann nickte Nelson langsam. »Sie wissen also, was es bedeutet.«

»Ja, aber natürlich besteht noch Hoffnung. Es bedeutet nicht automatisch das Ende. Sie erproben laufend neue Heilmittel ...«

»Nein, Ramesh.« Jacks Stimme klang ruhig. »Ich habe es

auch im Magen, und es breitet sich aus. Ich nehme ab, und der Schmerz wird ständig ärger. O'Reilly liegt mir immerfort wegen einer zweiten Operation in den Ohren, aber ich habe genug davon. Ich kehre nach England zurück und bringe meine Angelegenheiten in Ordnung ... Es ist nur noch eine Frage von Monaten.« Er sah Rameshs bekümmertes Gesicht und klopfte ihm auf den Arm. »Machen Sie sich keine Sorgen, ich fürchte mich nicht davor. Zuerst schon, aber wenn man sich dem Ganzen stellt und sich damit abfindet ... ist es halb so schlimm.«

Ramesh wußte nicht, was er antworten sollte. Er kämpfte gegen seine Tränen. »Ich ... ich habe Ihnen für so viel zu danken ...«

»Nein! Ich muß Ihnen danken. Es hat mir Freude bereitet, Ihre Maschine zu reparieren. Es hat meine Selbstachtung sehr gehoben. Und noch etwas – dank Ihnen werde ich nicht als Fanatiker sterben.« Sein Gesicht war sehr ernst, doch dann breitete sich ein herzliches Lächeln auf ihm aus. »In meinem Testament werde ich Ihnen meine komischen ausgebeulten Shorts hinterlassen – und Sie sollten sie mindestens einmal die Woche tragen!«

Es gelang Ramesh, das Lächeln zu erwidern, und Jack ergriff seinen Arm und forderte ihn auf: »Kommen Sie. Es wird langsam Zeit, daß Sie ablegen.«

Die *Manasa* legte nach vielen Umarmungen und Abschiedsküssen ab, und dabei blieb kein Auge im weiten Umkreis trocken.

Während der letzten halben Stunde hatte Ramesh undeutlich stetig zunehmenden Lärm wahrgenommen. Eine Art an- und wieder abschwellender Lärm. Seine Kopfschmerzen waren jetzt vergangen, und er wollte schon an Deck gehen, um nach dem Rechten zu sehen, als Cady herunterrief:

»Ramesh! Wir nähern uns der Insel. In zehn Minuten werden wir die Westspitze erreichen.«

Ramesh erschien auf dem Deck und kam zu einem außergewöhnlichen Anblick zurecht, den die anderen bereits beobachteten. Kaum eine halbe Meile vor ihnen lag auf der Steuerbordseite eine lange, flache Insel, die scheinbar ganz mit Kokospalmen bewachsen war. Ein fast weißer Strand erstreckte sich über ihre ganze Länge. Über ihr und über dem Meer kreisten und wirbelten Zehntausende Vögel, schrill kreischend, scheinbar wild durcheinander. Sie wirkten wie riesige Bienen, die um ihren Stock schwärmen, doch dann sah er einige von ihnen in der Nähe der Wasserfläche, die mühelos, mit regungslosen Flügeln, dem Auf und Ab der Wellen folgten.

Es war ein Schauspiel, das er stundenlang hätte beobachten können, doch dann erblickte er die weiße Gischt des Riffs, trat rasch neben Cady und studierte die vor dem Ruder liegende beschwerte Karte. Dave hatte die Lücke im Riff, die einzuschlagende Richtung und andere Punkte erwähnt, auf die man achten mußte.

Ramesh war ein wenig angespannt. Nicht weil er sich darüber Sorgen machte, ob er fähig war, die *Manasa* sicher an Land zu bringen, sondern wegen Cady.

Es kann zu Schwierigkeiten kommen, wenn sich zwei Männer auf einem Boot befinden, von denen einer der Besitzer ist und der andere weiß, daß der Besitzer nicht viel Erfahrung hat und vielleicht glaubt, daß er qualifizierter ist.

Ramesh erkannte, daß ein wichtiger Test bevorstand. Cady stand locker mit gespreizten Beinen am Ruder, starrte auf die sich rasch nähernde Westspitze der Insel und warf gelegentlich einen Blick auf den Kompaß. Ramesh hatte das Kartenstudium beendet, wollte nun das Ruder übernehmen und das Boot in die Bucht steuern, doch er wollte es Cady nicht sagen. Es war kindisch, und er wußte, daß er es in einer Minute tun mußte. Er mußte am ersten Tag seine Autorität in allen das Boot betreffenden Belangen durchsetzen. Er wartete noch zwei Minuten und wollte schon den Mund aufmachen, als Cady, ohne den Blick von der Insel zu wenden, einen Schritt zur Seite trat, mit einem Finger eine Speiche des Ruders festhielt und erklärte:

»Jetzt sind Sie dran, Skipper. Sagen Sie mir nur, was ich tun soll.«

Mit einem innerlichen erleichterten Seufzer ergriff Ramesh das Ruder und sagte: »Danke. Wir werden in ein paar Minuten die Fahrrinne erreichen. Holen wir die Segel ein, dann bleiben Sie bitte vorn, halten Sie den Anker bereit und achten Sie auf Korallenspitzen. Geben Sie Handsignale und rufen Sie die Grade aus.«

Er griff nach vorn, schaltete die Zündung ein und drückte dann auf den Startknopf. Die Maschine vollführte zwei Umdrehungen, dann sprang sie an, und Ramesh schickte eine Dankadresse sechzig Meilen achterwärts an Jack Nelson.

Eine Viertelstunde später glitten sie langsam durch die Fahrrinne in die Bucht. Cady beugte sich über den Bug und blickte durch das kristallklare Wasser auf den Sand und die Korallen hinunter. Kirsty stand neben Ramesh. Sobald sie an der Inselspitze vorbei waren, hatten sie nur ein Boot, einen kleinen Kabinenkreuzer, gesehen, der vor dem Strand ankerte. Ein aufblasbares Beiboot lag neben einem langen Einbaum auf dem Strand.

»Vielleicht liegt ihr Schiff auf der anderen Seite der Insel«, meinte sie.

»Nein, Kirsty«, hatte Ramesh geantwortet. »Rundherum ist das Riff. Das ist die einzige Einfahrt. Wir werden es aber bald erfahren.«

Sie konnten nur ein Gebäude unter den Kokospalmen ausmachen und zwei Gestalten, die herauskamen, zum Strand gingen und das Beiboot ins Wasser schoben. Ramesh drosselte die Geschwindigkeit, und die *Manasa* gelangte fast zum Stillstand.

Das von einem Außenbordmotor angetriebene Beiboot raste zu ihnen hinaus. Guy stand am Steuer und die lächelnde

Marie-France am Bug. Sie beschrieben vor der *Manasa* einen Kreis, verlangsamten das Tempo, und Guy rief: »Folgen Sie mir!«

Fünf Minuten später waren sie sicher an einem Liegeplatz am Strand vertäut. Guy nahm von Ramesh ein kaltes Bier entgegen und versicherte ihm, daß das Schiff mit einer einen Zoll starken Kette an einem fünf Tonnen schweren Betonblock befestigt war, daß das nächste Korallenriff fünfzig Meter entfernt und die *Manasa* so sicher war wie ein Baby in der Wiege.

Nach den Vorstellungen galt Kirstys erste Frage der *Jaloud*. Sie machte ein enttäuschtes Gesicht, als Guy ihr mitteilte, daß sie am Tag zuvor nach dem zweihundert Meilen entfernten Poivre ausgelaufen war, aber ihr Gesicht hellte sich wieder auf, als er erklärte, daß die Besatzung sich ein paar Tage auf Poivre und den umliegenden Inseln aufhalten und dann endgültig nach Farquhar und den Aldabra-Inseln segeln würde.

Sie machte die beiden schnell mit den jüngsten Entwicklungen vertraut, erzählte ihnen, weshalb sie sich wirklich auf den Seychellen befand, und entschuldigte sich, weil sie es nicht früher gesagt hatte.

Ramesh schlug vor, sofort die Verfolgung aufzunehmen, doch Guy riet davon ab. Mit einem Boot wie der *Manasa* dauerte die Überfahrt mindestens vierundzwanzig Stunden, und sie würden in der Nacht gefährliche Gewässer erreichen. Die beste Zeit zum Auslaufen war der frühe Nachmittag. Außerdem spielte ein Tag keine Rolle, sie müßten unbedingt zum Dinner an Land kommen und die Insel besichtigen. Falls Cady morgen bei Tagesanbruch aufstehen konnte, würde er mit ihm hinausfahren und versuchen, einen Segelfisch zu finden. Kirsty schaute Cady an.

Bevor er den Mund aufmachen konnte, erklärte sie: »Es ist gut. Natürlich bin ich ungeduldig, aber damit muß ich fertigwerden. Es kann Wochen – Monate dauern. Holen Sie sich Ihren Segelfisch, Cady.«

17

Cady beobachtete aufmerksam die dunkle Flosse, die fünfzig Meter hinter dem Boot aus dem Wasser glitt. Guy hinter ihm sagte leise, aber aufgeregt: »Wenn er den Köder annimmt, lassen Sie ihn ziehen. Ich sage Ihnen dann, wann Sie ihn anhalten sollen.«

Er saß in einem Angelstuhl im Heck von Guys Kabinenkreuzer und hoffte, daß er endlich einen Segelfisch fangen würde. Zweimal in den letzten drei Stunden war er nahe daran gewesen, doch beide Male hatte sich der Fisch wegen Cadys Ungeduld vom Haken gerissen.

Der Segelfisch schwamm hinter dem Köder hin und her wie eine schlanke Jacht, die vor dem Wind kreuzt, dann schoß er vor und verschwand, und in der nächsten Sekunde begann die Leine von der großen Trommel zwischen Cadys Oberschenkeln geräuschlos abzulaufen.

»Warten Sie!« warnte Guy, dann begann er leise zu zählen. Cadys Daumen wartete über dem Bremsknopf der Spule, die kurze Rute ragte waagrecht über das Heck hinaus.

»... acht, neun, zehn – jetzt!«

Cady drückte den Knopf und riß die Rute über seine linke Schulter zurück.

»Mein Gott!« rief er, als der Segelfisch hundert Meter hinter dem Boot aus dem Wasser schoß, dann auf dem Schwanz stehend das Kielwasser kreuzte, bevor er in einer großen Fontäne zurückfiel.

»Ein prächtiger Bursche!« rief Guy begeistert. »Halten Sie ihn fest.«

Cady holte die Leine ein und spürte die Spannung in seiner linken Hand, die die Rute hielt. Er war durch eine Nylonleine mit diesem großen Fisch verbunden, die unter einer Zugbeanspruchung von fünfzig Pfund reißen würde. Noch zweimal sprang der Segelfisch und tauchte, und jedesmal mußte Cady etliche Meter Leine nachlassen.

Doch dann wurde der Fisch müde, und Cady holte ihn langsam ein. Er zog die Rute über die Schulter zurück und spulte ihn näher heran. Nach zwanzig Minuten erkannte er seine Gestalt hinter dem Boot, dann zog Guy ein Paar alte Lederhandschuhe an. Er ging an Cady vorbei und öffnete einen herunterklappbaren Teil des Heckwerks. Dann griff er hinaus und packte das Vorfach.

»Okay, ich habe ihn!«

Cady legte die Rute hin, stand auf und sah zu, wie Guy das letzte Stück Leine einholte. Er konnte das lange, spitze Maul und darunter das helle Rot des Köders sehen.

»Halten Sie das Vorfach«, rief Guy, und Cady ergriff die schlaffe Leine. Dann streckte Guy die rechte Hand aus, packte das schnabelähnliche Maul des Fisches, griff mit der zweiten Hand zu und zog mit aller Kraft.

Der Kopf des Fisches erschien in der Öffnung im Heck, doch der größte Teil seines Körpers und der wild um sich schlagende Schwanz befanden sich noch im Wasser.

»Verdammt! Helfen Sie mir!« knurrte Cady.

Cady streckte die Hand aus, doch Guy schrie: »Nein! Holen Sie einen Lappen! Die Haut ist wie Sandpapier. Sie reißen sich die Haut von den Händen.«

Cady holte rasch ein Tuch, wickelte es um den Ansatz des Fischmauls und packte dann mit beiden Händen zu. Guy kommandierte: »Eins, zwei, drei – los!«

Einen Moment lang steckte der Fisch in der Öffnung, dann glitt er unvermittelt hindurch, und Guy und Cady fielen neben dem um sich schlagenden Körper auf ihre Hinterteile.

Cady rollte erschrocken zur Seite und rappelte sich hoch. Guy blieb liegen. Er stieß merkwürdige Laute aus, und Cady fürchtete, daß er verletzt war. Doch dann wurde ihm klar, daß die Laute gurgelndes Gelächter waren, und er stimmte ein.

Der Segelfisch war ungefähr zwei Meter lang, und ihr Ruck hatte ihn fast bis in die Mitte der Kabine geworfen. Immer noch lachend, stand Guy auf.

»Passen Sie auf!« forderte er dringend.

Langsam begann der Segelfisch in unzähligen Schattierungen von Blau zu glühen und zu glitzern. Cady beobachtete ungläubig das Schauspiel. Er konnte nicht fassen, daß eine Farbe so viele Abstufungen oder Leuchtkraft besaß.

Es dauerte nur eine Minute, dann verblaßte die Haut zu einem stumpfen Schwarzblau.

Guy blickte Cady an, der beeindruckt den Kopf schüttelte. »Noch nie in meinem Leben«, sagte er, »habe ich so ein Schauspiel gesehen. Was ist geschehen?«

Guy zuckte mit den Schultern. »Das spielt sich ab, wenn er stirbt. Die alten Leute behaupten, daß ihn die Seele verläßt – in den Himmel aufsteigt. Angeblich kommt von allen Fischen nur der Segelfisch in den Himmel, und das Licht dort ist das gleiche wie das Farbenspiel, das Sie eben gesehen haben.«

»Es ist beinahe schade, sie zu fangen.«

Guy schüttelte den Kopf. »Hier draußen essen wir alles, was wir fangen, es ist nicht nur Sport.« Er stieß den Fisch mit dem Fuß an. »Den hier werde ich einsalzen und dann räuchern – er schmeckt köstlich und hält sich endlos.« Er blickte über das Boot hinweg zu der fernen Insel und dann auf seine Uhr.

»Kommen Sie. Die Rückfahrt dauerte eine Stunde – und wir haben genug gefangen.«

Er ging zum Steuer, schob den Gashebel vor, und das Boot nahm Fahrt auf. Inzwischen zog Cady mühsam den Haken aus dem Rand des Fischmauls, dann säuberte er das Gerät und das Cockpit. Er wunderte sich ein wenig. Zuerst hatten sie Wahees, Goldmakrelen, Thunfische und Barracudas gefangen, und Guy hatte sie mit dem Fischhaken an Bord gezogen.

Als er sich zu Guy ans Steuer stellte, fragte er: »Warum haben Sie bei ihm keinen Fischhaken benutzt?«

»Aus Tradition und aus ästhetischen Gründen«, antwortete Guy. »Es ist einer der wenigen Fische, die Sportfischer gern ausstopfen und an die Wand hängen. Ein Fischhaken würde ihn zu sehr aufreißen. Ich habe nichts dafür übrig, ein Tier auszustopfen, aber irgendwie möchte ich nicht zu arge Spuren verursachen.« Er grinste. »Vielleicht bin ich auch ein wenig sentimental.«

Cady schwieg eine Weile und beobachtete den grünen Streifen am Horizont, dann sagte er: »Ich bin Ihnen unendlich dankbar, Guy. Es war ein phantastisches Erlebnis.«

»Es war mir ein Vergnügen. Wie ich Ihnen schon sagte, wir essen alles auf die eine oder andere Weise auf. Wir haben acht Plantagenarbeiter, und was die nicht essen, trocknen wir, salzen es ein und schicken es nach Mahé.«

Wieder folgte Stille, dann begann Guy über Lascelles zu sprechen. Am Abend zuvor hatte er beim Dinner die ganze Geschichte gehört, und er machte sich sichtlich Sorgen. Er kannte Lascelles seit vielen Jahren, und er glaubte, daß der Mann, wenn Kirsty ihren Plan, ihn zu ›verfolgen‹, durchführte, schließlich zur Gewalt greifen würde.

Cady war zuversichtlich. Er trug noch die Spuren von Lascelles' Schlägen, erklärte Guy jedoch, wie vorher Kirsty, die näheren Umstände bei dem Kampf. Wenn Lascelles Gewalttätigkeit wollte, konnte er sie bekommen.

Guy nickte. »Es ist für ihn typisch, und Sie werden es zweifellos nicht wieder dazu kommen lassen.« Er machte eine Pause, dann warnte er ernst: »Die Schwierigkeit besteht darin, daß Lascelles an Bord der *Jaloud* immer etliche Schußwaffen mitführt...«

»Wirklich! Sie meinen, er wird sie verwenden?«

»Sie müssen verstehen«, erläuterte Guy nachdenklich, »daß Lascelles wie alle brutalen Tyrannen ein Feigling ist. Ich weiß noch, wie er vor einigen Jahren das erstemal auf die Vogelinsel kam. Er hatte eine Freundin bei sich – eine Engländerin. Merkwürdigerweise war sie ein nettes Mädchen. Sie lebten schon seit einiger Zeit zusammen. Damals trank er nicht so viel. Eines Nachmittags ging sie schwimmen. Er war am Strand. Sie war etwa siebzig Meter weit draußen und betrachtete die Korallenspitzen, als ein großer Hai daherkam – ein ungefähr sechs Meter langer Hammerhai. Das ist kein Problem. Wir haben viele Haie in diesen Gewässern, aber sie greifen Menschen nicht an, außer vielleicht bei den weit draußen liegenden Inseln wie Aldabra. Niemand kann sich erinnern, daß jemals ein Mensch bei den Plateau-Inseln von einem Hai angegriffen wurde. Die Kinder hier gehen nicht einmal aus dem Wasser, wenn sie einen sehen. Aber sie wußte das natürlich nicht und geriet in Panik. Weil sie so wild schwamm, um an Land zu kommen, bekam sie einen Krampf im Bein. Ich war im Haus und hörte sie schreien. Als ich zum Strand kam, stand Lascelles wie angenagelt dort. Sein Gesicht war weiß vor Angst.«

»Was geschah?«

Guy zuckte mit den Schultern. »Ich holte sie heraus. Sie war halb ertrunken, erholte sich aber bald. Sie weigerte sich, mit Lascelles auch nur zu sprechen oder mit seinem Boot am nächsten Tag wegzufahren. Sie blieb einen Monat, bis der zwischen den Inseln verkehrende Schoner eintraf.« Er lächelte. »Sie war ein hübsches Mädchen und sehr dankbar; ich war damals noch nicht verheiratet, also war sie eine sehr willkommene Gesellschaft für mich.« Dann wurde er wieder ernst. »Aber entscheidend ist, daß die Begebenheit Lascelles zeigte, wie er wirklich ist – er ist ein Feigling. Wenn Sie einen Feigling in die Enge treiben, wird er alles einsetzen, was er zur Hand hat – sogar eine Pistole.«

Sie schwiegen, während Cady die Mitteilung verarbeitete, dann fügte Guy hinzu: »Ich habe gestern abend nichts gesagt – ich wollte die anderen nicht beunruhigen. Glauben Sie, daß Kirsty es sich nochmals überlegen würde?«

Cady schüttelte bedächtig den Kopf, und Guy fragte: »Und wie steht es mit Ihnen und Ramesh ... und dem Mädchen?«

Cady dachte darüber nach. »Mich kann nichts davon abbringen. Ich bleibe bei ihr, und seltsamerweise glaube ich, daß auch Ramesh es tun wird. Er ist ein merkwürdiger Kerl. Er sieht irgendwie friedlich aus, aber er besitzt große Stärke ... und Charakter. Lani wird bei ihm bleiben. Sie hat wirklich keine Wahl; aber selbst wenn sie sie hätte, würde sie bleiben ... Auch sie besitzt sehr viel Charakter.«

»Aber Sie werden ihnen doch mitteilen, daß Lascelles bewaffnet ist?«

Cady nickte. »Es ist nur fair ... aber es mindert natürlich die Chancen. Glauben Sie wirklich, daß er so gefährlich ist? Ich meine, diese Vogelforscher werden doch dabei sein ...«

Guy zuckte mit den Schultern. »Nicht die ganze Zeit über. Wenn sie zu den äußeren Inseln fahren, müssen sie am Strand lagern. Es gibt keine Ansiedlungen. Es wird Zeiten geben, während derer Lascelles sie alleinlassen und mit dem Boot wegfahren kann. Dann wird es gefährlich werden, wenn Sie ihm auf den Fersen bleiben.«

Wieder entstand nachdenkliche Stille. Die Insel rückte näher. Guy blickte ein paarmal zu dem in Gedanken versunkenen Cady hinüber, dann faßte er einen Entschluß.

»Übernehmen Sie für eine Minute das Ruder.«

Cady ergriff das Steuer, und Guy ging unter Deck. Er blieb etwa zehn Minuten unten. Cady warf einen Blick durch den Niedergang und sah, daß Guy die Bodenbretter hochgehoben hatte. Er lag auf dem Bauch und tastete im Kielraum nach etwas.

Cady war verblüfft. Hatten sie ein Leck oder eine undichte Stelle?

Als Guy wieder auftauchte, trug er einen achtzig Zentimeter langen und dreißig Zentimeter hohen und breiten Kasten mit einem Vorhängeschloß. Guy stellte ihn auf das Deck im Kabinenvorraum, dann stöberte er in einer Blechdose unter der Windschutzscheibe herum. Er fand einen Schlüssel und reichte ihn Cady.

»Öffnen Sie.«

Cady hockte sich erstaunt neben die Kiste. Die rostigen Angeln quietschten, als er den Deckel öffnete. Drinnen lagen mehrere Wachstuchbündel. Er blickte Guy an, der ihn aufforderte:

»Wickeln Sie die Bündel auf.«

Cady nahm das längste, wickelte es auf und hielt eine Maschinenpistole in der Hand. Erstaunt sah er wieder Guy an, der grinsend erklärte:

»LMG – Mark 2. Alt, aber funktionstüchtig. Können Sie damit umgehen?«

»Ja, ich denke schon. Eine Menge Ölleute haben eine Vorliebe für Schußwaffen. Ich habe mit einer Sterling und einer Grease geschossen.«

»Gut. Sehen Sie sich die anderen an.«

Cady wickelte die anderen Bündel auf und fand sechs volle Magazine für die MP, ferner eine Walther P1-9mm-Pistole und sechs volle Ladestreifen.

»Woher haben Sie die?«

Guy lächelte. »Es ist eine Ironie des Schicksals, aber ich habe sie von Lascelles bekommen.«

Er erzählte die Geschichte.

Vor ungefähr neun Monaten hatte die *Jaloud* vor der Insel geankert. Lascelles kam an Land und verlangte Treibstoff, Wasser und Vorräte. Er erklärte, daß er aus Ostindien gekommen war und infolge eines Sprunges im Hauptmast den größten Teil der Strecke mit der Maschine gefahren war. Er war unterwegs nach Ostafrika – er erwähnte nicht genau, wohin – und sehr in Eile. Guy hatte sich gewundert. Warum war er nicht in Mahé an Land gegangen, um zu tanken? Lascelles hatte vielsagend geblinzelt und einen Finger an die Nase gelegt. Guy wußte sofort, daß er auf Schmuggelfahrt war und dem Zoll auf Mahé ausweichen mußte. Ungern, denn seine eigenen Vorräte waren knapp, erklärte er sich bereit, Lascelles ein Faß Dieselöl, zweihundertfünfzig Liter Wasser und Lebensmittelkonserven zu überlassen.

Zusammen mit seinen Arbeitern half er Lascelles und Carlo, alles an Bord zu bringen. Ihm entging nicht, daß die *Jaloud* tief im Wasser lag. Außerdem zurrten sie das Faß mit Treibstoff und die Wasserbehälter an Deck fest, also mußte im Laderaum kein Platz vorhanden sein. Dann hatte Guy um Barzahlung ersucht, und Lascelles hatte gemurmelt, er sei im Augenblick knapp bei Kasse, würde aber in etwa drei Wochen zurückkommen und dann bezahlen.

Guy war keineswegs bereit, ihm Kredit zu gewähren, und hatte ihm das unumwunden klargemacht. Wäre Guy allein gewesen, hätte die Situation unangenehm werden können, aber er hatte einige seiner Arbeiter mit an Bord. Lascelles und Carlo waren zuerst aufgebraust, hatten aber dann miteinander geflüstert, und Lascelles hatte ihm ein Tauschgeschäft vorgeschlagen. Guy könne sich für das Dieselöl und die Vorräte Gegenstände im entsprechenden Wert aus seiner Ladung aussuchen.

»Die Ladung bestand aus Schußwaffen und Munition«, erzählte Guy. »Alles mögliche Zeug – das meiste alt. MPs, Gewehre, Handfeuerwaffen. Sogar ein paar schwere Maschinengewehre. In Ostindien sind eine Menge Waffen in Umlauf, die aus dem Krieg und dem Kampf um die Unabhängigkeit stammen.« Er deutete auf die Waffen und die Munition auf dem Deck im Kabinenvorraum. »Nach einigem Feilschen habe ich mir diese Waffen ausgesucht.«

»Wohin ist er Ihrer Meinung nach mit dieser Ladung gefahren?«

»Wer weiß – er hat Kurs nach Westen genommen, also lag der Bestimmungshafen wohl an der Küste von Ostafrika. Vermutlich Sansibar. Ungefähr sechs Wochen, nachdem er hier war, brach dort eine Revolution aus. Sie haben ein paar tausend Araber samt Frauen und Kindern umgebracht – und auch eine Menge ihrer eigenen Leute.«

Cady knurrte. »Ich habe darüber gelesen. Reizender

Mensch, dieser Lascelles.«

»Ja, wenn er wirklich gewalttätig wird, haben Sie zumindest selbst Feuerwaffen.«

»Ich werde Sie Ihnen bezahlen.«

Guy schüttelte den Kopf. »Nein. Es ist mein Beitrag. Aber sprechen Sie nicht darüber. Marie-France weiß nichts von diesen Waffen – deshalb hielt ich sie auf dem Boot versteckt. Es ist ungesetzlich auf diesen Inseln, Waffen schwarz zu besitzen.«

In diesem Augenblick hielten sich Marie-France, Kirsty, Ramesh und Lani in der Vogelkolonie auf. Sie mußte laut sprechen, um den Lärm zu übertönen; die anderen duckten unwillkürlich die Köpfe, während ein Vogel nach dem anderen nur Zentimeter über sie, über ihr Eindringen erbost, hinwegflog.

Marie-France erklärte: Schwarze Seeschwalben wählen einen Gefährten fürs Leben. Jedes Jahr kehren sie zu der gleichen Stelle am Strand zurück, um ihre Eier abzulegen. Man nimmt an, daß sie in der Zwischenzeit sogar bis Australien oder Amerika ziehen. Die jungen Vögel paaren sich nicht vor dem dritten Lebensjahr, und darin liegt das Geheimnis, über das die Ornithologen seit Jahren debattieren. Im Gegensatz zu Möwen können die Seeschwalben nicht auf dem Wasser aufsetzen, weil ihre Federn nicht gefettet sind. Sie kommen nur an Land, um sich zu paaren und ihre Jungen aufzuziehen. Man sieht niemals junge, noch nicht paarungsfähige Seeschwalben an Land. Daher vermutet man, daß sie in den ersten drei Jahren ihres Lebens in der Luft bleiben und nie den Boden berühren.«

Kirsty blickte zu den in der Luft kreisenden Schwärmen auf. »Ich habe keine Ahnung gehabt, daß es so viele Vögel gibt.«

Marie-France lachte. »Es gibt dort, wohin ihr fahrt, noch andere Kolonien.« Sie zeigte mit einer Handbewegung auf die zwei Morgen sandiges Land. »Vor fünfzig Jahren hat man hier in einer Saison 40 000 Kisten Eier gesammelt. Sie gelten als große Delikatesse. Wenn man ein Ei wegnimmt, legt das Weibchen ein zweites, aber nicht mehr. Das bedeutet, daß es damals Millionen von Vögeln gegeben haben muß! Dann wurden die Leute zu gierig und begannen auch die zweiten Eier zu sammeln. Die Kolonie war beinahe ausgestorben, doch nun wächst sie wieder. Die Vogelforscher, die mit Lascelles hier sind, haben geschätzt, daß wir jetzt wieder beinahe 2 000 000 Vögel haben.«

Als Marie-France Lascelles erwähnte, sah Kirsty auf die Uhr.

»Machen Sie sich keine Sorgen«, beruhigte sie Marie-France. »Guy hat versprochen, zu Mittag zu Hause zu sein. Kommen Sie, wir gehen jetzt zu ›Esmeralda‹. Eigentlich handelt es sich um einen ›Er‹ – angeblich eine der größten und ältesten Schildkröten der Welt. Um diese Tageszeit schläft er für gewöhnlich im Schatten der Kasuarinabäume.«

Eine halbe Stunde später standen sie am Strand und beobachteten, wie der Kabinenkreuzer den Ankerplatz anlief. Er legte zuerst längsseits der *Manasa* an, und sie sahen, daß Cady etwas von einem Boot auf das andere brachte. Dann fuhren sie zu einem anderen Anlegeplatz. Die Plantagenarbeiter waren aufgetaucht, und zwei von ihnen schoben das Kanu ins Wasser und paddelten hinaus.

Als Marie-France bemerkte, wie sie den großen dunklen Fisch in Empfang nahmen, meinte sie zufrieden: »Gut. Sie haben einen Segelfisch gefangen. Cady wird sich freuen.«

Zehn Minuten später bewunderten sie den auf dem Strand ausgelegten Fang und lauschten, während Cady seinen Kampf mit dem Segelfisch in allen Einzelheiten schilderte. Dann ergriff Guy Marie-France am Arm, führte sie zu dem Haus und ließ die vier anderen am Strand zurück.

Cady sagte ernst zu Kirsty: »Draußen beim Fischen hat

mir Guy erzählt, daß Lascelles eine oder mehrere Schußwaffen an Bord seines Bootes hat. Er kennt ihn gut und glaubt, daß er, wenn er in die Enge getrieben wird, sie einsetzen wird.«

»Oh.« Kirsty machte ein entsetztes Gesicht. »Und was ist mit diesen Vogelleuten? Sie werden...«

»Anscheinend werden sie nicht immer dabei sein.«

»Was schlagen Sie vor?« fragte Ramesh Cady sorgenvoll, »daß wir das Unternehmen aufgeben?«

»Verdammt, nein!« antwortete Cady, selbst über den Ton seiner Stimme überrascht. »Ich wiederhole nur, was Guy mir erzählt hat. Das mußte ich tun. Dadurch ist jetzt eine ganz neue Situation entstanden.«

»Sie haben recht, Cady«, gab Kirsty nachdenklich zu. »Natürlich will ich weitermachen – ganz gleich unter welchen Gefahren –, aber es wäre nicht fair, euch alle mit hineinzuziehen. Ramesh, es ist Ihr Boot.« Sie hob die Hand, als er etwas einwenden wollte. »Warten Sie. Ihre drei solltet allein darüber diskutieren. Wenn ihr beschließt, geradewegs nach Mombasa weiterzusegeln, kann ich es verstehen. Ihr könnt mich in Mahé absetzen, und ich werde eine andere Möglichkeit suchen... wirklich, ich würde es verstehen. Es ist meine persönliche Angelegenheit – ich kann daher nicht erwarten, daß andere Menschen ihr Leben aufs Spiel setzen.« Sie drehte sich um ging langsam über den Strand davon.

»Warten Sie!« rief Ramesh.

Sie blieb stehen und wandte sich um.

»Kommen Sie sofort zurück«, forderte er sie auf, und plötzlich war er nicht mehr der ruhige, überaus höfliche, ja sogar schüchterne Mann, für den sie ihn immer gehalten hatten. In seiner Stimme lag Autorität.

»Kirsty! Kommen Sie zurück!«

Sie ging langsam zurück und wunderte sich über die Veränderung, die mit ihm vorgegangen war. Seit sie aus Mahé ausgelaufen waren, hatte sie seine Selbstsicherheit bemerkt.

Er blieb immer höflich und rücksichtsvoll, doch er legte langsam seine Schüchternheit ab. Trotz ihrer Besorgnis empfand sie wachsende Bewunderung.

Sie bildeten einen Kreis. Ramesh schaute mit erhobenem Kopf, hoch aufgerichtet, einen nach dem anderen an. Dann erklärte er: »Es ist richtig. Die *Manasa* ist mein Boot. Ich bin der Kapitän und der Schiffseigner. Ich bin verantwortlich für das Boot und für die Sicherheit aller, die darauf fahren. Ich treffe die Entscheidungen, obwohl ich, wie ihr alle wißt, vor kurzem noch ein unerfahrener *babu* war. Ich treffe die Entscheidungen. Stimmt das, Cady?«

»Sicherlich. Aber ...«

»Kein ›Aber‹, bitte.« Ramesh hob streng die Hand. »Natürlich höre ich auf Ratschläge, aber ich weiß, daß auf einem Boot nur ein Mann die Verantwortung tragen kann, besonders wenn es sich um ein gefährliches Unternehmen handelt.« Er wandte sich an Lani: »Sie befinden sich in einer schwierigen Lage, weil Sie diesmal keine Wahl haben.«

Sofort antwortete Lani: »Ich brauche keine Wahl, Ramesh – das wissen Sie.«

»Gut.« Er wandte sich an Kirsty. »Ich habe also die Entscheidung getroffen. Die *Manasa* wird Kurs nach Poivre nehmen und in ständigem Kontakt mit der *Jaloud* bleiben. Wenn Cady in Mahé an Land gehen will, kann er ...«

Cadys Gebrüll unterbrach ihn. »Einen Augenblick!« Er trat einen Schritt vor, und sein Gesicht lief vor Zorn rot an. »Wer hat etwas von an Land gehen gesagt?«

Lani rettete die Situation. Sie begann zu lachen. Die anderen sahen sie überrascht an, und daraufhin lachte sie noch mehr. Dann holte sie Luft und stellte fest: »Ihr seid alle verrückt. Niemand will aufgeben oder hat es jemals gewollt. Ihr dreht euch im Kreis und wiederholt immer das gleiche. Soll ich eine Bibel holen? Sollen wir alle einen Treue-Eid schwören?«

Alle stimmten in das Lachen ein, und Kirsty meinte: »Guy

hat richtig gehandelt, und es war richtig von Cady, uns zu warnen. Es ist besser, wenn man auf das Schlimmste gefaßt ist.«

»Es ist gar nicht so schlimm«, schwächte Cady ab. »Die Chancen sind ein wenig ausgeglichen worden. Ich werde euch auf dem Boot davon berichten.« Zu Ramesh gewandt meinte er: »Ich habe nie in Frage gestellt, daß Sie der Skipper sind und die Verantwortung tragen. Ich habe wohl zehnmal soviel Erfahrung, und wenn Sie mich je um Rat fragen, werde ich ihn Ihnen geben – aber nur, wenn Sie fragen.«

Ramesh nickte zustimmend. »Das weiß ich, Cady. Es ist für mich eine Erleichterung, daß Sie mit an Bord sind.« Er blickte auf seine Uhr. »Jetzt wollen wir uns von Guy und Marie-France verabschieden. Ich möchte um ein Uhr unterwegs sein.«

18

Der Schuß krachte, und das Wasser spritzte etwa zehn Meter jenseits der schwimmenden Flasche auf.

»Sie springt!« rief Ramesh. »Sie springt in meiner Hand!«

»Natürlich«, erklärte Cady geduldig. »Das ist der Rückstoß. Da, legen Sie Ihre linke Hand auf Ihr rechtes Handgelenk, um es zu stützen. Zielen Sie wieder. Sie müssen sich vorstellen, daß der Lauf Ihr Zeigefinger ist. Richten Sie ihn auf das Ziel. Halten Sie Ihren Arm steif, und drücken Sie sanft den Abzug durch.«

Sie standen im Heck der *Manasa*, vierzig Meilen südwestlich der Vogelinsel. Es war Abend, und der Wind hatte sich gelegt, was während des Monsunwechsels häufig vorkommt. Ramesh hatte noch nie im Leben eine Schußwaffe in der Hand gehalten, und Cady hatte ihm vorgeschlagen, daß sie einen Ladestreifen Munition dazu verwenden sollten, um ihm im Umgang mit der Walther etwas Übung zu verschaffen. Er war versucht, ebenfalls mit der Maschinenpistole zu üben, aber jedes Magazin enthielt nur zweiunddreißig Patronen, und wenn sie auf Automatik geschaltet war, waren sie in zwei Sekunden verfeuert. Er beschloß, alle sechs Magazine für den Notfall aufzuheben.

Kirsty und Lani standen als interessierte Beobachter auf dem Verdeck, und beim nächsten Schuß schrien sie auf und klatschten Beifall. Das Wasser spritzte nur einen halben Meter hinter und links vom Ziel auf.

»Gut!« lobte Cady und bückte sich, um die ausgeworfene Patronenhülse vom Deck aufzuheben.

Der nächste Schuß lag wieder viel zu weit rechts, und Ramesh war entmutigt.

»Sie haben den Abzugshahn durchgerissen«, tadelte Cady streng. »Der Lauf hat sich kurz vor dem Schuß bewegt. Ziehen Sie ihn durch, Ramesh, als wollten Sie eine überreife Pflaume pflücken.«

Der nächste Schuß lag schon sehr dicht, die Flasche verschwand fast in dem aufspritzenden Wasser.

Er traf die Flasche nie, aber die vier letzten Schüsse lagen schon sehr nahe im Ziel, und Cady war zufrieden.

Ramesh nicht. »Verdammt!« murmelte er, während die Explosion des letzten Schusses über die See hallte.

»Machen Sie sich keine Vorwürfe«, tröstete ihn Cady. »Für den ersten Versuch war es schon verdammt gut – und jeder der vier letzten Schüsse hätte einen Mann getroffen. Außerdem ist eine Handfeuerwaffe für geringe Distanz bestimmt. Wenn Sie einen Menschen aus fünf Metern damit treffen, ist der Fall für ihn erledigt.«

Ramesh blickte auf die Waffe in seiner Hand hinunter. Das blauschwarze Metall, der kräftige, geriffelte Griff und der schlanke Lauf mit dem verkeilten Korn. Die Waffe lag gut in der Hand – ausgewogen. Er versuchte sich vorzustellen, was für ein Gefühl es war, auf einen Mann zu zielen und den

Abzug zu drücken. Kein Wasserstrahl oder splitterndes Glas, sondern zerfetztes Fleisch, durchschlagene Knochen und Blut. Er fragte sich, ob er dazu imstande wäre.

Cady erriet seine Gedanken. »Wenn jemand versucht, Sie zu töten, Ramesh – würden Sie schießen, darauf können Sie verdammt wetten!«

Ramesh nickte grimmig. »Ja, ich glaube es. Haben Sie es jemals getan?«

»Nur einmal. Ich befand mich auf einem Versorgungsschiff im Hafen von Djakarta. Wir mußten wochenlang auf das Löschen der Ladung warten. Damals kam es oft zu Überfällen auf Schiffe – echte Piraterie. Sie kamen lautlos mitten in der Nacht, hakten sich mit stoffüberzogenen Enterhaken fest und turnten über die Bordwand. Wir standen abwechselnd mit einem Colt 1911 Wache – ein großer 45er, der selbst einen Elefanten umwerfen würde. Eines Nachts kamen sie wieder. Ich döste vor mich hin, hatte aber Glück und bemerkte ein paar Schatten an der Heckreling. Verdammt, ich geriet richtig in Panik. Ich jagte den ganzen verdammten Ladestreifen durch. Sie suchten in einer Rauchwolke das Weite.«

»Haben Sie einen getötet?«

»Wer weiß? Auf der Reling waren ein paar Blutspritzer. Ich habe vermutlich einen Mann angeschossen.«

»Hmmm«, murmelte Ramesh nachdenklich und blickte wieder auf die Pistole hinunter. Er wollte sie Cady reichen, der mit dem Zeigefinger langsam den Lauf zur Seite schob.

»Zielen Sie, außer im Notfall, nie mit einer Pistole auf einen Menschen, Ramesh.«

»Aber sie ist doch leergeschossen.«

»Natürlich, aber schon manche Leute sind durch eine Pistole gestorben, von der sie ›wußten‹, daß sie leer war.«

Er nahm die Pistole, legte den Sicherungsbügel um und nahm den Ladestreifen heraus.

»Ich werde die Pistole und die MP jetzt reinigen. Sie haben sich gut gehalten, Ramesh. Für den ersten Versuch passabel geschossen.« Er sah auf die Uhr. »Dann werde ich mich ein paar Stunden aufs Ohr legen, bevor ich meine Wache übernehme.«

Ramesh hatte die Nachtwachen zwischen sich und Cady aufgeteilt. Trotz der Proteste hatte er die besonders ermüdende Hundewache von Mitternacht bis vier Uhr morgens selbst übernommen.

Er ging zum Steuer, schob den Gashebel vor, die *Manasa* nahm Fahrt auf und glitt durch die glatte See zu den Amirantes.

Kurz nach drei Uhr morgens frischte der Wind auf. Cady erwachte, als die Maschine gedrosselt wurde. Sein erster Gedanke war, daß etwas nicht in Ordnung war, doch dann hörte er Rameshs Schritte über sich an Deck und erriet, daß er Segel setzte. Er dachte daran, hinaufzugehen, um ihm dabei zu helfen, tat es aber dann doch nicht. Ramesh nahm vielleicht an, daß er ihm nicht vertraute. Dann hörte er, wie Ramesh leise etwas rief, und das Boot schwenkte ein wenig auf einen neuen Kurs ein, also stand entweder Kirsty oder Lani am Ruder.

Er warf einen Blick auf das Leuchtziffernblatt seiner Uhr und beschloß, noch ein wenig zu schlafen, bevor er Ramesh ablöste. Er drehte sich in dem schmalen Bett um, klopfte sein Kissen auf und versuchte wieder einzuschlafen.

Aber es gelang ihm nicht, und seine Gedanken wanderten, wie schon so oft, zu Lani.

Er wußte, daß er im Begriff war, sich in sie zu verlieben, und es verwirrte ihn und bereitete ihm Sorgen. Sie hatten an diesem Abend das Dinner auf dem Achterdeck eingenommen: eine von Daves Schweinefleischpasteten mit Salat, vorher geräucherter Segelfisch, den ihnen Guy von einem früheren Fang mitgegeben hatte. Ramesh und Kirsty hatten das Gespräch mit Betrachtungen über die Gewohnheiten und die Lebensweise der schwarzen Seeschwalben und der Riesenschildkröten beherrscht und darüber diskutiert, ob Tiere kommunizieren können und ob sie Gefühle und dergleichen haben. Sie waren vollkommen ungezwungen, und wenn Cady mit den Gedanken nicht bei Lani gewesen wäre, hätte er die Zuneigung bemerkt, die zwischen ihnen herrschte. Lani stocherte nur in ihrem Essen herum.

»Die Pastete ist ausgezeichnet«, lobte er. »Schmeckt Sie Ihnen nicht?«

Sie blickte auf und lächelte. »Ich bin sicher, daß sie gut ist, aber ich bin dieses Essen nicht gewöhnt. Dort, wo ich herkomme, bereiten wir Schweinefleisch anders zu.«

»Natürlich. Die westliche Küche muß Ihnen wirklich seltsam vorkommen. Mir würde es nichts ausmachen, jeden Tag chinesisch zu essen.«

»Nein«, widersprach sie entschieden. »Ich muß mich daran gewöhnen. Ich muß mich an eine Menge neuer Dinge gewöhnen.«

Er hätte sie beinahe gefragt, wie sie sich ihre Zukunft vorstellte, unterdrückte jedoch die Frage. Keiner von ihnen hatte in dieser Hinsicht eine genaue Vorstellung, und schon gar nicht Lani selbst.

Sie hatte eine merkwürdige Art, ihn anzublicken. Nie ein voller, direkter Blick, sondern eine Art flüchtiger Blick. Bei jedem anderen Mädchen hätte er angenommen, daß es schüchtern war – vielleicht sogar flirtete –, aber er wußte, daß dies bei Lani nicht der Fall war. Es war, als hätte sie beinahe Angst vor ihm. Wenn sie mit Ramesh oder Kirsty sprach, sah sie ihnen offen in die Augen.

Er wunderte sich. Er klopfte das Kissen wieder zurecht, versuchte, seine lange Gestalt in eine halbwegs bequeme Lage zu bringen, dann seufzte er und sah erneut auf die Uhr. Halb vier. Es gelang ihm nicht, wieder einzuschlafen. Er wälzte sich aus dem Bett und zog sich an.

Er ging barfuß durch den Korridor an dem Maschinenraum vorbei und betrat den im Dunkeln liegenden Salon. Er wollte schon den Niedergang hinaufgehen, als er die Stimmen hörte. Sie waren sehr leise, beinahe nur ein Flüstern, aber der Wind trug sie ihm vom Heck deutlich zu.

»Ich mag sie sehr, Lani. Ich bin überrascht, daß Sie es bemerkt haben. Ist es so offensichtlich?«

Ihre Stimme war leiser. »Eigentlich schon, Ramesh. Ich kenne Sie jetzt sehr gut. Mir fällt auf, wie Sie sie ansehen. Wie aufmerksam Sie ihr gegenüber sind. Wie Sie lebhafter werden, wenn sie das Wort an Sie richtet – es ist nur ganz natürlich.«

Cady blieb stehen, wo er sich gerade befand, mit einem Fuß auf der untersten Stufe.

In Rameshs Stimme lag ein besorgter Unterton. »Macht es Ihnen etwas aus, Lani? Stört es Sie?«

»O nein«, versicherte sie leichthin. »Sie ist eine gute Frau, und sie fühlt das gleiche wie Sie. Das merke ich.« Eine Pause, dann fuhr Lani fort: »Aber ich bin ihretwegen besorgt, Ramesh. Kirsty wird von einer Zwangsvorstellung beherrscht. Sie besitzt keinen Beweis dafür, daß ihr Sohn lebt, aber sie ist davon überzeugt.«

»Ich auch«, erklärte Ramesh schlicht.

»Ich weiß. Ich auch. Aber ich will es glauben – um ihretwillen. Als Cady auf der Insel über die Gefahr gesprochen hat, wurden Sie zornig, weil Sie dachten, er wolle die Suche aufgeben. Ich habe das Gefühl, daß Sie unter den gleichen Zwangsvorstellungen leiden. Das ist nicht gut. Wenn der Junge tatsächlich tot ist, was dann? Wie lange wollen Sie nach ihm suchen?«

»Ich weiß es nicht, Lani, und auch nicht, was in den nächsten Wochen geschehen wird, aber mir ist es gleich. Mag geschehen, was geschehen soll.«

Eine Pause. »Ich bin ebenfalls besorgt – aber wegen Cady.«

»Warum?«

»Na ja, sie waren beisammen, wissen Sie. Er mag sie sehr. Vielleicht liebt er sie.«

»Nein.« Sie stellte es mit starker Betonung fest. »Er mag sie, ja, aber sie sind kein Liebespaar. Es gibt da etwas – eine gewisse Vertrautheit –, aber aus ihnen wird kein Liebespaar. Es ist ähnlich wie mein Gefühl für Sie – nur umgekehrt.«

Stille trat ein, nur die Segel knarrten, dann murmelte Ramesh: »Aber er sieht so gut aus ... so männlich ... es muß für eine Frau schwer sein, sich nicht von ihm angezogen zu fühlen ... glauben Sie nicht?«

»O nein. Ich glaube es nicht.«

»Wirklich?«

»Wirklich. Sie vergessen manchmal, Ramesh, daß ich Chinesin bin. Wir haben andere Vorstellungen darüber, was anziehend ist. Wir empfinden viele Abendländer als grob und derb, mit behaarten Körpern wie Affen. Als die ersten Menschen aus dem Abendland nach China kamen, wurden sie *fang gweilo* genannt. Das bedeutet fremde Teufel – oder Barbaren. Wir finden, daß man viel Zeit braucht, um sich an sie zu gewöhnen. Ich meine, ich kann Cadys Gesicht kaum ansehen.«

»Aber es ist noch grün und blau geschlagen.«

»Darum handelt es sich nicht. Ich sehe seine blonden Augenbrauen und das lange Haar wie ein Albino und die Haare in seinem Gesicht, wenn er sich manchmal nicht rasiert – und auf seiner Brust und den Armen. Ich werde mich natürlich daran gewöhnen«, kicherte sie, »genauso wie an Schweinefleischpasteten.«

An dem Ton von Rameshs Stimme war deutlich zu erkennen, daß er sich wunderte. »Aber Sie mögen ihn?«

»O ja, sehr. Er hat einen guten Charakter und ist sehr freundlich ... aber er ist so häßlich.«

Wenn ihre Ohren schärfer gewesen wären, hätten sie das Wort gehört, das im Salon gemurmelt wurde.

»Gottverdammt!«

Und wenn ihre Augen imstande gewesen wären, die Dunkelheit und die hölzerne Wand zu durchdringen, hätten sie Cadys Gesicht gesehen – der von einem Ohr bis zum anderen grinste.

19

Zwei Stunden nach Sonnenaufgang passierten sie die Südostspitze von Daros. Cady hatte Wache, und da alle anderen schliefen, stellte er das Ruder fest und nahm eine Peilung vor. Dann änderte er den Kurs um einige Grad nach Süden. Der Wind hatte zu Stärke vier aufgefrischt, und die *Manasa* segelte stetig mit sechs Knoten dahin.

Cady fühlte sich im Einklang mit der Welt. Er notierte die Kursänderung im Logbuch und berechnete, daß sie am frühen Nachmittag Poivre erreichen würden, und dann würde die ›Verfolgung‹ endlich beginnen. Er freute sich darauf. Er brannte seltsamerweise darauf, Lascelles wiederzusehen. Er würde ihn nicht provozieren, konnte es aber nicht erwarten, in die Nähe dieses Mannes zu kommen. Er wollte ihn so beobachten, wie ein Jäger sich an seine Beute heranpirscht und genau weiß, daß der Augenblick der Wahrheit bestimmt kommen wird.

Er war sich seiner Gefühle endgültig gewiß. Sie waren kristallklar. Er empfand große Zuneigung und ungeheure Bewunderung für Kirsty. Er liebte Lani. Es tat gut, sich über seine Gefühle im klaren zu sein. Er fühlte sich wie ein Läufer, der eben ein langes, kräfteraubendes Rennen beendet hat und sich unter einer heißen Dusche entspannt; müde, aber glücklich, während die Spannung nachläßt. Er hatte in seinen sechsundzwanzig Lebensjahren viel gesehen und erlebt. In den letzten acht Jahren hatte er hart gearbeitet, die Welt bereist und aufregende Abenteuer, manchmal auch Angst, bestanden. Aber er hatte nie die Liebe kennengelernt, wie er sie jetzt empfand, und es war, als hätte er einen Gipfel erreicht und atme zum ersten Mal frische, reine Luft.

Er hörte ein Geräusch im Salon, und dann erschien Kirstys Gesicht im Niedergang. Ihr Haar war schlafzerzaust, und sie hielt sich die Hand vor den gähnenden Mund.

»Morgen, Cady«, murmelte sie. »Sie sind allein hier oben?«

»Ja. Gut geschlafen?«

Sie lächelte schläfrig. »Und wie! Wo befinden wir uns?«

»Wir segeln gerade an Daros vorüber. Ich denke, daß wir Poivre in etwa sechs Stunden erreichen.«

»Das geht aber schnell, nicht wahr?«

»Und ob. In der Nacht hat der Wind aufgefrischt.«

Sie stieg die Stufen hinauf und blickte über die Bordwand auf die ein paar Meilen entfernte Insel; Kokospalmen, ein weißer Strand, sonst war nichts zu sehen.

»Frühstück, Cady? Speck mit Eiern und Kaffee?«

»Großartig!« Er war plötzlich heißhungrig.

»Soll ich es auch für die anderen machen?«

»Nein, sie waren beide bis vier wach. Lassen Sie sie schlafen.«

Eine Viertelstunde später aßen sie an dem Klapptisch auf dem Achterdeck. Der Wind wehte so gleichmäßig, daß die *Manasa* von allein segelte.

Kirsty war jetzt hellwach, ihr Haar wehte in der Brise, ihre Augen funkelten. Sie sah zu, wie Cady gierig vier Eier und ein halbes Dutzend gebratener Speckscheiben vertilgte.

Als er endlich seinen Teller mit einem Stück Brot sauberwischte, schenkte sie ihm wieder Kaffee ein und forderte ihn auf: »Also, erzählen Sie mir.«

»Was?« murmelte er.

»Was ist geschehen? Sie sehen aus wie ein Kater, der einen ganzen Käfig voller Kanarienvögel gefressen hat.«

Er sah sie scharf an, sie lächelte und schlug vor: »Lassen Sie mich raten, Sie sind verliebt. Ich bin es nicht, also muß es Lani sein.« Sie lachte über den fast schuldbewußten Ausdruck in seinem Gesicht.

»Sie hält mich für häßlich!« stellte er fast ohne Übergang fest.

Kirsty nickte. »Ich weiß, sie hat es mir gestern abend gesagt.«

»Wirklich?«

»Ja. Als wir nach dem Essen zu Bett gingen, haben wir uns noch lange unterhalten. Ein Gespräch unter Frauen. Sie hat es gebraucht.«

»Nur weiter.« Er beugte sich über den Tisch.

Sie schüttelte den Kopf. »Das war schon alles. Wir sprachen über Ramesh und Sie und ... ein typisches Frauengespräch.« Sie brach ab. »Ich freue mich für Sie, Cady – und für mich. Es klärt unsere Situation. Erinnern Sie sich an unser Gespräch im Krankenhaus in Mahé? Ich hatte einige Bedenken, ich könnte Sie von Ihren Plänen ablenken.«

Als sie lächelte, bildeten sich um ihre Augen kleine Fältchen. »Jetzt werde ich mich nicht mehr schuldig fühlen. Statt mir über die Tiefe Ihrer Gefühle Gedanken zu machen, kann ich mich entspannen, denn ich weiß, daß ich in Ihnen einen wirklich guten Freund habe.«

Er nickte feierlich und drückte ihre Hand. »Ich weiß, was Sie meinen. Es gibt mir ein gutes Gefühl.«

Sie lächelte wieder. »Aber seien Sie vorsichtig, Cady. Sie ist ein kompliziertes Mädchen ... und abgesehen von allem anderen, ist sie noch Jungfrau.«

»Ja? Hat sie Ihnen das verraten?«

»Ja. Und auch, daß sie sich aus Dankbarkeit Ramesh angeboten hat und er sie während der zwanzig Tage, die sie allein auf dem Boot waren, kein einziges Mal angerührt hat.«

Cady dachte über die Mitteilung nach, dann sagte er voll Hochachtung: »Er ist ein wunderbarer Mann. Einer in einer Million.«

Sie nickte, und Cady ergänzte: »Ich habe kein offenes Gespräch mit ihm geführt, aber ich habe während der Hundewache gelauscht. Er ist ganz schön verknallt in Sie.«

Sie seufzte, wendete den Kopf ab und blickte auf den grünen Streifen, der langsam am Horizont verschwand.

»Ich weiß. Ich spüre es.«

»Und was fühlen Sie?«

Sie blickte ihn wieder an. Er vermittelte den Eindruck von trotziger Entschlossenheit.

»Ach, Cady, natürlich empfinde ich etwas. Es ist ein wenig beängstigend. Ich lerne jeden Tag seinen Charakter besser kennen, und er gefällt mir. Unsere Übereinstimmung wird immer stärker. Ich will es nicht. Ich werde es unterdrücken, abstellen. Ich werde mich nicht durch Gefühle an der Durchführung unseres Planes hindern lassen. Nicht, bis ich weiß, was mit Garret geschehen ist. Ich bin nicht so weit gereist, um mich zu verlieben, oder auch nur eine nette, aber vorübergehende Affäre zu erleben. Ich bin auf dem Weg, um meinen Sohn zu finden.«

»Gut. Aber inzwischen geht Ihr Leben weiter; Sie können nicht alles andere von sich schieben. Es ist offensichtlich, was Sie für den Mann empfinden.«

»Ja, aber wie bei Lani ist mein erstes Gefühl Dankbarkeit. Er hilft mir ebenso wie Sie. Alle anderen Gefühle, die ich vielleicht empfinde, werden unter Verschluß gehalten – und bleiben privat, bis meine Aufgabe beendet ist.«

Der Blick in ihren Augen war eine einzige Herausforderung. Er beruhigte sie. »In Ordnung, Kirsty. Ramesh ist ein anständiger Mensch, aber seien Sie ja nicht überrascht, wenn er das Schloß zu Ihren Gefühlen knackt.«

Kirsty antwortete nicht; sie mußte sich eingestehen, daß er das Schloß bereits erbrochen hatte.

Kurz vor Mittag frischte der Wind wieder auf. Ramesh kam an Deck und blickte zum Himmel empor. Hoch oben waren Spuren von dünnen Wolkenschleiern zu sehen. Er fragte Cady, der am Ruder stand: »Das Barometer beginnt zu fallen. Was meinen Sie?«

Auch Cady betrachtete prüfend die hohen Wolken und zuckte mit den Schultern.

»Südost. Im Süden, bei Madagaskar, könnte es Sturm geben. Vielleicht bekommen wir die Ausläufer zu spüren. Wir sind zu weit nördlich, um in einen Hurrikan oder ein Unwetter zu geraten.«

Ramesh ging unter Deck, und Cady nahm an, daß er in seiner ›Bibel‹ das Verhalten bei schwerem Wetter studierte. Zwanzig Minuten später erschien er wieder an Deck.

»Das Barometer fällt jetzt noch schneller. Nach den Anweisungen, die mir Dave Thomas mitgab, treten auf der Breite Providence nur sehr selten wirkliche Stürme auf. Das letztemal vor zehn Jahren.«

Cady warf ihm einen Blick zu, um sich zu überzeugen, ob er nervös war. Es war kein Anzeichen zu erkennen. Er blickte auf das Meer hinaus, auf dem bereits kleine weiße Schaumkronen auftauchten. Die *Manasa* krängte bei einer plötzlichen Bö, und Cady sagte: »Providence liegt weit südlich von uns. Wir könnten aber Windstärke sechs oder sieben bekommen.«

Ramesh nickte und rief nach Lani und Kirsty. Als sie an Deck kamen, bat er Lani, das Ruder zu übernehmen, und Kirsty, unten alles festzuzurren. Dann gingen er und Cady daran, das Großsegel zu reffen.

Am späten Nachmittag hatte der Wind vierzig Knoten erreicht, und das Meer war zu einer langen Dünung angeschwollen, die durch kurze, unregelmäßige Wellenschläge unterbrochen wurde. Sie trugen weiße Schaumkronen. Das Barometer fiel weiter. Ramesh und Cady hatten einen Sturmklüver aufgezogen und das Großsegel noch einmal gerefft. Die *Manasa* schwankte und bockte jetzt in der hochgehenden See.

Cady war von Rameshs Vorbereitungen beeindruckt. Er war vielleicht ein Neuling, ging aber methodisch und selbstsicher vor. Zuerst hatten sie ein Tau vorn und hinten am

Ruderhaus befestigt. Schwimmwesten wurden leicht erreichbar im Kabinenvorraum untergebracht. In einigen war eine automatische Sichtlampe eingebaut, und Ramesh überprüfte sie. Während Cady dann kontrollierte, ob im Maschinenraum alles gesichert war, machte Ramesh einen Treibanker aus Segeltuch zurecht, befestigte ihn an einer kurzen Kette und dann an einem langen Seil. Schließlich machte er einen Kontrollrundgang und überprüfte Verspannungen und Deckausrüstung.

Als Cady aus dem Maschinenraum trat, warf er einen Blick auf das Barometer. Es fiel beständig. Kirsty kam aus der Brack. Sie war sehr blaß und hielt sich an einer Sicherheitsleine fest, als das Boot stampfte und rollte.

»Ist Ihnen nicht gut, Kirsty?«

Sie schüttelte gequält den Kopf. »Ich fühle mich hundsmiserabel. Ich habe Tabletten genommen, aber sie helfen nicht. Es ist wirklich grobe See, Cady.«

»Ja, und sie wird noch gröber werden. Hören Sie, das beste, was Sie tun können, ist, in Ihrer Koje zu bleiben.« Er drängte sich an ihr vorbei und vergewisserte sich, daß das Brett auf der Leeseite ihrer Koje gut befestigt war.

Sie ließ sich hineinfallen und fragte: »Wird es gefährlich?«

Er schüttelte zuversichtlich den Kopf. »Verdammt, nein. Wir werden eine unruhige Nacht haben, aber bis zum Morgen sollte das schwere Wetter vorüber sein.«

Am frühen Abend liefen sie vor Windstärke acht, hatten nur den Sturmklüver gesetzt, und die *Manasa* rollte wild. Das Barometer fiel über ein Millibar pro Stunde, und Ramesh und Cady hielten eine Lagebesprechung im Kabinenvorraum ab.

»Es gibt viele und leider einander widersprechende Ratschläge dafür, was man in dieser Lage tun soll«, stellte Ramesh fest. »Alles mögliche, von Verholleinen achteraus bis zu einem Treibanker vor dem Bug. Was meinen Sie dazu?«

Cady blickte auf die riesigen Wellen, die von achteraus

heranrollten. Sie folgten überraschend dicht nacheinander, und jede hob die *Manasa* hoch; dann glitt sie wieder tief in ein Wellental.

»Ich wäre für den Treibanker vor dem Bug«, sagte Cady. »Ich würde mich wohler fühlen, wenn sie die Nase in den Wind steckt und die Maschine im Leerlauf läuft.« Er zeigte nach achtern. »Bei diesen Wellen besteht die Gefahr, daß wir kentern.«

Ramesh nickte zufrieden. »Ich stimme Ihnen zu. Machen wir es so.«

Bei Einbruch der Nacht liefen sie mit dem Bug gegen Wind und Wellen, sie schaukelten auf und nieder wie ein riesiger Korken. Sehr unangenehm, aber halbwegs sicher. Ramesh und Cady saßen im Kabinenvorraum und trugen Schwimmwesten, die an Rettungsleinen befestigt waren. Sie hatten einen niedrigen Wetterschutz aus Segeltuch improvisiert, und obwohl eine Menge Wasser über den Bug hereinschwappte, waren sie einigermaßen trocken. Lani kam den Niedergang herauf und brachte ein Tablett mit Sandwiches. Sie setzte sich neben Ramesh, er half ihr in eine Schwimmweste und befestigte sie dann an einer Rettungsleine.

»Haben Sie etwas gegessen?« fragte Cady, und sie schüttelte den Kopf.

»Mir ist ein bißchen übel. Aber es ist nicht so schlimm.«

»Wie geht es Kirsty?« fragte Ramesh.

»Sie hat zweimal erbrochen, aber es scheint ihr jetzt besser zu gehen. Sie ist schläfrig – ich glaube von den Pillen.«

»Gut. Vielleicht wird sie schlafen.«

Gegen Mitternacht erreichte der Sturm den Höhepunkt. Lani befand sich mit Kirsty unter Deck, Ramesh und Cady blieben im Kabinenvorraum. Sie hatten darüber gesprochen, ob einer von ihnen versuchen sollte, sich ein wenig auszuruhen, waren aber davon abgekommen. Wenn in der Nacht etwas in die Brüche ging, konnte es zu lang dauern, bis man an Deck gelangte, um zu helfen.

Es war kurz vor ein Uhr, als eine riesige Welle über den Bug hereinbrach, den Wetterschutz aus Segeltuch mit sich riß und die beiden Männer durchnäßte. Cady glaubte, am Bug ein Krachen gehört zu haben, und beschloß nachzusehen. Er hielt sich an allen verfügbaren Griffen fest und kämpfte sich langsam vor. Ramesh ging an die Seite des Ruderhauses und beobachtete ihn.

Zur gleichen Zeit war Kirsty unten aus kurzem Schlaf erwacht und beschloß, weil sie von neuem Übelkeit hochsteigen fühlte, frische Luft zu schöpfen.

An Deck untersuchte Cady auf den Knien die Klampe, an der der Treibanker hing. Sie schien in Ordnung zu sein.

Er drehte sich um und zeigte Ramesh den erhobenen Daumen, dann sah er hinter ihm Kirstys Kopf über dem Ruderhaus auftauchen.

»Schwimmweste!« schrie er, als der Bug jäh in die Höhe stieg, dann hielt er an, während eine Wasserwand über ihn hereinbrach. Als er wieder klar sehen konnte, verkrampfte sich alles in ihm. Kirsty war zurückgeschwemmt worden, ein Bein und ihr halber Körper hingen über die Reling am Heck, mit einer Hand hielt sie sich an einer Stütze fest. Ihr nasses Haar klebte auf ihrem Gesicht und verdeckte es. Ramesh bewegte sich rasch wie eine Krabbe mit ausgestrecktem Arm auf sie zu; dann wurde die *Manasa* wieder erschüttert, eine neue Wasserwand brach herein, und Kirsty war verschwunden; Ramesh lag auf der Seite neben dem Besanmast. Eine Sekunde später war er auf den Knien und gleich darauf auf den Beinen. Gebannt sah Cady zu, wie er seine Rettungsleine löste, zwei kurze Schritte machte und über das Heck ins Wasser sprang.

Dann setzte sich Cady in Bewegung. Seine rechte Hand gab rasch die Ankerleine frei. Er spürte, wie sich die *Manasa* hob und drehte, als der Druck nachließ. Sie rollte, bis Cady dachte, sie würde kentern, dann richtete sie sich mit einem zornigen Beben wieder auf.

Cady rannte zum Kabinenvorraum zurück und schrie nach Lani, die sich schon den Niedergang heraufzog.

Er drückte ihr eine Schwimmweste und das Ende einer Rettungsleine in die Arme. Dann packte er das Steuerruder, hängte den Riemen aus und schob den Gashebel vor. Über die Schulter schrie er nach hinten: »Geh zum Hauptmast, klammere dich mit Armen und Beinen daran fest und laß um alles in der Welt nicht los! Such nach einem Licht – auf den Wellenkämmen!« Er zeigte über den Bug nach Steuerbord. »In dieser Richtung.«

Sie ging rasch an ihm vorbei, blieb stehen, als das Heck sich heftig hob, stürzte zu dem Mast, erreichte ihn mit drei Schritten und klammerte sich fest. Cady gab mit dem Gashebel leicht nach und versuchte, die *Manasa* dazu zu bringen, der Wucht der Wellen nachzugeben. Er machte sich keine Illusionen. Wenn sie die beiden nicht innerhalb von Minuten erblickten, war es zu spät. Unter solchen Bedingungen, dazu noch der Schock des Unfalls, konnte ein Mensch sogar mit einer Schwimmweste ertrinken – und Kirsty besaß keine. Er betete, daß Ramesh sie gefunden hatte, und dankte Gott, daß er eine Schwimmweste mit einem Licht trug.

Zweihundert Meter auf Steuerbord konnte Kirsty dieses Licht zeitweise sehen. Sie hörte auch Rameshs verzweifelte Stimme.

»Kirsty! Schwimmen Sie auf das Licht zu. Zum Licht!«

Sie sah es wieder blinken und bewegte ihre Arme. Sie fühlten sich bleischwer an. Sie öffnete den Mund, um zu schreien, er füllte sich mit Wasser, dann war ihr Kopf unter Wasser, und sie spürte, wie Panik ihren Körper durchzuckte wie eine heiße Klinge. Ihr Gesicht tauchte über die Wasseroberfläche, und sie sah das Licht jetzt näher. Sie befanden sich im Tal derselben Welle. Sie schwamm in die Richtung und schrie: »Ramesh!«

Dann war sie wieder unter Wasser, bekam noch mehr Wasser in den Mund und dachte kristallklar, daß sie sterben würde. Sie spürte ihre Arme und Beine nicht mehr. Mattigkeit erfaßte sie.

Im Geist schrie sie: »Nein! Nein!« und strampelte, und das Licht war da, und plötzlich packte eine Hand ihren Arm, und Rameshs erschöpfte Stimme rief ihr ins Ohr. »Umdrehen, Kirsty, Arme ausstrecken. Kopf auf mich legen. Wehren Sie sich nicht! Sie dürfen sich nicht wehren!«

Auf der *Manasa* schmerzten Lanis Arme und Beine, während sie sich an den Mast klammerte. Alle paar Sekunden ging ein Wasserschwall über sie hinweg, verdunkelte ihre Sicht, und sie schluchzte krampfhaft. Sie zwang sich, Ruhe zu bewahren, schloß die Augen einen Augenblick fest, dann blickte sie nach vorne. Nichts als Finsternis und Gischt. Sie richtete den Blick etwas mehr nach Steuerbord, während weitere Sturzseen über sie hereinbrachen; hatte sie da nicht etwas gesehen? Ja, da war es wieder. Ein Licht. Sie zeigte darauf, schrie und sah es dann wieder. Cady ebenfalls.

»Komm hierher!« rief er und streckte den Arm aus. Sie drehte sich um, schätzte die Bewegung des Bootes ab und hielt auf ihn zu.

»Du mußt das Ruder übernehmen«, drängte Cady sie. »Sie zu finden, ist schon schwer, aber sie an Bord zu holen, ist noch schwieriger. Ich muß das Beiboot aussetzen. Behalte die Richtung bei. Achte auf das Licht.«

Sie ergriff das Ruder, er beugte sich in den Niedergang und zündete alle Lichter an; dann schob er sich zu dem Beiboot auf dem Vordeck. Er begann, es mit einer Hand loszumachen, mit der anderen schraubte er das Auslaßventil einer Kammer auf. Die Luft zischte heraus, bis die Kammer halb leer war. Dann schraubte er das Luftventil zu. Er öffnete die Luke, entnahm ihr ein schweres Tau und befestigte es an der Fangleine.

Gegen den Wind ankämpfend, schob er das Beiboot über die Leeseite und sah erleichtert, daß es mit der richtigen Seite auf der Wasseroberfläche landete. Dann nahm er das Tauende fest in die Hand, kletterte zum Heck, steckte das Tau durch eine geeignete Rolle und legte es um die Großsegelwinde. Das Beiboot wurde zwanzig Meter achteraus von den Wellen auf und ab geschleudert.

»In Ordnung«, brummte er und trat hinter Lani. »Ich werde jetzt das Ruder übernehmen. Du mußt die Winde betätigen, wenn ich es dir sage. Wo ist das Licht?«

Sie zeigte hin, und er sah beruhigt, daß es sich jetzt nur etwa fünfzig Meter vor ihnen auf Steuerbord befand. Er wußte genau, was er zu tun hatte, und daß er vielleicht nur eine einzige Chance hatte. Er schob den Gashebel nach vorn und drehte das Ruder. Er würde langsam auf der Wetterseite an ihnen vorbeifahren und dann Gas wegnehmen. Dann würden die Leine und das Beiboot auf sie zutreiben. Sie würden sich zu dem Beiboot ziehen und hineinklettern müssen. Er hatte es ihnen erleichtert, indem er die Luft zur Hälfte ausgelassen hatte.

»Lani, bitte, im Salon liegt eine große Taschenlampe im Spind!«

Eine Minute später erblickte er in ihrem Licht die beiden Köpfe. Seine Erleichterung wurde durch das Bewußtsein beeinträchtigt, daß sie völllig erschöpft sein mußten und der schwierigste Teil noch bevorstand.

Er konzentrierte sich jetzt auf die Wellen und kämpfte mit dem Steuer und dem Gashebel, um auf die Windseite der beiden zu gelangen. Das Licht verschwand aus seinem Blickfeld unter dem Bug, dann blinkte es längsseits, er sah, daß sie von derselben Welle hochgehoben wurden; er nahm Gas weg und schrie.

»Ramesh! Tau achteraus! Faß es! Hol das Beiboot. Steuerbordseite!«

Ein Arm winkte, als sie vorbeiglitten, er schob den Schalthebel auf Rückwärtsgang und gab kurz Gas. Dann ergriff er die Taschenlampe und richtete sie auf das schlaffe Tau. Noch zwei Wellen. Er sah das Licht in der Nähe der Leine, dann wurde sie straff gespannt, und er stieß einen Schrei der Erleichterung aus.

»Fang an, sie hereinzuholen, Lani! Aber schön langsam.«

Sie drehte die Kurbel, und das Beiboot näherte sich dem Licht und den beiden Köpfen. Cady bemerkte erleichtert, daß der Wind nachließ. Das Beiboot und das Licht kamen zusammen.

»Hoffentlich hat er noch genügend Kraft«, murmelte Cady. Ramesh besaß sie. Sie sahen zu, wie er Kirstys schlaffe Gestalt auf Steuerbord über die Kammer in das Schlauchboot beförderte und sich dann selbst hineinzog.

»Alles klar, Lani. Einholen. Langsam und gleichmäßig. Hör zu – uns steht noch ein schwieriger Teil bevor. Wenn sie nahe genug sind, muß ich ihnen zur Sicherheit zwei Rettungsleinen und eine zweite Schwimmweste zuwerfen. Vielleicht muß ich in das Beiboot springen, um ihnen herauszuhelfen.«

Lani blickte zu ihm auf und schüttelte den Kopf. »Du weißt, daß das dumm ist. Du darfst das Boot nicht verlassen. Wenn etwas passiert, würde ich nicht wissen, was ich zu tun habe … Ich werde hineinspringen und die Leinen und die Schwimmweste mitnehmen. Streite nicht, Cady. Du weißt, daß ich recht habe.«

Er gab nach. Sie hatte recht.

Sie stimmte es zeitlich sehr gut ab, wartete, bis das Beiboot unter dem Achterdeck auftauchte, und sprang mit der Schwimmweste im Arm und den beiden Rettungsleinen und ihrer eigenen Leine hinein.

Sie landete neben Ramesh, der Kirsty in den Armen hielt. Sie war kaum bei Bewußtsein.

Als alle drei an Rettungsleinen hingen, atmete Cady erleichtert auf. Der Wind ließ jetzt nach, und das Meer wurde ruhiger.

Er steuerte die *Manasa* in einem günstigen Winkel in den Wind, fixierte das Steuer und zog das Beiboot auf der Leeseite heran. Ramesh und Lani hatten Kirsty in die Mitte genommen. Als das Beiboot von einer Welle hochgehoben wurde, stemmten sie sie hoch. Cady griff nach unten, faßte sie mit den Händen unter den Armen und schwang sie in einer gleichmäßigen Bewegung an Bord.

Lani kam als nächste, und schließlich Ramesh, der vor Erleichterung und unter Schockeinwirkung zitterte.

Zwei Stunden später war der Sturm zu Windstärke fünf abgeflaut, sie hatten ein kleines Segel gesetzt, und Cady und Ramesh saßen im Kabinenvorraum und tranken Kaffee.

»Wir haben verdammtes Glück gehabt«, murmelte Cady. »Unter solchen Bedingungen hätten wir euch auch verlieren können.«

Ramesh nickte nur. Er war erschöpft, hatte sich aber geweigert, unter Deck zu gehen.

»Sie waren verflucht mutig«, stellte Cady fest. »Sie müssen doch gewußt haben, wie gering Ihre Chancen waren.«

Ramesh hob den Kopf. »Ja. Aber was sollte ich tun? Ich bin der Kapitän und damit für sie verantwortlich.«

Cady erkannte, daß er keine Bescheidenheit vorspielte. Er meinte es ernst.

Lani kam den Niedergang herauf und meldete: »Sie will mit Ihnen sprechen, Ramesh. Es geht ihr gut. Sie hat ein wenig Suppe getrunken.«

Ramesh ging hinunter, und Lani setzte sich Cady gegenüber hin. »Was für eine Nacht«, murmelte sie.

Er lächelte. »In gewissem Sinn ist sie gut. Sie hat uns allen einander nähergebracht. Das bewirkt das gemeinsame Entsetzen.«

Sie lehnte sich mit der Schulter an das Deckhaus, sah sehr zerbrechlich aus, und er erinnerte sich daran, wie sie trotz der tobenden See in das Beiboot gesprungen war.

»Ich muß dir etwas sagen, Lani.«

»Was?«

»Es ist ein Ausdruck, den wir auf den Bohrstellen verwenden ... Du hast soviel Mut wie ein Haufen Söldner.«

»Aber Cady, ich bin doch ein Mädchen.«

»Ja ... und ob ich das weiß.«

In der Back saß Ramesh Kirsty gegenüber auf der Koje. Sie streckte die Hand aus und ergriff die seine.

»Ich möchte nicht sprechen, Ramesh. Ich finde keine Worte, um Ihnen zu danken. Vielleicht später einmal. Jetzt werde ich schlafen. Ich wollte Sie berühren – Sie für kurze Zeit spüren.«

Er erwiderte nichts. Er saß in der winzigen Kajüte, sie schloß die Augen und schlief ein. Er blieb eine Stunde lang bei ihr sitzen, hielt ihre Hand in der seinen und betrachtete in dem schwachen Licht ihr Gesicht.

Schon von weitem erblickten sie die Masten. Cady musterte sie durch den Feldstecher und verkündete: »Eine davon ist die *Jaloud*. Die andere ein Schoner – vermutlich ein Handelsschiff, das zwischen den Inseln verkehrt.«

Eine Stunde später schalteten sie den Motor ein und strichen die Segel. Kirsty übernahm das Steuer, während Ramesh die Karte studierte und Cady das Schlauchboot aufpumpte. Als sie sich der Fahrrinne näherten, übernahm Ramesh wieder das Ruder, und Kirsty griff nach dem Feldstecher. Die *Jaloud* war nur eine Viertelmeile entfernt, sie ankerte nicht weit vom Ufer entfernt, und der große Schoner befand sich an ihrer Steuerbordseite. Lascelles und Carlo saßen an Deck an einem Tisch am Heck. Kirsty suchte mit dem Feldstecher den Strand ab. Drei Kanus und zwei Schlauchboote. Unter Palmen und Kasuarinabäumen befand sich eine Ansammlung von Gebäuden mit Strohdächern.

Sie setzte den Feldstecher ab und fragte Ramesh: »Können Sie mit Lanis Hilfe ankern?«

Er warf ihr einen Blick zu und nickte. »Ich werde dicht an seiner Backbordseite Anker werfen.«

Sie drehte sich um und rief Cady zu: »Gehen wir für eine Weile nach unten.«

Carlo und Lascelles beobachteten von ihrem Boot aus interessiert, wie sich die *Manasa* langsam dem Strand näherte. Auf dem Tisch befanden sich die Reste einer Mahlzeit und mehrere Bierflaschen. Carlo stieß einen leisen Pfiff aus, als das Mädchen im Bikini zur Vorpiek ging und den Anker löste. Als sie in etwa vierzig Meter Entfernung auf gleiche Höhe kamen, stand Lascelles auf und rief:

»He! Ihr liegt aber ein bißchen zu nahe.«

Der Mann am Ruder winkte verächtlich mit der Hand und rief dem Mädchen etwas zu. Einen Augenblick später klatschte der Anker ins Wasser.

Im Salon der *Manasa* wartete Kirsty, bis Ramesh die Maschine abgeschaltet hatte, dann ging sie an Deck. Lascelles und Carlo standen an der Reling der *Jaloud* und schätzten die Entfernung zwischen den beiden Booten ab. Lascelles schaute auf und erblickte sie, dann senkte er den Blick wieder zum Wasser.

»Lascelles! Wo ist mein Sohn?«

Sein Kiefer klappte herunter, dann bewegten sich seine Lippen, und er wollte etwas sagen, als Cady hinter Kirsty auftauchte. »Wo ist mein Sohn?« wiederholte sie.

Lascelles holte tief Luft und sah Carlo an, dann antwortete er: »Ich habe es Ihnen gesagt. Ihr Sohn ist tot. Was, zum Teufel, tun Sie hier?«

Die beiden Boote waren näher aufeinander zugetrieben, waren nun etwa dreißig Meter voneinander entfernt, und ihre Hecks bildeten einen Winkel von sechzig Grad. Ohne ihn aus den Augen zu lassen, ging Kirsty zum Heck, um ihm näher zu kommen. Sie mußte nicht einmal schreien.

»Lascelles, ich bin hier, um Ihnen diese Frage zu stellen, und ich werde Ihnen auf den Fersen bleiben, bis Sie mir sagen, wo mein Sohn ist.«

Sowohl Lascelles als auch Carlo betrachteten sie beeindruckt und fasziniert, als wäre sie ein seltenes Tier in einem Zoo – und der Streifen Wasser zwischen ihnen das Gitter.

Lascelles reagierte als erster. Er beugte sich über die Reling und schob das bärtige Kinn vor.

»Sie sind scheißverrückt!« zischte er. »Ihr Sohn ist tot. Verstehen Sie – *tot*!«

Kirsty antwortete nicht. Sie griff hinter sich, zog einen Stuhl heran, setzte sich und schlug die Beine übereinander. Sie ließ Lascelles nicht aus den Augen.

Nach einer Minute unter ihrem starren Blick schnaubte er verächtlich und wandte sich Cady zu, der mit verschränkten Armen am Großmast lehnte.

Lascelles grinste, stieß Carlo an und rief: »Hallo, hübscher Junge, wollen Sie sich noch ein wenig Medizin holen?«

Cady rührte sich nicht. Seine Stimme war leise, aber deutlich. »Ich beginne keinen Streit.«

»Sollten Sie auch besser sein lassen«, spöttelte Carlo. »Hier gibt es nämlich kein Krankenhaus.«

Am Strand war ein Mann in verschossenen Shorts und einem Unterhemd aufgetaucht. Er zog eines der Beiboote ins Wasser, sprang hinein und ruderte zur *Manasa* hinüber. Als er längsseits lag und die Ruder einzog, blickte er hinauf.

»Henri Daubin. Ich bin hier der Manager. Willkommen in Poivre.«

Ramesh ergriff die Fangleine und zurrte sie fest, während er sich vorstellte, dann forderte er ihn auf: »Kommen Sie an Bord – möchten Sie etwas trinken?«

Daubin kletterte behende hinauf. Ein kleiner, dunkler, geschmeidiger Mann, der bis auf einen schmalen Haarkranz kahl war. Er wurde den anderen vorgestellt und nahm einen Scotch entgegen.

»Sie befinden sich auf Urlaub? – Eine Kreuzfahrt?« fragte er und setzte sich auf den angebotenen Stuhl.

»Gewissermaßen«, bestätigte Ramesh. Dann fügte er mit einem Blick auf Kirsty hinzu: »Wir sind gekommen, um mit

Lascelles zu sprechen. Kirstys Sohn soll vor einigen Monaten auf Lascelles' Jacht über Bord gegangen sein. Sie glaubt es nicht.«

»Aah!« nickte Daubin. »Ich kenne die Geschichte.«

»Wirklich?« fragte Kirsty überrascht.

Daubin wies auf den Schoner.

»Die *La Belle Vue* ist vor ein paar Tagen aus Mahé eingetroffen. Wir sind auf diesen Inseln von der Welt abgeschnitten, aber es ist erstaunlich, wie schnell sich Neuigkeiten verbreiten. Ich habe die Geschichte von der Frau gehört, die ihren Sohn sucht, und von dem großen blonden Mann, der sich mit Lascelles geschlagen hat.« Er warf einen Blick auf Cady, in dem ein Anflug von Sympathie lag. »Sie müssen verstehen, daß wir auf diesen Inseln unter Vertrag arbeiten. Die Arbeiter ziehen von einer Insel zur anderen und kehren selten nach Mahé zurück. Wir sind eine merkwürdige Gesellschaft, und irgendwie verbreiten sich Neuigkeiten unter uns, als würden sie vom Wind befördert, sogar bis nach Mauritius oder den tausend Meilen entfernten Komoren.« Er sah Lani an. »Und Sie sind das Mädchen, das auf den Malediven als blinder Passagier an Bord ging.« Er lächelte freundlich. »Ich kann es Ihnen nicht verdenken. Ich war einmal dort.«

Sein Glas war leer, und Ramesh füllte es nach.

»Wie lange werden Sie bleiben?« fragte ihn Daubin.

»So lange wie die *Jaloud*.«

Kirsty beugte sich vor und erläuterte ihr Vorhaben. Als sie erwähnte, daß sie Lascelles ›verfolgen‹ wollte, zeigte sich Daubin durchaus nicht skeptisch. Er sah zur *Jaloud* hinüber. Lascelles und Carlo saßen wieder am Tisch und spielten jetzt Karten. Sie blickten wiederholt zu der Gruppe auf dem Deck der *Manasa* hinüber.

»Ihn verfolgen ...« meinte Daubin nachdenklich. »Ich arbeite seit dreißig Jahren auf den Amiranten und anderen Inseln, habe merkwürdige Erlebnisse gehabt und seltsame Verhaltensweisen von Menschen gesehen. Möglich ist alles.

Die *Jaloud* wird morgen nach Desnouf auslaufen. Lascelles' Passagiere finden unsere Vögel nicht sehr interessant. Danach fahren sie nach Farquhar und schließlich nach Aldabra.«

Er trank aus und stand auf. »Sie haben einen guten Tag für Ihre Ankunft gewählt. Der Schoner brachte auch die Nachricht, daß die Frau eines unserer Arbeiter einen Sohn geboren hat – den ersten. Heute abend feiern wir, und ihr seid alle dazu eingeladen.«

»Wird Lascelles auch hinkommen?« fragte Kirsty.

»Nein«, erklärte Daubin entschieden. »Er hat sich vergangenes Jahr betrunken und einen der Arbeiter angegriffen. Seither bekommt er nicht die Erlaubnis, an Land zu gehen. Aber die anderen werden anwesend sein; die Vogelforscher, die Besatzung der *La Belle Vue* und vielleicht auch Carlo. Das ist Tradition – alle sind eingeladen, die an Land gehen dürfen.«

»Danke – aber ich werde an Bord bleiben«, entschied sich Kirsty.

Daubin sah sie überrascht an, dann begriff er. »Ach ja – die Verfolgung.« Er wandte sich an Ramesh. »Brauchen Sie etwas? Wir sind hier in der glücklichen Lage, über reichlich Wasser zu verfügen ... etwas brackig, aber trinkbar.«

»Es ist immer gut, den Wassertank aufzufüllen«, bedankte sich Ramesh.

20

Ramesh blieb bei Kirsty. Sie redete ihm zu, Lani und Cady zu der Party zu begleiten, doch er weigerte sich entschieden, und eigentlich hatte sie ihn auch nicht allzu sehr gedrängt.

Sie saßen mit einem Drink an Deck und genossen den Sonnenuntergang. Am Nachmittag waren Lani und Cady in dem Beiboot auf Fischfang gefahren und hatten unter anderem einen großen roten Schnappbarsch gefangen.

Während sie nun zusah, wie die Sonne sich rot verfärbte und der Himmel sein vielfältiges Farbenspiel darbot, lagen New York und ihr bisheriges Leben Lichtjahre hinter ihr.

Kirsty blickte zur *Jaloud* hinüber – deren schwarzer Rumpf und aufragenden Maste ihr bedrohlich vorkamen.

Carlo saß mit einem Glas in der Hand allein an Deck. Jedesmal, wenn sie am Nachmittag Lascelles gesehen hatte, hatte sie ihn unverwandt angestarrt. Schließlich war er unter Deck gegangen und nicht wieder aufgetaucht. Sie war zutiefst davon überzeugt, daß sie ihn beunruhigte. Er saß auf diesem Boot fest, und jedesmal, wenn er an Deck kam, sah er, wie sie ihn beobachtete: eine gelassene, wartende Nemesis. Es vermittelte ihr ein gutes Gefühl.

Neben ihr seufzte Ramesh. »Ich fühle mich wie ein kleiner Junge, der auf ein wichtiges Ereignis wartet.«

Sie wollte schon antworten, als er plötzlich rief: »Schauen Sie!«

Sie hob den Kopf und sah das aufblitzende grüne Band am Horizont. Intensiv, flüchtig und überwältigend. Es war plötzlich wieder verschwunden, und sie fragte sich einen Augenblick lang, ob es überhaupt dagewesen war, doch Ramesh sagte: »Einen Wunsch, Kirsty! Wünschen Sie sich etwas!«

Sie tat es, und er drehte sich aufgeregt um. »Es ist ein Omen. Es bedeutet Glück. Es kommt sehr, sehr selten vor.« Er lächelte. »Natürlich kenne ich Ihren Wunsch ... Ich habe mir nämlich das gleiche gewünscht ... und noch etwas. Wer weiß? Vielleicht gehen zwei Wünsche in Erfüllung.«

Bewegt und von dem Schauspiel beeindruckt, ergriff Kirsty unwillkürlich seine Hand.

»Was war Ihr zweiter Wunsch, Ramesh?«

Noch während sie die Worte aussprach, kamen ihr Zweifel. Sie hätte seinen Wunsch erraten können, denn auch sie hatte daran gedacht, und sie befürchtete, daß ihre Frage ihn in Verlegenheit bringen könnte. Doch Ramesh war nicht verlegen. Er drückte ihre Hand und gestand einfach: »Daß wir, nachdem wir Garret gefunden haben, in irgendeiner Form beisammen bleiben können.«

Sie antwortete nicht. Sie blickte lange auf den jetzt dunklen Horizont, dann zog sie die Hand zurück, stand auf und ging nach unten in die Kombüse.

Sie weigerte sich, sich von ihm helfen zu lassen. Sie deckte den Tisch, öffnete den gekühlten Wein, trug das Essen hinauf und stellte es auf den Tisch. Als sie beide saßen, sie mit der *Jaloud* im Blickfeld, schenkte Ramesh den Wein ein, hob sein Glas und sagte:

»Buchhalter.«

»Was?«

»Buchhalter«, wiederholte er. »Kirsty, wir waren beide Buchhalter. Trinken wir auf sie – auf die Buchhalter der ganzen Welt – und wünschen wir ihnen, daß ihnen das Leben einen so schönen Augenblick bescheren möge wie diesen.«

Sie erwiderte sein Lächeln, nippte an ihrem Wein und schaute sich um. Sie befanden sich in unmittelbarer Nähe des palmenbestandenen Strandes, den der aufgehende Mond beleuchtete, der auch zart auf der spiegelglatten Wasserfläche schimmerte. Ferne Klänge drangen von den Bäumen zu ihnen: die Musik der *moutia*, zu der sie nur drei Abende zuvor in Mahé die *sega* getanzt hatten. Die Sterne über ihnen blitzten groß wie Diamanten auf schwarzem Samt. Ihr gegenüber saß ein Mann, den sie anziehend und interessant fand. Eine kleine Lampe, die an der Spiere hing, warf ein schwaches Licht auf sein gebräuntes Gesicht, betonte seine Züge, vertiefte den Blick seiner Augen und verlieh ihm etwas Geheimnisvolles.

Sie lächelte wieder, hob ihr Glas und murmelte: »Auf die Buchhalter.«

Während der Mahlzeit schwiegen sie zumeist. Später räumte sie ab, lehnte wieder seine Hilfe ab, bereitete den

Kaffee zu und brachte ihn an Deck.

Dann plauderten sie, sprachen über ihre früheren Leben. Sie erzählte ihm von ihrer Ehe und von Garrets Kindheit. Er erzählte ihr von seinem Leben in Bombay, den Vorurteilen Anglo-Indern gegenüber, von seiner Mutter und ihrer Tapferkeit in ihrem Leiden. Während er sprach, wurde ihr wieder klar, daß sich dieser Mann in den wenigen Tagen, die sie ihn kannte, verändert hatte. Er war wie immer höflich und ein wenig schüchtern, doch sie erkannte die Stärke, die in ihm zutage trat. Es war wie ein Vorhang, der bei einer Enthüllung langsam zur Seite gezogen wurde.

»Ich kann es nicht leugnen, Ramesh«, bekannte sie. »Ich empfinde so viel für Sie. Schon vom ersten Tag an. Seither hat sich diese Zuneigung ständig vertieft ... und tut es noch. Glauben Sie nicht, daß ich empfindungslos bin oder nicht weiß, was Sie fühlen ... es ist nur die Zeit ... die Situation.«

»Ich weiß. Machen Sie sich deshalb keine Gedanken, Kirsty.«

Sie atmete schwer. »Ramesh, bis vor kurzem habe ich wirklich geglaubt, daß ich nie wieder einen Mann lieben könnte. Daß dieser Teil meines Wesens ... oder was immer es ist, abgestorben ist. Sie haben mir bewiesen, daß dem nicht so ist ... aber ich will nicht daran denken oder nach dem heutigen Abend auch nur darüber sprechen. Ich habe Angst davor, schwach zu werden, Ramesh. Angst davor, nur an mich zu denken – und meinen Sohn zu vergessen.«

Er beteuerte ihr, daß er sie verstand – nichts anderes von ihr erwartet hatte. Sie konnten noch immer die Musik vom Strand hören. Kirsty sah auf die Uhr. Es war fast Mitternacht. »Ich gehe zu Bett.«

Als sie an ihm vorüberging, blieb sie stehen, wandte sich ihm zu und legte zärtlich eine Hand an seine Wange.

Sie wollte schon den Niedergang hinuntersteigen, als sie die Stimmen hörte. Sie drehte sich um und erblickte zwei dunkle Gestalten auf dem Deck der *Jaloud*. Lascelles sprach undeutlich wie ein Betrunkener.

»Dann geh doch, verdammt noch mal, wenn du willst.«

»Tu ich«, antwortete Carlo herausfordernd. »Das Scheißbier ist aus. Sie werden massenhaft *calou* haben ... und diese chinesische Punze ... ich habe schon seit Jahren mit keiner Schlitzäugigen mehr gebumst.«

Er kletterte in das Beiboot hinunter, während Lascelles etwas vor sich hinbrummelte.

»Keine Sorge«, beruhigte ihn Carlo. »Ich bringe dir schon so eine Scheißflasche.«

Er ruderte zum Strand, und Lascelles verschwand unter Deck. Kirsty trat wieder neben Ramesh.

»Es wird Ärger geben«, sagte sie besorgt. »Wenn er sich an Lani heranmacht, wird Cady in die Luft gehen.«

»Bestimmt. Wollen Sie an Land gehen?«

Sie überlegte, dann schüttelte sie den Kopf. »Nein, Ramesh. Aber ich kann jetzt nicht schlafen. Ich werde noch etwas Kaffee kochen.«

Es war eine fröhliche Party gewesen. Berge von Essen und Ströme von Getränken. Etwa ein Dutzend Männer arbeiteten auf der Plantage, doch außer Lani war das einzige weibliche Wesen Daubins rundliche, fröhliche Frau. Deshalb mußten Lani und sie nach der Mahlzeit mit allen Männern tanzen, die drei Ornithologen eingeschlossen. Sie waren Engländer, ernst und in den besten Jahren, doch nachdem sie mehrere Gläser *calou* getrunken hatten, gingen sie mehr aus sich heraus und ließen sich von der guten Laune der anderen anstecken.

Cady hatte kaum etwas getrunken, doch während er zusah, wie Lani mit dem Kapitän der *La Belle Vue* tanzte, fühlte er sich leicht beschwipst, und ihm wurde klar, daß es nicht nur der Alkohol war, der seine Sinne benebelte. Er fühlte sich wie ein junger Bursche bei seinem ersten Rendezvous. Obwohl er angesichts der Tatsache, daß die Männer in der Überzahl waren, nur einmal mit ihr getanzt hatte, hatte Lani durch ihr Verhalten ausgedrückt, daß sie zu ihm gehörte. Sie kam nach jedem Tanz natürlich und unbefangen zu ihm zurück. Er hatte keine Gelegenheit gehabt, vertraulich mit ihr zu sprechen, doch er fühlte sich ihr sehr nahe.

Die Musikkapelle bestand aus drei Arbeitern. Einer spielte Banjo, der andere Geige und der dritte das traditionelle *zeze*, ein jahrhundertealtes Instrument, das aus einer gespannten Saite bestand, die an einer Kalebasse befestigt war, die als Resonanzkasten diente.

Sie bildeten eine unwahrscheinliches Trio, aber was ihnen an musikalischer Technik fehlte, wurde durch ihre Begeisterung mehr als wettgemacht. Der auf allen Seiten offene Trokkenschuppen für Kopra diente als Tanzboden. Gegen Mitternacht war der frischgebackene Vater gehörig betrunken, und Cady nahm an, daß die Party bald zu Ende gehen würde.

Während des Abends hatte er sich mit den drei Ornithologen unterhalten. Sie hatten Kirstys Geschichte gehört und fühlten mit ihr. Sie führten Arbeiten für die Royal Society durch, weil die Errichtung einer ständigen wissenschaftlichen Außenstelle auf einer der Inseln vorgesehen war. Sie waren von den wenigen Tagen, die sie an Bord der *Jaloud* verbracht hatten, zutiefst enttäuscht. Das Essen war entsetzlich, das Boot verdreckt und Lascelles und Carlo häufig betrunken und ausfallend.

Als sie die *La Belle Vue* in Poivre getroffen hatten, hatten sie versucht, sie anstelle der *Jaloud* zu chartern, doch sie mußte am nächsten Morgen mit einer Ladung Kopra nach Mahé zurückkehren. Der Kapitän hatte aber einen Brief an den Reeder mitgenommen, und wenn er ihre Bedingungen akzeptierte, würde er sie entweder in Farquhar oder Aldabra treffen. Inzwischen hatten sie beschlossen, so viel Zeit wie möglich an Land zu verbringen.

Lani hatte gerade einen Tanz beendet, sich neben Cady gesetzt und fächelte sich das Gesicht, als Carlo erschien. Alle saßen in einem Halbkreis dem Trio gegenüber, und der behelfsmäßige Tanzboden befand sich in der Mitte. Henri Daubin hockte an einem mit Flaschen und Gläsern bedeckten Tisch. Er stand auf, füllte ein Glas und reichte es Carlo.

»*Calou* – das ist alles, was noch übrig ist.«

»Danke.« Carlo nahm das Glas und trank es zur Hälfte aus. Das Trio spielte noch. Daubins Frau tanzte mit einem Besatzungsmitglied der *La Belle Vue*, aber die Stimmung war abgeflaut.

Carlo blickte sich um, ohne zu bemerken, wie sich seine Anwesenheit auswirkte. Er sah Lani und Cady bei den Ornithologen sitzen und schlenderte hinüber. Er übersah Cady, nickte dem Engländer zu und fragte Lani: »Tanzen?«

Lani schüttelte kurz den Kopf und blickte zur Seite. Er stand dort, wiegte sich auf den Fersen und musterte unverschämt ihren Körper.

»Was bist du, Chiu Chow? Aus Fukien, aus Kanton?«

Sie hob den Blick, er grinste und sagte etwas, was keiner der anderen verstand. Sie sah ihn überrascht an und schüttelte den Kopf.

»Ich will nicht tanzen.«

Die Musik war verstummt. Carlo betrachtete sie eine Weile, ein spöttisches Grinsen huschte über sein Gesicht, dann sagte er wieder etwas.

Im nächsten Augenblick war sie aufgesprungen, und im Schuppen hallte ein scharfes Klatschen wider, als sie ihm mit der Hand ins Gesicht schlug.

Er trat zwei Schritte zurück und grinste. Cady trat neben sie und hielt einen Arm vor sie.

»Was hat er gesagt?«

Mit haßerfüllten Augen zischte sie: »Er hat mich eine Hure genannt!«

»Okay.« Cady schob sie sanft zurück. Zu Carlo sagte er: »Dafür wirst du büßen.«

Carlos Grinsen wurde noch breiter. »Wie ich schon sagte, Junge, hier gibt es kein Krankenhaus. Wenn du mit mir anbändelst – werde ich dich noch schlimmer zurichten als Danny.«

Er zeigte lachend mit dem Kinn auf Lani. »Wenn ich mit dir fertig bin, wird nicht einmal diese Suzie Wong deinen Schwanz zwischen deinen Eingeweiden finden.«

Plötzlich waren sie von einem Dutzend Männern umringt, die alle Carlo drohend anstarrten. Henri Daubin forderte ihn auf: »Geh lieber zurück auf dein Boot – und bleib dort.«

Carlo beachtete ihn nicht. Er sah Cady an und lachte wieder.

»Du hast deine kleine Armee dabei, wie?«

Cady schüttelte den Kopf und sah Daubin an. Sie wechselten einen Blick, und nach kurzem Zögern nickte Daubin und sagte etwas auf Kreolisch. Die Männer zogen sich zurück und bildeten einen großen Kreis.

»Nur du und ich«, erklärte Cady und trat vor. Noch immer grinsend duckte sich Carlo und schob die linke Schulter vor.

Cady blieb aufrecht, tänzelte vorwärts, und als Carlos linke Faust einen Haken gegen sein Gesicht schlug, duckte er darunter weg.

Ein dumpfer Schlag folgte, Carlo krümmte sich unter einem Treffer im Magen zusammen, Cadys Knie schmetterte krachend und knirschend in sein Gesicht, Carlo flog nach hinten und landete auf dem harten Boden, mit einer Hand hielt er sich den Magen, die andere hob er vor sein Gesicht. Sein Lächeln war verschwunden.

»Steh auf!«

Cadys Stimme klang hart.

Carlo wälzte sich auf die Seite, dann schob er sich auf die Knie. Blut tropfte aus seiner gebrochenen Nase und vermischte sich mit der braunen Erde. Er stellte einen Fuß auf und dann den anderen, machte kurz halt, stürzte dann geduckt und brüllend vor und zielte mit dem Kopf auf Cadys Hoden.

Wie ein Matador schwenkte Cady nach links, drehte sich

um und schlug Carlo mit der Handkante auf den Nacken.

»Steh auf!«

Carlo lag halb unter einem der Tische, seine Schultern hoben und senkten sich. Wieder wälzte er sich auf die Seite und blickte empor. Nun lag Angst in seinen Augen – und Verwirrung. Er kroch unter dem Tisch hervor, erhob sich, indem er sich auf ihn stützte, lehnte sich dagegen und schnappte nach Luft. Über die schwarzen Stoppeln auf seinem Kinn lief Blut.

Er taumelte gegen den Tisch, und die Gläser klirrten. Seine Beine schienen einzuknicken, doch im nächsten Augenblick hielt er eine Flasche in der Hand, und Lani schrie auf, als er sie auf den Tischrand schlug und mit den gezackten Rändern gegen Cadys Gesicht stach.

Carlo war schnell wie eine zustoßende Schlange, aber Cady war der Mungo. Er wich zurück, brachte sein Gesicht außer Carlos Reichweite, ging vor, als Carlo Übergewicht bekam, packte sein Handgelenk, schwang es hoch und stieß wieder mit einem Knie vor.

Carlos Arm brach, und er schrie, während die Flasche seinen Fingern entfiel.

»Steh auf!«

Carlo lag stöhnend am Boden und hielt sich den verletzten Arm.

»Steh auf«, wiederholte Cady.

»Mein Arm ist gebrochen!«

»Verdammter Hund! Steh auf, oder ich schwöre dir, ich trete dir die Eier geradewegs durch den Arsch!«

Hinter Cady murmelte einer der Engländer: »Das ist gräßlich.«

Eine andere Stimme meldete sich, gleichfalls auf Englisch: »Er wollte es ja so haben.«

Carlo blickte Daubin und die anderen Männer flehend an. Sie erwiderte seinen Blick ohne einen Funken von Mitgefühl.

»Steh auf!« Cady trat einen Schritt vor, Carlo wälzte sich

vor ihm und stöhnte vor Schmerz. Er erhob sich auf die Knie, dann auf die Füße, und sein Gesicht war angstverzerrt. Er versuchte davonzulaufen, doch Cady, der für seine Größe erstaunlich schnell war, erwischte ihn mühelos. Er warf ihn gegen eine der Dachstützen und setzte ihm die Linke präzise aufs Kinn. Dann trat er zurück, sah, wie Carlo auf die Knie sank und mit dem Gesicht auf dem Boden liegenblieb.

Cady atmete schwer, alle sahen ihn an: Daubin und die Inselbewohner voll Achtung; die Engländer erschrocken und beeindruckt. Lanis Augen waren auf Carlo gerichtet. Sie ging zu ihm hin, beugte sich über ihn und sagte etwas, das wie »Lap sap!« klang.

Der Mond stand schon hoch, und von der *Manasa* aus konnten Kirsty und Ramesh undeutlich die Gruppe sehen, die zum Strand hinunterging. Sie trugen etwas Schweres. Dann legten sie es in ein Beiboot, mehrere Männer stiegen ein und ruderten zur *Jaloud* hinaus. Ein anderes Beiboot kam auf die *Manasa* zu.

Es legte zuerst an, und Cady und Lani kletterten an Bord.

»Was ist geschehen?« fragte Ramesh.

»Warte«, antwortete Cady.

Sie beobachteten, wie das andere Boot längsseits der *Jaloud* anlegte. Jemand rief: »Lascelles«, und nach einigen Minuten erschien er an Deck. Er blickte in das Beiboot hinunter und murmelte: »Carlo! Verdammte Scheiße, was ist los?«

Mit einiger Mühe wurde der schlaffe, stöhnende Carlo an Bord gehievt, und die Männer im Beiboot kehrten an den Strand zurück, wobei sie der *Manasa* ein freundliches »Gute Nacht« zuriefen.

Kirsty kochte nochmals Kaffee, und Cady ging unter Deck, um sich das Blut von den Händen zu waschen, während Lani berichtete, was geschehen war.

Kirsty und Ramesh waren ungeheuer befriedigt. Sie betrachteten es als eine Abrechnung. Cady hatte sich gerächt.

Kirsty erinnerte sie daran, daß Nelson ihnen erzählt hatte, Carlo sei der einzige Mann, den Lascelles nie im Kampf besiegt hatte.

»Cady hatte keine Mühe mit ihm!« erzählte Lani. »Sogar als Carlo mit einer abgebrochenen Flasche ankam. Dieser ›Lap sap‹ war hilflos – Cady verprügelte ihn nach allen Regeln der Kunst!«

»Was ist ›Lap sap‹?« fragte Ramesh, und Lani grinste.

»Abfall – Dreck – dieses Stück ›Lap sap‹ hat mich eine Hure genannt, und Cady hat ihn dafür bestraft.«

Ihre Augen glänzten vor Erregung, und sie erzählte wieder, wie Carlo mit der zerbrochenen Flasche auf Cadys Gesicht losgegangen war und Cady ihm so nebenbei den Arm gebrochen hatte.

Aber als Cady wieder an Deck kam, war er ernst. Er fand, daß er einen Fehler begangen hatte. Inzwischen hatte Lascelles bestimmt begriffen, daß bei dem ersten Kampf sein heimtückischer Schlag die Entscheidung herbeigeführt hatte. Da er ein Feigling war, würde er es kein zweitesmal versuchen. Er war in die Ecke gedrängt, und jetzt war es mehr als wahrscheinlich, daß er zu den Schußwaffen greifen würde.

Kirsty und Ramesh waren nicht so sicher. Wenn Lascelles mürbe wurde, konnte der Anblick seines ge- und zerschlagenen Komplizen den Prozeß beschleunigen. Kirsty befürchtete, daß Lascelles jetzt nach Mahé zurückkehren würde. Was geschah mit Carlos gebrochenem Arm? Oder würde er ihn auf dem Schoner zurückschicken?

Cady beruhigte sie. Es war ein glatter Bruch. Daubin hatte ihn mit viel Erfahrung eingerichtet und einen festen Verband angelegt. Carlo würde an Bord der *Jaloud* bleiben. Sie würden am nächsten Morgen die Engländer nach Desnouf bringen.

Die ›Verfolgung‹ würde weitergehen.

21

Eine Stunde nach Sonnenaufgang nahmen sie wieder Fahrt auf. Die ›Vogelmänner‹, wie Lani sie nannte, kamen mit ihrem Gepäck zum Strand herunter, und Daubin ruderte sie zur *Jaloud* hinaus. Als sie längsseits lagen, erschien Lascelles an Deck. Er blickte zur *Manasa* hinüber, wo die vier beim Frühstück saßen. Er starrte zuerst Cady, dann Kirsty an.

»Er hat sich verändert. Man merkt einen Unterschied«, murmelte Ramesh. »Er wirkt kleiner. Er streckt sein Kinn nicht so weit vor wie gestern.«

Alle ›Vogelmänner‹ waren an Bord, und Lascelles wandte sich ab. Er ging zum Ruder, und einen Augenblick später kam eine blaue Rauchwolke aus dem Auspuff der *Jaloud*. Einer der Ornithologen ging nach vorn zur Ankerkette.

Zehn Minuten später lief die *Jaloud* mit sechs Knoten in die Fahrrinne, in dreißig Metern Entfernung gefolgt von der *Manasa*. Ramesh wunderte sich, denn Lascelles steuerte nicht in der Mitte des Kanals, sondern hielt sich sehr stark rechts. Aber der Mann war oft hier durchgefahren und mußte die beste Route kennen. Dann warf Ramesh einen Blick auf Daves Karte und sah die beiden kleinen, nebeneinanderstehenden, mit Tinte eingezeichneten Kreuze und die Notiz: ›Korallenspitzen. In Karte nicht verzeichnet. 4.‹

Das war es also. Lascelles wußte genau, an welcher Stelle sie sich befanden, und würde die *Jaloud* hindurchsteuern – es war eine Lücke von nicht einmal drei Metern. Er nahm sicherlich an, daß Ramesh nichts von der Existenz der Korallenriffe wußte und vielleicht auf ein Riff auffahren und den Boden der *Manasa* aufreißen würde.

Ramesh lächelte grimmig. Er folgte der *Jaloud* genau, bis sie etwas fünfzig Meter von den Korallenspitzen entfernt waren, dann drehte er das Ruder und fuhr wieder in die Mitte des Fahrwassers.

Lascelles bemerkte das Manöver nicht. Er konzentrierte sich gespannt. Plötzlich drehte er das Rad in eine Richtung und dann wieder in die andere. Die *Jaloud* vollführte eine schlängelnde Bewegung, und einer der Ornithologen, der beim Ruderhaus stand, schrie auf und deutete ins Wasser.

Aber die *Jaloud* war bereits durch die Enge hindurch, und Lascelles schaute zurück, um zu sehen, ob ihm die *Manasa* gefolgt war. Sie befand sich auf Backbord achtern in der Mitte der Fahrrinne, und vom Deck der *Manasa* sahen sie, wie er finster die Stirn runzelte.

Ramesh hob zwei Finger in der traditionellen Geste der Verachtung.

Eine Stunde später waren sie alle in überschäumender Stimmung. Der steife Wind blies von Backbord achtern. In der letzten halben Stunde waren beide Jachten nur unter Segeln gelaufen, und Ramesh hatte begeistert festgestellt, daß die *Manasa* mühelos mit der größeren *Jaloud* Schritt hielt. Lascelles hatte mehrmals den Kurs gewechselt, doch die *Manasa* konnte in Sichtkontakt bleiben. Schließlich war Lascelles auf Südsüdostkurs nach Desnouf zurückgeschwenkt, hatte seine Maschine eingeschaltet, und Ramesh war seinem Beispiel gefolgt.

»Jetzt wird er davonziehen«, hatte Cady gemurmelt. Aber der Abstand zwischen den Jachten war stets der gleiche geblieben.

»Was sagt man dazu!« hatte Cady erstaunt ausgerufen. »Für ihre Größe ist das schwarze Ungeheuer eine lahme Ente!« Er tätschelte liebevoll das Kajütendach und grinste Ramesh an. »Aber die alte *Manasa* gleitet dahin wie ein gewachster Ski! Das wird nicht zur Besserung von Lascelles' Laune beitragen.«

Er hatte recht. Ramesh hielt die *Manasa* genau auf Kurs, und jedesmal wenn Lascelles herüberschaute, erblickte er Kirsty, die ihn beobachtete. Schließlich schaltete er die Maschine ab, ging unter Deck und ließ einen der Ornithologen ans Ruder, der fröhlich winkte. Auch Ramesh stellte die Maschine ab, die beiden Boote verloren an Fahrt und segelten lautlos weiter.

Cady und Lani warfen achteraus Angelleinen mit künstlichen Fliegen aus, um den Lunch zu fangen, und wetteten, wer als erster etwas fangen würde. Zufällig trafen sie auf einen Schwarm Goldmakrelen, und beide schrien zugleich auf. Cady brachte seinen Fisch als erster ins Boot, aber Lani bestand darauf, daß der ihre zuerst angebissen hatte. Jedenfalls war ihr Fisch etwas länger, also ging die Wette unentschieden aus.

Sie erreichten Desnouf am Nachmittag und sahen, wie auch bei der Annäherung an die Vogelinsel, aus vielen Meilen Entfernung die Schwärme von schwarzen Seeschwalben.

Sie folgten der *Jaloud* zum Ankerplatz und warfen wie zuvor vierzig Meter neben ihr Anker. Lascelles zurrte sein Boot fest, ohne einen Blick auf die *Manasa* zu werfen. Kirsty rief zweimal zu ihm hinüber: »Lascelles, wo ist mein Sohn?«

Er beachtete sie beide Male nicht. Sie saß ruhig am Heck und beobachtete ihn.

Die Ornithologen beluden das Beiboot mit Zelten und Ausrüstung, dann ruderten sie zur *Manasa*.

»Wir verbringen die Nacht an Land«, meinte einer von ihnen vielsagend. »Wir wollen morgen nach Farquhar weiterfahren.«

Ramesh flüsterte Lani etwas zu, und sie nickte. Er rief zu dem Beiboot hinüber: »Kommt zum Essen an Bord – es gibt chinesische Küche – gegen sieben!«

»Abgemacht!« riefen sie begeistert im Chor und ruderten zum Strand.

Lani hatte den ›Vogelmännern‹ aufgrund ihrer Haarfarbe die Spitznamen ›Rot‹, ›Braun‹ und ›Weiß‹ gegeben. Zwinkernd fügte sie hinzu, daß für sie alle Abendländer gleich aussahen und Gott sei Dank wenigstens die Haarfarbe einen Unterschied machte.

»Er ist wie ein Bär in der Grube«, stellte ›Rot‹ fest und schob sich wieder ein Stück gewürzte Krabbe in den Mund.

›Weiß‹, dessen Haare nur graumeliert waren, nickte zustimmend. »Er besitzt von Natur aus kein friedfertiges Wesen, aber in den letzten zwei Tagen ist er wie ein Kessel mit zwei Tüllen, und aus beiden kommt Dampf.«

Er versuchte, ein mürbes Stück roten Schnappbarsch zu fassen, aber es zerbrach zwischen seinen Eßstäbchen.

Lani ergriff die langen Servierstäbchen und hob vorsichtig ein Stück in seinen Napf. Dann wiederholte sie diesen Vorgang bei dem halben Dutzend anderer Schüsseln, die Krabben, Barsche, Doraden und Gemüse enthielten.

»Danke, Lani«, sagte er. »Wer hätte gedacht, daß wir Hunderte Meilen von jeder Zivilisation entfernt eine solche Mahlzeit genießen würden.«

Jetzt mischte sich ›Braun‹ ins Gespräch. »Köstlich«, brummte er, legte seine Eßstäbchen weg, mit denen er sehr geschickt umgegangen war, wischte sich den Mund mit einer Serviette ab, rülpste diskret und wandte sich an Ramesh:

»Sie sollten vorsichtig sein. Ich bin kein Psychologe, aber in seinem derzeitigen Zustand könnte Lascelles gefährlich werden. Ich halte ihn für geistesgestört.« Er machte eine Pause. »Er hat eine Taucherausrüstung an Bord – und er ist ein guter Schwimmer.«

Ramesh und Cady nickten zugleich. Sie hatten an diesem Abend Kriegsrat gehalten und vermutet, daß Lascelles in der Nacht versuchen könnte, die *Manasa* zu beschädigen.

Sie hatten eine komplizierte Scharade aufgeführt. Ramesh hatte von unten eine fürchterlich aussehende, dreizackige Harpune heraufgebracht.

Lascelles und Carlo hatten auf dem Deck der *Jaloud* gesessen; Carlos rechter Arm steckte in einem Verband, sein Gesicht war zerschlagen und verschwollen.

Sie hatten zugesehen, als Ramesh die Harpune an die Reling lehnte, sich über sie beugte und ins klare Wasser blickte. Cady tat weiter oben beim Bug das gleiche. Er rief laut:

»Du hast recht, Ramesh. Wir hängen ein paar Lampen über jede Bordwand, dann können wir bis zum Grund sehen. Dann ist es scheißeinfach, alles innerhalb von drei Metern aufzuspießen.« Er blickte grinsend zu Lascelles hinüber. »Vielleicht fangen wir einen saftigen, fetten Fisch.«

Lascelles hatte die Stirn gerunzelt, den Kopf abgewandt und Carlo etwas zugemurmelt.

»Cady und ich halten Nachtwache«, entschied Ramesh. »Mir gefällt dieser Ankerplatz nicht. Wir sind sehr gefährdet, wenn der Wind sich dreht oder auch nur zunimmt.«

»Sehr vernünftig«, stimmte ›Braun‹ zu. Er wandte sich Kirsty zu. »Ich finde Ihre Geschichte faszinierend – ich erfasse die Tiefe Ihres Kummers und habe Verständnis dafür, wenn Sie lieber nicht darüber sprechen wollen.« Er lächelte sie mitfühlend an. Er war ein kleiner dicker Mann mit einer Brille und ernstem Gesichtsausdruck. »Ich interessiere mich sehr für außersinnliche Wahrnehmung. Ich habe sie gründlich studiert und die Theorie aufgestellt, daß Vögel – und der gleichen Art angehörende Säugetiere – auf diese Weise miteinander kommunizieren können.«

»Oh, oh«, meinte ›Weiß‹ zwinkernd. »Wir sind wieder bei dem alten Steckenpferd.«

Aber Kirsty war interessiert und beugte sich vor. »Ich habe etwas darüber gelesen, weiß aber zuwenig. Haben Sie es wirklich studiert?«

›Braun‹ übermittelte ihr in den nächsten zwanzig Minuten eine umfassende Grundlage. Er sprach von den wissenschaftlich überwachten Experimenten, die man in Europa und Amerika durchgeführt hatte. Wie sich Leute auf einen Satz von Zahlen oder Farben oder aufs Geratewohl ausgesuchten Gegenständen konzentriert hatten, und andere Leute, manchmal im Nebenraum, dann wieder über große Entfernungen, diese Zahlen oder Farben oder Gegenstände aufgeschrieben und in bestimmten Fällen bis zu siebzig Prozent richtig erkannt hatten. Zu viel, um von einem Zufall zu sprechen. Außerdem lag darin eine gewisse Logik. Die Menschen hatten das Radio und das Fernsehen erfunden und Apparate gebaut, die Botschaften und Bilder rund um die Welt und Millionen Meilen weit in den Weltraum übertragen konnten. Doch das menschliche Gehirn war unendlich höher entwickelt als jede Maschine und sendete sicherlich mit einer Nachricht überlagerte Strahlen aus.

»Haben Sie solche Erfahrungen gemacht?« fragte er sie. »Haben Sie das Gefühl, mit Ihrem Sohn in Verbindung zu stehen?«

»Ja«, flüsterte sie. »Manchmal stärker, dann wieder schwächer. Einmal erwachte ich in Dar es Salaam. Ich schlief eigentlich noch halb. Ich dachte an Garret, und dann hatte ich ein seltsames Gefühl – als wäre er mir sehr nahe – sogar im selben Raum ... und dann ...« Sie sah die anderen ringsum an.

»Nur weiter«, drängte ›Braun‹.

»Irgendwie roch ich etwas. Als befände ich mich in einem Krankenhaus ... Sie kennen doch den typischen Krankenhausgeruch ... nach Äther und so weiter. Ich hatte Angst. Vor Krankenhäusern habe ich immer Angst gehabt, und Garret ...« ihre Stimme versagte. »Er hat eine sehr seltene Blutgruppe ... ich fragte mich, ob ich geträumt hatte ...«

›Braun‹ lehnte sich zurück und nickte verständnisvoll.

»Es hätte natürlich«, überlegte er, »auch eine Assoziation mit der Vergangenheit sein können. Andererseits ... faszinierend.«

Das Gespräch wandte sich später den Vögeln und anderen Tieren der Inseln zu. ›Rot‹ erklärte, daß die Inseln, die sie bis jetzt besucht hatten, jeweils nur in einer Hinsicht von Interesse waren. Wie die Seeschwalbenkolonien auf der Vogelinsel und Desnouf. Worauf sie wirklich warteten, war Aldabra. Dort würden sie mehrere Wochen verbringen. Seine

Augen leuchteten, als er davon sprach. Daß es ähnlich sei wie auf den Galapagos, daß es eine der bemerkenswertesten Inseln der Welt sei und daß sie wegen ihrer Unzugänglichkeit und ihrer Umwelt von den Menschen weitgehend in Frieden gelassen worden war. Infolgedessen hatten sich ihre Fauna und Flora unberührt entwickelt. Er erzählte ihnen von der großen Lagune, die bei jeder Ebbe austrocknet und sich bei Flut wieder füllt – eine Art riesiges Spülsystem. Von den zehntausend Schildkröten und Seeschildkröten, die mit wuchtigen, Kokosnüsse fressenden Krabben zusammenlebten, von den kleinen, flugunfähigen Rallen, die mit dem Strauß, dem Emu und dem ausgestorbenen Dodo verwandt sind. Nur auf Aldabra waren sie den Raubzügen der Menschen entgangen. Es hatte Gerüchte gegeben, daß das britische Verteidigungsministerium daran dachte, Aldabra in einen großen Flugzeugstützpunkt östlich von Suez zu verwandeln. Deshalb waren die Ornithologen ausgeschickt worden, um den potentiellen ökologischen Schaden zu erheben. Sie würden mindestens einen Monat auf der Insel verbringen, und sie wußten bereits, daß ihr Bericht die Empfehlung enthalten würde, daß kein Gebäude – nicht einmal ein einsames Hotel – dort errichtet werden dürfe. Er sprach voll Begeisterung und Beredsamkeit, und sogar Kirsty war über eine halbe Stunde lang von dem Zauber seiner Worte gefesselt und abgelenkt.

Erst später, als sie nach überschwenglichem Dank an Land gerudert waren, Cady und Ramesh die Lampen hergerichtet und sie bis zur Wasseroberfläche hinuntergelassen hatten, der schwarze Rumpf der *Jaloud* beleuchtet war, änderte sich ihre Stimmung wieder.

In dieser Nacht fand Kirsty wenig Schlaf. Während sie auf ihrer Seite der V-Koje in der Back lag und ihre Füße beinahe die Lanis berührten, erlebte sie einander widersprechende Gefühlsregungen: Garret, Ramesh, die Wunder von Aldabra, alles ging ihr durch den Kopf.

Alle zwei Stunden vibrierte das Boot sanft, wenn Ramesh

oder Cady die Maschine in Gang setzten und sie fünfzehn Minuten lang laufen ließen, um die Batterien aufzuladen und die außenbords hängenden Lampen hell aufleuchten zu lassen.

22

Während der Dreihundert-Meilen-Fahrt nach Süden nach Farquhar verliebte sich Kirsty in das Meer und das Segeln. Sie hatte sich langsam in sich zurückgezogen, unbewußt die drei anderen aus ihren Gedanken ausgeschlossen. Sie verstanden ihre Stimmung und waren nicht verstimmt.

Lani und Cady kamen einander näher, und während der langen Nachtwachen verschwand Lani für gewöhnlich aus der Back, wenn sich Cady an Deck befand.

Auch Ramesh war in Gedanken versunken und hatte begonnen, tagsüber viel zu lesen. Nicht nur seine zerschlissene ›Bibel‹, sondern auch andere Bücher, die er im Fach unter seinem Bett aufbewahrte. Sie betrafen Geschichte, das Meer, Reisen und die Werke moderner Philosophen. Die Atmosphäre war locker, und während der dreitägigen Reise gelang es Kirsty, sich selbst besser zu verstehen.

Sie hielten sich ständig auf Sichtweite zu der *Jaloud*, auch während der Nächte, denn es herrschte Vollmond, und der Himmel war wolkenlos.

In der ersten Nacht saß Kirsty allein auf dem Vorderdeck und beobachtete die dunklen Segel ein paar hundert Meter an Backbord voraus. Sie wußte, daß diese Verfolgung ein Resultat zeitigen würde. Sie spürte, daß sie jetzt zu Garret segelte, jede durch die *Manasa* überwundene Meile brachte sie ihm näher. Das Meer war ihr Freund, trug sie unweigerlich zu ihrem Sohn. Zum ersten Mal, seit sie New York verlassen hatte, war ihre Ungeduld verschwunden, durch das Meer und das ständige Vorwärtsdrängen der *Manasa* von ihr gelöst.

Sie beschloß, daß sie später, wenn alles vorüber war, am Meer leben wollte. Es war zu einem Teil ihres Lebens geworden, wie das Blut, das durch ihre Adern strömte.

Am dritten Morgen erwachte sie vor Sonnenaufgang. Lani schlief tief.

Kirsty ging in den Salon und blickte durch den Niedergang hinauf.

»Kaffee, Ramesh?«

»Hmmm. Sie können wohl Gedanken lesen, Kirsty.«

Sie brachte den Kaffee hinauf, verkeilte seinen Becher vor dem Ruder und lehnte sich an eines der Stags. Es wehte eine leichte Brise, die *Manasa* glitt gemächlich dahin, und das einzige Geräusch war das Rauschen der kleinen Bugwelle. Im Osten zog am Horizont der Morgen herauf.

»Ramesh ... es tut mir leid, ich war in den letzten Tagen ein wenig einsilbig.«

Er drehte sich um, und im Dunkel blitzten seine Zähne, als er lächelte. »Schon gut, Kirsty. Ich hoffe, Sie sind nicht unglücklich.«

»Nein. Ganz im Gegenteil. Ich fühle mich friedvoll. Ich glaube, das bewirkt das Meer.«

Er schwieg eine Weile, dann sagte er: »Ich weiß, was Sie meinen. Ich spüre es oft. Es ist so groß. So unermeßlich. Es gibt mir das Gefühl, daß ich im Weltraum reise. Nur ein Pünktchen – und ein Pünktchen hat natürlich keine Probleme.«

Sie trat zu ihm, legte ihm einen Arm um die Schulter, beugte sich vor und küßte ihn aufs Ohr. Er wandte den Kopf, seine Hand schob sich in ihr Haar, er küßte sie auf die Lippen und flüsterte ihren Namen.

»Hab Geduld mit mir, Ramesh«, flüsterte sie ihm ins Ohr.

»Ich verspreche es«, erwiderte er leise. »Pünktchen im Raum haben immer Geduld.«

Sie legten einander die Arme um die Schultern und beobachteten, wie der Himmel im Osten sich rot verfärbte.

Von allen Inseln, die sie besucht hatten, beeindruckte Farquhar Lani am meisten. Sie stand mit Cady am Vorderdeck, als die *Manasa* durch die Fahrrinne in die Lagune glitt. Sie lief nahe an den sandigen Bogen heran, der der ›Fünfundzwanzig-Francs-Strand‹ hieß. Die Insel hatte die Form eines Halbmondes und bot als einzige aller äußeren Inseln in ihrer Lagune bei allen Wetterlagen einen sicheren Ankerplatz.

Instinktiv ankerte Ramesh hundert Meter von der *Jaloud* entfernt. Alle auf der *Manasa* hatten das Gefühl, daß die Verfolgung bald zu Ende sein würde.

Auf Farquhar gab es eine verhältnismäßig große Ansiedlung. Am ersten Abend aßen sie an Land mit dem Manager, einem Mr. Jacques Renée, und den Ornithologen, die ausschließlich daran interessiert waren, die nahe gelegene kleine Insel Goulettes und deren Seeschwalbenkolonie zu besuchen. Sie wollten aber mindestens drei Tage in Farquhar bleiben. Erstens, um im Gästehaus der Insel die Annehmlichkeiten eines zivilisierten Lebens zu genießen, und zweitens in der Hoffnung, daß *La Belle Vue* aus Mahé eintreffen würde und sie Lascelles und die *Jaloud* loswürden.

Am zweiten Morgen lief die *Jaloud* nach Goulettes aus. Es war nur ein Tagesausflug, und Cady und Lani beschlossen, auf Farquhar zu bleiben und es zu erkunden, während Ramesh und Kirsty die Verfolgung fortsetzten.

Sie verbrachten den Tag damit, auf der Insel umherzustreifen. Gelegentlich begegneten sie Plantagenarbeitern, die bei ihrem Anblick immer die nächste Kokosnuß aufhoben, sie mit einer Machete köpften und ihnen die Schale mit der durstlöschenden Milch anboten.

Am frühen Abend befanden sie sich am oberen Ende des Fünfundzwanzig-Francs-Strandes. Sie sahen, wie die *Jaloud* in den Kanal einlief, direkt gefolgt von der *Manasa*. Beide Jachten lavierten um die Landspitze herum und verschwanden in dem Bogen der Lagune.

Cady und Lani lagen in dem weißen Sand, als die Sonne unterging und die Schatten der Palmen auf dem Sand immer länger wurden, sagte Lani:

»Du solltest mich jetzt und hier küssen.«

Cady sah zu ihr auf und neckte sie: »Ich würde es nur zu gern tun, aber ich habe verdammte Angst vor den Folgen.«

»Was meinst du damit?«

»Na ja, ich bin so verdammt häßlich, daß du einen Schock bekommen könntest.«

»Häßlich?«

»Klar. Ich habe damals in der Nacht gehört, wie du mit Ramesh gesprochen hast. Was bin ich? Ein Barbar ...? Nein, ein Affe! – Ein behaarter Affe!«

Sie lächelte, als sie daran dachte. »Dann hast du aber auch gehört, daß ich mich daran gewöhnen werde.«

»Natürlich – wie an die Schweinepastete!«

»Es stimmt, Cady, daß du häßlich bist – unsagbar häßlich –, aber ich will dennoch, daß du mich küßt.«

Sie beugte sich hinunter, und ihre Lippen berührten einander. Ihr Mund öffnete sich, ihre Zunge glitt über seine Lippen, und dann drang sie ein wie eine sich öffnende, neugierige Blume. Es schien eine Ewigkeit zu währen, dann hob sie den Kopf und blickte auf ihn hinunter. Seine Brust war nackt, sie fuhr mit der Hand durch das blonde Brusthaar und flüsterte: »Mein Barbar. Mein häßlicher Affe.«

Er zog sie wieder an sich, sie küßten sich, und er wälzte sich im Sand herum, bis er auf sie hinunterblickte.

»Warum? Wenn ich häßlich bin, warum küßt du mich dann?«

Sie wandte den Kopf hin und her und fragte: »Sind alle Barbaren so dumm wie du?«

Er kniff die Augen gespielt zornig zusammen, und sie flüsterte: »Cady, ich liebe dich. Ich muß dich lieben, wie könnte ich sonst einen so häßlichen Mann küssen, wenn ich ihn nicht liebte?«

Sein glückliches Lachen hallte über den verlassenen Strand, dann wurde er ernst und fragte: »Warum liebst du mich?«

Sie dachte einen Augenblick nach, dann antwortete sie ihm.

»Es ist das Gleichgewicht. Das ›Yin‹ und das ›Yang‹.« Sie bemerkte sein verdutztes Gesicht und erklärte: »Du bist sehr stark, sehr zäh, wirklich ein Barbar. Das mag manche Frauen anziehen. Aber mich nicht. Es muß ausgewogen sein. Das ›Yin‹ ist das weibliche Prinzip, das ›Yang‹ das männliche. Es muß ausgewogen sein. Bei dir ist es der Fall. Du bist Stahl, und du bist Wolle – nicht getrennt, sondern zusammen. Eines ist nichts ohne das andere. Das Ganze macht dich aus. Das Ganze ist das, was ich liebe.«

Er überlegte, dann fragte er: »Wenn du so klug bist, sag mir, warum ich dich liebe?«

Sie lächelte.

»Weil das ›Yang‹ in dir mich beschützen will. Weil ich für dich schön bin. Weil du das Bedürfnis hast, zu lieben – und ich hier bin. Weil das ›Yin‹ in dir für meine Liebe empfänglich ist.« Sie hielt inne, und dann erklärte sie sehr ernst: »Weil wir in unserem Leben das Glück hatten, einander zu begegnen und zueinanderzufinden. Müssen wir jetzt noch weiter reden? Genügt nicht das, was wir fühlen?«

»Ja. Aber ich weiß auch, Lani, daß du noch Jungfrau bist – ja, ich weiß es. Du sprichst mit Ramesh, ich spreche mit Kirsty.« Er lächelte. »Hilf dem ›Yin‹ in mir. Ich war noch nie mit einer Jungfrau zusammen.«

Sie legte beide Arme um seinen Hals und küßte ihn wieder.

»Du Barbar, ich werde die Augen schließen, um deine Häßlichkeit nicht zu sehen. Aber tu es jetzt, und wenn ich die Augen öffne, wirst du schön sein.«

Und so war es. Sie hielt die Augen fest geschlossen. Er öffnete ihre Shorts, und sie wölbte den Rücken, als er sie entkleidete. Sie rollte sich herum, während er ihren Büstenhalter herunterstreifte. Ihr Atem beschleunigte sich, als er mit der Hand scheu über ihren jungen Körper strich, die Linie ihrer Brüste, ihres Bauches und das schmale, seidige Tal zwischen ihren Schenkeln nachzeichnete. Ihre Lippen verzogen sich schmerzlich, er zögerte, dann wölbte sie sich keuchend ihm entgegen. Er beobachtete mitfühlend ihre Reaktion, und sein Atem ging schneller, als er spürte, wie sie ihm entgegenkam. Der kurze Schmerz, während sie unwillkürlich die Fingernägel in seinen Rücken bohrte. Sie erbebten gleichzeitig, klammerten sich keuchend aneinander, sie zog seinen Kopf an ihre Brüste und legte die schlanken, braunen Beine um seine Schenkel, als wolle sie ihn für immer festhalten. Sie öffnete die Augen und seufzte mit zitternden Lippen an seinem Ohr: »Cady, du bist schön.«

An diesem Abend nahmen sie an Land mit Renée, seinen Arbeitern und den Ornithologen an einer Grillparty teil. Wegen der *Manasa* machten sie sich keine Sorgen, die in nur dreißig Metern Entfernung vertäut war. Die Zwillingslichter hingen an den Bordwänden. Alle zwei Stunden gingen Cady oder Ramesh hinaus, um die Batterien aufzuladen.

Die Arbeiter machten viel Aufhebens um Cady. Sie hatten von den Ornithologen erfahren, wie er Carlo zusammengeschlagen hatte. Weder Carlo noch sein Skipper waren beliebt, die Arbeiter schlugen Cady auf die Schulter und sorgten dafür, daß sein Glas *calou* nie leer war.

Für den festlichen Anlaß war ein Schwein geschlachtet worden. Sie hatten ein tiefes Loch in den Sand gegraben, es mit Steinen ausgelegt und ein Feuer angezündet. Das Schwein lag darüber auf einem behelfsmäßigen Grill aus vorgespanntem Metall. Sie saßen im Kreis um das Feuer, und während sie darauf warteten, daß das Schwein gar wurde, spielte einer der Arbeiter, ein alter, grauhaariger Kerl, ein *zeze* und sang dazu. Der Text war offensichtlich lustig, denn die Arbeiter grinsten die ganze Zeit und lachten laut, als es zu Ende war.

Kirsty saß neben Renée und Ramesh ihr gegenüber.

»Worum handelt es sich?« fragte sie Renée.

»Es ist ein unanständiges Lied. Das sind die meisten.« Er lächelte und warf ihr einen Seitenblick zu. »Soll ich es Ihnen übersetzen? Werden Sie nicht empört sein?«

»Das bezweifle ich.«

»Es handelt von einem Mädchen namens Anne-Marie, das einen etwas lockeren Lebenswandel führt. Sie besucht eine Insel. Eines Tages verletzt sich ein Mann bei dem Versuch, eine Schildkröte am Strand umzudrehen. Sie läuft hin, um ihm zu helfen.«

Renée rief etwas auf Kreolisch, und der alte Mann begann das Lied von vorne. Ramesh beugte sich vor und hörte zu, während Renée übersetzte.

»Sag mir, wo es weh tut.«

»Berühre mich, Anne-Marie, und ich werde es dir verraten.«

Sie legte ihre Hand auf mich, und mir brach der kalte Schweiß aus.

»Aber sag mir, wo es weh tut.«

»Berühre mich, Anne-Marie, und ich werde es dir sagen, wenn du es gefunden hast.«

Sie beginnt danach zu suchen.

»Ist es hier?«

»Nein.«

»Da?«

»Nein . . . Anne-Marie, du wirst mich massieren müssen.

Reib mich schnell, ich kann den Schmerz nicht mehr ertragen.

Tiefer unten! Tiefer!

Hab keine Angst.

Ah! Da ist es! Weiter, weiter!«

Alle brachen in Gelächter aus, und Renée fragte Kirsty schelmisch: »Sind Sie empört?«

»O nein.« Sie lächelte. »Aber vielleicht ist es Ramesh.«

Ramesh sah sich beflissen auf dem weiten Strand um. »Nein«, meinte er. »Ich suche nur eine große Schildkröte.«

Lani und Cady saßen dicht beieinander, etwas abseits von den anderen. Sie lehnte sich an ihn, und ihr Arm lag lässig auf seinem Oberschenkel.

Kirsty beobachtete sie von der anderen Seite des Feuers aus und sagte dann: »Ramesh, ich mache Ihnen damit keinen Antrag oder etwas Ähnliches, aber es ist an der Zeit, daß ich mit Cady die Koje tausche.«

Überrascht wandte er sich ihr zu. »Was meinen Sie damit?«

Sie deutete hinüber. »Schauen Sie die beiden an. Was sehen Sie?«

Er beobachtete sie einige Minuten lang, und langsam begann er verstehend zu lächeln. »Ich sehe, daß sie verliebt sind.«

»Es ist mehr, Ramesh – sie sind ein Liebespaar.«

»Aber sie ist doch Jungfrau!«

»Sie war es, Ramesh. Sie ist bereits eine Frau.«

Sie sah ihn an. Er starrte noch immer über das Feuer hinweg, das Lächeln lag noch auf seinen Lippen. Er nickte bedächtig.

»Sie haben bestimmt recht, Kirsty.«

»Wird es für Sie nicht eine schwierige Situation sein?« fragte sie. »Ich meine, wenn ich in dem zweiten Bett liege?«

Er schien verlegen und antwortete ernst: »Ich werde große Zurückhaltung üben und angestrengt an andere Dinge denken.«

»Woran?«

»Vielleicht an Aldabra und die wunderbaren Geschöpfe dort ... ja, besonders an die Riesenschildkröten ... und wie leicht man sich verletzen kann, wenn man sie umdreht!«

Die Ornithologen hatten beschlossen, wenn die *La Belle Vue* nicht am nächsten Tag bis mittags eingetroffen war, eine Nachricht zu hinterlassen und an Bord der *Jaloud* nach Aldabra weiterzusegeln.

Am Vormittag um elf gingen Kirsty und Cady an Land. Renée hatte Kirsty versprochen, ihr die Gemüsegärten der Siedlung zu zeigen, und Cady wollte einen Reservekanister Schmieröl in dem Laden in der Siedlung kaufen. Er fand ihn bald, erledigte seine Besorgungen und ging zum Gästehaus hinüber, um mit den Ornithologen zu sprechen. Aber er traf sie nicht an. Sie waren zur Nordspitze der Insel gewandert, um nach der *La Belle Vue* Ausschau zu halten. Cady fand auf dem Tisch im Patio einige Magazine, setzte sich und begann in einer alten Nummer von *Time* zu blättern.

Zwanzig Minuten später fand ihn Kirsty dort. Sie trug zwei riesige, aus Palmblättern geflochtene Körbe.

»Was gibt es Neues in der großen Welt, Cady?«

Er blickte erschrocken auf, dann warf er das Magazin wieder auf den Tisch.

»Wie, zum Teufel, soll ich das wissen – die Zeitung ist ein paar Monate alt. Ich trage die Körbe.«

Er stellte die Ölkanne in einen Korb auf einen Stoß Kürbisse, und sie kehrten an den Strand zurück.

23

Cady packte die Schußwaffen aus, reinigte sie sorgfältig, entlud die Ladestreifen, lud sie wieder und legte dann alles in die lange, flache, offene Kiste, die er im Niedergang eingebaut hatte. Vom Deck aus war sie nicht zu sehen, konnte aber leicht, sogar vom Ruder aus, erreicht werden.

Die *Manasa* lag allein etwa hundert Meter vor der Insel Picard vor Anker, am Nordwestrand der Lagune von Aldabra. Der normale Liegeplatz befand sich in der Nähe. Nachdem er die Waffen an ihren Platz gelegt hatte, nahm er den Feldstecher und suchte den Horizont jenseits der Nordspitze der Insel ab.

Alle anderen befanden sich an Land. Sie hatten beschlossen,

die *Jaloud* auf der viertägigen Fahrt nicht zu beschatten, sondern vorauszufahren und dadurch Zeit zu gewinnen, um die Lage vor der endgültigen Konfrontation zu erkunden.

Sie waren am Vortag morgens angekommen, aber von der *Jaloud* war noch immer keine Spur zu sehen. Besonders Kirsty machte sich Sorgen. Um sie abzulenken, hatte Ramesh sie und Lani an Land mitgenommen und ihr versprochen, sie würden, wenn die *Jaloud* bei Sonnenuntergang noch nicht eingetroffen war, um die Lagune herumsegeln, falls sie anderswo vor Anker lag, was unwahrscheinlich war.

Cady wollte schon den Feldstecher absetzen, als die *Jaloud* in Sicht kam. Sie war etwa fünf Meilen entfernt und vorher durch Ausläufer der Insel verborgen gewesen. Er beobachtete, wie sie langsam nach Backbord halste, was sie zu einer Stelle bringen würde, die drei oder vier Meilen vom nächsten Punkt der Insel entfernt lag. Der Wind war schwach, und er wunderte sich über ihre langsame Fahrt, als er plötzlich erkannte, daß sie einen Motorschaden haben mußte. Er überlegte, ob er die anderen mit der Sirene warnen sollte, doch dann verwarf er diesen Einfall. Bei dem schwachen Ostwind würde es zwei oder drei Stunden dauern, bevor die *Jaloud* eintraf.

An Land fütterte Lani eine Ralle mit einem Stück Brot. Sie war sehr klein, hatte einen Höcker, spindeldürre Beine, einen langen, scharfen Schnabel und war überraschend zutraulich.

Sie waren von Aldabra entzückt. Kaum hatten sie Anker geworfen, waren Tölpel aufgeflogen und hatten sich auf die Spiere und Quersalinge der Masten gesetzt. Die Anwesenheit der Menschen störte sie überhaupt nicht. Kirsty und Lani waren begeistert.

An Land bewunderten sie die Tausende von Schildkröten, die mit vorgestreckten Köpfen im Schatten dösten, um mehr Kühlung zu bekommen. Sie sahen kleine Rallen, die hin und her schossen und an der Haut der Schildkröten herumpickten, und erinnerten sich daran, daß die Ornithologen ihnen erklärt hatten, daß sie die Läuse von den Fleischfalten der

Schildkröten pickten. Es wimmelte von riesigen Krabben mit langen, roten Scheren. Sie sahen gräßlich aus, aber ihr Fleisch galt als eine der größten Delikatessen der Welt. Überall flatterten Vögel. Vielfarbige Tauben, Seeschwalben, Tölpel und die eleganten Silberreiher. Das Wasser der Lagune erstreckte sich bis zum Horizont. Die Flut kam herein, als sie ihrer zum ersten Mal ansichtig wurden, und die Vögel kreisten zu Tausenden über dem Wasser, stießen herab und holten sich ihre Beute aus dem Wasser.

Vor allem Kirsty war hingerissen. Wenn sie sich nicht wegen der abwesenden *Jaloud* Sorgen gemacht hätte, wäre sie stundenlang umhergewandert.

»Ich würde gern ein paar Monate bleiben«, gestand sie Ramesh am ersten Abend, während sie nur einen Meter von ihm entfernt in ihrer Koje lag. »Ich möchte sie studieren – erfahren, wie sie leben. Es ist der wunderbarste Ort, den ich je gesehen habe. Wie er Garret gefallen würde! Er hat immer Tiere und Natur geliebt.«

Die *Jaloud* befand sich zwei Meilen weit draußen und lief gerade ein, als sie an den Strand zurückkehrten. Als Kirsty sie erblickte, empfand sie gleichzeitig Erleichterung und Sorge. Ihre Besorgnis galt den anderen. Sie wußte, daß sich die Lage zuspitzte, und sie fürchtete um ihre Sicherheit.

Als sie wieder an Bord waren, beobachteten sie, wie die *Jaloud* sich langsam dem Strand näherte. Carlo hielt das Ruder mit dem gesunden Arm. Lascelles stand an der Vorpiek, starrte ins Wasser hinunter und erteilte laute Anweisungen. Kein einziges Mal blickte er zu der *Manasa* hinüber. Die drei Ornithologen standen auf dem Deck und waren bereit, die Segel einzuholen.

Lascelles rief eine letzte Anweisung, Carlo betätigte das Ruder, die Jacht drehte in den Wind und verlor an Fahrt, und der Anker klatschte etwa achtzig Meter von der *Manasa* entfernt ins Wasser.

Eine Stunde lang fuhren die Ornithologen immer wieder

mit dem Beiboot ans Ufer und lagerten dort Ausrüstungsgegenstände ab. Lascelles rührte keinen Finger. Sobald er sich überzeugt hatte, daß die *Jaloud* fest vor Anker lag, war er, wieder ohne einen Blick auf die *Manasa*, unter Deck verschwunden.

Als sich die gesamte Ausrüstung an Land befand, ruderte einer der Ornithologen zur *Manasa*. Es war ›Braun‹, und er schwitzte infolge der Anstrengungen.

Lani brachte ihm ein Bier, und nach einem kräftigen Schluck sagte er: »Maschinenschaden. Gestern abend. Es liegt an der Benzinpumpe.«

»Kann man sie reparieren?« fragte Kirsty.

»Er glaubt, es wird bis morgen dauern. Er hat den ganzen Tag daran herumgewerkelt.«

Cady nickte. »Vermutlich ein Dichtungsring. Wenn er kein Ersatzstück besitzt, kann er einen aus einem geeigneten Material zuschneiden – kein großes Problem.«

»Hören Sie«, meinte ›Braun‹, der noch immer ein wenig außer Atem war. »Ich muß Sie warnen. Der Mann kocht vor Wut – er ist verrückt, wenn Sie mich fragen. Als die Maschine gestern abend stehenblieb, schnappte er über. Machte Carlo dafür verantwortlich und prügelte ihn. In seinem Zustand konnte sich Carlo kaum wehren. Als wir versuchten einzugreifen, drohte er, uns über Bord zu werfen!« Er holte Luft und trank wieder einen Schluck Bier. »Und noch etwas – er hat eine Schußwaffe. Ich habe durch die Luke gesehen, wie er sie in seiner Kabine reinigte.«

»Wir wissen es«, antwortete Ramesh ruhig.

»Sie wissen es? Und Sie machen noch weiter?«

Er sah sie alle verwundert an. »Ihr müßt genauso verrückt sein.«

»Was für eine Waffe hat er?« fragte Cady leichthin.

»Ich weiß es nicht. Ich verstehe nichts von Waffen.«

»Beschreiben Sie sie.«

›Braun‹ tat es, und Cady nickte.

»Wir haben ...« begann Lani, doch Cady schnitt ihr rasch das Wort ab.

»Sie haben nur eine gesehen?«

›Braun‹ nickte. »Er saß auf seinem Bett – und reinigte sie.« Er schaute sie wieder an und meinte: »Wir haben allen Ernstes daran gedacht, ihn auszuzahlen und auf gut Glück darauf zu warten, daß die *La Belle Vue* auftaucht – aber auf dieser Insel gibt es kein Trinkwasser, und wir brauchen den Vorrat in seinen Tanks. Würden Sie ihm folgen, wenn er wieder ausläuft?«

Sie nickten alle, und er sah betroffen aus, dann erklärte er: »Wir werden auf der ganzen Insel umherstreifen, aber wir haben beschlossen, daß vorläufig immer einer von uns im Lager bleibt. Wenn er etwas gegen Sie unternehmen sollte, wird es zumindest einen Zeugen geben.«

Ramesh wandte nachdenklich ein: »Das könnte für den Zeugen gefährlich werden – und für Sie alle.«

›Braun‹ schüttelte den Kopf. »Vielleicht sind wir alle zerstreute Wissenschaftler, aber wir besitzen auch gesunden Menschenverstand. Als wir ihn gechartert haben, hatten wir gewisse Bedenken, also gaben wir ihm nur eine zehnprozentige Anzahlung. Den Rest bekommt er erst, wenn die Arbeiten abgeschlossen sind oder er der Bank ein von uns unterzeichnetes Papier vorlegt ... es handelt sich um eine Menge Geld.«

Alle dachten darüber nach, und Cady meinte schließlich: »Ja. Und er ist ein Kerl, der immer Geld braucht. Er wird es nicht aufs Spiel setzen.«

›Braun‹ stellte sein Glas ab. »Ich werde zurückrudern und den anderen beim Errichten des Lagers helfen. Seien Sie um Himmels willen vorsichtig.«

Er wollte gerade zur Laufplanke gehen, als er etwas erblickte und sein besorgtes Gesicht sich aufhellte. Er zeigte darauf: »Schauen Sie!«

Sie drehten sich um und sahen die *La Belle Vue*, die um

die Inselspitze segelte.

»Gott sei Dank«, seufzte ›Braun‹. »Jetzt können wir den Kerl endlich loswerden.« Dann wurde er unvermittelt wieder ernst und fragte: »Ihr wollt ihm wirklich weiter folgen?«

Sie nickten gleichzeitig, und er sagte im Gehen: »Ich wünsche euch viel Glück.«

Die Maschine der *Jaloud* erwachte eine Stunde nach Sonnenaufgang hustend und spuckend zum Leben, und die *Manasa* tat es ihr gleich. Eine halbe Stunde verging, in der die Maschinen im Leerlauf liefen, und Cady meinte, Lascelles wolle sich wohl vergewissern, daß die neue Dichtung hielt.

Dann kam Lascelles an Deck und begann den Anker einzuholen. Sofort nickte Ramesh Cady zu, der ebenfalls den Anker lichtete.

Nachdem der Anker festgezurrt war, wendete die *Jaloud* und fuhr auf die *Manasa* zu. Einen Augenblick dachte Ramesh, er versuche sie zu rammen, doch dann änderte Lascelles die Richtung, und sein Boot fuhr zehn Meter achteraus vorüber. Lascelles stand noch immer am Vordeck. Er blickte Kirsty direkt an und rief: »Okay, du Biest. Du folgst mir jetzt auf deine eigene Scheißgefahr!«

Während die *Manasa* der *Jaloud* auf einem nordöstlichen Kurs folgte, fand auf ihrem Achterdeck eine Beratung der Lage statt. Cady begann: »Ramesh, ich versuche nicht, deine Position in Frage zu stellen, aber ich besitze etwas mehr Erfahrung als du, was Gewalttätigkeit betrifft, und ich habe meinen Plan ausgearbeitet.«

»Sag mir bloß, Cady, wo lernt ein Ölbohrwurm Ausdrücke wie in Frage stellen?« Sie waren in das vertrauliche Du verfallen.

»Aus Büchern«, grinste Cady, dann wurde er ernst. »Die Information von diesem ›Vogelmann‹ war nützlich. Ich habe mir darüber Gedanken gemacht, ob Lascelles ein Gewehr an Bord hat. Wenn das der Fall gewesen wäre, hätte er eine gewisse Entfernung einhalten und uns den ganzen Tag lang mit blauen Bohnen löchern können. Er könnte trotzdem eines an Bord haben, aber ich bezweifle es. Ein Gewehr ist lang, es läßt sich nur schwer verstecken, er ist als Schmuggler bekannt, und ich wette, die Leute vom Zoll in der Gegend kontrollieren ihn besonders sorgfältig. Nehmen wir also an, daß er nur die leichte Maschinenpistole besitzt und vielleicht noch eine oder zwei Pistolen.« Er schwieg eine Weile und runzelte die Stirn. »An seiner Stelle würde ich nah genug herankommen und ein ganzes Magazin auf die Wasserlinie der *Manasa* abfeuern – um uns aus dem Verkehr zu ziehen ... oder vielleicht wird er auf den Rudergänger zielen und dann auf die Wasserlinie. Auf keinen Fall darf er einen von uns am Leben lassen – oder irgendeinen Beweis.«

Er warf einen Blick hinter sich auf die langsam entschwindende Insel. »Er wird nicht einmal den Einbruch der Dunkelheit abwarten. Er wird sehen wollen, was er tut. Er wird handeln, sobald wir über den Horizont hinaus sind, in etwa drei Stunden. Wir haben den Wind im Rücken, es wird also niemand hier hinten etwas hören. Er hat kein Segel gesetzt, was er bei diesem Wind normalerweise tun würde.«

Er wandte sich an Ramesh: »Beim ersten Anzeichen von dicker Luft übernimmst du das Ruder und legst die Walther griffbereit. Unser großer Vorteil liegt in der Überraschung. Er rechnet nicht damit, daß wir bewaffnet sind. Sobald er wendet, hältst du unseren Bug direkt auf ihn gerichtet.« Er zeigte auf das Deckhaus. »Wir werden dort die Reservewasserkanister aufstellen. Sie werden die Kugeln abfangen, die für den Rudergänger bestimmt sind. Kirsty und Lani, ihr verschwindet sofort in die Achterkabinen. Haltet euch in der Nähe des Schotts zum Maschinenraum auf. Dort seid ihr sicher.«

»Es geht um meinen Sohn«, widersprach Kirsty entschieden. »Ich verstecke mich nicht.«

Cady seufzte. »Wir besitzen nur zwei Schußwaffen, Kirsty.

Es hat keinen Sinn, wenn du dich der Gefahr aussetzt.«

»Doch, es hat einen Sinn. Einer von euch könnte getroffen werden – dann kann ich das Ruder übernehmen oder sogar zu einer Schußwaffe greifen und zurückschießen. Streiten Sie nicht, Cady, ich gehe nicht unter Deck.«

Er wollte weitere Einwände erheben, als Lani sich einmischte. »Ich gehe auch nicht hinunter. Ihr könntet ja alle beide getroffen werden.«

Beide Frauen blitzten Cady herausfordernd an, der nach einer Pause nachgebend mit den Schultern zuckte.

»Also gut. Ihr hockt euch dort hinter die Kanister. Wenn die *Jaloud* querab oder achtern auftaucht, verschwindet ihr hinunter in den Salon.«

»Und worauf oder auf wen zielen wir?« fragte Ramesh.

Cady seufzte wieder.

»Darüber habe ich gründlich nachgedacht. Mein Instinkt rät mir, die Schweinehunde umzulegen. Aber wenn wir sie töten, besteht keine Aussicht mehr, etwas über Kirstys Sohn zu erfahren – und das wollen wir ja unbedingt. Wir sind also darauf aus, die *Jaloud* auszuschalten. Wir zielen auf ihre Wasserlinie. Besonders auf das Heck, wenn wir eine Möglichkeit dazu bekommen. Dann halten wir Abstand und warten. Dort draußen gibt es keine Boote. Wenn sie zu sinken beginnen, brauchen sie uns.« Er warf Kirsty einen Blick zu. »Und wenn ich Lascelles diesmal in die Finger bekomme, prügle ich die Wahrheit aus ihm heraus.«

Es war, als hätte Cady Lascelles' Gedanken gelesen. Eine halbe Stunde, nachdem Aldabra am Horizont verschwunden war und die Sonne beinahe im Zenit stand, schwenkte die *Jaloud* hundert Meter voraus plötzlich nach Steuerbord.

Sie waren bereit.

Cady griff in den Niedergang, hob die Maschinenpistole und die Walther heraus, die er Ramesh reichte, und zischte: »Halte mit dem Bug auf sie zu – in Deckung, Mädchen!«

Kirsty und Lani duckten sich hinter die Wasserkanister.

Carlo stand am Ruder. Lascelles hatte sich mittschiffs postiert. Er hielt die rechte Hand hinter seinem Schenkel verborgen und grinste.

»Ich habe euch gewarnt!« schrie er und hob den rechten Arm.

Als Cady die Waffe sah, trat er an die Reling und hob die seine, erkannte den Schreck in Lascelles' Gesicht und eröffnete das Feuer.

Zwei Sekunden später verfluchte er sich, weil er kein Magazin zu Übungszwecken geopfert hatte, die Maschinenpistole zog nach rechts. Er hatte auf die Wasserlinie gezielt. Das Wasser spritzte zwei Meter hinter dem Heck der *Jaloud* auf. Sofort erwiderte Lascelles das Feuer, aber die Erkenntnis, daß Cady ebenfalls bewaffnet war, beeinflußte seine Treffsicherheit. Er hielt zu tief, aber einige Kugeln prallten vom Wasser ab und trafen den Rumpf der *Manasa*. Er lief zum Ruderhaus zurück, und Cady jagte Kirsty und Lani buchstäblich mit Fußtritten in den Salon, während er nach einem weiteren Magazin tastete und Ramesh zubrüllte:

»Auf die Wasserlinie! Die Wasserlinie!«

Die Boote befanden sich nun in einer Entfernung von etwa zwanzig Metern und glitten schnell aneinander vorüber. Ramesh trat vom Ruder zurück und hob die Pistole.

Er vergaß alles, was er bei seiner ersten Schießübung gelernt hatte; vergaß, seine rechte Hand mit der linken zu stützen; vergaß, den Abzug langsam zu drücken und nicht durchzureißen.

Sein erster Schuß traf den Rumpf unterhalb des Mastes. Der zweite erwischte Carlo und riß ihn vom Ruder. Sein Schenkel schlug gegen eine Stütze, und er stürzte mit einem Aufschrei ins Meer.

Lascelles offenbarte in diesem Augenblick seine Feigheit. Er stürzte sich kopfüber in den Niedergang und war außer Sicht.

Bis Cady ein neues Magazin eingesetzt hatte, befand sich die *Jaloud* bereits siebzig Meter achtern und floh. Cady verfeuerte das zweite Magazin, und Ramesh, der jetzt ruhiger war, feuerte neben ihm gleichfalls. Sie sahen kleine Fontänen hinter dem Heck der *Jaloud* und hörten einen Aufprall, aber sie tuckerte weiter.

»Wenden Sie, Ramesh«, schrie Cady, aber Kirsty stand schon am Ruder und drehte es. Lani stand ebenfalls an Deck und reichte Cady ein neues Magazin.

Er ließ sich Zeit, um das Magazin einzuschieben. Als die *Manasa* endlich voll gewendet hatte, war die *Jaloud* bereits eine Viertelmeile entfernt und lief mit voller Kraft westwärts. Lascelles hockte wieder am Ruder und blickte nervös nach hinten.

Cady und Ramesh liefen zum Bug. Ramesh hob die Pistole, doch Cady sagte: »Spar die Munition. Die Entfernung ist zu groß. Wir werden ihn einholen.«

Dann hörten sie den Schrei. Sie drehten sich um und sahen Carlo an Steuerbord im Wasser in einer Entfernung von hundert Metern. Sein Kopf tauchte immer wieder unter, und er winkte schwach mit einem Arm.

Keiner der beiden Männer konnte den Entschluß fassen. Sie wandten sich zu Kirsty um, sie kämpfte sichtlich mit sich, ihre Blicke gingen zwischen dem rasch entschwindenden Heck der *Jaloud* und dem Mann im Wasser hin und her. Dann schwenkte der Bug der *Manasa* nach Steuerbord, und das Boot wurde langsamer. Cady und Ramesh legten ihre Waffen auf das Deck und begannen, das Beiboot hinter dem Großmast loszumachen. Die *Manasa* war vierzig Meter von Carlo entfernt und trieb näher, als Lani schrie: »Schaut!« Sie hoben die Köpfe und sahen die schwarze Dreiecksflosse, die Carlo umkreiste. Sofort erinnerte sich Cady an Guy Savys Worte: »Wir haben massenhaft Haie in diesen Gewässern, aber sie greifen keine Menschen an, außer vielleicht bei den äußeren Inseln wie Aldabra.«

Und Carlo blutete.

Cady löste die letzte Halteleine und rief Ramesh hastig zu: »Über die Bordwand – schlepp es achtern nach.«

Sie hoben das Boot über die Reling, und es klatschte in dem Augenblick ins Wasser, als Carlo aufschrie.

Er ragte halb aus dem Wasser. Die großen, blitzenden Zähne des Hais hatten sich an seinem Bein unterhalb vom Knie festgebissen. Der Hai schüttelte Carlo wie ein Hund einen Knochen, dann wich er zurück und schwamm wieder im Kreis.

Später fand Cady keine Antwort auf die Frage, warum er es getan hatte.

»Das Heck!« schrie er Ramesh zu, der mit der Fangleine des Beibootes in der Hand zum Heck rannte.

Cady fand sich im Wasser wieder. Er erinnerte sich später nicht daran, daß er hineingesprungen war. Er erreichte Carlo zugleich mit dem Hai. Alles geschah blitzschnell. Carlo schrie wieder auf. Die Reihe von spitzen Zähnen bohrte sich in Carlos Schulter. Die kleinen Augen des Hais waren einen halben Meter von Cadys Gesicht entfernt. Sein Maul befand sich nur Zentimeter vor Cadys Augen.

Cady stöhnte vor Angst und Wut auf, bäumte sich auf und schmetterte dem Hai die Faust zwischen die Augen.

Der Hai glitt weg und umkreiste sie. Cady spürte, wie das Beiboot gegen seine Schulter stieß, hörte Lani und Kirsty schreien. Er hatte mit dem Arm Carlos Brust umfaßt. Mit der anderen Hand tastete er nach hinten, packte die Seitenwand des Beibootes, stemmte Carlo mit letzter Kraftanstrengung hoch und warf ihn ins Boot.

Der Rückstoß drückte ihn unter Wasser. Er drehte sich und sah im klaren Wasser den Hai in sechs Metern Entfernung kehrtmachen.

Als sein Kopf aus dem Wasser auftauchte, wußte er, daß es zu spät war. Wußte, daß seine Beine sich noch im Wasser befinden würden, während er sich hinaufzog. Er hatte beide

Hände am Rand des Bootes, strampelte und sah über seinem Kopf etwas aufblitzen.

Dann lag er über dem stöhnenden Carlo. Er riß den Kopf hoch und sah, wie der Hai sich im aufschäumenden Wasser wand – die Harpune steckte senkrecht und schwankend vor der Dreiecksflosse, dann verschwand sie, als der Hai tauchte.

Dann hörte er Rameshs jubelnden Siegesschrei.

24

Zehn Minuten, nachdem sie Carlo an Bord gehievt hatten, begann die Maschine zu stottern, blieb stehen, und vorläufig war die Jagd vorüber.

Cady saß auf Deck, den Rücken ans Deckhaus gelehnt, und hob nicht einmal den Kopf. Seine um die Knie geschlungenen Arme zitterten noch immer. Sein Körper wurde von Schluchzen geschüttelt, während langsam der schwere Schockzustand nachließ.

Lani kniete neben ihm, hielt ihn in den Armen und weinte vor Erleichterung.

Am Heck kümmerten sich Ramesh und Kirsty um Carlo. Es war zu befürchten, daß er sterben würde. Er war schwer verletzt, sein linkes Bein hing nur noch an einer Sehne unterhalb des Knies. Aus einer Arterie schoß stoßweise Blut hervor. Ramesh legte ihm eine Aderpresse unterhalb der Leiste an. Seine ›Bibel‹ lag aufgeschlagen neben ihm auf dem Deck. Er wußte nicht, wie er die Schulter- und die Brustwunden versorgen sollte. Kirsty drückte ein Stück Stoff darauf und versuchte, die Blutung zu stoppen.

Nach einer Weile hatte sich Cady wieder erholt. Ohne Carlo eines Blickes zu würdigen, ging er unter Deck und begutachtete die Maschine. Als er wieder an Deck kam, verkündete er, daß eine Kugel den Verbindungsschlauch am Treibstofftank getroffen hatte. Die Reparatur würde ungefähr eine Stunde dauern.

Er blickte nach Westen zum Horizont und konnte die *Jaloud* gerade noch als einen kleinen Punkt ausmachen. Dann wandte er seine Aufmerksamkeit Carlo zu. Rameshs Aderpresse hatte die Blutung am Knie zu einem langsamen Tropfen gestillt. Die an Schulter, Brust und Magen gepreßten Tücher waren blutdurchtränkt.

Carlo war bei Bewußtsein. Seine Augen waren geöffnet.

»Was hast du ihm gegeben?« fragte Cady Ramesh.

»Etwas Morphium.«

Cady brummte nachdenklich und entschied sich dann. »Laß mich zu ihm. Setz Segel.« Seine Stimme klang kalt. Sein Gesichtsausdruck war entschlossen. Sie ließen ihn mit Carlo allein und setzten Segel.

»Hörst du mich, Carlo?«

Carlo nickte, Cady packte seinen Schenkel oberhalb der Aderpresse. »Das hier hält dich am Leben. Sage mir jetzt, wo Kirstys Sohn ist, oder ich reiße es ab – glaub mir!«

Ein gespenstisches Lächeln erschien auf Carlos Lippen. Er sprach, aber seine Stimme war kaum zu hören.

»Zuerst springst du ins Wasser und rettest mich vor dem Hai, und dann bringst du mich um.« Er rollte mit den Augen. »Nein, Cady. Außerdem wissen wir beide, daß ich ohnehin abkratze. Der nächste Arzt ist Tage entfernt, und mir bleiben nur Minuten ... ich bin erledigt.« Sein Mund verzog sich, und er murmelte: »Dieses Schwein Lascelles ... mir bleibt nicht viel Zeit ... es war verrückt von dir, mich herauszuholen ... Hör zu.«

Cady beugte den Kopf an Carlos Mund, während die Segel flatterten, sich dann füllten und die *Manasa* krängte. Er hörte Carlo etwa zehn Minuten lang zu, dessen Stimme immer leiser wurde, dann gurgelte er tief in der Kehle und starb.

Cady blickte auf ihn hinunter, dann drückte er dem Toten die blicklosen Augen zu.

Er stand auf und drehte sich um. Ramesh stand am Ruder, Kirsty und Lani auf dem Vorderdeck, und alle blickten ihn an. Sein Gesicht war entsetzt, dann biß er die Zähne zusammen, und in seine Augen trat Entschlossenheit.

»Kirsty«, fuhr er sie unvermutet barsch an und setzte sich in Bewegung. »Übernimm du das Ruder! Ramesh, du hilfst mir unten. Wir müssen die Maschine in Gang bringen.«

»Was ist los?« fragte Ramesh und blickte auf Carlos Leiche.

»Garret. Ich weiß jetzt, wo er sich befindet.«

Eine Stunde später brummte die Maschine wieder gleichmäßig, Lani steuerte genau nach Westen, und Cady saß im Salon Kirsty gegenüber. Ramesh saß neben ihr und hatte den Arm um ihre Schultern gelegt.

Cady holte tief Luft und begann.

»Kirsty, im vorigen Jahr hat in Sansibar eine Revolution stattgefunden – die sehr blutig verlief.«

»Ich weiß. Ich habe es gelesen.«

»Anscheinend hat Lascelles den Rebellen Waffen geliefert. Ihr Anführer war ein Mann namens Okello. Er soll aus Uganda stammen. Während der Revolution und seither führt er den Titel ›Feldmarschall‹. Das alte *Time*-Magazin, das ich in Farquhar gelesen habe, enthielt einen Artikel über ihn. Seine einzige militärische Schulung bestand offenbar aus ein paar Monaten bei der keniatischen Polizei, bis sie ihn wegen Aufwiegelung hinauswarfen. Nachdem die Revolutionäre gesiegt hatten und viele Tausende umgekommen waren – unter ihnen viele, die Okello höchstpersönlich gefoltert und getötet hat –, erledigte Lascelles noch ein paar schmutzige Geschäfte für ihn. Sie kamen einander sozusagen nahe.«

In Kirstys Augen trat ein Anflug von Ungeduld. Cady berichtete weiter.

»Okello besitzt eine sehr seltene Blutgruppe. Carlo hat sich nicht ganz klar ausgedrückt. Er glaubt, es war etwas wie Null *ralus* negativ ...?«

»Null Rhesus negativ«, stellte Kirsty richtig und wurde blaß.

»Mhmm. Ist das die Blutgruppe von Garret?«

Kirsty schüttelte den Kopf. »Nein. Er hat Null KK negativ.«

Sie preßte die Finger zusammen, daß die Knöchel weiß wurden. »Aber er ist der ideale Blutspender für jemanden, der Rhesus negativ, viele Transfusionen erhalten und Antikörper entwickelt hat. Solche Spender gibt es nur einen unter einer Million. Ich weiß es – er hat Blut gespendet...«

Cadys Gesichtsausdruck zeigte sein Unbehagen.

»Ja, also dieser Okello hatte viele Transfusionen erhalten. Er leidet an einer Krankheit, die Sichelzell-Anämie heißt – das bedeutet, daß er ständig Transfusionen braucht. Lascelles wußte es. Als er das Schildchen an Garrets Hals sah, brachte er ihn nach Sansibar und verkaufte ihn an Okello... für zehntausend Dollar.«

»O Gott!« Kirstys Hände lösten sich voneinander und bedeckten ihr Gesicht.

Sie murmelte: »Sie haben ihm das Blut ausgesaugt wie Vampire.«

»Ja. Aber Kirsty, es bedeutet auch, daß Okello ihn am Leben erhält. Man tötet nicht die Kuh, und so weiter.«

Sie nahm die Hände vom Gesicht, und er sah ihre Tränen.

»Aber er lebt, Kirsty«, tröstete Ramesh sie. »Du hattest recht. Jetzt müssen wir ihn herausholen.«

Cady verzog das Gesicht und meinte: »Das wird nicht so leicht sein.« Er hob die Hand, als Kirsty scharf aufblickte. »Warte, Kirsty, du mußt die ganze Geschichte kennenlernen.«

Dann erklärte er, daß die Revolution noch immer im Gang war. Ebenso die Säuberungen und die Greueltaten. Vor einigen Monaten hatten Tanganjika und Sansibar ihre Länder zu einer Republik namens Tansania vereinigt. Doch bisher war es nur dem Namen nach eine Vereinigung, und Präsident

Nyerere versuchte Okello dazu zu überreden, seine Vorgangsweise zu mäßigen. Nyerere verfügte auf der Insel über keine Befugnisse, und inzwischen ging Okello seinen eigenen Weg. Die ganze Insel war ein Heerlager, und es hieß, daß Kubaner und Chinesen die einheimische Miliz ausbildeten. Es würde nicht leicht sein, Garret herauszuholen.

Cady fuhr schonungslos fort: »Und Lascelles ist auch noch im Spiel. Er muß gesehen haben, daß wir Carlo aus dem Wasser gefischt haben. Er weiß natürlich nicht, ob er lebt oder tot ist, befürchtet jedoch sicherlich das Schlimmste. Im Augenblick muß er Kurs auf Sansibar genommen haben. Er wird Okello berichten, daß wir ihm auf den Fersen sind.«

»O Gott!« rief Kirsty. »Sie werden Garret töten!«

Cady schüttelte den Kopf. »Nicht unbedingt. Es hängt davon ab, wie sehr Okello Garrets Blut braucht. Aber sie werden bestimmt Vorsichtsmaßnahmen treffen.«

Ramesh beugte sich vor und sagte eindringlich:

»Wir müssen also Lascelles erwischen.«

Cady schüttelte den Kopf. »Wir geraten in ein Dilemma, Ramesh. Lascelles wird inzwischen den Kurs geändert haben. Sansibar ist etwa sechshundert Meilen entfernt, und er weiß, daß wir ihn auf dieser Strecke einholen können – sogar schon morgen. Ich nehme an, daß er einen großen Bogen schlagen wird. Es ist nur die Frage, ob er nach Norden oder nach Süden ausweichen wird. Wir können nur raten ... außerdem besitzen wir kein Radar. Der Ozean ist verdammt groß, Ramesh. Die Kriegsmarine schickt ganze Flotten aus, um ein einziges Schiff zu finden, und sie kommen oft unverrichteter Dinge zurück. Unsere Chance, Lascelles zu finden, steht eins zu einer Million.«

»Was tun wir also?«

Cady sah Kirsty an. »Wir haben eine Chance. Bei dieser Entfernung und infolge des Umwegs, den Lascelles macht, könnten wir einen oder vielleicht zwei Tage vor ihm am Zielort eintreffen. Dann versuchen wir, etwas zu unternehmen, bevor Okello gewarnt wird.« Er zuckte mit den Schultern. »Oder aber wir losen – und machen uns auf die Suche nach einer Nadel in diesem Heuhaufen.«

Stille trat ein. Ramesh brütete düster vor sich hin. Cady schaute Kirsty an, die auf den Tisch hinunterstarrte.

»Howard Godfrey.«

»Wer?«

Sie blickte auf. »Er ist der amerikanische Konsul in Dar es Salaam. Das ist nicht weit von Sansibar entfernt.«

»Ungefähr zwanzig Meilen«, bestätigte Cady.

»Und wir können mindestens um einen Tag früher dort sein als Lascelles in Sansibar.«

»Darauf können wir wetten.«

Sie entschloß sich und stand auf. »Wir fahren direkt nach Dar es Salaam. Howard wird uns raten, was wir tun müssen. Garret ist amerikanischer Staatsbürger. Meine Regierung wird ihn herausholen.«

Cady warf Ramesh einen Blick zu, und dieser sagte: »Kirsty, Okello wird nicht zugeben, daß sich Garret in seiner Gewalt befindet. Und ich weiß nicht, wie groß der Einfluß deiner Regierung in Sansibar ist.«

Sie sah die beiden an. »Howard Godfrey ist ein guter Freund von mir – und wir sind ein mächtiges Land. Er wird etwas unternehmen.« Dann fügte sie rasch hinzu: »Außerdem, welche anderen Möglichkeiten haben wir? Sollen wir Lascelles suchen oder direkt nach Sansibar fahren und diese Bestie anflehen: ›Bitte, Herr Feldmarschall, geben Sie mir meinen Sohn zurück‹?«

Plötzlich sprühte sie vor Tatendrang.

»Wenn wir Dar es Salaam erreichen, bevor Lascelles in Sansibar eintrifft, bin ich sicher, daß Howard etwas unternehmen kann.«

Es klang durchaus vernünftig. Ramesh stand auf, sah Cady an und fragte unternehmungslustig: »Mit wieviel Touren können wir die Perkins laufen lassen?«

»Wir werden sie auf Höchsttouren laufen lassen. Jack hat hervorragende Arbeit geleistet. Ich werde mit einer Ölkanne und einem Schraubenschlüssel in dem verdammten Maschinenraum sitzen und mich während der ganzen Fahrt um unser Sorgenkind kümmern.«

»Ausgezeichnet«, erklärte Ramesh. »Inzwischen habe ich mich an ein altes Stagsegel erinnert, das im Schrank auf dem Vorderdeck liegen müßte. Das werden wir ebenfalls setzen; wenn der Wind anhält, wird es helfen – nur ein wenig – aber dennoch.«

Cady legte die Hände auf den Tisch und stemmte sich hoch. Der Schock hatte ihn geschwächt. Er lächelte Ramesh an.

»Also gut, Skipper, schieb den Gashebel vor. Ich checke die Maschine.«

Sie gingen um den Tisch herum, Kirsty und Ramesh zum Niedergang und Cady in den Maschinenraum. Plötzlich blieb Ramesh stehen.

»Was machen wir mit Carlos Leiche?«

Cady zögerte nicht. »Wirf ihn einfach über Bord. Sprich ein Gebet, wenn du willst, aber vergiß nicht, daß auch er Garret diesem verdammten Vampir ausgeliefert und versucht hat, uns umzubringen.« Er blickte Kirsty an, und sie nickte. Darauf fragte er Ramesh: »Soll ich es tun?«

Ramesh schüttelte den Kopf, und ein leichtes Lächeln spielte um seine Lippen. »Nein, das ist Aufgabe des Skippers. Übrigens, Cady, was du getan hast, ist die mutigste Handlung, die ich je gesehen habe.«

»Ja«, stimmte Kirsty zu. »Wir verdanken es dir, daß wir jetzt wissen, wo sich Garret befindet – und aus welchem Grund.«

Cady war plötzlich verlegen. Er blickte zu Boden, lief rot an und murmelte: »Verdammt ... ich habe nicht mal nachgedacht. Wirklich blöd.« Er hob den Kopf und sah Ramesh an. »Du hast mir das Leben gerettet. Du besitzt einen nicht zu unterschätzenden rechten Wurfarm. Von nun an werde ich dich Käpt'n Achab nennen.«

Dann lächelten beide, und Ramesh scherzte:

»Cady, für einen Ölarbeiter bist du entschieden übergebildet.«

25

Es war fraglos der schlimmste Augenblick in Howard Godfreys Leben. Er stand in schärfstem Gegensatz zu seiner Freude, die er zehn Minuten zuvor empfunden hatte, als Kirsty an seiner Sekretärin vorbei in sein Büro gestürzt war und gerufen hatte: »Howard! Wir wissen, wo sich Garret befindet!«

Nachdem sie hastig Ramesh und Cady vorgestellt hatte, sprudelte sie ihren Bericht hervor, und als sie Sansibar und Okello erwähnte, spürte Howard das gleiche flaue Gefühl im Magen wie in einem Flugzeug, das zu plötzlich niedergeht. Sie beendete ihre Geschichte, beugte sich vor und beobachtete ihn aufmerksam.

Während ihm alle möglichen Gedanken durch den Kopf schossen, ergriff er langsam das Telefon und begann zu sprechen.

»Verbinden Sie mich mit dem Botschafter – es ist dringend.«

Es folgte eine Pause, während der seine Augen Kirstys besorgtes Gesicht musterten, dann: »Hi, Frank. Ich erfahre soeben, daß ein amerikanischer Staatsbürger in Sansibar von Okello persönlich festgehalten wird ... Ja, mehrere Monate. Es ist eine sehr verworrene Angelegenheit – und dringend. Kann ich Sie sofort sprechen? Ja, die Mutter ist mit zwei Freunden hier ... Können wir Richards beiziehen? Und auch Murphy?« Er drückte auf einen Knopf auf der Telefonanlage und ordnete kurz darauf an: »Hier spricht Godfrey. Bitte ersuchen Sie Mr. Richards und Mr. Murphy, sofort ins Konferenzzimmer zu kommen.«

Er legte den Hörer auf, holte tief Luft und sagte: »Kirsty, es ist wie ein Wunder, daß Garret noch am Leben ist und Sie herausgefunden haben, wo er sich befindet. Ich entschuldige mich zutiefst wegen meiner Skepsis ... Aber leider muß ich Ihnen sagen, daß er sich so ziemlich den schlimmsten Ort ausgesucht hat.«

Sie wollte etwas einwenden, doch er hob die Hand.

»Warten Sie. Wir werden sofort eine Besprechung mit dem Botschafter, unserem ehemaligen Konsul in Sansibar und Murphy abhalten ... der ... nun, eine Art nichtamtliche Persönlichkeit ist.«

»Sie meinen CIA?« fragte Cady.

Howard zuckte mit den Schultern. »Wir wollen bei der Bezeichnung ›nichtamtlich‹ bleiben. Wir werden versuchen, eine Lösung zu finden ... aber leicht wird es keinesfalls sein, aus vielen Gründen, wie Sie noch hören werden.«

Kirsty sah erschöpft aus.

»Sie haben eine schnelle Fahrt hinter sich?«

Ramesh nickte. »Wir haben im Durchschnitt nahezu zweihundert Meilen im Tag geschafft – mit Motor und Segel. Wir sind in Ordnung, aber Kirsty hat kaum geschlafen.«

Kirsty erwiderte ungeduldig: »Ich werde dann schlafen, wenn sich Garret in Sicherheit befindet. Wir haben nicht viel Zeit, Howard. Wir haben vielleicht nur ein paar Stunden Vorsprung vor Lascelles.«

»Ich weiß. Gehen wir.«

Sie saßen um einen großen Konferenztisch. An einem Ende des Raumes hing das Sternenbanner an einem hohen Pfosten. Daneben befand sich an der Wand ein großes Farbfoto von Präsident Johnson, der ein selbstsicheres Lächeln zur Schau trug.

Kirsty erzählte wieder ihre Geschichte. Der Botschafter und Richards schwiegen, doch Murphy, ein bulliger, rothaariger Mann, unterbrach sie gelegentlich, um einen bestimmten Punkt zu klären. Als Kirsty von Okello, seiner seltenen Blutgruppe und seiner Krankheit berichtete, wegen der er häufige Bluttransfusionen brauchte, nickte er leicht.

Kirsty schwieg und wartete, ohne den Botschafter aus den Augen zu lassen. Er war groß, hager und hatte schütteres schwarzes Haar, das sorgfältig über seine beginnende Glatze gekämmt war. Er sah Howard an.

»Bestätigen Sie mir, daß ich soeben kein Märchen gehört habe.«

»Hören Sie!« fuhr Ramesh zornig auf, doch der Botschafter hob beschwichtigend die Hand. »Bestätigen Sie es mir, Howard!«

Howard seufzte. »Es ist wahr, Frank. Lascelles hat am 13. Februar gemeldet, daß Garret über Bord gegangen ist. Sie waren damals in Arusha ...«

»Ja, ich erinnere mich an den Bericht.«

»Noch etwas«, schaltete sich Murphy ein. »Wir haben gerüchteweise gehört, daß Okello an einer seltenen Krankheit leidet. Wir haben angenommen, daß unsere Informanten zu einem gewissen Wunschdenken neigen ... aber Ihr Bericht bestätigt das Gerücht.«

»Der Mann ist verrückt«, murmelte Richards.

»Also?« fragte Kirsty und sah den Botschafter an. »Was werden Sie unternehmen?«

Der Botschafter runzelte nachdenklich die Stirn. Er blickte zuerst Howard und dann Murphy an und sagte: »Mrs. Haywood, würden Sie und Ihre Freunde bitte ein paar Minuten draußen warten?«

»Wir haben nicht viel Zeit!« wiederholte Kirsty heftig.

»Ich weiß«, antwortete der Botschafter besänftigend. »Es wird nicht lang dauern – bitte.«

Es dauerte zwanzig Minuten. Sie warteten in einem Vorzimmer, Kirsty in fieberhafter Ungeduld. Gelegentlich hörten sie gedämpft durch die geschlossene Tür zorniges Stimmengewirr.

Als Howard die Tür öffnete und ihnen bedeutete einzutreten, war sein Gesichtsausdruck noch immer zornig.

Kirsty setzte sich voll böser Ahnungen. Der Botschafter kam sofort zur Sache: »Mrs. Haywood, die derzeitige Lage in Sansibar sieht folgendermaßen aus: Präsident Nyerere von Tanganjika, ein vernünftiger, gemäßigter Mann, ist seit der sogenannten Vereinigung nominell auch Präsident von Sansibar. Er besitzt jedoch absolut keine Macht oder Kontrolle über die dortigen Vorgänge. Die Insel wird, wenn man das so nennen will, von einem Revolutionsrat regiert, dessen Vorsitzender ein gewisser Abdul Karume ist. Er ist soweit gemäßigt, aber auch er besitzt keine Macht. ›Feldmarschall‹ Okello, der anscheinend aus dem Nichts gekommen ist, ist Verteidigungsminister und Oberbefehlshaber der Streitkräfte. Er hält die gesamte Macht in Händen, obwohl sich das in nächster Zeit ändern könnte. Karume und andere Regierungsmitglieder intrigieren, um ihn abzusetzen, aber sie verhalten sich sehr vorsichtig. Er ist ein hinterlistiger Sadist, und sie fürchten um ihr Leben. Das tut jeder auf dieser Insel.«

Er schwieg eine Weile und trank einen Schluck Wasser aus dem vor ihm stehenden Glas.

»Wenn unter normalen Umständen ein amerikanischer Staatsbürger ohne gerechtfertigten Grund von einem fremden Land festgehalten wird, intervenieren wir bei dieser Regierung und verlangen die sofortige Freilassung. Wenn diese nicht unmittelbar erfolgt, üben wir Druck aus; entweder wirtschaftlich oder durch Drittländer oder, in seltenen Fällen, militärisch. In diesem Fall jedoch läßt sich keines dieser Druckmittel anwenden. Seit der Revolution unterhalten wir keinerlei wirtschaftliche Beziehungen zu Sansibar. Die einzigen Drittländer, die Einfluß ausüben könnten, sind kommunistisch und würden uns die Geschichte kaum glauben, geschweige denn Mitgefühl zeigen. Der militärische Aspekt kommt nicht in Frage. Selbst wenn man ihn in Betracht zöge, befinden sich die nächsten amerikanischen Militäreinheiten Tausende Meilen von hier.«

In Kirstys Gesicht hatte sich während dieses Monologs ihre immer betrübtere Stimmung gespiegelt.

»Was sollen wir also tun?«

Mit einem Seufzer und einem Blick auf seine Mitarbeiter erklärte der Botschafter: »Ich habe beschlossen, Präsident Nyerere persönlich aufzusuchen.«

»Aber Sie haben gesagt, er besitze dort drüben keinerlei Macht.«

»Das stimmt, aber er verfügt doch über einen gewissen Einfluß, zumindest bei Karume. Das Problem besteht darin, daß wir, selbst wenn wir beim Revolutionsrat Protest einlegen wollten, die Engländer einschalten müßten, die dort unsere Interessen vertreten.«

Kirsty fragte ungläubig: »Wir haben dort überhaupt keine Vertretung?«

Der Botschafter schien verlegen zu sein. »Nein. Ein paar Tage, nachdem der Sultan gestürzt worden war, erhielt ich Weisung vom State Department, mich um freundliche Beziehungen zu den neuen Behörden zu bemühen. Wir betrieben dort eine sehr teure Satellitenüberwachungsanlage – ein wichtiges Glied in unserem Raumfahrtprogramm. Ich rief Richards an und ... na ja, wir verwendeten einen unglücklichen Ausdruck. Er meinte, daß ein Konsul nicht genügend ›hochrangig‹ wäre, um diese Leute zu beeindrucken. Ich sagte ihm, er solle das Verfahren einleiten, und ich würde so bald wie möglich schwerere Geschütze auffahren lassen ... Das haben Okellos Leute anscheinend mitgehört und den Ausdruck mißverstanden. Er brach sofort die Beziehung ab und wies Richards sowie alle anderen Amerikaner auf der Insel aus.«

Stille folgte, dann konnte Cady nicht anders. Er brach in Gelächter aus.

»Tut mir leid«, entschuldigte er sich bei Kirsty. »Aber das

alles ist so verdammt lächerlich.«

Sie schien ihn kaum zu hören. Ihrem Gesicht merkte man an, daß sie den Tränen nahe war. Sie fragte: »Howard, was meinen Sie?«

Er breitete resigniert die Hände aus.

»Es ist eine vertrackte Situation, Kirsty. Die Tatsache, daß Garret heimlich festgehalten wird, macht es verdammt schwierig.«

Ihr Blick wanderte zu Murphy. Er hatte sich vorgebeugt, die Finger einer Hand trommelten rhythmisch auf den Tisch. Kirsty blickte wieder den Botschafter an, der sagte: »Es ist wirklich unsere einzige Alternative, Mrs. Haywood, und ich darf hinzufügen, vom diplomatischen Standpunkt aus die einzige korrekte Vorgehensweise.«

Ramesh, der bisher geschwiegen hatte, meldete sich plötzlich zu Wort: »Während wir draußen warteten, haben wir gehört, daß Sie gestritten haben. Gab es noch andere Vorschläge?«

Der Botschafter warf ihm einen alles andere denn erfreuten Blick zu.

»Wir haben natürlich alle Möglichkeiten geprüft, und es gab verschiedene Meinungen zu dem Problem. Sie haben zu meiner abschließenden Entscheidung geführt.«

»Welche Meinungen?« fragte Kirsty.

Der Botschafter sah irritiert aus.

»Das halte ich für unerheblich. Wie gesagt, wir haben alles Für und Wider abgewogen, bevor ...« Er konnte den Satz nicht beenden.

»Er ist mein Sohn!« explodierte Kirsty. »Dieser Verbrecher saugt ihm sein Blut wie ein Vampir aus, und Sie bezeichnen es als unerheblich!«

Er zuckte sichtlich zusammen. Richards blickte beflissen auf den Tisch hinunter. Murphy und Howard sahen sie direkt an. Murphy nickte fast unmerklich.

Howard meinte: »Frank, da hat sie recht.«

»Und ob, verdammt noch mal!« Sie starrte den Botschafter an, der widerwillig zugab: »Mr. Murphy hat eine Befreiungsaktion vorgeschlagen. Er glaubt, daß er weiß, wo Okello Ihren Sohn gefangenhält. Nach einigem Hin und Her mußte ich mein Veto einlegen.«

»Warum?«

Er seufzte. »Mrs. Haywood. Ich weiß, daß Sie es als herzlos empfinden werden, aber Sie dürfen nicht vergessen, daß meine Hauptaufgabe darin besteht, gute Beziehungen zu diesem Land zu unterhalten. Es war bisher nicht leicht, aber ich will Sie nicht mit meinen Problemen langweilen. Was nun Murphys Plan betrifft – er müßte seine eigenen Leute einsetzen – alles Amerikaner – es gibt in dieser Gegend keine Söldner. Sie können sich vorstellen, daß sie hier nicht sonderlich beliebt sind. Mr. Murphy hat hier drei ... hmm ... Mitarbeiter und hatte die Absicht, heute nachmittag vier oder fünf weitere aus Kenia und Uganda einfliegen zu lassen. Das Problem besteht darin, daß das kalkulierte Risiko zu groß ist. Wenn ein Amerikaner getötet wird oder – noch schlimmer – gefangengenommen, würde die Entrüstung in ganz Ostafrika ungeheuer sein. Stellen Sie es sich einmal vor. Die USA mischen sich wieder ein. Man würde daraus schließen, daß wir versuchen, die neue Führung dort zu beseitigen, die zumeist ausschließlich aus Kommunisten besteht. Es würde unsere Beziehungen um ein volles Jahrzehnt zurückwerfen.«

Kirsty entgegnete verbissen: »Und das Leben meines Sohnes – eines Amerikaners – ist diesen Einsatz nicht wert?«

»Es tut mir sehr leid, Mrs. Haywood, aber wir haben nicht einmal einen Beweis dafür, daß Ihr Sohn am Leben ist – nur das Wort eines Sterbenden, noch dazu eines Verbrechers.«

Die Bedeutung seiner Worte brachte Kirsty zum Verstummen, aber Cady meldete sich. Er ätzte verächtlich: »Sie gehen also, mit dem Hut in der Hand, zu Nyerere und sagen: ›Bitte, Sir, Mr. Okello hält einen unserer Staatsbürger gefangen und benutzt ihn als Blutbank. Bitte klopfen Sie ihm auf die Finger, und sagen Sie ihm, er soll ihn freigeben!‹« Er schnaubte wütend. »Okello bringt seit Monaten Menschen um. Nyerere hätte seine Armee jederzeit in Marsch setzen können. Dort sind Afrikaner gestorben – sogar aus Tanganjika. Nyerere hat keinen Finger gekrümmt, um seine eigenen Landsleute zu schützen, und Sie glauben, daß er auch nur einen Finger rühren wird, um einen Amerikaner zu retten?«

Der Botschafter erwiderte nichts, aber sein Gesichtsausdruck signalisierte Entschlossenheit.

Plötzlich mischte sich Ramesh ein: »Na schön, Sie können Mr. Murphy verbieten, einen Rettungsversuch zu unternehmen, aber uns können Sie nicht aufhalten – und wir sind im Besitz von Schußwaffen.« Er sah Cady an, der heftig nickte.

»Vergessen Sie es«, riet ihm Murphy freundlich. »Sie sind nur zu zweit. Ich hätte acht Mann eingesetzt – alle mit Spezialausbildung. Das ist das absolute Minimum.«

»Wir sind vier«, widersprach Kirsty, deren Augen jetzt lebhafter wurden.

»Wer ist der vierte?«

»Ein chinesisches Mädchen. Es ist auf dem Boot geblieben. Man wollte es nicht an Land lassen, weil es keine Ausweispapiere besitzt.«

Murphy schüttelte halb bewundernd, halb ablehnend den Kopf. »Entschuldigen Sie, Mrs. Haywood, ich bewundere Ihren Mut – und den Ihrer Gefährten. Aber zwei Leute – Verzeihung, Mr. Patel – einer davon nicht mehr jung, und zwei Frauen. Auf dieser Insel wimmelt es von bewaffneten Männern. Sie sind nicht sehr gut ausgebildet, aber alle tragen Waffen – und benützen sie bei jeder passenden und unpassenden Gelegenheit. Es stimmt – mein Plan wäre riskant – und ich wollte ihn nur mit einem ausgebildeten Team ausführen.«

»Sie kennen den Ort, an dem er Garret gefangenhält?« fragte Cady.

Murphy warf dem Botschafter einen Blick zu, der über die Entwicklung verblüfft war.

»Und ob. Wenn er sich auf dieser Insel befindet, bin ich meiner Sache sicher.«

»Wo?«

»Warten Sie«, fuhr der Botschafter scharf dazwischen. »Das ist verrückt. Man wird euch alle umbringen.«

»Es ist unser Entschluß«, erklärte Kirsty. »Ich kann nicht für die anderen sprechen, aber ich würde mein Leben einsetzen, um Garret zu retten – ich würde es tausendmal aufs Spiel setzen.« Sie blickte Howard an. Er musterte sie genau, dann wandte er sich an den Botschafter: »Sie haben das Recht, es zu versuchen. Murphy könnte sie beraten und ihnen Ausrüstung mitgeben, deren Ursprung man nicht feststellen kann. Sie müssen es heute abend tun, sonst könnte es zu spät sein. Sie können Ihren Besuch beim Präsidenten auf morgen verschieben.«

Murphy murmelte: »Verrückt – Sie sind total verrückt.«

Der Botschafter legte nachdenklich die Stirn in Falten. Dann nickte er und stand auf.

»Also gut, aber ich darf nicht hineingezogen werden. Was immer Sie an Hilfsmitteln zur Verfügung stellen, es muß auf neutraler Basis geschehen. Und hören Sie gut zu. Weder Sie noch einer Ihrer Leute darf Sansibar betreten oder in seine Hoheitsgewässer eindringen.« Er wandte sich Kirsty zu, und seine Stimme wurde sanfter. »Mrs. Haywood, ich bedaure zutiefst, daß die Umstände es mir unmöglich machen, Ihnen mehr Hilfestellung zu geben. Was immer auch geschieht, ich werde den Präsidenten morgen früh aufsuchen, und ich versichere Ihnen, daß ich die ernstesten Vorhaltungen erheben werde. Ich komme persönlich gut mit ihm aus. Ich werde so viel Druck ausüben, wie ich nur kann.«

Sie nickte wie abwesend, und er verließ mit einem letzten scharfen Blick auf Murphy den Raum.

»Was für Waffen besitzen Sie?« fragte Murphy mißtrauisch.

Cady antwortete: »Eine alte Maschinenpistole und eine Walther PP.«

Murphy seufzte. »Das ist nicht gerade eine eindrucksvolle Feuerkraft.«

Er sah auf seine Uhr und wandte sich an Howard. »Es muß streng geheim bleiben, stimmt's?«

»Richtig!« wiederholte Howard.

»Okay. Es ist knapp vor zwölf Uhr, wir haben also noch ein wenig Zeit.«

Er hob den Hörer ab, drückte auf einen Knopf und befahl einen Augenblick später: »Ray, bring den Okello-Ordner und die einschlägigen Karten und Pläne herüber.« Er legte auf und blinzelte Howard zu.

»Wir hatten vor, den ›Feldmarschall‹ zu erledigen. Er verwandelt diese Insel in eine Kommunistenhochburg. Kubaner und Chinesen strömen in Massen ins Land.« Er verzog das Gesicht. »Dieser Plan wurde gleichfalls verboten, aber die Grundlagen wurden geschaffen, und das wird Ihnen eine Hilfe sein – trotzdem glaube ich noch immer, daß Sie verrückt sind.« Seine Stimme wurde lebhaft. »Wir werden dennoch versuchen, Ihnen eine Chance zu verschaffen. Ich werde Ihnen einige Maschinengewehre besorgen.« Er grinste. »Die Engländer haben sie der Tanganjika-Armee hinterlassen, und etliche tauchten bald darauf auf dem Schwarzen Markt auf. Sie sind mit sehr wirkungsvollen Schalldämpfern versehen, und wenn Sie sie zurücklassen müssen, wird der Verdacht auf die Armee von Tanganjika fallen. Später werde ich Sie an einen nur mir bekannten Ort bringen, wo Sie üben können. Ich werde Ihnen aus derselben Quelle auch Handgranaten besorgen. Die Leute hier mögen keinen großen Krach. Als die Armee im vergangenen Jahr meuterte, rief Nyerere die Engländer zu Hilfe. Sie schickten ein paar Hubschrauber über die Hauptbaracken und warfen ein paar hundert Donnerschläge ab. Innerhalb von Minuten hatten fünftausend Meuterer ihre Waffen weggeworfen und waren im Busch verschwunden – das war das Ende der Meuterei. Die Handgranaten werden sich beim Rückzug als nützlich erweisen.«

Es klopfte, die Tür ging auf, und ein Mann Ende der Zwanzig erschien erwartungsvoll.

Murphy stellte ihn nur als ›Ray‹ vor, und fünf Minuten später vertieften sie sich in Karten und Fotos. Auf der Karte in großem Maßstab legte Murphy den Finger auf einen Punkt an der Südwestküste von Sansibar.

»Genau hier steht eine große Villa in maurischem Stil. Sie hat früher einem Verwandten des Sultans gehört. Okello hat sie übernommen. Sie liegt ziemlich isoliert, und das ist im dicht bevölkerten Sansibar eine Seltenheit. Okello sucht sie nur zweimal im Monat auf. Er fährt am Mittwochabend die fünfzig Kilometer von der Stadt Sansibar herüber, bleibt über Nacht und fährt am Morgen zurück. Wir vermuten, daß er dort eine Geliebte hat. Er ist pünktlich wie eine Uhr. Die Villa wird von ungefähr einem Dutzend sogenannter Milizsoldaten rund um die Uhr bewacht, aber wir wissen, daß die Wachmannschaft ziemlich nachlässig ihren Dienst versieht.«

Er sah Kirsty an. »Er wird Ihren Sohn nicht in einem Gefängnis festhalten, wo er durch seine Hautfarbe auffallen würde. Nein. Er wird ihn schön versteckt halten – vielleicht auch andere Blutspender, wenn er welche gefunden hat.«

Kirsty nickte, tief in Gedanken versunken. »Es klingt plausibel. Und er könnte alle zwei Wochen Garret einen halben Liter Blut abnehmen, ohne daß dieser Schaden nimmt.«

Cady studierte die Karte. »Es sieht nicht sehr schwierig aus. Die Villa liegt direkt an der Küste. Wir fahren mit der *Manasa* bis auf eine halbe Meile heran und legen die restliche Strecke im Beiboot zurück.«

Murphy schüttelte bedauernd den Kopf. »Das geht nicht, Sportsfreund. Es gibt da ein Problem – und deshalb sah mein Plan ein Minimum von acht Männern vor.« Er zog eine Karte heran und zeigte darauf. »Diese Villa steht auf einer Steilküste, die ungefähr sechzig Meter hoch ist. Unten ragen schroffe Felsen bis ziemlich weit ins Meer hinaus. Diese Klippen erstrecken sich zu jeder Seite der Villa ungefähr über eine

Meile. Ausgebildete Kommandotrupps können es bestimmt schaffen, aber ich würde es meinen Jungs nicht zumuten – und für Sie besteht überhaupt keine Chance.«

Cady machte ein enttäuschtes Gesicht. »Wie hat Ihr Plan ausgesehen?«

Murphy deutete auf einen anderen Punkt. »Sehen Sie hier, anderthalb Meilen nördlich von dem Dorf Jembiani, liegt ein kleiner Strand. Dort wollte ich an Land gehen.« Sein Finger fuhr über die Karte. »Bis zur Villa sind es von dort ungefähr zwei Meilen. Hier müssen Sie einen Militärposten umgehen. Es dürfte nicht schwierig sein, zur Villa zu gelangen – aber wie Sie zum Boot zurückkommen, steht auf einem anderen Blatt – das ist ein Horrortrip. Sobald die Schießerei beginnt, wird diese Baracke Milizsoldaten ausspucken. Es gibt noch eine zweite, ungefähr zwei Meilen nördlich der Villa. Sie werden innerhalb von Minuten überall ins Gelände herausschwärmen.«

»Wie wollten Sie sich wieder zurückziehen?«

Murphys Finger bewegte sich auf der Karte ins Landesinnere. »Ich wollte hier in der Nelkenplantage ein Ablenkungsmanöver inszenieren. Eine Bombenserie, die in Abständen hochgehen sollte – in einer landeinwärts verlaufenden Linie. Auch ein paar Raketen und so. Dann sollten drei Jungs unseren Rückzug von den Baracken zur Küste decken; ein weiterer am Strand und vier in der Einsatztruppe.« Er blickte zu Cady auf. »Verstehen Sie, worin Ihr Problem besteht? Selbst wenn wir die beiden Frauen mitzählen, haben Sie vier Mann zu wenig.«

Cady studierte lange die Karte. Etwa zwei Meilen vor der Küste war ein langes Riff mit mehreren breiten Kanälen eingezeichnet.

»Woher weht der Wind hauptsächlich?« fragte er.

»Um diese Jahreszeit aus Südosten.«

Plötzlich grinste Cady. Kirsty und Ramesh beobachteten ihn gebannt.

»Hast du einen Plan, Cady?« fragte Kirsty.

Er nickte und zeigte auf eine Lücke in dem Riff. »Wir bringen die *Manasa* durch diese Lücke genau nördlich von Jembiani herein. Dann fahren wir innerhalb des Riffs weiter, bis wir uns dem Strand gegenüber befinden. Wir nähern uns bis auf eine halbe Meile dem Strand. Ramesh und ich gehen mit dem Beiboot an Land. Sie und Lani bringen die *Manasa* wieder hinaus und nehmen Kurs nach Norden. Wenn Ramesh und ich die Villa erreicht haben, geben wir euch ein Signal. Ihr segelt herein und ankert die *Manasa* unmittelbar vor den Felsen. Ramesh und ich dringen in die Villa ein und holen Garret heraus.«

»Und dann?« warf Murphy ein.

Cady richtete sich auf. »Und dann begeben wir uns von dem obersten Punkt des Kliffs zur *Manasa*.«

Alle sahen ihn an, als wäre er übergeschnappt. Murphy und Ray fragten gleichzeitig: »Wie denn?«

Cady grinste breit. »Mit einer Geronimo-Leine!«

»Was, zum Teufel, ist das?« fragte Murphy.

»Die Bohrarbeiter benützen sie, um heil aus einem Bohrturm herauszukommen, wenn er einstürzt. Man hat nur ein paar Sekunden Zeit, bevor man im Feuer schmort. Während man sich abseilt, ist es üblich ›Geronimo!‹ zu schreien.«

»Wie funktioniert es? Wie befestigt man die Leine am Boot?«

»Kein Problem.« Cady grinste noch immer. »Ich brauche eine sehr kräftige, leichte Schnur und für ein paar Stunden eine gute Werkstatt. Ist das möglich?«

»Klar.« Murphy schaute auf die Karte hinunter. »Hören Sie, Cady. Wenn Sie von den Klippen lebend herunter in das Boot kommen und danach eine Stellung suchen – melden Sie sich bei mir, hören Sie?« Er schüttelte bewundernd den Kopf und knurrte: »Verdammte Geronimo-Leine!«

26

Sie legten sich für drei Stunden in ihre Kojen. Sie waren um fünf Uhr zur *Manasa* zurückgekehrt, und Ramesh und Cady waren fast ebenso erschöpft wie Kirsty.

Bevor sie das Botschaftsgebäude verließen, hatten sie einen genauen Zeitplan ausgearbeitet. Sie hatten beschlossen, den Überfall um 4.00 Uhr früh durchzuführen, wenn zu hoffen war, daß selbst die diensttuenden Wachen schlafen würden.

Von diesem Zeitpunkt zurückrechnend, beschlossen sie, Dar es Salaam um 21 Uhr zu verlassen, und veranschlagten vier Stunden, um die Küste vor Jembiani zu erreichen. Sie brauchten eine Stunde, um das Boot herzurichten und dann Ramesh und Cady am Strand abzusetzen.

Murphy hatte sie von der Botschaft an die Peripherie der Stadt gebracht und sie einem Inder namens Pandit vorgestellt. Er war der Besitzer eines kleinen Autobusunternehmens und betrieb auch eine gut ausgestattete Werkstätte. In der nächsten Stunde halfen Murphy und Ramesh Cady, mehrere Stahlrohre zu vier T-förmigen Trägern zusammenzuschweißen. Sie würden nur drei brauchen, aber er wollte einen als Reserve mitnehmen. Am senkrechten Ende des ›T‹s schweißte er einen gebogenen Träger an, der mit einem kleinen, mit einem Rand versehenen Metallrad bestückt war. Hinter dem Träger schraubte er eine Vorrichtung an, die einer zusammenklappbaren Lenkstange ähnelte. Er hatte das Metall mit schwarzem Isolierband bedeckt, dann das ›T‹ auf den Kopf gestellt und das Funktionsprinzip erklärt. »Es sind nur Notbehelfe, aber sie werden funktionieren. Es ist so ähnlich wie die T-förmigen Schleppvorrichtungen bei Schleppliften – nur umgekehrt.« Er drehte das Rad. »Das kommt an das obere Ende des Seils. Der Träger hält das Seil straff gespannt.« Er steckte das Querstück zwischen seinen Beinen durch unter seine Schenkel und ergriff die zusammenklappbare Lenkstange.

»Dann stößt man sich ab. Das Seil hat einen bestimmten durchhängenden Teil, die ersten zehn, zwölf Meter geht es senkrecht hinunter – das ist ein bißchen kritisch. Wenn der durchhängende Teil vorbei ist, schnellt man hinaus. Da beginnt man die Bremse zu verwenden.« Er drückte die zusammenklappbare Lenkstange zusammen. »Die Fuge schließt sich um das Seil und bremst. Man behält den Druck bei, bis man ins Wasser fällt. Ich schätze etwa sechs Meter vom Boot entfernt. Eigentlich müßten wir es üben, aber dazu haben wir keine Zeit. Ich hoffe nur, daß Ray ein gutes starkes Seil auftreibt.«

Murphy hatte Ray losgeschickt, um das Seil zu besorgen, eine zweihundert Meter lange, dünne, kräftige Schnur, zwei Vollgummibälle von ungefähr zehn Zentimetern Durchmesser, acht Liter schwarze Farbe, ein paar Meter schwarzen Stoff und schwarze Kleidungsstücke in verschiedenen Größen.

Sie luden die T-Träger in den Kofferraum von Murphys Wagen und fuhren zehn Meilen auf der Küstenstraße in Richtung Lindi. Murphy beobachtete die rechte Seite der Straße, dann entdeckte er den überwachsenen Pfad und bog ein. Der Wagen holperte noch eine Meile einen leicht ansteigenden Hügel hinauf. Sie erreichten die Anhöhe und blickten in ein von Buschwerk bedecktes Tal hinunter. Am Fuß des Hügels stand Ray neben einem alten Dodge.

»Hast du alles bekommen?« fragte Murphy, während er ausstieg.

»Klar.« Ray ging um den Wagen herum und öffnete den Kofferraum. Sie drängten sich um ihn, und Murphy hakte die einzelnen Ausrüstungsgegenstände auf seiner Liste ab. Dann klopfte er auf eine Metallkiste.

»Handgranaten«, erläuterte er. »Ein Dutzend englischer Splitterbomben. Schade, daß Sie nicht mit ein paar üben können, aber der Lärm könnte Aufmerksamkeit erregen. Ich werde Ihnen später zeigen, wie man sie einsetzt.« Er grinste.

»Das Prinzip ist verdammt einfach.«

Neben der Kiste lag ein längliches dickes Stoffbündel. Murphy wickelte es aus und beförderte drei Maschinengewehre ans Licht. Um den Schalldämpfer war Segelleinen als Schutz gewickelt, und Murphy erklärte, daß der Schalldämpfer ohne die schützende Hülle so heiß werden konnte, daß man sich die Hand verbrannte. Er zeigte ihnen, wie sie die Waffen zerlegen und wieder zusammensetzen mußten. Dann packte er ein anderes Bündel aus und entnahm ihm ein Dutzend Magazine.

»Es hat eine ziemlich hohe Feuergeschwindigkeit«, betonte er. »Deshalb halten Sie die Feuerstöße wirklich ganz kurz.«

In der nächsten halben Stunde übten sie. Zuerst Einzelfeuer, bis sie das Gefühl für die Waffen bekamen, und dann Feuerstöße. Die Schalldämpfer waren bemerkenswert wirkungsvoll und verschluckten die Explosionsgeräusche.

Murphy war zufrieden. Wie er erwartet hatte, erwies sich Cady als guter Schütze, der sich rasch an den Rückstoß des Gewehres gewöhnte und die kleinen Büsche, auf die er zielte, mühelos niedermähte. Ramesh brauchte etwas länger, doch bald lagen seine Schüsse recht genau.

Kirsty überraschte Murphy. Er hatte erwartet, daß der Rückstoß des Maschinengewehrs sie erschrecken würde, aber bei ihrem ersten Feuerstoß drückte sie den Kolben fest an ihre Schulter, betätigte mit einem Ausdruck äußerster Konzentration den Abzug, fing den Rückstoß rasch ab und legte eine Reihe Büsche um.

Später, beim Wagen, sagte Murphy scherzend: »Ich hätte etwas dagegen, Lady, mich auf der anderen Seite auf einen Kugelwechsel mit Ihnen einzulassen.«

Sie lächelte müde. »Es wäre schön, wenn ich die Männer begleiten könnte und nicht auf dem Boot warten müßte.«

Ramesh schaltete sich ein: »Du weißt, daß das unmöglich ist, Kirsty. Wir brauchen zumindest zwei Leute, um die *Manasa* zu manövrieren.«

»Ich weiß«, gab sie ärgerlich zu und wog die Waffe in der Hand. »Ich möchte nur zu gern die Kugelspritze halten und den Halunken gegenüberstehen, die meinen Sohn gefangenhalten.«

Murphy beschwichtigte sie. »Es ist unwahrscheinlich, daß Okello anwesend ist. Heute ist Freitag, und er kommt immer am Mittwoch.« Er wandte sich Ramesh zu. »Also, ich bringe Sie jetzt zum Boot zurück, und ich will, daß Sie sich alle aufs Ohr legen – ich weiß, daß es schwierig sein wird, weil Sie zu angespannt sind, aber Sie müssen versuchen, noch etwas zu schlafen. Es wirkt sich psychologisch günstig aus, und auch wenn Sie nicht schlafen, werden Sie sich ausruhen. Inzwischen werden Ray und ich noch einiges beschaffen: Gurte für die Granaten und Reservemagazine, wasserdichte, abgeblendete Taschenlampen und ein paar kleine Sprechfunkgeräte, damit Sie sich zwischen Boot und Küste verständigen können. Inzwischen versuche ich, einen Burschen aufzutreiben, der Ihnen eine wirkliche Hilfe sein kann.«

»Wer ist das?« fragte Ramesh.

Murphy schüttelte den Kopf. »Wenn ich ihn nicht finde, spielt der Name keine Rolle. Wir werden gegen acht beim Boot sein. Kümmern Sie sich nicht um den Zoll. Wir werden ein paar Kerle schmieren, und niemand wird Sie behelligen.«

Überraschenderweise schlief Kirsty doch zwei Stunden. Es war ein leichter Schlaf, und sie träumte – wirbelnde Bilder von Gesichtern, Vögeln und vom Meer ... und von einem leuchtend grünen Streifen quer über dem Himmel.

Aber sie war ausgeruht, als sie erwachte, weil sie Schritte an Deck hörte. Rameshs Bett war leer. Verschlafen zog sie sich etwas über und ging in den Salon. Lani bereitete in der Kombüse belegte Brote und Kaffee zu. Sie lächelte Kirsty an.

»Du hast also geschlafen?«

»Ja. Frag mich nicht, wie!«

»So ist es uns allen gegangen. Wie fühlst du dich?«

»Ganz gut. Was ist oben los?«

»Die Amerikaner sind gekommen und haben jemanden mitgebracht.«

»Wen?«

Lanis Lächeln wurde breiter. »Sieh ihn dir doch an.«

Kirsty fand auf dem Deck kaum Platz; Ramesh, Cady, Murphy, Ray, Howard und noch ein Mann standen herum. In dem Halbdunkel konnte sie sein Gesicht nicht klar erkennen, trat dann aber näher und stand vor einem Afrikaner. Sein Haar war grau. Sein einziges Kleidungsstück waren schmutzige, oft geflickte Khaki-Shorts.

Murphy sah sie und sagte: »Kommen Sie, Kirsty, ich stelle Ihnen Salim vor. Er begleitet Sie.«

»Wirklich?« Kirsty näherte sich ihm verblüfft und streckte die Hand aus. Er drückte sie mit einem Grinsen, das seine Zahnlücken sehen ließ.

»Ich habe es ihm eben erklärt«, informierte sie Murphy und wandte sich wieder Ramesh zu. »Salim haßt Okello und seine Bande. Sein einziger Sohn hat vor der Revolution auf einer Plantage gearbeitet. In der ersten Nacht, als sie alle Araber umbrachten, versuchte sein Sohn, seinen Arbeitgeber zu schützen, der offenbar ein braver Mann war. Der Pöbel tötete ihn jedoch samt seiner Familie. Dann töteten sie Salims Sohn, seine Frau und fünf Kinder. Das jüngste war erst zwei Jahre alt.«

Kirsty murmelte entsetzt: »Mein Gott!« und sah den alten Mann an, der offensichtlich kein Wort verstand und noch immer lächelte.

»Salim war damals auf Fischfang«, fuhr Murphy fort, »und ist mit dem Leben davongekommen.«

»Fischfang!« rief Cady. »Wie alt ist er denn?«

Murphy grinste. »Das weiß er selbst nicht genau. Er glaubt, etwa fünfundsiebzig. Aber er ist in Form und kann verdammt gut mit einem Boot umgehen – und was entscheidend ist, er kennt die Gewässer um Sansibar wie seine Hosentasche. Er hat dort gefischt, seit er in einem Boot stehen konnte. Er erzählte mir, daß er oft unmittelbar unterhalb der Villa Hummer gefangen hat. Er wird die *Manasa* durch den Kanal an den Strand lotsen. Dann wird er sie in den Klippen verstecken. Er spricht ein wenig Englisch, aber nicht viel. Sie müssen langsam und deutlich mit ihm reden und einfache Worte verwenden.«

»Gut!« Rameshs Stimme klang erleichtert. »Ich habe nichts gesagt, mir aber wegen der Navigation ernstlich Sorgen gemacht. Es wird nämlich eine dunkle Nacht.«

»Stimmt«, brummte Murphy. »Verlassen Sie sich nur auf Salim – er könnte Sie sogar mit verbundenen Augen hineinlotsen.«

»Das bedeutet auch«, stellte Kirsty zufrieden fest, »daß ich mit Ramesh und Cady an dem Angriff teilnehmen kann.«

Alle versuchten, ihr dieses Vorhaben auszureden, aber sie war fest entschlossen. Es handle sich um ihren Sohn, und sie wolle mit dabei sein.

»Sie haben meine Treffsicherheit gelobt«, erwähnte sie Murphy gegenüber.

»Ja, schon, aber ...«

»Und Cady hat einen Reserve-T-Träger geschweißt, es gibt also kein Problem – ich gehe mit!«

Cady wandte sich ab und verfluchte sich wegen des Reserve-Trägers.

»Ich gehe mit«, wiederholte Kirsty entschieden. »Damit können wir das also vergessen und uns anderen Problemen zuwenden.«

Murphy zuckte mit den Schultern und langte nach dem Segeltuchsack zu seinen Füßen. Er entnahm ihm drei Sprechfunkgeräte, die jeweils etwa so groß wie Zigarettenpäckchen waren. »Das sind die neuesten Modelle. Sie sind auf eine Wellenlänge eingestellt, die niemand in der Gegend verwendet. Sie behalten eines auf dem Boot und nehmen eines bei der Kommandoaktion mit. Ich behalte das dritte. Wir werden für die *Manasa* den Codenamen Ram Eins, für die Einsatztruppe Ram Zwei und für meine Gruppe Ram Drei verwenden. Ich werde mit Ray und Howard auf einem schnellen Kabinenkreuzer knapp außerhalb der Dreimeilenzone harmloses Nachtfischen vortäuschen. Sie sind auf sich selbst gestellt, aber sobald Sie aus dem Kanal herauskommen, werden wir in der Nähe sein, um Ihnen zu helfen. Wir werden etwa eine Stunde nach Ihnen auslaufen.«

Er nahm ein paar kleine, mit einer Gummidichtung überzogene Taschenlampen aus dem Sack. Die Gläser waren überklebt worden, so daß nur kleine Kreise von verschiedenem Umfang in der Mitte freiblieben.

»Benützen Sie diese, um den Weg zu finden und dem Boot Lichtsignale zu geben, falls die Sprechfunkgeräte ausfallen. Testen Sie sie auch auf der Überfahrt im Beiboot.« Schließlich nahm er einen Feldstecher heraus. »Ein Nachtglas«, erklärte er. »Nicht ganz wie Tageslicht, aber es bietet bis zu etwa zweihundert Metern Entfernung ein deutliches Bild.« Er schaute auf seine Uhr. »Jetzt werden wir etwas essen, und dann werden wir Sie auf den Weg bringen.«

Während sie sich in einer Reihe aufstellten, um unter Deck zu gehen, erwähnte Howard Kirsty gegenüber: »Ich habe Harriet gesagt, daß ich heute Nachtdienst habe. Sie weiß nicht, worum es geht, aus zwei Gründen: Erstens würde sie sich halb zu Tode ängstigen, und zweitens ist es mehr als wahrscheinlich, daß sie unseren ehrwürdigen Botschafter aufsuchen und ihn ohrfeigen würde!«

27

Kurz nach acht lösten sie die Taue, und die *Manasa* lief mit Motorkraft leise durch den Kanal auf das offene Meer hinaus.

Salim stand am Ruder und blickte in die Dunkelheit vor ihm. Die Wettervorhersage hatte leichten Südostwind versprochen, und es war nur eine leichte Dünung zu spüren.

Während die Lichter der Stadt hinter ihnen verblaßten, machten sich die anderen an die Arbeit. Zuerst zogen sie die schwarzen Hosen und Hemden an, die Ray mitgebracht hatte. Dann entfalteten sie das Großsegel und bestrichen es ebenso wie das Deckhaus mit schwarzer Farbe.

Eine Lücke entstand, und Ramesh füllte sie aus. Obwohl Cady einen Großteil der Planung besorgt hatte und vom Erfolg überzeugt war, fühlte er sich nun bedrückt. Ramesh wußte, daß es nicht nur Angst war. Da die entscheidenden Stunden nahten, empfanden sie alle wachsende Besorgnis. Er hatte den Verdacht, daß Cady vielleicht doch an dem Erfolg des Unternehmens zweifelte. Es war seine Idee, die Geronimo-Leine zu verwenden. Von den drei Personen, die den Überfall durchführten, war er der jüngste, kräftigste, besaß dennoch die größte Erfahrung. Jetzt verspürte er vielleicht die Last der Verantwortung auf seinen Schultern.

Das Segel wickelte sich um den Mast und die Wanten. Ruhig, aber entschieden übernahm Ramesh das Kommando, erteilte Befehle und übernahm die Organisation.

Sie waren mit dem Bestreichen des Großsegels fertig und befestigten es wieder am Baum. Sie hatten sich selbst mit einer Menge Farbe beschmiert, und der alte Mann am Ruder kicherte und zeigte mit dem Finger auf seine faltige Brust.

»Jetzt wie ich«, radebrechte er. »Nacht keiner kann euch sehen.«

Sie entfalteten den Spinnaker, schwärzten ihn auf beiden Seiten, und nachdem sie ihn wieder am Fock befestigt hatten, schaute Ramesh auf die Uhr und stellte fest: »Wir sind vor eineinhalb Stunden ausgelaufen. Murphy und die anderen werden unterwegs sein. Testen wir jetzt die Funksprechgeräte.«

Sie gingen zum Achterdeck, und Ramesh brachte die Funksprechgeräte und Taschenlampen hinauf. Er zog die Antenne aus einem der Geräte, stellte die Lautstärke ein, drückte auf den Knopf, kam sich ein wenig kindisch vor und begann: »Hier spricht Ram Eins, ich rufe Ram Drei. Hörst du mich? Ende.«

Er ließ den Knopf los. Erwartungsvolle Stille folgte, dann erklang Murphys Stimme aus dem kleinen Lautsprecher.

»Ram Eins, hier spricht Ram Drei. Ich höre dich laut und deutlich. Wie ist deine Position? Ende.«

Ramesh drückte wieder auf den Knopf.

»Offengestanden, das weiß ich nicht. Unser Freund steuerte, während wir uns vorbereitet haben. Ende.«

»Laß mich mit ihm sprechen.«

Ramesh hielt das Gerät vor Salims Gesicht, der es mit verwunderten Augen anstaunte. Die Augen wurden noch größer, als Murphys Stimme in Suaheli erklang. Dann grinste Salim und nickte Ramesh zu, der auf die Sprechtaste drückte. Salim sagte einige Sätze, dann nickte er Ramesh wieder zu, der meldete: »Okay. Ram Drei. Ende.«

Murphy sprach wieder englisch. »Er meint, ihr werdet in etwa fünf Zigarettenlängen bei der Fahrrinne sein.« Sein Kichern klang blechern. »In unserer Zeit bedeutet das etwa eine Stunde. Ruft uns dann zur Kontrolle zurück. Ende.«

»Gut. Ich werde jetzt das andere Gerät checken.«

Es funktionierte einwandfrei, und als nächstes überprüften sie die Lampen, richteten die dünnen Strahlen aufs Wasser und wählten diejenigen aus, die sich sowohl dafür eigneten zu signalisieren als auch um in der Dunkelheit den Weg zu finden.

Eine Stunde später drehte die *Manasa* bei. In der Ferne konnten sie den Schein einiger Lichter an der Küste von Sansibar ausmachen. Salims Navigationsweise hatte Ramesh verblüfft. Der alte Mann warf keinen Blick auf den Kompaß oder nahm auch nur ungefähre Peilungen vor. Er hatte eine Stunde lang kein Wort gesprochen, dann schaltete er plötzlich die Maschine ab, zeigte mit dem knochigen Finger auf den Bug und verkündete: »Riffkanal. Halbe Meile.«

Sie brachten die schwarzen Stoffballen, die Schachtel mit den Stiften und zwei Hämmer, deren Köpfe mit Segelleinen umhüllt waren, herauf. Ramesh und Cady setzten das Beiboot aus, und Cady sprang hinein. Der Stoff wurde aufgerollt und wie ein Umhang über die Bordwand der *Manasa* gehängt. Kirsty und Lani hielten die Stücke fest, während Ramesh sie an der Bodenreling festhämmerte. Salim hatte die Fangleine des Beibootes in Händen und zog Cady langsam an der Bordwand entlang, während dieser den Stoff an der Wasserlinie festnagelte. Als er fertig war, ruderte er etwa dreißig Meter hinaus und dann rund um das Boot. Als er wieder an Bord war, sagte er zu Ramesh: »Die *Manasa* sieht wie ein Geisterschiff aus. Nicht einmal aus kurzer Entfernung wird sie jemand sehen.«

»Gut.« Ramesh griff zum Funksprechgerät und rief Murphy an, der ihm mitteilte, daß sie sich genau zwei Meilen östlich von der *Manasa* befanden.

»Okay«, bestätigte Ramesh. »Wir fahren jetzt hinein. Ende.«

»Wir werden eure Gespräche abhören«, sagte Murphy. »Viel Glück.«

»Danke. Ende und aus.«

Ramesh stellte das Gerät beiseite und erklärte Salim langsam: »Wir fahren ins Riff hinein.«

Salim schob den Gashebel hinauf, und die *Manasa* glitt langsam voraus. In der Dunkelheit erblickte keiner von ihnen auch nur einen Schimmer von dem Riff. Ramesh wunderte sich über die Sicherheit des alten Mannes und dankte Gott, daß er nicht selbst die *Manasa* durch diese Engstelle steuern mußte, wobei er sich nur nach den Lichtern des Dorfes Jembiani hätte richten können.

Nach zwanzig Minuten verkündete Salim: »In Riff drinnen. Jembiani eine Meile.«

Sie setzten die nassen, schwarzen Segel und schalteten den Motor ab. Der Wind wehte mit zehn Knoten, und sie segelten lautlos und langsam parallel zur Küste nach Norden. Sie rochen sogar trotz des intensiven Geruchs der Farbe das Aroma der Gewürznelken von der Plantage im Landesinneren.

Kirsty, Ramesh und Cady machten sich bereit.

Sie schwärzten ihre Hände und Gesichter aus einer Dose mit Paste, die Murphy besorgt hatte, zogen das Gurtwerk über und befestigten die Handgranaten sowie die Reservemunitionsgurte für die Maschinengewehre.

Ramesh kehrte an Deck zurück und ließ Lani die Vorgangsweise beim Ankern genau wiederholen. Sie hatten ein weiteres kleines Schlauchboot aufgeblasen, und er erklärte noch einmal, wie sie den Reserveanker am Heck auswerfen und dazu verwenden solle, die *Manasa* mit der Breitseite zum Kliff zu drehen. Sie nickte ungeduldig und hielt ängstlich den Blick ständig auf Cadys geschwärztes Gesicht gerichtet.

»Mach dir keine Sorgen, Ramesh. Ich weiß, was ich zu tun habe. Seid nur vorsichtig – ihr alle.«

Cady nahm ein schweres, aufgewickeltes Seil und hängte es sich wie einen Patronengurt über die Schulter. Er steckte zwei große Knäuel Schnur und zwei Vollgummibälle in einen Leinensack, dazu die Lampen, das Funksprechgerät und den Feldstecher. Die vier T-förmigen Träger lagen zu seinen Füßen auf dem Deck.

Ramesh stand neben Salim am Ruder. Der Mond war eine schmale Sichel, und er konnte gerade noch die dunklere Linie der näherkommenden Küste ausmachen. Sie liefen in einem schrägen Winkel auf sie zu, und wieder fragte sich Ramesh, wieso der alte Mann wußte, wo er sich befand.

Zehn Minuten verstrichen, dann drehte Salim das Ruder, die *Manasa* schwenkte nach Backbord in den Wind, und die Segel flatterten träge.

Salim zeigte Steuerbord voraus. »Strand. Halbe Meile.«

Ramesh konnte gerade noch Bäume auf dem Ufer erkennen, und eine Lücke in der Richtung, in die Salim wies. Er hielt einen kleinen Kompaß in der Hand und orientierte sich rasch.

Dann beluden sie das Beiboot, und Lani umarmte mit Tränen in den Augen zuerst Kirsty, dann Ramesh und schließlich Cady. Sie hielt ihn fest umschlungen, schluchzte an seiner Brust, bis er ihre Handgelenke faßte und sich freimachte. Er trat zurück und schaute ihr ins Gesicht.

»Wirst du es schaffen?« fragte er ernst.

Sie nickte. »Ja, mach dir keine Sorgen. Ich weiß, was ich zu tun habe – und ich werde es schaffen ... ich liebe dich.«

Sein Gesichtsausdruck wurde sanfter. »Ich dich auch. Wir werden dich vom Strand aus per Funk anrufen.«

Alle schüttelten Salim die Hand, und er bemerkte, daß die Augen der beiden Männer vor Anspannung schmal waren, während sie bei Kirsty nur von Ungeduld erfüllt waren.

Sie sprangen ins Beiboot, Cady ergriff die Riemen, Kirsty saß im Heck und Ramesh am Bug, und er ruderte in die Dunkelheit.

In diesem Augenblick lief die *Jaloud* in den Hafen von Sansibar ein. Sie steuerte geradewegs die Landungsbrücke der Regierung an, und Lascelles schlug, ohne sich um sauberes Anlegen zu scheren, längsseits an und sprang mit einem Satz an Land. Zwanzig Minuten später befand er sich im ehemaligen Sultanspalast und stand im Empfangsraum Okello gegenüber.

Es war ein mehr als unpassender Rahmen für diese beiden Männer. Sie standen auf einem Perserteppich von unschätzbarem Wert unter einem schimmernden Kristallüster. Lascelles trug schmutzige Jeans und ein Unterhemd. Okello, ein kleiner, stämmiger Mann mit einem gutgeschnittenen, ebenholzfarbenen Gesicht, trug glänzend polierte Schuhe, knielange Khakistrümpfe, schwarze Shorts mit scharfen Bügelfalten und ein braunes Hemd mit Epauletten. Um die Hüften hatte er einen Gürtel geschnallt, in dem eine Pistole steckte. In wenigen Minuten hatte Lascelles seinen Bericht abgeliefert. Okello schien unbekümmert.

»Was können sie schon unternehmen?«

»Verdammt noch mal – er ist Amerikaner. Ich wette, daß genau in diesem Augenblick dieses Biest, seine Mutter, in Dar es Salaam mit dem amerikanischen Botschafter spricht.«

Okello zuckte gleichmütig mit den Schultern. »Was kann er schon tun?«

Lascelle holte Luft. »Hör zu, wenn sie den Jungen lebend finden, gibt es großen Ärger. Sie brauchen nur einen Vorwand, und es geht dir an den Kragen.«

»Aber wie sollen sie ihn finden, Lascelles?«

»Hör mal, die sind nicht auf den Kopf gefallen. Sie haben bestimmt ihre Agenten auf der Insel. Sie könnten einen Überfall versuchen – sie haben die richtigen Leute dafür. Zumindest werden sie bei Nyerere Krach schlagen.«

Okello begann nachdenklich auf und ab zu gehen. Fünf Schritte in einer Richtung bis zum Rand des Teppichs und fünf zurück.

»Ich habe Schwierigkeiten mit Karume«, murmelte er, »und mit anderen Männern im Rat. Sie sabotieren eine richtige Revolution. Diese Hyäne Nyerere unterstützt sie. Sie wollen natürlich, daß er Soldaten herüberschickt ... aber er hat Angst.«

»Er braucht die Amerikaner«, warf Lascelles hastig ein. »Sie stützen ihn.«

Okello blieb stehen und blickte zu Boden, als studiere er das komplizierte Teppichmuster unter seinen Füßen.

»Brauchst du den Jungen noch?« fragte Lascelles nervös.

Okello blickte lächelnd auf. »Eigentlich nicht. Freunde in Kenia haben zwei Schwestern mit der gleichen Blutgruppe aufgetrieben. Massaimädchen.« Das Lächeln wurde zu einem lüsternen Grinsen. »Ich werde sie heiraten. Massaifrauen sind schön, wenn man den Dreck abwäscht. Köpfchen, nicht wahr? Ich werde mit meinen Blutspendern verheiratet sein. Er zeigte auf den Prunk, der ihn umgab. »Sie werden ein Luxusleben führen und für ihr Blut alles bekommen, was sie sich wünschen.« Er beobachtete Lascelles' Gesicht und fragte: »Du meinst also, daß der Junge sterben soll?«

Lascelles nickte.

»Also gut. Jetzt kann er sterben.« Er blickte auf, lächelte wieder, und der Anblick hätte selbst den Teufel das Fürchten gelehrt.

»Aber zuerst zapfe ich ihm sein ganzes Blut ab. Wir fahren mit ›Doktor‹ Bakari zu der Villa, und er wird ihm zuerst das Blut abzapfen.« Okello kniff nachdenklich die Augen zusammen. »Nach zwei Litern wird sein Herz versagen, aber das Blut wird noch durch die Schwerkraft weiterfließen – etwa vier Liter – ich werde also abgesichert sein, falls die Massaimädchen mit Verspätung eintreffen. Dann kannst du die Leiche den Haien vorwerfen. Sie sind jetzt an Frischfleisch gewöhnt. Sie wurden in den letzten Monaten immer gut gefüttert.«

Lascelles grinste. »Wann können wir fahren?«

Okello drehte sich um, und sein gemäßigter Ton änderte sich schlagartig, als er in Richtung einer offenen Tür schrie.

Sofort erschien ein Afrikaner mit vor Angst weit aufgerissenen Augen im Türrahmen.

Okello brüllte buchstäblich einen Befehl auf Suaheli. Als dieser sich umdrehte und davonrannte, sagte Okello wieder mit normaler Lautstärke zu Lascelles: »Wir werden in einer Stunde dort sein.«

Das Beiboot knirschte auf den Sand, und Ramesh sprang mit der Fangleine in der Hand hinaus. Er zog, bis der Bug auf dem Strand lag. Cady und Kirsty stiegen aus und zogen das Boot unter ein paar Palmen. Ramesh ergriff das Funksprechgerät, stellte die Lautstärke ein, rief Lani an und berichtete ihr, daß sie wohlbehalten am Strand angekommen waren. Dann sprach er noch mal in das Gerät. »Ram Drei. Hört ihr mich?«

Sie hörten Murphys Stimme nur sehr schwach. »Wir hören mit. Viel Glück.«

Cady trug den Leinwandsack und zwei T-Träger. Ramesh die beiden anderen. Sie fanden einen Pfad, der vom Strand nach Norden führte, und folgten ihm.

Zwanzig Minuten später umgingen sie die Militärbaracken. Es war 2 Uhr 30, und aus dem Lager war kein Laut zu hören.

Aber eine halbe Meile weiter fuhr ihnen der Schreck in die Glieder.

Sie waren soeben an einer Ansammlung von Hütten mit Wellblechdächern vorübergekommen, als ein Hund anschlug. Zwei andere schlossen sich ihm an, und das Gebell wurde immer lauter. Mit Kirsty an der Spitze liefen sie schnell zwischen den Kokospalmen hindurch. Aber die Hunde ließen sich nicht abschütteln. Sie folgten dicht hinter ihnen, drei dunkle, laut bellende Bestien. Ramesh ließ die T-Träger fallen, drehte sich um und nahm das Maschinengewehr von der Schulter.

»Wir müssen sie erschießen, Cady.«

Cady brummte zustimmend und trat mit dem MG in den Händen neben ihn. Kirsty wartete zwanzig Meter weiter auf dem Pfad und atmete keuchend.

Doch es war nicht notwendig, die Tiere zu töten, denn sobald die Hunde heran waren und die auf sie gerichteten Läufe sahen, machten sie kehrt und schlichen davon. Sie kannten offensichtlich die Wirkung von Gewehren.

Eine halbe Stunde später lag Ramesh auf dem Bauch auf einer niedrigen Bodenwelle und beobachtete die Villa durch den Feldstecher. Er zeichnete ein graues, aber deutliches Bild. Es handelte sich um ein niedriges Gebäude in maurischem Stil, das dicht am Rand der Klippe stand. Ein gedeckter

Laufgang führte zu einem kleineren, quadratischen Gebäude – früher wohl die Unterkunft der Dienstboten, in der aber jetzt, wie Murphy ihnen mitgeteilt hatte, das Wachkommando untergebracht war. Aus einem der Fenster drang Licht.

Ramesh schwenkte den Feldstecher und suchte die Umgebung ab, bemerkte aber nichts. Er blickte wieder zum Haupteingang, und dann sah er ihn: eine zusammengesunkene Gestalt, die auf einer Bank saß, Rücken und Kopf waren an die Wand gelehnt – er schlief offensichtlich.

Ramesh bewegte sich vorsichtig rückwärts. Kirsty und Cady kauerten neben ihm.

»Ich sehe nur einen Wachposten«, meldete er, »und der schläft.«

Cady brummte zufrieden.

»Wir montieren jetzt die Leine.«

Geduckt schlichen sie nach Süden. Etwa eine Viertelmeile weiter fanden sie die Kokospalme, die Cady beim Aufstieg bemerkt hatte. Sie stand etwa zehn Meter vom Rand der Klippe entfernt. An dieser Stelle bildete das Ufer einen leichten Bogen. Cady nahm den Feldstecher, trat an den Rand und suchte die Felsen und das Meer unterhalb von ihnen ab. Dann trat er zurück.

»Ausgezeichnet!« flüsterte er. »Die Felsen erstrecken sich etwa dreißig Meter hinaus, dann kommt freies, vollkommen ruhiges Wasser.« Er hob den Feldstecher wieder an die Augen und blickte auf das Meer hinaus. Er konnte nur trübes Grau wahrnehmen. »Signalisieren wir. Ruf Lani an und trag ihr auf, sie soll auf das Licht achten.«

Ramesh nahm das Funksprechgerät und eine Taschenlampe aus dem Leinwandsack. Er reichte Kirsty die Lampe und wies sie an: »Wenn ich es Ihnen sage, blinken Sie in die Richtung. Aber nur sehr kurz.« Er drückte auf den Sendeknopf des Walkie-Talkies.

»Ram Eins. Hier spricht Ram Zwei. Hörst du mich? Ende.«

Sofort legte er die Hand auf den kleinen Lautsprecher. Eine Sekunde später hörten sie Lanis gedämpfte, aber aufgeregte Stimme.

»Ich höre dich, Ramesh.«

Sie hatte Murphys genaue Anweisungen für den Funksprechverkehr vergessen, doch das störte keinen der drei auf der Klippe. Ihre Stimme war das beruhigende Bindeglied. Ramesh sprach ins Mikrofon: »Wir lassen ein Licht aufblinken. Sag mir, ob du es siehst.«

Er nickte Kirsty zu, die die Taschenlampe nach oben mit der Hand abdeckte und sie einschaltete. Nach einer Pause sagte Ramesh: »Noch einmal.«

Sie schaltete das Licht wieder ein, und gleich darauf meldete sich Lani: »Ich sehe es! Wartet!« Fünf Sekunden später meldete sie: »Vierzig Grad.«

Ramesh drückte auf die Taste und flüsterte:

»Gut. Ihr seid nahe. Kommt auf uns zu. Wir werden alle zwei Minuten das Licht einschalten. Ende und aus.«

Ramesh und Cady überließen Kirsty die Lampe und gingen zu der Kokospalme. Cady nahm das Seil von seiner Schulter, ließ es neben den Baum fallen, ergriff ein Ende und kletterte damit den Stamm hinauf. Etwa drei Meter über dem Boden wand er das Seil mehrmals um den Stamm und verknotete es fest. Dann glitt er wieder zu Boden. Er zog das andere Ende des Seils zum Klippenrand, nahm die beiden dicken Schnurknäuel und die beiden Vollgummibälle aus dem Sack. Sie hatten sie in der Mitte durchbohrt, und er fädelte durch jeden Ball ein Ende eines Schnurknäuels und band sie fest.

Dann nahm er den Feldstecher und blickte auf das Meer hinunter. Die undeutliche, graue Silhouette der *Manasa* kam in dreihundert Metern Entfernung auf Steuerbord und halste langsam auf sie zu. Er konnte gerade noch die beiden Gestalten ausmachen: Lani neben dem Mast und Salim am Ruder. Lani bewegte sich, und dann glitt das schwarze Großsegel zur Spiere hinunter.

Fünf Minuten später, während Cady flüsternd Kirsty und Ramesh berichtete, was vorging, glitt die *Manasa* nahe an die Felsen heran. Der Spinnaker flatterte, als Salim in den Wind drehte und Lani an der Vorpiek den Anker ohne das geringste Plätschern ins Wasser senkte.

Innerhalb von Minuten saß sie in dem kleinen Beiboot und zog eine Leine vom Achterdeck nach. Sie warf den Ersatzanker etwa fünfzig Meter von dem Boot entfernt aus und ruderte zurück.

Dann beugte sie sich über die Winde, und das Heck der *Manasa* drehte sich langsam, bis sie parallel zum Ufer lag.

»Braves Mädchen«, lobte Cady. »Die Anker verklemmen sich in den Korallen, und die *Manasa* liegt felsenfest.« Ramesh flüsterte er zu: »Jetzt kommt der schwierige Teil – ich kann es nur zweimal versuchen. Wir dürfen keinen Fehler begehen. Halte bitte ein Tauende und ein Schnurende fest.«

Ramesh nickte, tastete in der Dunkelheit und fand beide Enden. Cady nahm den Ball, der am anderen Ende der Schnur befestigt war. Den Feldstecher hielt er in der linken Hand. Er flüsterte Kirsty zu: »Sage ihr, es geht los.«

Kirsty ergriff das Funksprechgerät, drückte auf die Taste und sagte: »Lani, halte dich bereit.«

Cady hörte Lanis schwaches: »Okay. In Ordnung. Ich bin bereit.«

Er schätzte die Entfernung ab, dann setzte er den Feldstecher ab und machte zwei Schritte rückwärts. Er wog den schweren Ball in der rechten Hand und warf ihn schnaufend über den Rand der Klippe.

Die Schnur schlängelte sich in den leeren Raum. Cady trat vor und hob den Feldstecher. Jenseits der *Manasa* sah er und hörte dann ein leises Aufklatschen. Quälende zehn Sekunden vergingen, dann ertönte Lanis Stimme aus dem Funksprechgerät: »Ich habe ihn!«

Mit einem Seufzer der Erleichterung nahm Cady das Ende der Schnur von Ramesh entgegen und verknotete es mit dem

Seil. Er nahm Kirsty das Funksprechgerät ab, drückte auf die Taste und flüsterte: »Zieh sie ein, Lani. Aber langsam.«

Er hielt das Seil in der Hand und sah zu, wie sich die Schnur über der Klippe entwirrte. Dann ließ er das Seil langsam nach. Er hielt das Funksprechgerät in der rechten Hand, und als das ganze Seil abgerollt war und zwei Meter über dem Rand des Kliffs hing, befahl er Lani anzuhalten. Er suchte die *Manasa* durch den Feldstecher ab und sah Lani am Fuß des Mastes hocken. Das Seil mußte also bereits um den Mast gewunden sein. Er wandte sich an Ramesh: »Belaste das Seil mit deinem ganzen Gewicht.«

Ramesh ging zu der Kokospalme zurück, griff mit beiden Händen nach oben, faßte das Seil und zog die Füße an.

Cady schaute durch den Feldstecher, sah, wie sich das Seil spannte und die *Manasa* sich ein wenig auf die Seite legte und etwas näher an die Felsen herankam. Cady flüsterte: »Die Geronimo-Leine ist einsatzbereit.«

Fünf Minuten später, nachdem sie die T-förmigen Träger unter dem Seil ausgelegt hatten, suchten sie wieder in der niedrigen Bodenwelle Schutz.

Wieder beobachtete Ramesh die Gebäude durch den Feldstecher. Nichts hatte sich verändert. Die Wache schlief noch immer.

Er reichte Cady den Feldstecher, blickte auf die Uhr und flüsterte: »Zwanzig vor vier. Warten wir nicht länger.«

Cady hob den Feldstecher an die Augen und antwortete: »Richtig! Wir können praktisch hineinspazieren.« Dann erstarrte er und flüsterte: »Hört mal! Was ist das?«

Dann hörten sie alle das Geräusch eines Wagens. Sie drehten sich nach links und sahen Scheinwerfer auf der Straße. Cady beobachtete durch den Feldstecher, wie der Posten mit einem Ruck erwachte, das Gewehr packte, mit unsicheren Beinen aufstand und sich mit der Hand über die Augen fuhr. Ein Außenlicht wurde eingeschaltet, als der Wagen anhielt, und Lascelles und zwei Afrikaner stiegen hastig aus.

»O Gott«, seufzte Kirsty bitter. »Lascelles. Was jetzt?«

»Und Okello«, murmelte Cady. »Ich erkenne ihn nach dem Foto im *Time*-Magazin!«

Lascelles und die beiden Afrikaner gingen an dem Posten vorbei in die Villa. Der Posten blieb steif aufgerichtet stehen, den Gewehrkolben neben dem rechten Fuß. Im Wachhaus ging ein weiteres Licht an und eines in der Villa.

»Sie werden Garret töten!« sagte Kirsty entsetzt. »Wir müssen eingreifen!«

»Warte!« mahnte Ramesh. Er beobachtete die Tür des Wachhauses. Sie ging auf, ein Kopf schaute heraus und rief dem Posten etwas zu. Der Mann antwortete, und dem Kopf folgte der Körper eines hochgewachsenen Afrikaners, der nur Shorts und eine Pistole in einem Halfter trug. Er ging in die Villa hinüber.

Ramesh richtete den Blick auf das Gebiet hinter dem Wachhaus. Dort erstreckte sich freies Gelände, und dahinter stand eine Baumreihe, die zur anderen Seite der Villa führte.

Kirsty packte seinen Arm. »Gehen wir«, bat sie.

»Warte!« Ramesh wandte sich an Cady. »Du brauchst fünf Minuten, um hinter diese Bäume zu gelangen. Ich will dich auf der anderen Seite der Villa gegenüber dem Wachhaus postieren. Kirsty und ich werden uns von dieser Seite nähern. Ich werde den Posten an der Tür überwältigen, und dann werden wir in die Villa eindringen. Deck nur das Wachhaus. Erschieße jeden, der herauskommt. Sobald der Gefechtslärm beginnt, wirfst du Handgranaten. Auch dann, wenn sich niemand zeigt.«

Seine Stimme war entschlossen, zielbewußt und autoritär. Cady knurrte »Okay« und verschwand in die Dunkelheit.

In der Villa gingen Lascelles, Okello und ›Doktor‹ Bakari einen Korridor entlang und gelangten zu einer Stahltür. Bakari, der vor der Revolution nur Krankenpfleger im örtlichen Krankenhaus gewesen war, zog einen Schlüssel heraus und schloß die Tür auf. Der Afrikaner in Shorts kam verschlafen hinter ihnen her.

»Hilf uns«, befahl Okello kurz und stieß die Tür auf.

Sie betraten einen Raum, der in ein Behelfskrankenzimmer umgewandelt worden war. Ein Bett stand an einer Wand, ein großer Kühlschrank in einer Ecke und in der anderen ein Schrank mit einer Glastür. Er enthielt Flaschen und Dosen aus rostfreiem Stahl. Auf der anderen Seite des Raumes befand sich eine weitere Stahltür. Bakari wählte einen Schlüssel aus seinem Bund und öffnete sie. Er griff hinein und schaltete das Licht ein.

Der Raum enthielt nur ein Bett. Darüber befand sich ein vergittertes Fenster.

In dem Bett lag ein junger Mann. Seine Haut war fahl, er trug einen ungepflegten, zerzausten Bart. Er hob den Kopf und wischte sich mit dem Rücken des Handgelenks über die Augen. Sein langes, verfilztes blondes Haar fiel auf das Kissen.

»Hallo, Garret«, sagte Lascelles.

Die blauen Augen des jungen Mannes wurden klar, und er erkannte Lascelles. Er setzte sich jäh auf und schwang die Füße auf den Boden.

»Was wollt ihr hier?«

Lascelles grinste. »Wir brauchen Blut.«

Garret stand auf. Seine schläfrigen Augen blickten verwundert. Er schaute Okello und Bakari an.

»Sie haben mir erst vor zwei Tagen Blut abgenommen«, protestierte er. »Heute ist Freitag.«

»Wir brauchen mehr«, antwortete Okello lächelnd.

Garret trat vom Bett zurück und lehnte sich an die Wand. Er schüttelte bestürzt den Kopf.

»Nein. Es ist zu früh. Gefährlich.«

Zu viert mußten sie ihn überwältigen. Sie manövrierten ihn in eine Ecke. Er schlug mit den Fäusten zu und traf Lascelles seitlich im Gesicht. Lascelles fluchte und trat ihm schwer gegen das Knie. Garret brach zusammen, und Bakari und der

Wächter stürzten sich auf ihn, während sich Lascelles abwandte und sich die Hand auf das Gesicht preßte.

Minuten später war Garret am Bett festgeschnallt. Ein dünner Gummischlauch lief von seinem linken Arm zu einer großen Glasflasche auf dem Boden. Er sah bestürzt zu, als Bakari zwei weitere Flaschen aus dem Schrank nahm und sie neben die erste stellte.

»Was habt ihr vor?«

Lascelles, der sich noch immer den Kopf hielt, war fasziniert. Er sah zu, wie das rote Blut an der Flaschenwand dickflüssig hinunterrann. Es stand in der Flasche bereits zwei Zentimeter hoch. Er trat vor und blickte auf Garrets verängstigtes Gesicht hinunter.

»Wir zapfen dir alles ab, Junge – bis zum letzten Tropfen!«

Zuerst begriff Garret nicht, aber als er dann in Lascelles' höhnisch grinsendes, sadistisches Gesicht hinaufblickte, weiteten sich seine Augen entsetzt.

Okello beobachtete aufmerksam das fließende Blut.

Lascelles grinste Garret von oben an. »Ja, Junge – jeden Tropfen. Du kannst dich bei deinem Biest von Mutter bedanken. Sie hat mich quer über den Indischen Ozean gehetzt – und jetzt wirst du sterben – in ein paar Minuten. Dann werfe ich dich die Klippe hinunter, und die Haie bekommen endlich ihre Mahlzeit.«

Garret stemmte sich gegen die Fesseln, wand sich, riß daran und biß die Zähne vor Anstrengung zusammen.

»Wo ist meine Mutter?« keuchte er.

Lascelles' Grinsen wurde breiter.

»Sie ist ganz in der Nähe, Junge ... aber sie kommt zu spät.«

Er trat zurück und beobachtete die sich windende, stöhnende Gestalt auf dem Bett – und das ständige Ansteigen der roten Flüssigkeit in der Flasche.

Garret wölbte den Rücken und schrie.

Ramesh und Kirsty waren näher herangeschlichen. Zweimal hatten sie sich auf den Boden geworfen, weil der Posten unruhig mit den Füßen gescharrt und sich umgeschaut hatte. Jetzt waren sie nur noch zwanzig Meter von der Villa entfernt. Ramesh hob sein Maschinengewehr. Er spürte das Klopfen seines Herzens, den Geschmack der Angst in seinem Mund. Er war noch immer nicht sicher, ob er es schaffen würde, als der durchdringende Schrei die Stille der Nacht durchbrach.

Er erstarrte mit halb erhobener Waffe. Hinter ihm hörte er Kirstys Schrei als Antwort.

»Garret!«

Dann bellte Kirstys Maschinengewehr stotternd los, der Posten wirbelte herum, und sein Gewehr fiel in den Staub. Kirsty bewegte sich wie ein schwarzes Gespenst, das auf die Tür zurannte. Ramesh folgte ihr.

Als er den Eingang erreichte, hörte er ein Geräusch hinter sich. Er wandte sich um und sah, wie die Tür des Wachhauses aufging. Männer mit Gewehren in den Händen stürzten heraus. Instinktiv hob er sein MG, kam aber wieder zu spät. Zuerst flogen von der Wand neben der Tür Steinsplitter, und dann zuckten und drehten sich die Männer wie Marionetten. Er wandte sich um, rannte in die Villa und sah noch etwas Schwarzes aufblitzen, als Kirsty um eine Ecke bog.

In der Klinik kam es zu einem Handgemenge an der Tür, als Lascelles, Bakari und der Wächter versuchten, den Raum zu verlassen. Okello war schlau und vorsichtig und wartete mit dem Rücken an der Wand neben der Tür. Der Posten mit der Pistole in der Hand drängte sich als erster durch. Bakari folgte ihm. Lascelles hatte gerade den Kopf herausgestreckt, als er Kirsty zehn Meter vor sich erblickte. Aus der schwarzen Mündung blitzte es auf, und die Kugeln schlugen in Fleisch. Bakari und der Posten im Korridor wurden niedergemäht. Er duckte sich wieder in den Raum, und seine Augen waren vor Entsetzen glasig. Hinter dem Bett befand sich ein Fenster. Er rannte darauf zu, ohne sich um Okello zu kümmern.

Kirsty stürzte durch die Tür. Sah zuerst ihren gefesselten Sohn und hinter ihm Lascelles. Sie sah nicht, daß Okello hinter ihrem Rücken hinausschlich.

Sie schrie: »Lascelles!« Er drehte sich um und sah den auf seine Brust gerichteten schwarzen Lauf. Er riß die Hände in die Höhe und schluchzte: »Nicht! Nicht schießen!«

Dann hörte er das Klicken, als der Schlagbolzen gegen eine leere Kammer stieß. Es hallte in seinem Gehirn wider. Er sah die Wut in ihren Augen, während sie nach einem neuen Magazin griff. Er drehte sich um, warf sich gegen das Fenster, das zersplitterte, als er hindurchsprang.

Ramesh war um die Ecke gebogen und hatte gesehen, wie Okello aus der Tür rannte. Er hob sein MG und feuerte eine Salve ab, aber sie lag zu hoch und riß nur Mörtel von der Wand. Okello stürzte zu einer Tür am Ende des Korridors. Als er sie erreichte, feuerte Ramesh wieder und sah, wie Okello sich krümmte und auf die Knie sank. Er feuerte nochmals, aber seine ersten Feuerstöße waren zu lang gewesen. Er griff nach einem neuen Magazin, während Okello sich erhob, die Tür öffnete und hindurchstolperte. Ramesh stand vor der Tür zu dem Krankenzimmer und schaute hinein. Er sah den blonden Jungen auf dem Bett; Kirsty stand dahinter am Fenster und feuerte in die Nacht hinaus.

Okello! dachte Ramesh. Den hol' ich mir. Er schob ein neues Magazin ein und lief zur Tür. Sie ging auf einen von einer Mauer umgebenen Garten. In dem schwachen Licht erblickte er Okello auf der anderen Seite, der die Ellbogen auf die Mauer gestützt hatte. Er zog sich hoch und brachte ein Bein und den Großteil seines Körpers über die Mauer. Ramesh zielte und feuerte das gesamte Magazin leer. Die Splitter spritzten von der Mauer auf, Okello schrie entsetzt vor Schmerzen auf.

Ramesh rückte vor und blieb dann stehen. Er hörte Kirstys Schluchzen, drehte sich um und rannte zurück.

An der Vorderseite des Gebäudes hatte Cady gehandelt. Als die Männer aus dem Wachhaus stürzten, warf er Handgranaten, tötete die meisten und trieb den Rest in das Gebäude zurück. Dann stürmte er in das Gebäude und feuerte mit seinem Maschinengewehr aus der Hüfte. Er rannte durch das Haus und feuerte Salven in alle Räume. Dann lief er durch die Hintertür ins Freie. Während er mit großen Sprüngen weiterlief, wechselte er das Magazin. Von der Baumreihe aus feuerte jemand auf ihn; er sah das Mündungsfeuer, hörte die Kugeln vorbeizischen. Mindestens drei Gewehre.

Er griff an, feuerte, bis das Magazin leer war. Er nahm eine Handgranate, riß den Sicherungsstift heraus, schleuderte sie, duckte sich tief und folgte ihr. In dem Blitz der Explosion erkannte er Körper, die in die Bäume zurückgeschleudert wurden, und Gestalten, die in blinder Panik davonstürzten. Er befand sich bei der Baumreihe, hockte sich lauschend hin und hörte Körper, die durch das Unterholz brachen. Dann Schüsse vom Hauptgebäude. Er drehte sich um und sah, wie ein Fenster zerbarst und eine Gestalt in einem Regen von Glassplittern herausstürzte. Sie rollte sich ab, kam auf die Füße und rannte geduckt im Zickzack auf Cady zu. Cady erkannte Kirsty am Fenster. Sah das Mündungsfeuer ihres MGs und duckte sich, während die Kugeln in die Baumkronen über seinem Kopf einschlugen.

Die Gestalt erreichte die Bäume, duckte sich in die Dunkelheit. Blut strömte ihm vom Gesicht, er keuchte vor Angst und begann ins Unterholz zu kriechen. In dem Augenblick, als er sich in Sicherheit glaubte, hob er den Kopf und blickte in Cadys Augen, der einen halben Meter vor ihm stand.

Lascelles erhob sich mühsam auf die Knie und flehte: »Er lebt. Es war nicht meine Schuld. Er ist bei seiner Mutter. Es ist vorbei! Es ist vorbei!«

»Wo ist Okello?«

»Ich bringe dich zu ihm. Hilf mir.«

Cady beugte sich hinunter, um Lascelles auf die Füße zu

helfen, sah aber das kurze Messer nicht. Er erinnerte sich später nur an einen stechenden Schmerz. Er reagierte instinktiv – und entwand ihm die Waffe. Lascelles trat und würgte ihn. Cady zog schützend die Beine zur Brust und drückte das Kinn in die Schulter. Er schaute Lascelles in die Augen.

Lascelles sah den Tod.

Das Messer fuhr ihm durch den Magen ins Herz.

Ramesh erreichte die Klinik und fand Kirsty über das Bett gebeugt. Sie hielt ein Skalpell in der Hand und schnitt damit die Fesseln durch. Er wollte ihr helfen, doch sie bemerkte ihn nicht.

Sie durchtrennte den letzten Gurt, Garret setzte sich auf, und Mutter und Sohn hielten einander vor Erleichterung schluchzend umschlungen.

Ramesh schob ein neues Magazin in sein MG. Er hörte eine weitere Explosion von der Vorderseite des Gebäudes, legte die Arme zwischen die beiden und trennte sie. Er packte Kirsty an den Schultern und schüttelte sie.

»Cady!« schrie er. »Ich helfe ihm. Folgt mir vorsichtig.«

Er ließ sie zurück, lief durch den Korridor und die Halle zum Eingang und stieß beinahe mit Cady zusammen, der hereinstürzte.

»Was ist los?« fragte Cady.

»Es geht ihm gut. Sie folgen mir. Lascelles ist entkommen.«

»Ist er nicht. Ich habe den Schweinehund getötet.«

»Bist du in Ordnung?«

»Nur ein Kratzer. Es ist nichts.«

Ramesh schlug ihm auf die Schulter. »Wie steht es mit den Wachen?«

Cady grinste. »Sie rennen wie die Hasen. Aber bald wird Verstärkung anrücken.«

Sie drehten sich um und sahen Kirsty, die den Arm um Garret gelegt hatte. Sofort sagte Ramesh: »Hilf ihr, Cady. Ich gehe voraus – wartet, bis ich rufe.«

Er lief geduckt durch die Tür. Niemand war zu sehen. Er sprintete zum Kamm des Hügels und drehte sich um, als er ihn erreichte; er brachte das MG in Stellung und suchte in der Dunkelheit nach einer Bewegung – nichts.

»Kommt!« rief er.

Sie traten durch die Tür. Cady hatte Garret den Arm um die Taille gelegt und trug ihn halb. Kirsty lief hinterher.

Minuten später waren sie bei der Kokospalme angelangt. Eine Sirene heulte, und hinter der Villa ertönte Geschrei.

Garret lehnte sich an seine Mutter, während Cady einen T-Träger auf das Seil schob.

Ramesh übernahm das Funksprechgerät, drückte auf die Taste: »Lani, wir haben ihn! Halte dich bereit, wir kommen jetzt hinunter!«

Cady schob den T-Träger zwischen Garrets Beine und versuchte ihm zu erklären, wie er sich verhalten sollte, aber er war halb bewußtlos, seine Augen ausdruckslos. Das Geschrei kam näher.

Cady sagte verzweifelt: »Ich bringe ihn hinunter.«

»Ja«, drängte Ramesh. »Ich übernehme die Nachhut. Los, Cady.«

Cady schob den T-Träger durch seine Beine, legte Garret quer vor sich und preßte ihn mit den Ellbogen an sich. Dann schwankte er an den Rand der Klippe und sprang, während Kirsty aufschrie.

Eine Kugel pfiff über sie hinweg, und Ramesh ergriff einen weiteren T-Träger, schob ihn auf das Seil und stieß Kirsty hinauf. Instinktiv packte sie die präparierte Lenkstange. Er schob sie an den Rand der Klippe. Eine weitere Kugel ließ die Erde zu ihren Füßen aufspritzen. Sie drehte sich zu ihm um, er las die Angst in ihren Augen. Er versetzte ihr einen Stoß, und sie verschwand in der Tiefe. Sie fiel wie ein Stein nach unten, Entsetzen benebelte ihren Geist. Sie sah undeutlich die schwarzen Umrisse der *Manasa* und erinnerte sich daran, daß sie die Lenkstange zusammenpressen mußte. Als sie auf das Wasser aufprallte, dachte sie an Ramesh, der sich noch oben auf dem Riff befand. Dann stieß sie sich von dem Träger ab und schwamm zur Leiter an der Bordwand der *Manasa.* Cady beugte sich darüber, seine kräftige Hand zog sie an Deck, und dann warf Lani sich in ihre Arme.

Auf der Klippe wollte Ramesh gerade den letzten T-Träger an dem Seil befestigen, als ein Feuerstoß aus einer Automatik einsetzte. Er spürte die beiden Kugeln, die ihn an der Hüfte und am Oberschenkel trafen. Er krümmte sich zusammen und stürzte zu Boden, hörte aufgeregte Schreie. Das Maschinengewehr hielt er in der Linken. Er zog sich in kauernde Stellung hoch, hob das MG und wartete. Er erblickte sie, als sie zehn Meter entfernt waren. Eine Schützenreihe von fünf Mann bewegte sich vorsichtig durch die Dunkelheit.

Er erinnerte sich an die Anweisungen Murphys, als er das Aufblitzen sah und eine Kugel an seinem Ohr vorbeipfiff. Er hielt das MG ruhig, fest an die Schulter gepreßt, und drückte auf den Abzug. Er schwenkte den Lauf, feuerte das ganze Magazin auf die vorgehende Linie, hörte sie schreien und sah, wie sie wie Kegel umfielen.

Unten auf der *Manasa* standen sie am Heck, hörten die Schüsse und blickten besorgt in die Dunkelheit.

»Bitte«, flüsterte Kirsty, »bitte, Ramesh. Komm herunter! Laß mich jetzt nicht im Stich.«

Cady hatte ihr gerade den Arm um die Schultern gelegt, als der jubelnde Schrei »Geronimoooo!« herunterschallte.

28

Er hatte zu oft Lebewohl sagen müssen, und Ramesh hatte langsam genug davon. In den letzten zwei Monaten hatte er sich von mehr Menschen verabschiedet, als er in den ganzen vorangegangenen achtundvierzig Jahren seines Lebens kennengelernt hatte.

Aber er nahm sich zusammen und war zu Murphy, Ray, Howard, Harriet und Lester freundlich. Sie hatten ihn im letzten Monat mit Freundschaftsbeweisen überschüttet.

Sie standen alle mit Gläsern in den Händen auf dem Deck der *Manasa* – Murphy hatte eine Flasche Champagner mitgebracht. Howard hob sein Glas und sagte: »Auf eine gute Reise.«

Alle wiederholten die Worte und tranken. Ramesh sah auf seine Uhr.

»Klar«, sagte Murphy, »Sie wollen vor Einbruch der Nacht die Küste hinter sich haben. Kommt, Leute!«

Die Männer schüttelten Ramesh herzlich die Hand und schlugen ihn auf die Schulter. Lester schüttelte ihm schüchtern die Hand, und Ramesh war verlegen, weil er in Lesters Augen las, daß er für ihn ein Held war. Harriet umarmte ihn herzlich und küßte ihn auf beide Wangen.

Sie kletterten auf die Mole hinunter, lösten die Leinen und winkten, während die *Manasa* ablegte. Sie winkten, bis er hinter der Krümmung des Kanals außer Sicht geriet.

Eine halbe Stunde später krängte die *Manasa* und steuerte bei gleichbleibender Windstärke drei nach Osten. Ramesh hatte beschlossen, nicht an der Küste von Ostafrika entlang nach Norden zu fahren. Er hatte das Bedürfnis, längere Zeit kein Land zu sehen – und keine Menschen. Er würde vierhundert Meilen in den Indischen Ozean hinaussegeln und dann nach Norden abschwenken. Er würde zum ersten Mal in Mogadischu, am äußersten Punkt Afrikas, an Land gehen; eine Reise von beinahe tausend Meilen. Von dort würde er ins Rote Meer und weiter durch den Suezkanal und dann nach Zypern fahren. Und dann? Das wußte er noch nicht.

Seine Gefühle waren abgestumpft. Er erinnerte sich, daß einer der ›Vogelmänner‹ ihm erzählt hatte, daß sich auf Aldabra manchmal eine Schildkröte am Morgen auf der Nahrungssuche zu weit von ihrem Standort entfernte und zu Mittag keinen Schatten fand. Sie starb unweigerlich in der

Hitze. Er fühlte sich ihr verwandt. Im Augenblick jagte er dem Schatten der Einsamkeit nach.

Links von ihm, jenseits des Horizonts, lag Sansibar. Er hatte absichtlich diesen Kurs gewählt, um es nicht zu sehen. Doch er spürte sein Vorhandensein. Die wenigen Stunden, die er auf seinem Boden verbracht hatte, hatten den Höhepunkt seines Lebens bedeutet und seine augenblickliche Zwiespältigkeit hervorgerufen.

Unwillkürlich schweiften seine Gedanken einen Monat zurück zu jener apokalyptischen Nacht und ihren Nachwirkungen. Seiner Reaktion auf Angst. Die Erkenntnis, daß er, Ramesh Patel, ehemaliger *babu* aus Bombay, dem Dämon Tod die Stirn geboten und zurückgefeuert hatte, hatte ihm gelassenes Selbstvertrauen eingeflößt. Aber die Nachwirkungen dieser Nacht hatten in ihm tiefe Narben hinterlassen.

Sie hatten ihn blutend auf das Deck der *Manasa* hinaufgezogen. Er hatte nur das Brennen auf der Höhe seines Magens gespürt, doch eine der letzten Kugeln hatte ihn schwer verletzt, und er blutete heftig, bis Kirsty die Wunde mit einem Druckverband versorgt hatte.

Der alte Salim hatte die *Manasa* durch das Riff gesteuert, und draußen hatten Murphy und die anderen auf dem Kabinenkreuzer gewartet – weit innerhalb der Drei-Meilen-Zone. Sie hatten die *Manasa* nach Dar es Salaam begleitet, während die Sonne einen neuen Tag ankündete. Offenbar hatte Murphy mit der Botschaft in Verbindung gestanden, denn sie wurden von einem großen Empfangskomitee erwartet: der Botschafter, der sich tapfer hielt, tanganjikanische Beamte, Polizei, Ärzte und Krankenwagen.

Alles hatte sich erstaunlich schnell abgespielt. Ramesh wurde ins Krankenhaus gebracht. Seine Wunden wurden behandelt, und ein Arzt erklärte, daß er unglaubliches Glück gehabt hatte. Zwei oder drei Zentimeter weiter rechts, und es hätte sein Ende sein können.

Er machte eine Zeit der Euphorie durch. Vielleicht wurde sie durch die schmerzstillenden Mittel gesteigert, die man ihm gab. Er, Ramesh Patel, hatte an einem außergewöhnlichen Abenteuer teilgenommen, gemeinsam mit drei anderen Menschen, denen er sich durch dieses Erlebnis für immer verbunden fühlte. Sie waren mehr als Kinder oder Eltern oder Liebesleute. Sie waren im Schmelzofen der Angst, des Mutes und äußerster Leistung mit ihm zusammengeschweißt worden.

Und dann gewann die Wirklichkeit die Oberhand.

Er wußte jetzt, daß es vollkommen natürlich und richtig gewesen war. Die Schicksalsmächte, die sie zusammengeführt hatten, waren undurchschaubar. Der Vorrang des Gefühlsmäßigen war unübersehbar.

Garret war durch den Schock seiner Entführung und Gefangenschaft und das entsetzliche Trauma kurz vor seiner Rettung schwer mitgenommen.

Ramesh verbrachte nur drei Nächte im Krankenhaus. Garret wurde zur genauen Beobachtung länger dort behalten. Dann hieß es, er müsse sofort nach Amerika zurückkehren, um sich einer Therapie zu unterziehen.

Alles lief so rasch und präzise ab. Rameshs Euphorie schwand. Kirsty hatte ihren Sohn wiedergefunden und gerettet und dachte jetzt nur daran, daß seine seelischen Narben beseitigt werden mußten. Im Augenblick hatte sie keine Zeit, ihren Gefühlen für Ramesh freien Lauf zu lassen.

Es war am zweiten Tag nach der Rettung. Kirsty war an sein Bett gekommen und hatte seine Hand ergriffen.

»Du weißt, daß ich nach Hause zurückkehren muß. Garret braucht mich. Das weißt du doch, Ramesh.«

Sie schaute ihm in die Augen. Er sah den Schmerz in ihnen.

»Ich verstehe es und habe es seit jener Nacht immer gewußt.«

Ramesh zog sie näher an sich. »Du kennst meine Gefühle ... ich liebe dich, Kirsty.«

»Ja, Ramesh, und ich liebe dich auch. Aber ...«

»Ich habe mich damit abgefunden, daß du abreist«, unterbrach Ramesh sie. Es war der äußerste Akt unbewußter Güte, daß er ihr die Qual ersparte, ihre Liebe teilen zu müssen.

Jetzt fragte sich Ramesh, ob er es wirklich verstand, ob er es wirklich akzeptierte.

Er kannte die Antwort. Es schmerzte. Zum ersten Mal gestand er sich ein, daß er es ihr übelnahm.

Offensichtlich war die Regierung von Tansania über die Ereignisse zutiefst bestürzt und vor allem bestrebt, daß keine Nachrichten an die Öffentlichkeit gelangten. Okello wurde nach Kenia verbracht. Der Vorwand: ein tüchtiger Chirurg, der in der Lage war, ihm das Leben zu retten. Er wurde in Sansibar und Tanganjika zur *persona non grata* erklärt und verschwand von der Bildfläche.

Eine Art Abkommen wurde getroffen. Howard nannte es ›Wiedergutmachung‹. Es handelte sich dabei um Geld. Ob es von den Amerikanern oder der dankbaren Regierung von Tansania stammte, war für Kirsty unerheblich. Ihre größte Sorge galt der Zukunft ihres Sohnes. Vier Tage nach der Rettung verabschiedeten sich Ramesh und die anderen in einer Sonderabteilung des Flughafens von ihr und Garret. Es war feucht-schwül.

Es gelang Ramesh nur, einen kurzen Augenblick mit Kirsty allein zu sein. Sie hatte ihn mit Tränen in den Augen leidenschaftlich umarmt; ein Augenblick tiefer Vertrautheit, der ihnen die Gefühle und die Ereignisse der letzten Wochen bewußt machte.

Dieser besondere Augenblick ging zu Ende, als Howard ihren Arm ergriff und darauf bestand, daß sie das Flugzeug bestieg, das bereits Verspätung hatte.

Kirsty war fort.

Mit gut verheimlichter Verzweiflung wandte er sich Lani und Cady zu und schöpfte aus ihrer gegenseitigen Liebe Herzlichkeit und Freude.

Als sie an dem bedeutsamen Morgen von Sansibar zurückgefahren waren, hatten sie beschlossen zu heiraten.

Es hatte bürokratische Probleme gegeben. Lani war staatenlos. Sie hatte eigentlich gar nicht die Erlaubnis, das Territorium von Tanganjika zu betreten.

Cady hatte sich an die kanadische Hochkommission gewandt und darauf bestanden, daß man ihr provisorische Papiere ausstellte, damit sie heiraten konnten. Die Beamten der Kommission türmten immer neue bürokratische Hindernisse auf und gaben erst dann nach, als Cady in seinem Zorn alles kurz und klein zu schlagen drohte.

Schließlich war alles geordnet, und bei der Zeremonie in der anglikanischen Kirche übergab Ramesh sie dem Bräutigam; er war von väterlichem Stolz erfüllt, der seine Sehnsucht nach Kirsty vorübergehend unterdrückte.

Sie verbrachten ihre Flitterwochen in dem Mikumi-Reservat und bestanden darauf, daß Ramesh sie begleitete. Er hatte energisch abgewehrt, worauf sie ihm erklärten, daß sie andernfalls auf dem Deck der *Manasa* lagern würden. Sie meinten es ernst. Er war also doch mitgefahren, hatte eine wunderbare Woche verbracht und an ihrem Glück teilgenommen.

Cady wollte wieder eine Arbeit annehmen. Sie wollten künftig auf Zypern leben. Er rief seinen Freund Cam an, der ihm versicherte, daß es Arbeit im Überfluß gab – sogar bei seiner alten Firma Aramco. Der Anstoß erregende Werkzeugmeister hatte einmal zu oft Anstoß erregt und war gefeuert worden. Man wußte, daß Cady ungerecht behandelt worden war, und sein Antrag auf Wiedereinstellung würde befürwortet werden.

Cady hatte sich bei Ramesh schüchtern erkundigt, ob sie mit ihm auf der *Manasa* bis nach Zypern reisen könnten. Ramesh hatte offen seine Freude gezeigt und war sofort einverstanden gewesen.

Einige Tage danach hatte Lani unter vier Augen mit Harriet gesprochen. Sie meldete sich bei einem Arzt an und verkündete kurz darauf, daß sie schwanger war. Zwei Tage lang ging Cady herum wie ein Bär, der den größten Topf mit Honig gefunden hat. Dann wurde er sich der Verantwortung der bevorstehenden Vaterschaft bewußt.

Er besprach seine Zukunft ernsthaft mit Ramesh. Er besaß noch etwa zweitausend Dollar. Vielleicht sollte er als werdender Vater sofort eine Arbeit annehmen. Geld verdienen, um sein Kind zu versorgen.

Ramesh in seiner Vaterrolle befürwortete die Absicht.

Wieder eine Fahrt zum Flughafen. Wieder ein Abschied. Natürlich würde er sie auf Zypern besuchen. Es handelte sich nur um Wochen.

Ramesh hatte dafür gesorgt, daß er beschäftigt war. Es war nicht schwierig gewesen. Die *Manasa* wimmelte buchstäblich vor Arbeitern. Howard und Murphy hatten ihn schon vorher beiseite genommen und erklärt, daß ›Geldmittel‹ flüssiggemacht worden waren.

Das Deck und das Deckhaus wurden mit Sandstrahlern bearbeitet und von der schwarzen Farbe befreit. Eine neue Garnitur Segel wurde abgemessen und zugeschnitten. Zusätzliche Ausrüstung wurde installiert: ein hochentwickeltes Funkgerät, ein Echolot, ein neuer Kompaß und eine Menge weiterer Instrumente. Die *Manasa* kam für zwei Tage ins Trockendock, während Ramesh bei den Godfreys wohnte. Das Boot wurde von Grund auf überholt.

Als die *Manasa* wieder zu Wasser gelassen wurde, war Murphy mit einem amerikanischen Marinemechaniker erschienen, der in Tanganjika im Rahmen einer US-Hilfsmission versuchte, die einheimische Fischereiflotte zu modernisieren. Er hatte zwei Stunden im Maschinenraum mit der Perkins verbracht. Als er wieder an Deck kam und seine Hände mit Baumwollabfällen abwischte, fragte er Ramesh: »Wer hat denn diese alte Dame repariert?«

Ramesh antwortete: »Ein Engländer auf den Seychellen

namens Jack Nelson. Ist sie in Ordnung?«

»Und ob!« stellte der Amerikaner fest. »Sie wird Sie überall hin und auch wieder zurück bringen. Der Bursche ist ein Profi.«

Inzwischen schrieb Ramesh Briefe. Der erste ging an Jack Nelson, Adresse *Naval and Military Club* in London. Es war ein langer Brief, der alles schilderte, was geschehen war, seit die *Manasa* ausgelaufen war, und seine tiefe Liebe zu Kirsty beschrieb. Er gab als Adresse poste restante Djibouti an, also seinen zweiten Anlaufhafen nach Mogadischu. Dann schrieb er den Savys auf der Vogelinsel und Dave Thomas eine gekürzte Fassung der Ereignisse.

Mit dem Brief an Jaran Singh in Bombay hatte er Schwierigkeiten. Wie konnte er die letzten zwei Monate beschreiben, ohne daß sein alter Freund den Eindruck erhielt, er habe sein letztes bißchen Verstand verloren? Er begnügte sich daher damit, die Fahrt zu den Seychellen sowie die landschaftlichen Schönheiten der Inseln und ihr Tierleben zu beschreiben.

Und dann folgte der Brief an Kirsty. Er schilderte die Reise mit Cady und Lani nach der Hochzeit und die Ankündigung von Lanis Schwangerschaft in allen Einzelheiten. Er brauchte zwei Tage, um den letzten Absatz zu verfassen. Es war ein harter Kampf mit seinen unterdrückten Gefühlen.

Die Nacht brachte dann die Entscheidung. Es war vollkommen still. Nur eine leichte Brise wehte, und der Himmel schimmerte wie schwarzer, mit Diamanten bestickter Samt. Er sehnte sich nach ihr und vertraute es dem Brief an.

Die Antwort traf kurz vor seiner Abreise ein. Es war ein langer Brief, der sich hauptsächlich mit Garret befaßte. Er sprach gut auf die Behandlung an. In langen Gesprächen hatte er den Wunsch geäußert, Meeresbiologie zu studieren. Ihre Erzählungen von Aldabra und den anderen Inseln hatten ihn begeistert. Sie war von seiner Zielstrebigkeit entzückt. Das Geld der ›Wiedergutmachung‹ wurde investiert, um sein Collegestudium zu finanzieren. Inzwischen mußte sie wieder eine Arbeit annehmen. Sie wollte ihm an die Adresse von Cady nach Zypern schreiben. Der letzte Absatz quoll über vor Dankbarkeit, und sie schloß den Brief mit: ›In Liebe, Kirsty.‹

Auf der entgegengesetzten Seite der Erdkugel machte sich Kirsty Sorgen. Der Grund war nur schwer zu erklären: Garrets Genesung war schnell und anscheinend vollständig erfolgt. Er hatte rasch an Gewicht zugenommen, und der flakkernde, wie nach innen gerichtete Blick seiner Augen war verschwunden und von einem Ausdruck von Selbstvertrauen abgelöst worden.

Ein Psychologe hätte sich gefreut und Kirsty erklärt, daß Garret zwar immer mit der dunklen Seite der Erinnerung leben würde, daß aber die Erfahrung seinen Charakter günstig beeinflußt hatte.

Sie sah es selbst deutlich. Er war von zu Hause als ruheloser, introvertierter, empfindsamer Junge fortgegangen. Zurückgekehrt war er als Mann. Einen Monat lang, in dem sie mit ihm gesprochen, ihm zugehört und ihn vor allem beobachtet hatte, hatte sie Stolz, Befriedigung und ein überwältigendes Gefühl der Erleichterung empfunden.

Garret, ihr einziges Kind, das einzige Ei in einem Nest. Ein mageres, flaumbedecktes Küken, das zu nahe an den Rand des Nestes geraten und hinausgefallen war, Flügel ohne Federn ausgebreitet hatte und auf den felsigen Boden hinabgesegelt war. Einen Augenblick vor dem Aufprall war sie herabgestoßen und hatte ihn aufgefangen. Keine Zerreißprobe hatte jemals solchen Lohn gezeitigt, keine Skepsis hatte sich jemals als so gerechtfertigt erwiesen. In den ersten Tagen war der Kontakt zeitweise körperlich gewesen. Sie berührte ihren Sohn. Seine Finger, wenn sie ihm eine Tasse Kaffee reichte; an einem Tisch im Restaurant beiläufig seinen Arm streifte; mit den Lippen einen Gutenachtkuß auf seine Wange hauchte.

So lange war er für sie nur ein Schemen gewesen, ein Traum, eine Erscheinung. Er war die Vision gewesen, die sich in jedem verständnisvollen Blick, jedem skeptischen Ausdruck und jeder Flucht in den Zynismus spiegelte.

Ihn zu berühren, ließ ihre Erlösung spürbar werden.

Und sie hatten miteinander gesprochen. Zuerst auf sein Drängen, von ihrer Reise und den Menschen, die sie auf ihrem Weg getroffen hatte. Er wurde nie müde, von den Geschichten, den Orten, den Personen und ihrer Einstellung zu ihnen zu hören.

Zwei Wochen nach ihrer Rückkehr nach New York hatte er sich in einem Schlafzimmer ihrer Mietwohnung eingeschlossen und war Stunden später mit einer Mappe voller Briefe aufgetaucht. Wortlos übergab er sie ihr, und sie las sie: Briefe an die Menschen, die sie beschrieben hatte. Einfache, ergreifende Briefe, die nicht nur seine Dankbarkeit zum Ausdruck brachten, sondern auch entschiedene, männliche Anerkennung des Entgegenkommens, das sie seiner Mutter gegenüber gezeigt hatten.

Dann hatten sie über seine Zukunft gesprochen.

Seine eigene Reise und ihre Geschichten hatten ihn mit glühender Liebe, die schon einer fixen Idee gleichkam, zum Meer und dem Leben in ihm erfüllt. Er ersuchte um Aufnahme an die Universität von Florida, um Meeresbiologie zu studieren. Er war ein guter Mittelschüler gewesen, und diese Tatsache sowie der informative Anruf eines gewissen Herrn im Auswärtigen Amt beim Dekan sorgte für eine günstige Antwort.

Das Semester begann in einer Woche, und während er Vorbereitungen traf und Pläne schmiedete, sprachen sie über ihre Zukunft. Sie würde wieder arbeiten. Aber nicht mehr bei *Goldrite Fashions* – das war ein Jahrtausend her. Sie weigerte sich, einen Teil der ›Wiedergutmachung‹ für sich zu verwenden. Das war für die Zukunft ihres Sohnes investiert. Sie würde schon einen Posten finden. Als Kellnerin, hinter einem Ladentisch in einem Warenhaus, als Fahrkartenverkäuferin in einem Reisebüro. Sie wollte nicht mehr an einem Schreibtisch sitzen. Das hatte sie sich fest vorgenommen. Sie würde nicht als Buchhalterin arbeiten. Auch das gehörte der Vergangenheit an. Sie wollte bei ihrer beruflichen Tätigkeit direkt mit Menschen zu tun haben.

Während sie sich mit Garret beriet, wußten beide, daß sie dabei nur an ihre nahe Zukunft dachte – die vorläufige Zukunft. Über den wirklichen Horizont – die lockende Zukunft – wurde nie gesprochen. Sie wartete nur darauf, daß er im College Fuß faßte, auf festem Boden stand.

Sie war zuversichtlich, aber dennoch besorgt. Sie stand auf einer Hochebene des Glücks, aber über ihr schwebte eine Wolke.

Wenn sie ihrem Sohn in die Augen schaute, sah sie Vorhänge. Sie waren fest geschlossen wie die Vorhänge während den Pausen eines Theaterstücks auf der Bühne; abseits des strahlenden Rampenlichts. Auf sie wirkte es bedrohlich, sie wartete auf die letzte Zeile des letzten Aktes.

Sie tadelte sich wegen ihrer Unvernunft. Die Vorhänge symbolisierten bloß ihre Befürchtungen, daß in ihrem Glück und ihrer Erlösung etwas schiefgehen könnte. Nichts konnte vollkommen sein.

Doch solche Seelenanalysen zerstreuten nicht ihre Ängste, und als sie einmal das Abendessen in der Wohnung einnahmen, wurde es ihr plötzlich schmerzhaft bewußt.

Sie hatten wieder über Ramesh gesprochen. Eigentlich kamen sie oft auf ihn zu sprechen. Sie beantwortete eine Frage Garrets, indem sie ihm wieder erzählte, wie Ramesh ihr mit solcher Selbstverständlichkeit die *Manasa* zur Verfügung gestellt hatte. Sie schaute ihrem Sohn in die Augen und sah die Vorhänge: nicht mehr geschlossen, sondern nur halb zugezogen. In diesem Augenblick wurde ihr klar: Garret hatte die Tiefe ihres Gefühls für Ramesh erkannt. Das war die Wolke. Nachdem sie ihn ins Leben zurückgeholt hatte, würde sie ihn, wenn auch nur gefühlsmäßig, wegen eines anderen Menschen verlassen.

Er hörte schweigend, ernst zu, während sie versuchte, es zu erklären. Sie schilderte ihm ihre Gefühle für Ramesh, daß sie sie aber unterdrücken würde, bis Garret auf eigenen Füßen stehen konnte. Sie hatte nicht alle Brücken hinter sich abgebrochen und war durch eine Hölle gegangen, um ihren Sohn zu finden, nur um ihn dann wieder im Stich zu lassen.

Sie schwieg und beobachtete besorgt sein Gesicht. Er blickte auf das Tischtuch hinunter. Traurig fragte sie sich, ob ihre Worte genügt, ob sie ihn beruhigt hatten.

Er hob den Kopf, und sie blickte in die klaren, selbstsicheren Augen eines gesunden Mannes. Doch seltsamerweise schwammen sie in Tränen. Seine Lippen verzogen sich zu einem halb verwirrten, halb ironischen Lächeln.

»Mam, ich liebe dich. Es wurde mir zum ersten Mal bewußt, als ich auf dem Lehmboden einer Hütte im ärgsten Slum von Katmandu saß. Es war nicht Selbstmitleid – nicht Heimweh oder ein ähnliches Gefühl. Mir wurde klar, daß du mich nach Pas Tod nur deshalb so umsorgt hast, weil du mich geliebt hast; weil du Angst um mich hattest ... in diesen Jahren hatte ich das Gefühl, daß ich in eine Gummizelle eingesperrt bin ...«

Sie seufzte und wollte etwas erwidern, doch er schüttelte den Kopf. Er lächelte immer noch, aber nur noch liebevoll.

»Nein, Mam. Hör mich zu Ende an. Von diesem Augenblick an war ich auf der Heimreise. Eine lange, aber positive Reise. Ich wollte möglichst viel von der Welt sehen, dann nach Hause kommen und dir erzählen, daß ich dich liebe, daß ich aber mein eigenes Leben führen muß. Ich habe eine seltene Blutgruppe – aber es war gesundes Blut – ebensogut wie das aller anderen Menschen. Ich wollte dir entschieden gegenübertreten, weil ich einmal ausgerissen war und dich verlassen hatte, würdest du Verständnis für mich aufbringen, mich in Ruhe lassen, mich genug lieben, aber nicht allzu sehr.«

Bis jetzt hatte er ihr in die Augen geblickt, aber nun schaute er wieder auf den Tisch hinunter, und seine Stimme wurde leiser.

»Und dann war ich monatelang auf dieser Insel gefangen, und jedesmal, wenn sie mein Blut abzapften, raubten sie mir ein Stück Hoffnung und ein Stück meiner Seele. Du warst immer in meinen Gedanken anwesend – aber ich empfand Reue. Ich glaubte, nie imstande zu sein, dir die Worte zu sagen, die ich mir zurechtgelegt hatte. Dir nie beweisen können, daß ich dich endlich verstanden hatte.« Er atmete schwer. »Dann, als ich mich am Ende glaubte, als alles aussichtslos war – als ich zu diesen Verbrechern Lascelles und Okello hinaufblickte – das sadistische Vergnügen in ihren Augen sah –, da erschienst du plötzlich. Mit so einem verdammten MG in den Händen – meine Mutter!«

Er blickte zu ihr auf.

»Dann kamen wir hierher zurück, und alles war wunderbar – außer daß ich schreckliche Angst hatte.«

»Angst?«

»Ja.«

Plötzlich lächelte er, legte den Kopf schief und kniff die Augen erleichtert und belustigt zusammen. »Angst, weil alles, was ich dir sagen wollte, weg war – bis vor ein paar Minuten. Siehst du, Mam, nach dem, was geschehen ist, nach allem, was du durchgemacht und wie du mich herausgeholt hast – wie, zum Teufel, konnte ich dir da erklären, daß ich mein eigenes Leben leben will? Wirklich unabhängig sein? Denk mal darüber nach, Mam. Wie konnte ich sagen: ›Hör zu, ich will mir wieder für eine Weile den Wind um die Ohren wehen lassen?‹ Oder wenn du vorschlägst, daß ich über das Wochenende nach Hause kommen soll, wie kann ich es dir dann abschlagen? Auch wenn ich statt dessen mit einem Mädchen beisammen sein wollte. Wie kann ich dir gestehen, daß ich dich liebe – aber nur ein normaler, alltäglicher Sohn sein will?«

»Aber Garret ...«

»Nein, Mam. Warte. Während du davon sprachst, eine Arbeit anzunehmen und mich meinen Weg gehen zu lassen – bekam ich Angst. Ich würde unten in Florida sitzen und mich fragen, ob es genügt, dich einmal am Tag anzurufen. Ob ich meine Dankbarkeit genügend deutlich zeige. Sollte ich an zwei Wochenenden im Monat heimkommen – oder an drei?« Er schüttelte den Kopf. »Du würdest bestimmt bewußt versuchen, es mir leichtzumachen – wir haben ja darüber gesprochen. Du würdest nie wieder eine Mutter sein, die mich unterdrückt – aber Mutter, nach allem, was geschehen ist, wußte ich nicht, wie ich mich verhalten soll. Wie liebt ein Sohn seine Mutter, die ihm soeben das Leben gerettet hat?«

Sie begann ihn zu verstehen. Er las es an ihren Augen ab.

»Du hast gedacht, ich würde dir wegen deiner Gefühle für Ramesh Vorwürfe machen. Im Gegenteil. Ich weiß, daß du ihn liebst. Du hast das Gefühl unterdrückt, es dir nicht einmal selbst eingestanden. Ich sehe und fühle es jedesmal, wenn du von ihm sprichst. Vielleicht habe ich deshalb immer wieder nach ihm gefragt. Von mir aus gibt es da kein Problem. Du gehst zu ihm. Wir haben beide unser eigenes Leben – so wie es sein soll ...«

Es herrschte eine Weile Stille, dann murmelte sie: »Ich weiß nicht. Es ist nicht leicht. Ich wäre so weit von dir weg ...«

Er schob seinen Stuhl zurück, stand auf, trat hinter sie, bückte sich, legte ihr die Arme um die Schultern und seine Wange an die ihre.

»Mam. In all diesen Monaten haben wir doch herausgefunden, daß wir nie sehr weit voneinander entfernt sind. Niemand kann uns trennen – und niemand hätte auch die Absicht. Und um zu Ramesh zu kommen, nimm doch einfach etwas von dem verdammten Geld, das man uns geschenkt hat.«

Sie schüttelte nachdenklich den Kopf.

»Nein. Es gehört dir ... ich werde einige Zeit arbeiten ... sparen. Vielleicht in ein paar Monaten ...«

Es wurden nicht ein paar Monate. Zwei Tage später rief eine Reiseagentur an. Eine rätselhafte Geschichte. Ein Agent in London hatte ihr ein Flugticket geschickt. Der Spender war anonym.

Mogadischu war stinkend, schmutzig, heiß und teuer. Er deckte sich mit Treibstoff, Wasser und Lebensmitteln ein und fuhr rasch weiter. Zwei Wochen später entdeckte er, daß Djibouti, abgesehen von einer künstlichen französischen Tünche, noch schlimmer war als Mogadischu. Er erlebte eine zusätzliche Enttäuschung, weil keine Post für ihn vorlag. Da er nicht berücksichtigte, wie undurchschaubar der Postdienst in diesem Gebiet war, segelte er in einer Wolke von Einsamkeit durch das Rote Meer.

Die Fahrt durch den Suezkanal weckte wieder sein Interesse. Es gab zwar nicht viel zu sehen, doch ihm gefiel es, wie die *Manasa* durch die Wüste segelte.

In Port Said hielt er sich nur so lange auf, als er brauchte, um Treibstoff und Wasser zu tanken. Als er ins Mittelmeer hinaussegelte, war sein beherrschendes Gefühl, daß er trotz seiner idealen Vorstellungen nicht bereit war, allein zu sein. Ihm wurde klar, daß es die Denkweise eines Süchtigen war. Er hatte Freundschaft und Zuneigung genossen und brauchte sie, doch er hatte auch die Liebe kennengelernt... eine Liebe, ohne die er sich ein Leben schwer vorstellen konnte.

Die Erkenntnis verursachte ihm tiefe Traurigkeit. Seine jetzigen Gefühle hatten ihre Wurzeln in einer kurzen Periode seines Lebens. Äußere Umstände oder das Schicksal hatten es so gefügt. Nun hatte ihm das Schicksal wieder alles genommen und ihn mit leeren Händen zurückgelassen.

Zwei Tage später lief er in den Hafen des Larnaca-Jachtklubs auf Zypern ein. Sechs Wochen des Alleinseins hatten in ihm ein Gefühl der Leere und des Pessimismus aufkommen lassen. Die nicht vorhandene Post in Djibouti hatte ihn überzeugt, daß seine freundschaftlichen Bindungen wie alte Seile zerfasert und zerrissen waren.

Eine steife Brise wehte landeinwärts, und die Einfahrt in den künstlichen Hafen war schwierig. Mit äußerster Konzentration steuerte er die *Manasa* durch die schmale Lücke hinein. Infolge des Windes und der hochgehenden See ließ er die Maschine auf vollen Touren laufen. Er glitt ins ruhige Wasser, und als er nach dem Gashebel griff, schallte ein Ruf durch den kleinen Hafen.

»Ramesh!«

Er riß den Kopf hoch und erblickte Cady, der fünfzig Meter vor ihm auf einer Mole stand, den rechten Arm steif in die Höhe hielt und die Faust zum Gruß ballte. Mit dem linken Arm umfing er Lani.

Im selben Augenblick waren Rameshs Depressionen vergessen, und Rührung übermannte ihn. Tränen blendeten ihn. Er wischte sich mit dem Ärmel über die Augen, konnte daraufhin halbwegs deutlich sehen und erblickte eine weitere nebelhafte Gestalt neben Lani. Er schüttelte den Kopf und blickte noch mal hin.

Es war Kirsty, die den Kopf geneigt hielt und lächelte. Sie kam näher. Dann verschwand ihr Lächeln, und Cady schrie drängend: »Fahrt wegnehmen, Ramesh! Langsamer werden!«

Er erwachte aus seiner Betäubung, griff nach dem Gashebel, zog ihn in Nullstellung zurück und legte dann den Rückwärtsgang ein. Die *Manasa* wurde langsamer, schwenkte ihr Heck wie eine alte Dame, die auf dem Eis ausgleitet, und schrammte mit vorwurfsvollem Kreischen die Mole entlang.

Cady brüllte vor Lachen, doch Ramesh hörte nichts. Er blickte Kirsty an, die drei Meter vor ihm stand, und las die Botschaft in ihren Augen.

29

Im Klubhaus wartete ein Bündel Briefe auf Ramesh. Der Sekretär übergab sie ihm mit strengem Blick. Er hatte für Einmannsegler nichts übrig, besonders nicht für solche, die seine Mole verschrammten.

Ramesh und Kirsty sahen und hörten nichts. Sie drehten sich Hand in Hand um und gingen zur Bar.

»Ich habe nicht erwartet, daß du hier sein würdest.«

Sie lächelte. »Ich auch nicht. Ich werde dir später alles erzählen. Ich bin so glücklich, Ramesh.« Sie beugte sich vor und küßte ihn. »Lies deine Briefe, aber hebe dir die drei von mir für später auf. Mir war nämlich nicht klar, daß ich dabeisein würde, wenn du sie liest.«

Er sortierte die Post. Einige Briefe waren ihm von Djibouti nachgeschickt worden.

Da war ein dicker, amtlich aussehender Brief aus London. Er hob ihn bis zum Schluß auf. Dreißig Jahre als *babu* hatten ihn gegen Bürokratie allergisch gemacht.

Die anderen Briefe stellten Fäden zu den jüngsten Ereignissen seines Lebens dar.

Sie stammten von Jaran Singh in Bombay, Guy und Marie-France, ein weiterer von Dave Thomas von den Seychellen, Murphy, Howard und Harriet aus Dar es Salaam.

Schließlich öffnete er den dicken Umschlag mit dem Londoner Poststempel. Er enthielt einen drei Seiten langen, maschinegeschriebenen Brief und einen blauen Umschlag mit einer spitz gekritzelten Adresse: Ramesh und Kirsty.

Verdutzt las Ramesh zuerst die maschinegeschriebenen Seiten. Die anderen sahen zu, während er sich mit gerunzelter Stirn über den Tisch beugte.

Er hatte zu Ende gelesen, begutachtete den blauen Briefumschlag, ergriff ihn langsam, als handle es sich um altes Pergament, und riß ihn auf. Er nahm die Seiten heraus und begann zu lesen. Stille senkte sich auf ihn herab. Sein Gesicht drückte tiefe Trauer aus. Mehrmals blickte er in Kirstys forschende Augen auf. Er las langsam. Die anderen zeigten keine Anzeichen von Ungeduld. Als er zu Ende war, faltete er die Seiten sorgfältig zusammen und wog sie in den Händen. Dann blickte er Kirsty an und reichte sie ihr schweigend.

Er sah zu, während sie den Kopf senkte und las. Cady und Lani fühlten, daß sie in einen Augenblick tiefer Vertrautheit einbezogen wurden.

Sie las zu Ende und legte dann die Seiten auf den Tisch. Sie hob den Kopf und blickte Ramesh an. Ihre Augen führten ein stummes Zwiegespräch. Ein Blick enthielt ein Versprechen, ein gesenktes Lid wurde zu einem Signal.

Sie schaute über den Balkon auf das Meer mit seinen weißen Schaumkronen und mühte sich um die richtigen Worte.

»Ramesh. Ist es möglich, zugleich so traurig und so glücklich zu sein?«

Er fand darauf keine Antwort. Er schien kaum zu atmen. Er blickte auf einen Punkt irgendwo in der Ferne.

Wieder suchte sie nach Worten.

»Ein solcher Wunsch muß erfüllt werden. Wie das grüne Licht bei Sonnenuntergang.«

Sie standen auf, und er ergriff ihre Hand. Sie blickten Cady und Lani an. Ramesh sagte: »Lest den Brief. Er betrifft euch ebenfalls.«

Sie traten auf den Balkon hinaus und blieben am Geländer stehen. Er hatte ihr den Arm um die Schultern gelegt. Sie umfaßte seine Taille.

Cady zog die Seiten zu sich, nahm die unterste heraus und sah die Unterschrift: »Jack Nelson«.

Lani beugte sich vor, und sie lasen den Brief gemeinsam.

Lieber Ramesh und liebe Kirsty,
alte Männer haben Träume. Alte Männer, die im Sterben liegen, träumen lebhaft: vielleicht von einem letzten Wunsch, den nur andere erfüllen können.

Ihr seid diese anderen.

Ich liebe euch beide. Ja, ich liebe euch. Ich schäme mich nicht, dieses Wort zu gebrauchen. Wenn ihr es lest, werde ich nicht mehr da sein. Um mich sind nur Ärzte und Schwestern, die mir etwas vorlügen, beim Lächeln die Zähne zeigen und zugleich das Mitleid in ihren Augen nicht unterdrücken können.

Ich habe mich selbst bemitleidet, als eure Briefe eintrafen – beide am gleichen Tag aus einer Entfernung von tausenden Meilen.

Das Schlimmste am Sterben ist die Sinnlosigkeit. Vielleicht fällt es einem leichter, wenn man Kinder hat.

Ich habe keine Kinder, und ich habe die Sinnlosigkeit empfunden. Doch als ich eure Briefe erhielt, verschwand dieses Gefühl.

Ich hatte Anteil an eurem Unternehmen. Ich war bei euch in Sansibar.

Ramesh, als Du auf den Abzug gedrückt und Okello niedergestreckt hast, lag auch mein Finger auf dem Abzug.

Kirsty, als Du Deinen Sohn in den Armen hieltest, umarmte ich ihn ebenfalls.

Sentimentales Gewäsch.

Aber wenn man die verrinnenden Stunden zählt, ist das Gefühl ein schmerzstillendes Mittel.

Ich kenne euch so gut. Ich liebe euch – und diesen großen Gorilla, Cady, und Lani – etwas, das mir wertvoll ist.

Warum seid ihr so spät gekommen?

Mein Fehler. Ihr wart immer gegenwärtig. Ich war blind.

Gott sei Dank, ihr seid gekommen und habt mir die Augen geöffnet.

Ich kenne euch gut.

Kirsty, Du schreibst, daß Garret das College besuchen wird. Für ihn ist gesorgt. Über Deine eigene Zukunft schreibst Du nur in unbestimmten Andeutungen.

Ramesh, Du berichtest von Deiner bevorstehenden Reise – der Freude, die *Manasa* allein für Dich zu haben. Du kannst die Welt zum Narren halten, aber nicht einen Mann, der im Begriff steht, sie zu verlassen.

Die Party im Northolme. Die Nacht, bevor ihr auslieft. Ich habe euch beobachtet. Ich denke gern daran, daß ihr euch selbst nicht darüber klar wart. Aber ich habe es gesehen. Ihr wart verliebt.

So sieht also mein Traum aus:

Kirsty, Du wirst erleben, wie Dein Sohn unbehindert seinen Weg im Leben macht. Und Du wirst Dein eigenes Leben führen.

Ramesh, jede Reise muß einmal ein Ende nehmen – oder einen Sinn bekommen. Ihr liebt euch.

Aber das schmerzstillende Mittel hat Substanz.

Ich entschuldige mich nicht, weil ich mich in euer Leben einmische. Ich habe Kirsty das Flugticket nach Zypern geschickt.

Diesem Brief liegt ein weiterer von meinem Anwalt bei.

Ich habe euch meinen Bungalow auf Mahé hinterlassen und einige Anlagewerte, die, wie mein Anwalt es ausdrückt, ein angenehmes Leben ermöglichen.

Mein Wunsch ist, daß ihr mit der *Manasa* kehrtmacht und zurückfahrt.

Kirsty, Du schreibst von der Schönheit und dem Zauber von Aldabra. Erforsche sie. Und beginne ein neues Leben.

Ramesh, teile es mit ihr.

P.S. Die blöden ausgebeulten Shorts liegen in der untersten Schublade links.